이석국 전집 ①
뻐꾹샘의 자서전

이 도서의 국립중앙도서관 출판예정도서목록(CIP)은 서지정보유통지원시스템 홈페이지
(http://seoji.nl.go.kr)와 국가자료종합목록 구축시스템(http://kolis-net.nl.go.kr)에서 이용하실 수
있습니다.
(CIP제어번호 : CIP2019026425)

이석국 전집 1

뻐꾹샘의 자서전

한누리미디어

후회 없이 살아온 인생사

6.25 한국전쟁을 겪으면서 우리나라 전체가 생사의 갈림길에서 혼란에 휩싸였고, 특히 1.4후퇴를 직접 체험함으로써 호구지책마저 참으로 어려웠던 시절, 나는 부모님의 남다른 교육애로 이천에서 초등학교를 마치고 서울로 유학까지 하게 되었다.

훌륭하신 선생님과 친구들의 사랑 속에서 나는 행복한 학창시절을 보낸 후 교직에 꿈을 품고 사범대학을 거쳐 교단에 첫 발을 내디뎠다. 그리고 교육자로서의 부푼 꿈을 안고 꿈나무 가득한 교정에서 부지런한 정원사가 되리라 다짐하면서 어린 학생들을 대하였다.

그러고는 열정적으로 보내오는 제자들의 성심어린 사랑 속에서 참으로 가슴 벅찬 사랑을 익히고, 또 주고받으며 행복하게 엮어온 교직생활도 어느덧 40여 년의 세월이 흘러 정년퇴임을 했다.

벌과 나비가 이 꽃 저 꽃을 찾아 날아들 듯, 이 학교 저 학교를 드나들면서 보낸 기쁨의 시간들을 떠올리니 순간마다 제자들이 안겨준 그 사랑이 너무나도 고마워 조금이나마 보답하는 의미에서 이렇게 펜을 들었다.

생면하지 못하는 아쉬움을 이렇게 책을 매개로 다시 만나 나의 교직생활 그때의 그 행복을 회억하며 나와 더불어 쌓아 올린 인생 역정에서 고

마음과 기쁨의 추억들을 순간만이라도 함께 공감해 준다면 더 없는 영광으로 생각하겠다.

교사로서의 첫 부임지 화성중학교에서 사제의 연으로 만나, 그녀 또한 교직에 종사하여 정년퇴임한 지 수년이 지난 지금까지 50여 년 동안 삶의 변곡점마다 늘 함께하며 가족 그 이상의 심성으로 도움의 손길을 아끼지 아니한 길원남 선생님.

난청에다 실명의 기로에서 무너져 내릴 것만 같은 노년의 심상에 새로운 희망을 안겨 주며 삶의 의미를 되새기게 해 준 글쓰기 연습. 그 서투른 글월 중에서 부족하지만 내 인생 전반에 걸쳐 생각나는 대로 회상해 본 추억담에 평생을 따라붙은 '뻐꾹샘'이라는 애칭을 씌워 '뻐꾹샘의 자서전'이라 이름하여 세상의 빛을 보도록 내놓는다.

비록 드라마틱한 에피소드는 없지만 어느 성격 까칠한 여선생이 평교사로부터 교장선생님으로 정년퇴임하기까지 그 나름대로의 교육관을 토대로 후회 없이 살아온 인생사라는 의미에서 읽어볼 가치는 충분하다고 다짐하며 일독을 기대해 본다.

아울러 이 책이 출간되기까지 가족과 함께 그 누구보다도 성심을 다해 스스로가 손발이 되어 읽어주기도 하고, 또 오퍼레이터가 되어 컴퓨터 자판을 열심히 두드리기도 하면서 정확한 필설을 도와준 김기옥, 설향순, 이용숙 님 등께 깊은 감사를 드린다. 더불어 예쁜 장정에다 볼품 있는 책으로 엮어준 한누리미디어 김재엽 회장을 비롯한 임직원 모두에게도 고마움의 인사를 드린다.

2019년 초여름날

저자 이 석 국 謹識

가장 진솔한 삶의 표출

심현복

이석국 선생은 경기도 이천의 어느 다복한 가정에서 태어나 부모와 오빠들의 사랑을 받으며 엄한 가정교육 속에 올곧게 성장했습니다.

6.25 한국전쟁을 겪느라 우리나라 전체의 삶이 참으로 어려웠던 그 시절, 고향인 이천에서 초등학교를 졸업하고는 곧장 서울 유학을 하여 명문 중고등학교에서 지혜와 재능을 갖추고 매사에 자신감이 있어 두려움 없이 학창시절을 보낸 후 교직에 꿈을 실어 이화여자대학교 사범대학 과학교육과에 진학하여 교직과정을 마쳤습니다.

그러고는 중등학교 과학교사로서 경기도 화성시에 위치한 화성중학교 교직에 첫 발을 내딛던 날 나와 첫 만남의 인연을 맺은 이석국 선생은 늘 밝은 표정과 다정한 언행으로 동료 교사와 학생들에게 호감을 주었고, 편견 없는 사랑과 불우한 학생 살피기, 또 문제학생 상담과 선도로 학교 분위기가 많이 바뀌었습니다. 어떤 일이 주어져도 자신감 있게 해내는 이석국 선생에게 나는 '또순이' 라고 별명을 지어 주었습니다.

학생들을 위하여 방과 후는 물론 주말에도 각종 대회 참가를 위한 준비 활동을 하며 남다른 교육애를 발휘하는 모습은 너무도 대견하고 자랑스러웠습니다. 그리고 생활화 된 근검절약 정신과 매사 긍정적이고 미래지

향적인 업무수행은 남다른 모습을 보여줍니다. 마치 꽃밭을 열심히 드나드는 벌처럼 힘든 세상을 헤쳐 나온 자랑스러운 모습은 우리 후배님들이 본받을 만하다고 생각합니다.

이석국 선생은 정년퇴임할 무렵부터 난청에다 급속히 나빠지는 시력저하로 매우 의기소침한 일상을 지내다가 삶의 돌파구로써 글쓰기에 매진하게 되었고 시, 소설, 동시, 동화 창작에 이어 자신의 인생사를 차분하게 돌아보며 엉겁결에 자서전을 쓰게 되었답니다.

자서전 출간 계획이 확정되고 입력을 마친 초고본 1부를 필자에게 보내면서 교직생활에서 처음 만난 인연에 걸맞는 추천사를 써달라는 부탁을 받았는데 이 '뻐꾹샘의 자서전'에 깊이 빠져들어 재미있게 읽었습니다. 마치 이석국 선생의 일기장을 읽는 마음이 들기도 했는데 교육현장에서 얻게 되는 웃음과 통쾌함, 그리고 짜릿한 업무수행의 지혜가 내 속을 시원하게 해 주는 청량제와도 같은 것이었습니다.

이석국 선생의 교육과 관련한 필생의 업무일지라 할 수 있는 이 책을 보면서 참교육자로서의 가장 진솔한 삶을 표출한 이 소중한 업적이 후손들에게 꼭 읽혀져 삶의 지혜를 터득하는 길잡이가 되어 줄 것을 희망하면서 현실을 살아가는 모든 이의 삶에도 도움이 될 것을 확신하며 꼭 읽어보기를 권해 봅니다. 일상생활에서 어느 특정한 날에 어느 특정한 주제를 정해 테마 일기를 쓰면 그 자체로써 흔적 없는 과거사는 아닐 터, 그것들은 돈으로 살 수 없는 소중한 추억이 되고 혼과 얼이 담긴 아름다운 삶의 보물로 남을 것입니다.

다시금 이석국 선생의 저서 '뻐꾹샘의 자서전' 출간을 축하드리며 보다 많은 독자들, 특히 학부모들께서 많이 읽어 마음의 양식을 겸한 교육지침서로 자리하기를 기대해 봅니다.

2019년 6월

차례

이석국 전집 [1]
뻐국샘의 자서전

머리글 _ 8
추천사 _ 10

1 부모님 슬하에서 … 15

2 학창시절 … 47

3 교단에 서다 … 93

4 관리자가 되어 … 229

5 정년퇴임을 하고 … 279

뻐꾹샘의 자서전

제 1 부

부모님 슬하에서

01

부모님 슬하에서

　남아선호 사상이 만연되어 '아들, 아들' 하던 시절에 연거푸 아들 넷을 낳고, 이제는 딸 하나만 더 있으면 좋겠다고 하시던 아버지의 소망을 이루어 주려는지 어제까지 논에서 일을 하시던 어머니께서 산기가 있어 방에서 진통을 하고 계셨다. 때마침 밭으로 일을 나가시려던 아버지는 딸인지 여부가 궁금하여 지게를 어깨에 짊어진 채 안절부절하고 있었다.

　그 때 방안에서 아기의 울음소리가 들렸다.

　"뭐야?"

　"딸이에요."

　방에서 들려오는 딸이라는 소리를 듣자마자 아버지께서는 지게를 벗어 던지고 대문 밖으로 뛰어나가셨다.

　그 동네에서 아버지에게 가장 가까운 친척은 사촌형이다. 한달음에 달려가 사촌 형수님을 숨 가쁘게 부르셨다.

　"형수님! 형수님!"

"서방님 무슨 일 있으세요?"

"우리, 딸 낳았어요! 딸!"

"딸이요! 에그…, 딸이요. 서방님 소원 푸셨군요? 딸, 딸 하시더니… 딸 낳고 좋아하는 사람은 서방님뿐이라니까요."

딸 셋에 외아들을 둔 형수님께서 하시는 소리를 뒷전에 두고 아버지는 또 달려가셨다. 이번에는 손위 증조위의 큰 조카 며느님이시다.

"조카님! 조카님!"

"아저씨, 무슨 일 있어요?"

"우리, 딸 낳았어요! 딸을!"

숨 가쁘게 이야기하시자 아들만 다섯 낳으신 조카 며느님 역시 덕담을 하신다.

"딸을요? 정말 아저씨 소원 푸셨네요. 소원을!"

아버지는 콧노래를 부르시며 집으로 돌아와 금줄을 매고는 발걸음도 가볍게 들로 나가셨다.

이후 오빠들도 여동생 하나라고 나를 아껴 주셨다. 나는 혼자 마당가에서 깨진 그릇 조각을 갖고 흙장난을 하며 옆집 동생 봉자와 소꿉놀이하면서 놀았다. 고무신도 없고 물도 길어다 식수를 하니 귀한 시절이었다. 맨발로 마당, 봉당, 마루, 안방을 더럽히는 줄도 모르고 드나들며 재미나게 놀았다.

다섯 살이 되면서 남동생을 보게 되어 육남매의 고명딸로 자랐다.

어머니는 다섯 살 때 외할머니를 여의시고 계모 손에 크시고는 열네 살에 아버지를 만나 결혼을 하셨다.

아버지는 아홉 살 때 할아버지가 작고하시고, 할머니를 열네 살에 여의셨다. 그리고 스물한 살에 어머니를 만나 결혼을 하셨다. 어머니와 아버지는 어린 나이에 그야말로 고아 아닌 고아가 되어 남의 손에서 컸다.

아버지는 외아들이라는 자존심으로 친구들과 어울려 어린 시절에 담배를 배우다 동네 노인한테 걸려 친구들과 함께 토목 위에 올라서서 종아리를 맞고는 그 노인 앞에서 담뱃대를 부러뜨려 버리고 평생 담배를 입에 대지 않으셨다.

그리고 스물한 살 때 열네 살 먹은 어머니를 만나 결혼하셨지만 머물 곳이 없어 큰할머니 댁에 어머니를 맡겨두시고 머슴살이를 가셨다. 어머니는 잠자리가 불편하여 큰댁 깍지통 속에서 밤을 지새우기도 하고, 밥은 큰댁 부엌에서 얻어 잡수시며 생활하셨다.

그 후 남의집살이를 하며 오빠들을 낳고 넷째오빠를 낳으면서 집안 형편이 조금씩 피어나기 시작했는데 큰오빠, 둘째오빠가 부모님과 함께 고생을 많이 하셨다. 집을 사고 농토를 사면서 다섯 번째로 딸인 나를 낳으셨다.

새벽부터 두 분은 수군수군 그날 할 일을 의논하시며 즐거운 마음으로 동트기를 기다리셨고, 저녁에는 등불을 켜기도 하며 달밤을 이용하여 열심히 일을 하셨다. 육남매 키우시며 일하는 것을 낙으로 밤낮없이 일하시고, 남의 야산을 개간하면서까지 논밭농사를 지으시니 집안 경제는 한결 여유로워졌고 동네에서 알부자라는 말도 듣게 되었다.

교육적으로도 부모님께서는 당신들의 고생을 물려주지 않으시려 우리 자식들을 가르치는 데 성심을 다하셨다. 남존여비사상이 일반화되어 있던 시절이라 대부분의 집에서 딸은 가르치지 않았지만 어머니는 못 먹고 못 배운 것이 한이 되어 아들 딸 구분 없이 키우셨고 딸을 더 엄하게 키우신 것 같다. 어머니 곁에서 어른들 말참견하다 혼이 난 기억이 지금도 생생하다.

어머니는 야단치시고 그 잘못을 되풀이하면 회초리로 종아리를 때리셨다. 벽에 못을 두 개 박고 그 위에 싸리나무 회초리를 늘 준비하여 얹어놓으셨는데, 나는 그 회초리가 종아리에 닿을 때마다 매가 따가워 팔짝팔짝 뛰고 울면서 두 손 모아 빌었다.

"엄마! 잘못 했어요. 다시는 안 그럴게요."

냉정하기만 한 어머니이셨지만 내 인격을 존중해서 그 매 회초리만큼은 나만 맞는 것처럼 우리 형제들이 아무도 없을 때 때리셨다. 나는 잘못을 진심으로 뉘우쳤고, 이런 어머니와 큰오빠를 제일 무서워했다. 그리고 지금까지 그 누구에게도 잘못했다고 빌어 본 적이 없다.

한참 말을 배우고 심부름할 때 어머니가 "애비, 밥 먹으라고 해라" 하셔서, 나는 큰오빠한테 가서 "애비, 밥 먹으래요" 했다가 혼난 기억이 있다. 다음부터는 말도 조심스러워졌다.

여덟 살이 되던 해인 1951년 1월 어느 날 피난을 가게 되었다. 이 때 닭과 돼지들은 키울 수 없어 사촌 형제들과 당숙들을 모셔다가 닭과 돼지를 잡아 별식을 하고 고기를 실컷 먹었다. 닭과 돼지를 잡은 기억은 나는데 돼지고기를 먹은 기억이 없다. 아마도 그 때 돼지고기를 먹고 체했는지 나는 그 후 돼지고기를 먹지 않았다. 비싼 소고기는 더 못 먹었고 닭고기만 먹었다.

어쨌든 광과 곳간에 먹을 것을 고스란히 남겨두고 소의 등에다 쌀과 무거운 짐을 싣고, 가족 모두 이고 지고 들고 피난길을 떠났다. 미숫가루, 엿 등 비상식품을 갖고 갔지만 나는 얼음과자 같은 엿밥이 아까웠다. 빙판길에 미끄러워 신발 바닥을 새끼줄로 감고 유난히 키가 작은 나는 엄마 손을 잡고 따라갔다. 엄마 등에는 4살짜리 막내 동생이 업혀 있었다.

며칠 동안이나 발이 붓도록 걸었다. 어디선가 다리가 길게 놓여 있는

강을 건너게 되었다. 물이 깊지는 않았나 보다. 어떤 아저씨의 자전거를 아버지가 강물 속으로 끌고 가시고, 다리 위로는 아저씨가 나를 안고 가셨다. 강바닥에서 하얗게 살을 내민 조그만 조개와 소라 같은 배틀 조개들을 보았다. 생전 처음 본 조개라 지금도 잊을 수가 없다.

높고 큰 고개를 미끄러져 가면서 넘었다. 너무나도 힘들어서 지금도 기억나는데 그 고개 이름이 피발령고개라고 했다. 청주 시내 학교 교실에서 짐을 풀고 저녁을 하는데 피난민들은 떠나가야 한다고 해서 뜸도 들지 않은 밥을 먹고 달밤에 또 걸었다.

열흘쯤 걸려 보은이라는 동네에 도착하여 커다란 사랑채에 마련된 피난민 수용소에서 머물게 되었다. 갖고 간 반찬이 다 떨어져 동네를 다니며 큰오빠와 어머니는 간장과 된장을 구걸했다. 동네 사람들도 구걸하는 피난민들에게 주다 보니 간장, 된장이 다 떨어져 얻어먹을 수가 없었다. 소금으로 간을 하여 주먹밥을 만들어 먹기 시작했다.

모두들 퉁퉁 부운 발 다리를 서로 올려놓으며 지내던 어느 날 밤 잠자던 나는 갑자기 귀가 시끄러워 잠을 잘 수가 없어 울었다. 식구들과 방에 있던 피난민들이 깨었다. 불을 켜고 들여다보고 살펴보니 귓속에 구더기가 들어간 것이다. 정신이 몹시 시끄러웠다. 사랑방 벽에 띄우려고 매달아 놓은 메주에서 떨어진 구더기가 그 밑에서 자고 있던 나이 어린 내 귓속으로 들어갔던 것이다. 할 수 없이 귀이개로 터트려서 조금씩 꺼냈다. 지금도 피난이야기를 하면 넷째오빠는 그 구더기 사건을 웃으면서 꺼내곤 한다.

집을 떠난 지 이십여 일이 지났을 무렵 군인들이 동네에 들어와 전쟁이 끝났으니 고향으로 돌아가라고 했다. 부모님은 군대에 나가신 오빠들이 이 길을 지나면 들어오라고 동네 어귀에 방을 붙이셨다. 갈 때보다 돌아올 때는 빙판길이기는 했지만 발걸음이 한결 가볍고 짐도 줄어 한 달이 조금 지나 집으로 돌아왔다. 집에 돌아와 보니 가평에서 온 피난민들이 우리 집에서 쌀과 간장, 반찬들을 먹고 지냈다. 어른들이 인사를 하고나니 같은 종씨여서 더 쉬다 가라고 했다.

3월 중순이 지나니 초등학교에 입학하라는 통지가 왔다. 4월초 입학식을 하고 1학년이 되었다. 책은 국어책 한 권뿐이었지만 담임선생님께서 화내시는 것을 일 년 내내 한 번도 못 본 착한 선생님이셨다. 국어를 배우고 노래와 유희를 하면서 재미있게 학교를 다녔다. 입학하던 날 담임선생님께서는 학교 구경을 시켜 주시고, 사택과 교무실, 우리 교실, 화장실, 우물 등을 두 줄 세워 데리고 다니시면서 조심하고 주의할 일들을 가르쳐 주시고, 한 줄로 서서 차례 지키기를 가르쳐 주셨다.

군대 갔던 다른 사람들은 다 돌아오는데 둘째오빠가 오지 않아 어머니는 노심초사 기다리시는데 어떤 사람이 둘째오빠가 죽었다고 전했다. 어머니는 순간 기절하셨다가 일어나시더니 '나도 죽어야지' 하면서 방에서 이리저리 뒹구르셨다. 식구들이 말리고 한바탕 홍역을 치룬 뒤 어머니께서 정신을 차리신 그 며칠 후 둘째오빠가 돌아왔다. 오는 길에 고모네를 지나오게 되어 며칠 쉬었다 오셨다고 한다.

몇 달 동안 입고 자고 하던 옷을 벗으니 저고리 솔카라에 팥알만 한 이가 통통하게 살이 찐 채 줄을 서 있었다. 빗자루로 털고 옷에 붙어있는 서캐를 인두로 지져서 죽이고 빨래를 했다. 내복도 없이 바지저고리만 입던 시절이라 우리들 머리에도 서캐가 하얗게 줄을 서고 시커면 이가 바글바글한 채 입은 옷 겉에서도 스멀스멀 기어 다녔다.

당숙모는 우리들 머리를 이리저리 헤치며 서캐를 훑어내고 이를 잡아 톡톡 손톱으로 눌러 죽이셨다. 이 한 마리가 삼 칸 방을 헤맨다고 방 구석구석 서캐가 슬고 바글바글 이가 돌아다녀 그야말로 이의 천국 속에서 사람들은 피를 빨리고 긁어대기 바빴다.

날씨가 풀리면 가마솥에 빨래를 꾹꾹 넣고 얼음덩이처럼 하얀 양잿물을 녹여 짚과 함께 푹 삶는다. 그리고는 그 뜨거운 빨래들을 논 한가운데 웅덩이 옆에 있는 큰 돌판 위에 올려놓고 빨래방망이로 펑펑 두드려 패고 비비고 헹궈 말린다. 이렇게 빨래를 하니 비로소 이들은 수명을 다하게 되는데 겨우내 포식을 하고 맞는 운명이다.

피란을 갔다 온 후 학교에서는 방공훈련과 반공교육, 승공교육을 시키고 애국의 노래를 주로 가르치고 배웠다. 학교나 동네 뒷산에서는 방공호들을 파고 수시로 방공훈련을 했다.

2학년이 되니 정 선생님께서 무섭게 가르치시고 따라오지 못하는 애들은 맹꽁이라고 놀리며 낙제를 시켰다. 규율이 엄한 집안 분위기가 무섭던 나는 학교에 다니는 것이 재미있었다. 글자도 모르면서 그림을 보고 외웠다. 신나게 외웠더니 오빠가 앞뒤 글자를 가리고 무슨 자냐고 묻는다. 그림을 보고 몇째 줄이구나 생각하고 글자를 대니 우연히 맞추었는지, 얼마 안 되어 다 외워서 맞추었는지 그냥 지나갔다.

틈만 있으면 놀러나가고 저녁만 먹으면 잠이 많아 곯아떨어지는 나는 따뜻한 사랑방에서 한참 자고 있던 2학년 어느 가을밤, 어머니께서 조용히 나를 깨우셨다.

"안방으로 가서 자! 손님이 오셨다."

안방에서 잠을 자고 아침에 눈을 뜨니 식구들이 바쁘게 왔다 갔다 한다.

"엄마! 무슨 일 있어요?"

그러자 어머니께서 조용히 나를 데리고 나가시더니 입단속을 시키셨다.

"쉿! 공산당이 밤에 왔어."

나는 학교에서 공산군이 사람을 죽이고, 전쟁을 일으키고 한다는 말에 공산군은 사람이 아니고 괴물처럼 뿔이라도 난 줄 알고는 궁금해서 밥상을 들이려고 열려진 문틈으로 들여다보았다. 피란 때 본 우리 국군들의 옷과는 다른 차림의 군인들 11명이 벽에 기대어 둘러앉아 있었고 여자도 있었다. 윗목에는 총들이 나란히 세워져 있었다.

순간 겁이 나 부엌으로 들어갔더니 어머니는 얼른 밥을 먹고 나가라고 하셨다. 나는 아랫집 친구 남순네 집에 가서 어른들과 방문을 안으로 잠 그고 앉아 있었다. 그런데 갑자기 대문 떨어져 나가는 소리가 들리더니 콩 볶는 것 같은 소리가 한참 동안 들려 왔다. 나는 학교에서 배운 대로 이불을 두껍게 펴서 어른들은 이불 속에 엎드리도록 하고 우리 아이들은 네 귀퉁이에 짝 달라붙어 있었다. 나는 문 앞 벽에 붙어 앉아 숨을 죽이고 있었다.

얼마 후 국군이 와서 문 열라고 했다. 문을 안 열었더니 다시 큰 소리가 들려 왔다.

"국군입니다. 방에 공산군이 있나 확인하려 하니 문 열어보세요."

그 순간 문 옆에 있던 나는 안심이 되어 문을 열며 말했다.

"없어요."

방으로 들어온 군인은 다락까지 조사하고 갔다.

중공군의 개입으로 우리 국군들이 후퇴하던 1.4후퇴 때 신나게 앞장서서 남한 깊숙이 들어온 북한 인민군들이 전쟁이 소강상태로 접어들자 북한 진영으로 들어가지 못한 채 우리 국군과 사람들의 눈을 피하여 산을 타고 북한으로 가다가 밤이면 민가에 내려와서 약탈을 하였던 것이다.

당시 해가 지면 불을 켜지 말라고 했는데 아랫집 일꾼이 와서 담배를 피웠다. 바로 그 담배 불빛을 보고 인민군들이 달려와 문을 두드렸던 것이다.

"문 열어! 안 열면 다 죽일 테야."

순간 놀란 머슴이 문을 열어주는 바람에 사랑방에서 잠자던 나는 안방으로 피신하고 식구들은 밤새도록 밥과 떡 등을 하면서 그들을 포식시켜 주었다. 그리고 아침에 주먹밥까지 챙긴 그들이 산으로 가려고 막 신발을 신으려는데 30리 떨어진 장호원에 주둔해 있는 군부대에서 군인들이 달려와 동네를 포위하고 우리 집으로 모여들면서 공포탄을 터트리며 작전을 벌여 공산군 11명 모두를 생포해 갔다.

동네 사람의 신고 덕분이었다는데 앞집 할머니는 요강을 쏟으러 나오셨다가 총소리에 놀라 요강을 들고 우왕좌왕하였고 국군이 요강을 조준하여 총을 겨누자 할머니는 요강을 내버리고 집으로 들어가셨다. 우리 가족은 물론 동네 주민들 중 한 사람도 죽거나 부상당한 사람은 없었다. 어머니와 새언니는 부엌 나뭇간에 숨어 있다가 국군이 나오라고 해서 나왔다고 했다. 마당에서는 수십 년 묵은 간장 항아리가 총탄을 맞고 검은 간장을 쏟아내 골을 지어 흘러내려갔다. 방과 마루로 이어지는 문기둥과 서까래 곳곳에는 총알이 박히고 구멍이 생겨 전쟁터 속 폐가가 되어 버렸다.

3학년 때는 윤 선생님이, 4학년 때는 이 선생님이 열심히 가르쳐 주셨다. 여름방학 때 우리에게 반공교육을 시키면서 여름학교 경찰아저씨가 경찰가를 가르쳐 주었고, 그때 배운 경찰가는 지금도 기억이 난다.

"동해의 푸른 물결 빛나는 아침……."

5학년 때는 총각이신 윤 선생님이 가르치시다가 군대에 가셨다. 반 아이들은 엉엉 울고 선생님도 울었다.

읍내에 있는 중학교를 다니는 넷째오빠는 나를 데리고 들로 산으로 다니며 메뚜기도 잡아주고 개구리도 잡아 뒷다리를 구워서 나눠 먹었다. 밭에서는 아버지께서 콩청태와 밀청태를 구워서는 내게도 주었다. 입주위에 새까맣게 재를 묻히면서도 맛있다고 흥얼거리며 먹었던 기억이 난다.

어느 날 오빠는 참새를 잡아오고 아버지는 이른 새벽에 소나무 밭으로 가서 갖가지 버섯을 뜯어 오셨다. 청버섯, 송이버섯, 꾀꼬리버섯, 느타리

버섯 등을 뜯어 화롯불에 갓을 뒤집어 놓고 얹어놓으면 이내 자글자글 물이 나오고 소금 몇 알갱이를 떨어뜨린 뒤 버섯이 쭈글쭈글 익으면 꺼내 주셨다. 고기처럼 쫄깃하고 맛있었다. 참새도 화롯불에 구워 살만 골라 소금을 찍어 주셨다. 넷째오빠와 아버지는 유난히 내게 잘 해 주셨다.

회충으로 배가 아팠다. 밥 냄새만 나면 회가 요동을 치는지 나는 횟배로 배가 아파 데굴데굴 굴렀다. 그럴 때마다 오빠들은 나를 업고 밖으로 나갔다.

함께 놀던 친구들 아홉 명 또래가 동시에 입학을 하였다. 세 명 빼고 모두 친척들이다. 대보름날 아침 세수를 하려는데 친구 다섯 명이 대문 안에 들어서면서 더위를 팔려고 내 이름을 불렀다.

오빠들은 내게 말했다.

"더위 팔아, 더위 사!"

나는 친구들에게 침착하게 타일렀다.

"그냥들 가! 내 더위 팔면 너네들이 더위 먹지 않아! 그냥들 가!"

그랬더니 그 후부터 나한테는 더위 팔러 오지 않았다.

오빠들이 읍내로 가고 하나 남은 남동생은 어리고 하여 내가 아버지 술 심부름을 했다. 주전자 가득히 막걸리를 넣고 뚜껑을 뒤집어 덮고 그 위에 안주와 잔을 덮어 들고는 밭으로 간다. 내 키는 유난히 작고 주전자는 크고 해서 낑낑대며 들고 가면 주전자 입으로 막걸리가 걸을 때마다 찔끔거린다. 그것이 아까워 나는 넘치지 않도록 홀짝홀짝거리며 마셨다. 나를 보신 아버지는 반색을 하시며 달려 나와 주전자를 받아 드시고는 막걸리를 벌컥벌컥 들이키신다.

"와! 시원하다."

그러시고는 잠시 재미있는 수수께끼 등을 들려주시고는 들판에서 산딸기, 무, 오이 등을 준비해서 들려 주셨다.

여름방학 때는 새를 보았다. 논 양쪽으로 줄을 띄우고 허수아비와 깡통을 매단 다음 깡통 속에는 잔돌을 넣어 흔들면 요란한 소리를 내게 했다. 새 막에서 줄을 당기면 깡통에서 소리가 나고 허수아비는 끄덕끄덕한다. 처음에는 새들이 도망가더니 가짜인 줄 알고는 아예 허수아비 모자 위나 깡통 위에 올라 앉아 날아가지를 않는다.

새떼가 날아오면 나는 논둑으로 뛰어가며 "우~ 워워워~" 소리치며 쫓는다. 새들은 가까이 갈 때까지 요리조리 피하며 나를 놀려댄다. 새를 그냥 두면 벼이삭이 여물기도 전에 빨아먹어 이삭이 하얗게 말라버린다. 아버지가 논에 계시면 새들은 이 논 저 논으로 잠시 피하기도 하고 이쪽 저쪽 산으로 갔다가 다시 돌아온다. 이때 아버지가 우렁찬 목소리로 끝까지 뛰어가 소리치시면 새들은 다른 골짜기로 넘어간다. 역시 아버지 목소리만 나면 새들은 근접을 못했다.

그 골짜기 새막은 우리 것뿐이다. 근처 거의가 우리 논이기 때문이다. 비 오는 날 새막에 혼자 있으려니 무서워지기 시작한다. 건너편 밭에서 일하던 아주머니가 비를 피해 집으로 들어가셨다. 나는 점점 무서운 생각이 들었다. 용성이 할아버지의 엉덩이 살을 어느 새벽에 갑자기 산짐승이 나타나 떼어갔다는 이야기가 생각나서 사방을 둘러보며 사람을 찾아봤지만 아무도 없었다. 가슴이 두근거리기 시작하는데 동네 쪽에서 지게를 짊어지신 흰 옷 차림의 아버지가 보였다. 나는 안도의 숨을 쉬고 크게 외친다.

"아버지!"

"오냐! 심심했지?"

"무서웠어요!"

"무섭긴!"

아버지는 논둑에서 꼴을 한 짐 가득 베어 지게에 싣고 메뚜기를 잡으신다. 나도 논둑으로 간다. 벼가 누렇게 익을 때는 메뚜기도 누렇게 어른이 된다. 알도 생기고 수놈을 업고 있어 몸이 무거워서인지 잘도 잡혔다. 그러나 논둑을 맘대로 갈 수가 없다. 가끔 머리가 알록달록한 뱀의 줄무늬가 고개를 들고 있으면 기겁을 해서 그 논둑을 혼자 가기가 무서웠다.

따뜻한 날 웅덩이를 들여다보면 주먹만 한 우렁이들이 풀줄기에 줄을 지어 매달려 있다. 벼 베는 날에 웅덩이 물을 푸면 방게, 우렁이가 내게는 관심거리였다. 화롯불에 구워서 맛있게 먹기 때문이었는데 붕어와 구구리, 미꾸라지는 무와 씀바귀를 넣고 빨갛게 지지미를 하면 다른 반찬 필요 없이 잘도 먹었다.

밭에는 오빠가 농고를 다니고 있어서 다른 집에서는 가꾸지 않는 특용작물들을 재배하였다. 조를 떼다 집으로 가져오시고 또 수수도 심으셨다. 새떼들이 몰려오면 이쪽 끝에서 저쪽 끝이 안 보이는 넓은 밭을 뛰어다니시면서 새를 보셨다. 아버지는 새가슴이셔서 호흡량이 크셨는지 목소리도 우렁차고 달리기도 잘 하셨다. 숨 가쁘신 줄을 모르셨고 무서움도 모르는 강인한 남자이셨다.

밭에는 토란, 고구마, 양딸기도 있었다. 고구마농사는 10가마니가 넘게 수확하신다. 겨울에 썩을까 봐 훈훈한 사랑방 윗목에 쌓아둔다. 고구마 구경을 못하는 친구들에게 가마니, 바구니에 틈을 내고 하나씩 꺼내 주면 친구들은 문밖에 줄을 서서 기다렸다.

부모님과 오빠들이 부지런히 가꾸어서 우리 집은 먹을 것이 항상 풍족하였다. 세끼 밥을 못 먹는 친구들이 초등학교 진학도 못하고 있었는데 나는 아무것도 모르고 배불리 먹어 배가 볼록하여 저고리 앞섶을 여미지 못하고 벌어져 속으로 옷핀을 꽂고 다녔다.

잠이 많던 나는 저녁밥이 늦으면 밥을 먹다가 몇 번 졸기도 했는데 마루에서 봉당으로 떨어진 적도 있다. 밥은 안 먹어도 잠은 자야 했다. 겁도 많은 나는 어두우면 밭에 나가지 못한다. 그러면 친구들이 데리러 오고 다시 데려다 주다가 내가 방으로 들어와 창문을 내다보고 '가!' 라고 해야 갔다. 친구들이 가면 다른 친구들이 오기도 전에 문을 재빨리 닫는 바람에 다치기도 했다.

친구들과 저녁에 놀고 있으면 딸이 걱정되는지 어머니와 아버지가 찾아오신다. 문밖에서 내 목소리를 듣거나 신발을 확인하셔도 될 텐데 꼭 부르신다.

"석국이 여기 있니?"

그러면 순식간에 나는 방구석에 눕고 벽에 걸린 옷가지들을 쌓아놓고는 문을 열며 대답한다.

"없는데요."

그러면 부모님은 모르는 척 한 마디 하시고 가신다.

"어디 갔을까?"

그리고는 꼭 헛기침을 하셨다. 동네 애들이 무서워하는 우리 어머니는 자식들을 엄하게 가르치면서도 체면 깎는 일은 결코 하지 않는 교양을 가지신 것이 매우 자랑스럽다. 우리 집 대문을 들어설 때 빈손으로 오면 혼난다. 책이랑 공책을 들고 오면 반갑게 들어오라고 하셨다. 하루는 저녁 때까지 뛰어노는데 아버지가 한 말씀하셨다.

"네 책 없어!"

그 때 어머니께서 한 말씀 더하셨다.

"공부 안 하는 책 무엇에 써! 아궁이에 집어넣었지."

그 말에 나는 겁이 덜컥 나 벌벌 떨고 있는데 아버지가 작은 소리로 알려 주셨다.

"장롱 속에 엄마가 감췄으니…, 어서 꺼내 공부해!"

두 분 다 글씨도 모르고 숫자도 모르는 채 손가락으로 셈을 하셨어도 내가 책 공책 연필만 들고 있으면 아무리 급한 일이 있어도 부르지 않으셨다. 연애편지를 써도 모르시고 좋아하셨다.

집에서 잔심부름을 하며 닭모이 주고, 닭이 닭집에 오르면 마리 수 확인하고 문을 닫고 여는 책임은 내가 졌다. 가을에 청소 날이 되면 마루 밑에 들어가 몽당비로 먼지 티끌을 쓸어내는 것도 내가 했다. 어머니께서 기다란 단무지용 무를 뽑아다가 울타리에 널고, 저녁이면 봉당으로 들여놓기를 반복하다 쭈글쭈글 마르면 무말랭이장아찌를 담그시고 도시락 반찬으로 장만해 두셨다.

아버지는 지붕에 사다리를 놓고 올라가 빨간 고추를 널어 놓으셨다가 저녁이면 빗자루로 쓸어내리신다. 나는 처마 밑에서 쓰레받기로 광주리와 멍석에 옮겨 담았다. 작업이 끝나면 어른들은 그 멍석을 헛간으로 끌어들였다. 이슬 맞히지 않고 말리시려고 그런 것이다.

광과 뒤꼍 지붕에는 하얀 박꽃과 함께 한 아름들이 박들이 주렁주렁 매달려 지붕 위에 누워 있는 것이 마음을 흐뭇하게 했다. 여름밤이면 옥수수, 감자 등을 쪄서 간식으로 먹게 하고 참외도 준비해 주셨다. 밀을 수확하고 밀가루를 빻아다가 어머니께서 직접 빚은 손칼국수는 두 번 다시 맛볼 수 없는 일미여서 그 기억이 생생하다.

늦은 가을날, 아버지께서 지붕을 새로 덮을 이엉을 엮으실 때 나는 그 위에서 뒹굴뒹굴 구르다 그만 잠들기도 했다. 저녁때가 되면 들에 널어놓은 목화 다래에서 목화송이를 따기도 했는데 어머니께서 효자 효녀이야기나 호랑이가 똥을 싸고 다닌 이야기들을 들려주시며 하던 말씀이 생각난다.

"이 솜 너 시집갈 때 보낼 솜이불할 것인데 이불 몇 채 가져가고 싶니?"

"하나면 돼요. 가서 필요할 때 사지요!"

그랬더니 어머니께서는 혀를 차신다.

"너는 욕심도 없니?"

부모 없이 가난하게 자랐던 지난날의 자신을 생각하고 딸 하나 남들 안 부럽게 해 주시려는 마음이시다.

어느 여름날, 피난 갔다 온 후 얼마 안 되어 있던 일이다.

집집마다 마당에서 멍석과 바구니들을 짜고 있는 깊은 밤에 고요한 정적을 가르며 가냘픈 남자의 외마디소리가 들려왔다.

"사람 살려!"

당시 산은 깊고 나무는 무성하여 산짐승도 많았던 때라서 청년들이 몽둥이를 들고 소리 나는 고갯길을 달려갔더니 어느 젊은 청년이 다 썩은 빗자루 하나를 등에 지고 횡설수설하며 정신 나간 채 누워 있었다. 청년들이 모여들어 얼굴을 두들기며 정신을 차리게 하고는 동네로 업고 와서 물과 음식을 먹였다.

군대 갔다가 집으로 오게 되었다는데 집을 못 찾고 이리저리 헤매다가 밤낮없이 걷고 보니 기운이 빠져 탈진 상태가 된 것이다. 그 청년의 얘기가 흰 옷을 입은 여자가 앞에 나타나서 가기에 같이 가려고 따라갔더니 길을 가르쳐 준다고 하고는 어떤 큰 나무에 자신을 묶어놓고 가 버렸다는 것이다. 그 순간 정신을 차리고 묶인 끈을 풀려고 안간힘을 써도 풀어지지 않아 소리쳤다는 얘긴데, 허기에 시달리다 힘이 빠진 젊은이의 눈에 허깨비가 보인 것이다.

그 허깨비는 썩은 나무에서 나는 인이 빛을 발한 것인데 그 야광을 지친 청년이 보고 따라가 등에 업고 있었던 것이다. 그 당시는 도깨비 귀신 이야기들을 많이 하던 시절이어서 우리 어린이들은 밤에 밖에 나가는 것을 무서워했고, 또 도둑질이 심하여 어른들이 나무토막 두 개를 '딱! 딱!' 두드려 치면서 야경들을 돌았다. 그럴 때면 어김없이 송아지만한 늑대들이 어슬렁거리며 골목을 나다녔고, 산짐승들이 내려와 돼지도 물어가는 바람에 돼지우리에 망을 쳐놓기도 했다.

어떤 할머니는 어렸을 때 친구들과 산에 산나물을 캐러 갔다가 큰 바위 앞에 예쁜 고양이 세 마리가 있어서 친구 셋이 하나씩 바구니에 넣고 왔다는데 동네 어른들이 "큰일 났다. 호랑이 새끼들을 데려왔구나!" 하고 난리를 쳐 모두 문 밖에 내놓고 잠을 잤다는데 아침에 보니 모두 없어졌다고 이야기해 주셨다.

우리 집 가까이에 살다가 집이 팔려서 산 너머 외딴집으로 이사하여 어린 손자 손녀를 데리고 사는 할머니가 있었다. 어느 날 밤 어린 애들은 잠들고 할머니 혼자 바느질을 하는데 갑자기 방문이 환해지더니 호랑이가 방 안을 들여다보고 있지 않는가. 놀란 할머니는 정신을 가다듬고 절에 다니면서 배운 불경을 외우면서 신령님 돌아가시라고 두 손 모아 절을 하며 기도했더니 호랑이가 물러갔다고 했다. 다음 날 아침에는 또 웬 개가 밥은 안 먹고 '컹컹' 울면서 할머니를 돌아보고 쳐다보다가 갔다고도 했다.

그 당시 앞산에서 여우가 '컹컹!' 짖으면 며칠 후 초상이 난다고 했다. 겁이 많은 나는 유리조각을 붙인 창문으로 밤이면 나타나는 산짐승 어떻게 생겼나 보려고 수차례 밖을 보며 기다렸던 기억이 난다.

친구네는 닭이 알을 낳으면 번갈아 애들에게 주셨다. 우리 집은 봄에 계란을 모아 병아리를 까게 했다. 닭들도 텃세를 한다. 함께 깨어난 병아리는 크면서 사이좋게 지내고 어쩌다 싸우는데 다른 닭을 사다가 닭장에 넣어주면 새로 들어온 닭은 우리 집 닭들이 마구 쪼아댄다. 얼마 동안 그렇게 구박을 당하다 함께 지낸다.

수탉은 텃세와 함께 기 싸움을 한다. 암탉과 달리 깃털을 세우고 싸우는 모습이 매우 억세다. 힘이 센 수탉은 이 집 저 집 지붕 위나 담장에 올라가 자기가 왔다고 "꼬끼오!" 하며 암탉들을 부른다. 그때도 근처에 수탉이 있으면 내려가 죽기 살기로 싸운다. 온몸에 깃털을 세우고 머리를 부딪고 싸운다. 진 닭은 힘센 닭만 보면 슬슬 피한다. 승리한 힘센 수탉은 걸음도 꺼덕꺼덕 거만스럽게 이 골목 저 골목을 휘젓고 다니다 두엄자리에서 먹이를 찾고 있는 암탉을 보고 친절하게 다가가 사랑고백을 한다.

암탉이 겨울에 알을 낳으면 꺼내다가 나는 콩이나 팥을 담은 바구니나 방 근처에 조심스럽게 넣어둔다. 봄이 되면 알을 다 낳은 암탉이 그것을 품으려고 알을 내놓으라고 "골~~골골!" 한다. 그러면 아버지는 달걀을 품을 둥우리를 짚으로 엮어 마루나 부엌의 조용한 구석에 매달아 놓는다. 어떻게 아는지 암탉은 알 20여 개를 둥우리에 넣어주면 올라가 품기 시작한다. 품는 동안은 모이를 먹을 때만 잠깐 내려오고 약 3주간을 "헉헉!" 거리며 목을 벌름거리고 눈은 하얗게 감은 채 꼼짝 않고 품는다.

3주가 되면 삐약거리며 병아리들이 알에서 깨어나 어미닭 품에서 머리를 내민다. 어머니는 한 마리씩 꺼내어 따뜻한 방에 놓고 안전하게 얼레미(체)로 씌운 뒤 그 위로 참깨 몇 알씩 떨어뜨려 준다.

알이 모두 병아리로 깨어나면 어미닭은 둥우리에서 내려온다. 그때까지도 알이 남아 있으면 그 알은 곯은 것이다. 둥우리에서 내려온 어미닭은 병아리를 내놓으라고 "꼬꼬댁! 꼬꼬" 하면서 소리를 친다. 어머니는 지친 어미닭에게 수수나 보리쌀을 먹이로 주시고 아버지가 짜놓으신 병아리집을 내려놓고 문을 열어준다. 그리고 병아리들을 그 안에 넣어 주면 어미닭은 병아리를 따라 들어간다. 어미닭은 병아리를 데리고 깃털을 세워 품어주기도 하고 어머니가 주는 먹이나 찾은 먹이를 병아리에게 쪼아 먹인다.

닭은 밤눈이 어두워 캄캄한 밤에는 꼼짝을 못하기 때문에 심지어 쥐가 와서 뜯어 먹어도 가만히 앉아 당하기만 한다. 그래서 저녁에는 쥐나 족제비의 침입으로부터 안전하게 병아리집은 높은 곳에 매달아 놓고, 닭장 안에는 나무로 길게 홰를 만들어 닭이 앉아 잘 수 있도록 해 준다. 어미닭은 누구라도 병아리를 건드리려고 하면 무섭게 깃털을 세우고 죽기 살기로 달려가 병아리를 보호하는 무서운 모성애를 발휘한다. 그러나 수탉들은 모른다.

어미닭은 사람 말도 잘 알아차린다. 병아리를 데리고 다닐 때 사람들이 놀리느라고 "솔제비 떴다! 병아리 숨어라" 하면 어미닭은 본능적으로 날개를 활짝 펴고 순간적으로 병아리들은 어미닭의 날개 품으로 모두 숨어들어가 노란 발등만 보인다. 저녁에는 어린 병아리들이 서로 다투며 둥우리 속으로 들어가 어미닭 품속에서 잔다.

병아리를 데리고 다니던 어미닭은 병아리가 어느 정도 커서도 먹이를 찾지 않고 어미를 따라다니면 그 병아리의 머리를 따끔하게 쪼아 혼을 차리게 함으로써 스스로 먹이를 찾아 먹게 만든다.

병아리가 약병아리 정도로 자라 닭장으로 옮길 때, 닭장 속에 걸쳐져 있는 홰 옆으로 댑싸리 빗자루를 걸쳐주면 어미닭이 먼저 빗자루를 타고 홰나 둥지로 올라갔다 내려갔다 시범을 보이고 한참 만에 병아리들도 어미닭을 따라서 오르고 내린다. 한 달여가 지나 날갯죽지가 제대로 생기고 날개에 힘이 생겨 날을 줄 알면 이제 병아리들은 중닭이 되어 홰나 둥지에 날아서 오르고 내린다. 이 즈음 닭장 안쪽을 살피고 닭 모이를 주는 것은 내 책임이다.

어느 봄날 소가 송아지를 낳으려 하여 나는 궁금하기도 해서 안방 창문 틈으로 지켜보았다. 큰 눈을 부라린 채 온힘을 쏟고 버텨 서 있는 어미소 엉덩이에서 커다랗고 허연 주머니를 뒤집어쓰고 송아지가 나왔다. 어미소는 그 '태'라는 주머니를 입으로 벗기면서 혀를 내밀어 쩍쩍 핥아 먹고는 빠져나온 송아지도 혀로 쓱쓱 닦아 주었다.

모락모락 김도 나고 촉촉하게 젖어 있던 송아지는 잠시 후 부스스 일어나 비틀거리더니 서 있는 어미소에게 머리를 부딪치면서 다가가 젖을 찾아 입에 물고는 쭉쭉 빨아 먹는다. 몇 시간도 안 되어 송아지는 외양간 안을 왔다 갔다 하더니 다음날에는 마당으로 나와 안마당과 뒤꼍을 활기차게 돌아다녔다. 사람보다 빨리 걷고 금방 뛰어다녔다.

그렇게 몇 달 동안 어미소를 따라다니던 송아지가 젖을 떼고는 어미소처럼 쇠죽을 먹기 시작하고, 어느 날 코를 뚫고 코뚜레를 맨 뒤 고삐를 만들어 묶었다. 그리고는 며칠 후 우시장을 통해 어디론가 팔려갔다. 지켜보던 송아지가 없어지자 내 마음이 아파왔다. 어미소는 송아지를 찾느라 눈물까지 흘리며 며칠 동안 밤낮으로 울었다.

"음~머~, 음~머~."

어미소가 너무나도 가슴 아프게 우는 바람에 나도 따라 울었다.

부모님께서 열심히 농사를 지으셔서 우리 집은 항상 바빴다. 초여름이 되자 보리타작과 밀타작을 하였고, 나는 앞마당의 멍석 위에 널어놓은 밀과 보리가 제대로 마를 때까지 새와 닭이 쪼아 먹지 못하게 지켜야 했다.

말린 보리는 엿기름 만들 것만 남기고는 방앗간으로 실어 보내 보리쌀을 찧어 오고, 밀은 밀가루로 빻아 반 이상을 곧바로 국수집으로 보내 국수를 빼서는 한관씩 포장하여 상자에 담아두면 그야말로 일 년 양식이다. 남은 밀가루는 수시로 수제비와 부침이 등을 만들어 먹었다.

방앗간에서 쌀방아를 찧거나 밀가루를 빻는 날 어머니를 찾아가면 머리에 수건을 쓰고 계셨고 얼굴과 온몸에 먼지가루가 하얗게 덮여 있었다. 아버지는 눈썹과 수염이 하얗게 되어 동화 속의 도인처럼 보였다.

책가방이 없던 시절, 보자기에 책과 공책, 필통을 얌전히 싸 옷핀으로 꽂고 남자들은 어깨에, 여자들은 허리에 둘러매고 하얀 신작로 길을 맨발로 달린다. 나는 필통에서 연필 달가닥거리는 소리가 듣기 좋아서 조그마한 자갈조각 두 개를 넣고 더 요란한 소리를 내며 달렸다.

우리 동네는 면소재지여서 버스가 아침에 한 번 서울로 갔다가 저녁에 내려온다. 어쩌다 트럭 구경을 할 만큼 차가 드물어 학교에서 돌아오는 시간이면 서울에서 온 버스가 동네에 도착한다. 아무도 아는 이 없고 내리는 사람도 적은 차를 쳐다보다 떠나가는 버스 뒤를 신나게 쫓아가서 검은 연기를 쐬었는데 그 매연 냄새가 싫지 않았다. 오히려 향기처럼 느껴졌다.

열 명 가까이 되는 우리 또래는 모두 모여 함께 걷고 달렸다. 학교 가는 길에는 개울 두 개가 있었다. 비가 많이 온 어느 날 개울을 건너다가 내가 넘어졌다. 물에 떠내려가는 나를 키가 큰 관진이가 건져 줘서 함께 학교를 갔다. 착한 관진이는 부모님이 안 계셔서 형네 집에서 다녔는데 늘 말이 없고 활기가 없었다. 형의 아들인 조카 순창이랑 같은 반이어서 그런지는 몰라도, 어쨌든 우리들은 학교 수업이 끝나면 또 모여 함께 달렸다.

어느 날 아침, 그날도 모두 모여 막 뛰어가는데 운동장에는 학생들이 줄서 있고 교장선생님께서 훈화를 하고 계셨다. 지각을 한 것이다. 우리는 논둑 밑에 숨어 있다가 조회가 끝난 뒤 교실로 달려 들어갔다. 내복도 없이 달리던 겨울에는 손과 발이 너무 시리고 부르터 눈보라 치면 산모퉁이 움푹 패인 공터에서 몸을 녹이고 달리기도 했다.

어느 봄날, 개울둑에서 버들피리를 만들려고 버드나무 가지를 자르다가 호랑이 같은 영래 어머니한테 걸렸다. 영래 어머니는 소리소리 지르며 이 길로 다니지 말라고 했다. 나는 우리 어머니가 무서워서 그런지 영래 어머니도 무섭게 보였다. 할 수 없이 우리는 가까운 신작로를 비켜 귀신이 나온다는 산골짜기 뒷길로 돌아다녔다.

시골은 집성촌락을 이루어 학교에서 누구 성만 대면 그가 사는 동네를 금방 알았다. 우리 동네는 이씨 집성촌이고 나는 촌수가 높아 노인들도 말을 높였다.

내가 다닌 초등학교는 1.4후퇴를 전후하여 우리 동네에 개교한 신설학교여서 우리 나이부터 그 학교에 입학했고, 한 살 위의 선배까지는 2km 나 되는 산길을 따라 멀리 다른 학교를 다녔다.

뒷집에는 1년 후배인 조카 관순이가 있었다. 어려서부터 말썽을 부려 아버지한테 무섭게 맞으며 자랐는데, 그 애 어머니도 관순이를 감당 못하 여 아버지한테 일러 바쳐 또 매를 맞게 되자 관순이는 엄마 말을 더 안 듣 고 쌍소리를 하며 대들었다. 점점 말썽꾸러기가 되어 함께 놀아주는 애들 도 없게 되자 하급생들을 괴롭혔다. 어린 하급생에게 무거운 책가방을 들 고 가도록 하고 싫어하면 때렸다. 나는 그런 관순이가 안쓰러워 말도 걸 고 잘 대해 주니 나에게만은 말을 했다.

하루는 곁에 가서 조용히 타이르며 말했더니 순순히 듣고 고쳤다.

"관순아, 너보다 힘센 사람이 너 괴롭히면 좋아? 나쁜 줄 알면 하지 마 라. 네 가방은 네가 들고 가!"

"알았어."

바로 그날 오후부터 관순이는 하급생에게 가방 심부름을 시키지 않았 다.

여름날, 뒤꼍에서 꽈리가 빨갛게 익으면 한 움큼 따 들고 와서는 "아줌 마! 아줌마!" 하며 나를 불러내어 건네준다. 그 애는 아들만 넷인 집에서 둘째아들로 태어나 형과 동생 사이에서 미움을 많이 받아 말썽을 부리게 되었다. 그 애 아버지는 그런 관순이만 개 패듯 때렸다. 그 애가 너무 아 파 "애개개…" 하면서 죽는 소리를 낼 적마다 내 마음도 저려 왔다. 가끔 말썽부려도 착한 관순이 생각이 많이 난다.

초등학교 5학년 초, 군음악경연대회 독창부문에 나갈 학생을 선발하는 데 나도 한몫 끼어 있었다. 내 목소리가 크고 낭랑하다는 칭찬을 받으며 열심히 연습했는데 마지막 결선에서 떨어져 무척 아쉬웠다.

5학년 때 담임선생님이 군대에 가시자 3학년 때 담임하셨던 윤 선생님이 다시 담임을 맡으셨다. 그리고 가을운동회 때 시범으로 보여줄 제식훈련으로 36방향을 가르치셨다. 군대에서 배운 것을 그대로 우리에게 가르치셔서 무섭게 배웠다. 걸음걸이, 방향 바꾸기, 줄 맞추기 등 지금도 내 걸음걸이는 뒤에서 보면 남자 같다고들 한다. 호각소리만 나면 도시락에 숟갈을 꽂은 채 선생님 앞으로 달려가 한 줄로 서면 끝 쪽의 애들은 교문 밖 산모퉁이를 돌아와야 했고 맹렬히 뛰지 않으면 다시 뛰라고 했다. 우리는 지긋지긋한 36방향이라고 불렀다.

"차렷하면 벌이 쏴도 꿈적 말라!"

36명을 뽑아 세 줄로 세우고 앞뒤에 남학생들을 세웠다. 앞으로 가다가 뒤에서 한 동네에 사는 순창이가 내 신발을 밟아 웃음이 나왔다.

순간 선생님이 다가와서는 종아리를 세게 때렸다.

"훈련 중에 왜 웃어!"

얼마 있더니 순창이가 내게 말한다.

"야! 네 다리에서 피가 나!"

하지만 나는 훈련 중이라 피가 나도 꿈적 않고 훈련을 받았다. 아마 매초리 겉을 꺾은 채로 가다듬지 않아 끄트럭에 찔린 모양이다. 키도 작고 어린 살에서 피가 났어도 나는 아픈 줄도 모르고 군인들처럼 훈련을 받고 운동회 날 시범 훈련을 제대로 마치고 박수갈채를 받았다.

학교 앞에는 학교 소유의 논이 있었다. 그 논에서는 토탄을 캐내었다. 토탄을 캐기 위해 우리는 운동회 날 입었던 체육복을 입고 논둑 위로 달렸다. 체육복은 금세 흙물에 젖고 팔다리는 시커먼 게 어린 농사꾼 같았다.

다음해는 그 논에 벼를 심었다. 줄을 띄워가며 모내기를 했다.

그리고 그해 가을 둘째오빠가 결혼을 하였다. 나에게는 생생하게 기억나는 잔치다. 얼마 후 6촌 언니가 시집을 갔다. 우리 식구들이 남의 잔치에 얼굴만 비치면 그날은 어머니에게 싸리나무 회초리를 맞는다. 친구들과 혼례식 올리는 것을 어머니 몰래 구경하고는 집으로 달려온다. 잔치 음식을 먹고 싶어도 먹어 본 일이 없다. 둘째 새언니가 들어오면서 나에 겐 잔심부름이 줄어들었다. 새언니는 나에게 잘해 주었다. 나도 새언니가 혹시 실수하여 어머니께 혼날까 봐 새언니 곁을 맴돌았다.

그러던 어느 날 새언니가 그릇을 깨고는 겁을 먹고 있었다. 그때 내가 나섰다.

"엄마 대접 깼어요!"

"어느 틈에 깼니?"

"내가 찬장에 포개 놓으려 했는데 그만 미끄러져 깨졌어요!"

"조심해야지?"

어머니는 그렇게 편안하게 말씀하셨다.

나는 새언니를 보고 살짝 웃었다.

그 당시 대부분의 집에서 어머니는 딸이 실수한 것은 '조심해라' 하고 며느리가 실수하면 야단치는 것이 예사였다. 어린 나였지만 내가 대신 야단맞고 새언니가 차차 조심하면 되겠다 싶어 그 실수를 감춰 주었던 것이다.

어느 날인가 뜨끈뜨끈한 아랫목에 엎드려 공부하다 나도 모르게 잠이 들었던 것 같은데 잠결에 땀이 나고 더워서 이불을 박차고 머리맡의 등잔 불을 발로 찬 모양이다. 정신을 잃고 무의식 상태에서 문을 빼꼼이 열고 는 안방을 향해 어머니를 불렀다.

"엄마! 엄마!"

조용하고 적막한 밤에 큰 새언니와 함께 바느질하시던 어머니는 모기 소리처럼 작은 소리로 불러대니 큰 새언니한테 나가보라 하였지만 우물 쭈물하더란다.

"아이 무서워요. 어머님! 산짐승이 왔나 봐요."

순간 깜짝 놀란 어머니가 달려와 내 방문을 열었더니 방안에 연기가 자욱하고 이불은 불바다가 되어 있었다. 순식간에 이불을 당겨 곧바로 문밖의 쇠죽솥에 넣어 불을 끄고 퇴침을 들고는 야단치려고 나를 보니 내 바지에서 불이 붙어 활활 타고 있었다. 어머니는 들고 있던 퇴침을 버리고 내 바지에 붙은 불을 끄고 안방으로 가셨다.

나는 문틈으로 어머니를 부른 뒤 황망하게 불을 끄던 어머니의 모습을 지켜보느라 정작 내 몸에 불이 붙은 것을 몰랐던 것이다. 정신이 나갔었나 보다. 어머니께서 다리에 겹겹이 타 붙은 바지와 살을 가위로 잘라 냈다. 그 화상은 오래 갔고, 흉터는 지금도 훈장처럼 남아있다.

둘째오빠는 아버지와 함께 농사를 지으시고 다른 오빠들은 서울 가서 고등학교와 대학교를 다녔다. 그 이듬해 큰올케는 5살짜리 조카를 데리고 서울로 갔다. 그때까지 큰조카를 내가 업고 다녔다. 나와는 8살 차이가 난다. 조카의 돌이 지나면서부터 내가 업고 다녔다. 친구들과 고무줄놀이를 하느라 잠시 내려놓으면 조카는 기어 다니면서 말썽을 부린다. 야단은 내가 맞는다. 기다리던 손자라 어머니는 유난히 우리 자식들보다 손자를 사랑하셨다. 서울로 떠나던 날 어머니와 조카는 서로 잡고 울었다. 올케는 어머니에게 애가 울음을 그치지 않는다고 성화였다.

맨발로 다니던 우리는 5학년 때부터 검은 남자 고무신을 신고 다녔고, 오빠들이 서울로 가면서 내 운동화와 우비를 사다주었다. 동네에서는 나만 갖고 있었다. 명절이 되어 오빠들이 올 때면 큰오빠는 식구들 옷과 당숙아저씨 아주머니 선물도 꼭 사왔다. 만사를 눈여겨보면서 자란 나는 결혼을 하고서야 겨우 친척 애들 명절 선물을 사놓고 기다렸다. 교육은 말보다 시범을 보여주는 것이다.

비 오는 날 우비가 없을 때는 쌀자루를 뒤집어쓰고 다녔다. 커다란 푸대의 반을 길게 겹쳐 그 안에 쏙 들어가서는 머리와 양팔을 내어놓고 허리를 끈으로 묶고 두 손만 옆으로 넣었다 뺐다 하면서 뛰어다녔다.

책걸상도 없이 교실 마룻바닥에 책보자기를 나란히 줄을 맞추어놓고 그 옆에서 공부를 했다. 언제부턴가 책걸상이 들어왔다. 교실 한 칸이 부족했나 보다. 6학년이 된 우리는 창고 같은 가교실에 누가 쓰던 낡은 책걸상을 흙바닥 위에 놓고 신발을 신은 채 공부한 기억이 난다. 당시 교사도 부족하여 정규교육을 받지 못한 선생님들이 많이 있었다.

담임선생님은 학식은 있으셔도 사범학교는 안 나오신 듯했다. 대단한 열정으로 가르치셨다. 여름방학에는 밤늦게까지 교탁 위에 촛불을 켜놓고 가르치셨다. 해만 지면 잠이 오는 나는 졸음을 참을 수 없어 자리에 누워 잤다. 선생님이 나를 찾아 질문을 하시니 애들이 "저 바닥에서 자요!"라고 대답했다고 다음 날 얘기해 주었다.

교실 뒤쪽에서는 큰 애들이 밥을 지어서 질거나 설거나 점심으로 맛있게 먹고 용머리 개울로 물놀이들을 다녀왔다. 하루는 돌아오는 길에 친구들이 고구마를 캐먹자고 하여 나는 안 간다고 하고 선생님한테 이르겠다고 했다. 하지만 애들은 고구마를 캐들고 나에게 한 개를 주었다. 나는 받지 않고 곧장 학교로 갔다. 애들은 내 눈치를 보고 있었지만 나는 아무 말도 하지 않았다. 다음날에서야 애들이 걱정을 놓았다고 했다.

사실 나는 고구마 서리 같은 것은 생각조차 하지 못한다. 그런 짓을 했다가는 우리 어머니한테 맞아 죽는 줄로 알고 있었다.

우리가 고무줄을 하면 남자들은 칼로 고무줄을 끊어놓고 도망간다. 나는 앞쪽에 있으면서 누구한테도 지는 일이 없다. 힘은 없지만 말로 당할 사람이 없었다. 방학이 끝나고 운동장의 풀을 뽑는 시간이었다. 풀을 한참 뽑다 보니 큰 애들은 서서 잡담하고 작은 애들만 풀을 뽑고 있기에 나는 작은애들을 데리고 우리도 큰 애들 틈에 끼어 놀자 하고 갔더니 크지도 않은 홍분이가 시비를 걸어 그만 싸움을 하게 되었다.

교무실에서 나오신 선생님은 우리 둘을 데리고 빈교실로 가시면서 반장에게 회초리 두 움큼을 만들어 오라고 하셨다. 선생님은 그 회초리를 한 주먹 쥐고 '왜 싸웠느냐'고 묻지도 않고 화풀이라도 하시듯 마구 때리셨다. 처음에는 아프더니 나중에는 아프지도 않았다. 종례가 끝나고 교문을 나오는데 나는 그만 너무 억울해서 주저앉아 "엉! 엉!" 울었다. 종아리와 엉덩이가 아파 앉을 수도 없었다. 집으로 돌아와 바지를 내리고 엉덩이를 거울에 비추어보니 까맣게 피멍이 들어 무서웠지만 어머니에게 보이고 사실을 이야기했다. 어머니께서는 한 마디로 위로하시고 더 이상 말씀은 없었다.

"선생님께서 너무하셨구나."

엉덩이가 아파서 서서 저녁을 먹고 반듯이 눕지도 못하고 엎드려 잤다. 다음날 학교에 갔더니 선생님은 교무실에 계시고 교실에서 반장 광남이가 전과에서 학습 내용을 칠판에 써놓고 학급생들은 그것을 공책에 옮겨 썼다. 그리고 외운 사람은 먼저 집으로 보내 주었다.

6학년이 되니 교무실 청소를 하게 되었다. 교무실에서 교감선생님은 나를 보시고 "뻐꾹 뻐꾹" 하며 놀리신다.

나는 "곶감! 곶감!" 하면서 도망을 쳤다.

사실 교감선생님은 호랑이처럼 무서우셨다. 체조 시간이면 동작 하나하나에 의미를 부여하고는 숨쉬기를 코로 하라고 하셨다. 나는 선생님들의 말씀 하나하나를 머릿속에 넣었다. 훗날 교사가 되어 교감선생님의 말씀을 되새겨 활용했다. 오랫동안 계셨던 최영 교장선생님의 훈화가 생각난다.

'화풀이하지 말라.'

어느 날 교장 사모님께서 교장선생님 출근길에 바가지를 긁었는지 기분이 상한 교장선생님은 직원회의 시간에 열심히 일하고 있는 선생님께

소리치고 야단하셨다. 그러자 기분이 상한 선생님이 조회시간에 딴 짓하는 애의 머리통을 때렸다. 하루 종일 화가 난 그 애는 종례가 끝나고 하굣길에 교문에서 만난 강아지를 발로 찼더니 "깨갱! 깨갱!" 하면서 교장선생님 사택으로 뛰어들어가 병아리를 물어 죽였다는 이야기다.

겨울방학 숙제도 국어책 뒷부분에 있는 한자를 음과 뜻을 알아 10번씩 써오라고 하셨다. 그때 쓰면서 외운 한자는 생생하게 남아 내 평생의 한자 실력이 되었다. 겨울방학에는 동네 큰 사랑방이나 회관을 빌려 20여 명이나 되는 아이들을 데리고 공부를 가르쳐 주시고 가끔 스무 고개 옛날이야기도 들려 주셨다. 스무 고개 게임에서 금반지를 나도 한 번 맞추었고, 애들이 좋아하는 옛날이야기를 해달라고 조르니까 아주 긴 이야기를 해 주셨다.

"이북에 살던 쥐들이 먹을 것이 없어 부자나라 영국으로 줄을 지어 떠났다. 두만강을 건너는데 중간에 다리가 끊어져서 앞에 가던 쥐가 '풍덩' 물에 빠지고 다음 쥐가 또 '풍덩' 빠졌다. 계속 쥐들이 빠져 죽었다."

잠시 조용해지자 우리는 "다음에는요?" 하면 선생님께서는 "풍덩! 풍덩! 지금도 계속 빠지고 있어"라고 소리치고, 또 다시 졸라도 "풍덩!"이라고만 하셨다.

나도 훗날 교사가 되어 애들이 옛날이야기 해달라고 하면 "아주 긴 이야기 해 줄까!" 하고 이 '풍덩이야기'를 하였더니 아이들이 손뼉을 치며 '풍덩! 풍덩!' 속았다고 소리치곤 했다.

따뜻한 방바닥에 낮은 일인용 앉은뱅이책상을 놓고 공부하면 부잣집 최씨 손자가 사탕을 사와 책상 아래로 툭툭 치며 건네주었는데 돈 주고 사먹어 본 일이 없는 나는 모르는 척 이리저리 눈치 보며 맛있게 받아먹었다.

여자애들은 인혁이네 안방에서 식구들과 함께 밥을 먹었다. 그때 젊고 건강한 인혁이 형수님이 총각김치를 통째로 들고 입을 크게 벌리며 정말 먹음직스럽게 잡수시던 그 모습이 지금도 잊혀지지 않는다.

전쟁 직후여서인지 미국에서 구호품 원조 물건이 많이 들어왔다. DDT 살충제가 들어오면서 야채의 진딧물을 죽이는 데 쓰였다. 그런데 그 약의 독성이 얼마나 무서운지도 모르고 우리들의 머리와 몸에 기생하던 이를 죽이려고 선생님은 우리들 머릿속에 뿌려 주시고, 또 내복도 없는 저고리 속으로 하얗게 뿌리셨다. 그 후 모든 사람들의 머리와 몸에 들끓던 이는 자취를 감추었다.

커다란 드럼통에 담긴 우유(분유)가 보급되어 오면 우리들은 점심 먹은 양은도시락에 가득히 배급을 받았다. 그 자리에서 퍼먹기도 하고 집으로 갖고 와서는 밥솥에 쪄서 과자처럼 입안에 물고 조금씩 깨물어 먹기도 하였다.

그리고 위생관리가 제대로 되지 않던 때라 너나없이 회충을 비롯한 기생충에 감염되어 배앓이를 심하게 했다. 선생님은 구충제인 살토닌을 통째로 들고 다니면서 물주전자와 컵을 앞에 놓고 한 명씩 줄을 세워 구충제를 먹였다. 나는 알약을 못 삼킨다. 구역질을 하고 토하기 때문에 애들과 선생님 앞에서는 먹을 수 없어 얼른 손에 받아 삼키는 척 하고는 집으로 갖고 와서 가루로 갈아 먹었다.

구호품 중에 장난감이 한 자루 가득 왔다. 앞줄에 앉아있던 나는 조그마한 플라스틱 인형을 보고 내 차례가 되자마자 그것을 달라고 하여 받아들고는 다음 애들 것은 신경 쓰지 않고 좋아했다. 참으로 소중하게 아끼던 그 인형을 어느 날 멍멍개가 내 방에 들어와서 깨물어 버렸다. 그때 나는 많이 울었다.

남학생들은 몰라도 여학생들은 학교에 군것질거리를 많이 싸온다. 나는 세끼 밥만 잘 먹어 군것질을 모르는데 맨 앞줄에서 같이 옆자리에 앉은 옥희와 용애는 고모와 조카 사이에다 고구마, 찰옥수수, 밤 삶은 것들을 책 보따리에 가득가득 갖고 와 책상 서랍에 넣어 놓곤 했다. 뒷자리에서 보면 잘도 보여서 체육시간에 운동장에 나갔다 들어오면 하나도 없다. 남자애들이 모두 꺼내 먹는 것이다. 착한 옥희와 용애는 우리를 쳐다보면서 너희들이랑 먹으려 했는데 하며 서운한 낯으로 웃는다.

그러던 어느 토요일 옥희와 용애는 나와 금찬이를 데리고 집을 거쳐 수박밭 원두막으로 갔다. 나는 수박 밭에서 실로 물동이만한 수박을 처음 보고 놀랐다. 옥희가 수박을 잘라 한 조각 건네주었다.

남의 집에서 아무것도 먹어본 일이 없는 나는 부담스러워 한 마디했다.

"난 안 먹을 테야!"

그러자 모두들 놀란 듯 묻는다.

"왜?"

"씨만 조금 줘"

그러자 옥희가 조용히 빨간 수박 큰 조각 하나를 손에 쥐어줬다.

"씨도 많이 줄 테니 많이 먹고 많이 갖고 가!"

한 입 깨물어 보니 그렇게 잘 익고 맛있는 수박은 처음이었다.

옥희는 "하나 더! 하나 더!" 하면서 계속 주는 바람에 나는 배가 터지도록 먹었다. 그런 수박을 먹어 보고 나는 씨를 얻어와 다음 해에 밭에 심어서 식구들과 함께 먹고 싶었다. 집에 와서 어머니께 씨를 드리고 이듬해 그 수박씨를 밭에 심었다.

그리고 여름이 한창이던 어느 날 어머니는 우리 밭에서 자란 수박을 따 오셨다. 꿀 단지만한 수박은 잘 익지도 않고 맛이 없었다.

"엄마! 제가 얻어온 수박씨였어요?"

"그래!"

"그런데 왜 이래요? 친구네서 먹은 수박은 물동이만하고 꿀맛이었는데 식구들 보여주고 싶어 안 먹고 씨만 얻어 오려 했었지만 옥희가 자꾸 줘서 많이 먹었었는데…. 엄마! 그때 맛을 못 보여 드려서 속상해요!"

그러자 어머니는 타이르듯 조용히 말씀하셨다.

"거름이 없어서 그런 거야! 네가 속상해 할 일이 아니야."

친구 옥희네는 수박장사를 하느라 정성껏 관리했고, 우리는 밭 한구석에 심고 가꾸지 않았기 때문이다. 어머니는 "사람이나 곡식이나 정성을 들여 길러야 제대로 크는 거란다"라고 말씀하셨다.

옥희네 동네는 우리 동네보다 산골이어서 서울을 가려면 우리 동네까지 한참을 걸어와야 했다. 그 동네는 권씨 집성촌인데 동네 애들은 공부도 잘 하고 부촌이었다. 옥희네 동네 사는 내 짝 순자가 금찬이와 나에게 자기 집에 가자고 했다. 그날 나는 난생 처음 집을 떠나 외박을 했다.

순자는 어머니가 안 계신 5남매의 막내딸로 언니 오빠들이 아껴주었다. 우리가 왔다고 언니들은 찰밥과 별식을 만들어 주고 달밤에 마당에서 감도 까주었다. 나는 그 감이 단감인 줄도 모르고 받아먹었다. 우리 집에는 감나무가 없고 복숭아나무와 대추나무가 있었다. 그래서 집에서는 감이나 밤을 따서 먹지 못했다. 그날 순자네 언니들은 감 껍질을 벗겼다. 지금 생각하니 곶감을 만든 것이다.

우리보다 부자인 금찬네는 밤나무도 있었다. 할머니, 외할머니가 계셔서 사랑을 많이 받았고, 운동회 날이면 외가댁에서 갖고 온 감을 먹는 것을 보았는데 나는 그런 금찬이가 한없이 부러웠다.

그렇게 울고 웃으며 뛰어놀던 정든 친구와 학교를 뒤로 한 채 나는 별다른 인사도 못하고 서울로 와야 했다. 그런 나를 동네 애들은 무척이나 부러워했다. 나는 좋은 줄도 모르고 떠나왔는데 어머니는 공부 열심히 해야 한다고 말씀하시면서 내가 울까 봐 일부러 활짝 웃으시며 차를 태워 배웅하시고는 아버지와 함께 많이 우셨다고 후에 말씀하셨다.

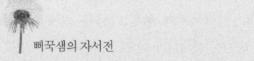

뻐꾹샘의 자서전

제2부

학창시절

02

학창시절

　명절이나 되어야 분홍 저고리를 입었을 뿐 언제나 검은 치마저고리를 입고 다녔다. 그리고 제삿날이나 명절을 기다렸는데, 그때라야 별식이나 과일 구경을 하게 된다. 설이면 떡국에 김치만두, 인절미, 찰부꾸미, 수수부꾸미 등을 만들어 먹었고, 추석에는 송편과 국화잎, 맨드라미, 검은깨에 국수를 물들여 만든 술떡이 생각난다. 또 밀가루 반죽에 김치, 다시마, 쪽파를 넣어 부친 부침이와 찰진 밀가루 반죽을 방망이로 밀고 칼로 잘라 기름에 튀겨 약과를 만든다.

　쌀다식, 송화다식, 검은깨다식을 만들 때 나는 볶은 깨를 절구에 넣고 기름이 질질 나오도록 빻았다. 그렇게 만든 다식 재료를 다식판에 하나하나 곱게 넣고 찍어내어 제사를 지내고 나면 그 모든 것들은 나의 간식거리가 된다. 다락에 넣어둔 이 모든 간식거리를 나는 재봉틀 의자를 놓고 벽장 다락문을 열고 생쥐처럼 들락날락하면서 꺼내먹었다.

　그런데 그 모든 것들이 서울로 유학하면서 두 번 다시 먹고 만들 기회도 없어졌다. 나는 검은 치마저고리에 검은 두루마기를 입고 검은 남자 고무신을 신은 채 서울행 버스를 탔다. 넷째오빠가 나를 데리고 탔다. 처음 버스를 타자 차멀미가 심하게 일어나 정신없어 하던 나에게 운전대 옆에 나란히 앉아 있던 아저씨가 길을 안내하시며 광나루 다리라고 2km만 가면 된다고 하시며 이것저것 알려 주셨지만 정신없어 다 기억하지 못한다.

서울 집에 와서 생활하니 모든 것이 생소했다. 선생님들이 가르치시는 것도 시골과는 많이 달랐다. 그날 배운 것을 그날 바로 시험을 보는 통에 열심히 듣고 공부해야만 했다. 또 까만 얼굴에 까만 옷을 입고 있으니 시골티가 줄줄 나서 같은 반 애들이 이상하게 쳐다보는 것만 같았다. 소심해진 나는 친구가 없어 골목에서 노는 애들만 쳐다보고 지냈다. 서울에서는 동네 분위기가 그런지 애들이 욕을 모른다.

어느 날 나는 골목에서 애들이 노는 것을 구경만 하고 있는데 누구의 삼촌인지 해병대 노래를 애들에게 가르치고 있었다. 멀리 떨어져 그 노래를 듣고 있던 나는 그 해병대 노래를 배우게 되었고, 지금도 부를 수 있다. 서울로 올라온 뒤 전세를 살면서 큰올케는 딸을 낳았다. 나는 잔심부름을 하였고 산후조리는 당고모가 해 주셨다. 얼마 후 큰오빠네는 집을 사서 이사를 갔다.

내가 일한다는 소리를 듣고 어머니는 이 동네 저 동네를 다니시며 도우미를 구해 주셨다. 내가 다닌 중학교는 서울에서 두 개뿐인 국립 중학교였다. 서울사범 병설 중학교로 왕십리에 있었고 마당에는 철망을 경계로 미군부대가 있었다. 길 건너 산위에는 한양대학교가 신설 개교하여 자리 잡았다.

교문에 들어서자 사범학교 규율부 언니 오빠들이 양쪽에 서서 인사를 받고, 또 손짓으로 불러 다가가면 삐뚤어진 배지, 카라, 허리띠 등을 반듯하게 고쳐 주고는 친절하게 웃어 주었다. 남녀공학으로 남자 한 반 여자 두 반이었다. 당시 교장선생님인 원홍균 선생님은 시청각 교육의 창시자로 명성이 높으셨는데 2학기가 되자 정년퇴임을 하셨다. 원홍균 교장선생님이 퇴임하시던 날 전교생은 교문에서 1km 떨어져 있는 거리에 있는 기찻길 위 다리까지 줄을 서서 배웅을 해드리고, 사범학교 언니 오빠들은 손수건을 들고 엉엉 울었다.

중학교에 입학할 때부터 수학선생님이 내게 친절히 대해 주셨는데 수학공부를 열심히 하지 않는 것을 보고는 실망하셨는지 "수학공부 열심히 할 줄 알았는데…"라며 아쉬워 하셨다.

영어선생님은 강희수 선생님이신데 발음이 구슬 굴러가듯 유창하였고, 수업 전후에 회화 한 마디를 가르치셨는데 재미있었다.

단어 암기시험을 볼 때 줄에 맞춰 써야 되는데 줄을 잘못 보았는지 시험이 끝난 다음 날 선생님께서 내 곁에 오시더니 "세 개 맞고 다 틀렸어. 줄을 잘 보고 써야지!"라며 친절하게 알려 주셨다. 60명이나 되는 반 아이들 중에서 내게 다가와 친절하게 이야기하시니 나는 선생님이 너무도 고마워 그 다음의 단어를 열심히 외우고 암기했다. 그리고 그 다음 시험을 본 다음 날 강희수 선생님은 다시 내 곁에 오시더니 활짝 웃으시며 "한 개 틀리고 다 맞았어!"라고 알려 주셨다.

나는 그 후에도 수업시간에 더욱 열심히 듣고 열심히 단어를 외웠다. 우리 학교는 특히 교육 분야에 있어 외국의 원조가 오면 우리 학교에 우선 보급되었다. 그래서 현미경도 한 사람 앞에 하나씩 쓸 수 있었고, 시청각실에서 입체적인 수업도 많이 했다. 외국인이 교육기관 시찰을 오면 우리 학교를 우선 방문하고 특별 강연을 하였다. 그 강희수 선생님은 몇 개월 후 통역관으로 선발되어 떠나가셨다.

1학년 때 담임선생님은 가정과 김 선생님이셨다. 그런데 예쁘고 말 잘 들고 공부 잘 하는 부잣집 애들을 좋아하셨다. 나는 그런 편견을 갖고 지도하는 선생님을 싫어했다. 시골 출신이라고 시골에서 도우미를 구해 달라고 부탁하고, 도우미를 구박하고 또 우리 동네로 오시면서 내게 빈 도시락 심부름을 매일 시키셨다.

나는 시골에서 부모님이 고생하시는 것을 생각하고 절약하며 검소하게 지냈다. 학비와 교통비 외의 돈은 눈치 보여 달라고 하지 않았고 학교에서 수업용으로 사는 수예품도 사지 않았다.

아침에 버스표 두 장을 타고 "학교에 다녀오겠습니다" 하고 큰오빠께 인사를 하고 등굣길 버스에 발만 올려놓으면 뒤돌아서서 안내양과 함께 안쪽으로 밀고 들어간다. 버스 가운데로 들어가면 숨이 콱 막힌다. 나는 키가 작고 몸무게도 29kg인데 차안에는 빈틈없이 학생들이 꽉 차 있어 밖이 안 보이고 무거운 가방은 손잡이만 잡고 있으면 사람들 틈에 끼어 무겁지 않다. 어떤 때는 두 발을 들어 올려도 바닥에 떨어지지 않을 정도였다.

그 후로도 나는 지각을 면하려고 죽기 살기로 매달려 버스를 타고는 출입문 뒤 창가에 자리를 잡고 서 있으면서 정류장마다 보이는 간판을 읽었다. 커다란 시계가게의 시계 볼 때마다 지각을 겨냥하며 다녔고, 오후에는 한산한 버스를 타지 않고 걸어 다녔다. 학교 가까이 사는 애들과 걷다가 나는 혼자 바쁘게 집까지 걸어왔다. 버스표 한 장씩 모일 때마다 나는 부자가 된 듯 매우 기뻤다.

나는 수예품을 어쩌다 사서 떠봤지만 꼼꼼하게 잘 마무리하지 못했다. 그래서인지 담임선생님은 내게 심부름을 시키면서도 미워했다. 하지만 그런 일에는 별 관심이 없어 견딜 수 있었다. 교실 바닥이 마루여서 청소시간에는 양초질을 하고 돌멩이로 광을 냈다. 책걸상을 뒤로 물리고 광을 내는데 청소부장이 서서 수첩에 이름을 적고 있었다. 나는 기분이 별로 좋지 않아 광을 내지 않고 청소부장을 쳐다봤다.

청소부장이 "너 왜 안 해?"라고 하기에 나는, "너도 같이 좀 하면서 이름 적어라!" 했더니 종례 끝나고 담임선생님이 교무실로 오라고 했다. 예절교육을 잘 시키는 학교다. 배운 대로 교무실 문을 노크하고 열려진 문에 들어서서 인사를 하고 담임선생님 앞에 가서 인사를 하고 얌전히 섰다.

"왔어?"

"네!"

"왜 싸웠어?"

"네. 청소부장과 싸웠어요. 청소부장도 우리와 똑같은 학생입니다. 그 애는 서서 이름이나 적고 우리는 청소하고 그 애는 공산당 십장인가요? 같이 청소해야지!"

방과 후여서 선생님들이 모두 교무실 자리에 앉아 계셨다. 나는 담임선생님께 야단을 맞고는 한발 물러서서 고개 숙여 인사를 하고 출입구에서 다시 고개 숙여 인사를 하고 교실로 왔다. 얼마 지나 두세 분의 선생님이 내 곁을 지나시면서 "네 눈에는 정기가 있구나!" 하셨다.

2년 동안 같은 선생님이 담임을 하니 정말 싫었다. 성적표 행동발달 란에는 '가'는 하나도 없고 거의가 '나'와 '다'였다. 그도 그럴 것이라고 체념하니 기분은 아무렇지도 않았다. 3학년 반편성을 하는데 아저씨처럼 좋은 남자 음악선생님 반이 되었다. 나도 모르게 해방감에 소리치며 "야! 신난다!"고 환호하였다.

항상 밝은 표정으로 애들을 사랑하시는 김익두 선생님은 종례 시간마다 학생 명곡집을 갖고 한 가지 한 가지 가르치고 부르게 하셨다. 그때 배운 명곡은 나의 음악 수준을 높였다. 운동장 조회시간에 나가면 담임선생님은 내 머리를 쓰다듬으시며 "얘들아, 석국이처럼 머리를 단정하게 해라!" 하시면, 옆반 담임선생님이신 김 선생님은 "뭐! 저 학생이 뭐가 예쁘다고!" 하신다.

하루는 방과 후 청소를 하고 있는데 누가 와서 "너, 김 선생님이 오래!" 하였다. 나는 화가 머리끝까지 나서 빗자루를 팽개쳐 버리고 창밖을 내다보면서 "못 가신다고 여쭈어라!" 했더니 웃어야 할 친구들이 웃음은커녕 찬물을 끼얹은 듯이 조용해서 웬일인가 싶어 뒤돌아섰더니 그 미운 김 선생님이 출입구에서 팔을 버티고 서서는 "요 깍쟁이, 오늘만 갔다 와 다음엔 안 시킬 테니…" 하였다.

김 선생님 반에도 같은 이웃인 친구 묘자가 있었는데도 내게 심부름을 시켰다. 어쨌든 별 수 없이 김 선생님을 따라가 빈 도시락을 받아 들었는데 그 후 더 이상의 심부름은 안 시키셨다. 나는 약속과 규칙을 어기는 사람은 싫어했고, 누구에게 잘못을 지적 받는 것을 불명예스럽게 생각했다.

친척 숙자가 미용사 공부를 하면서 내 머리를 잘라 주었다. 어려서는 큰 오빠가 내 머리를 잘라 주었다. 오빠들은 '꼭 뚝배기 뒤집어 쓴 것 같구나' 라며 놀렸는데 그런 큰 오빠가 무서워서 나는 몰래 방구석에 숨어서 울기도 했다. 중학교에 들어가면서 숙자에게 머리를 잘랐고 자주 부탁하기가 싫어서 거울을 보고 내가 양 옆을 자르고 뒤는 도우미에게 잘라달라고 부탁했다. 그래서인지 복장용의 검사에서 한 번도 걸려 본 일이 없다.

주말이면 큰오빠를 찾는 손님들이 많이 오신다. 그분들이 가고 나면 재떨이 청소를 내가 한다. 담배꽁초를 털어 봉지에 모았다. 몇 달을 모으니 제법 많았다. 시골에서는 부자라고 하지만 속앓이로 고생하시는 어머니는 막초 담배를 피우신다. 내가 모은 꽁초는 고급 담배이다. 방학이면 두툼한 꽁초 봉지를 가방에 넣고 가서 어머니께 드리면 "누구를 닮아 이토록 알뜰하니" 하시며 좋아하셨다.

　서울집의 우리방은 방바닥보다 벽이 더 넓다. 천정이 높아 웃풍이 대단했다. 책상에 앉아 있으면 등과 무릎이 시렸고, 요대기를 두르고 있으면 잠이 꾸벅꾸벅 와서 제대로 공부를 한 기억이 없다.

　2학년 겨울, 교복 속에 엄마가 누벼주신 솜바지를 입고 다녔다. 어느 날 아침에 자고 일어났더니 교복 바지의 무릎 쪽에 검은 색 천을 댄 군청색 교복이 누벼져 있었다. 천정에 길게 매달아 놓은 백열전등을 내 교복에 걸쳐놓고 밤늦게까지 놔두었으니 뜨거운 열기에 바지가 눌었던 것이다. 나는 울지도 않고 그 군청색으로 누벼진 교복을 당당히 입고 고등학교 입학시험을 보러 다녔다.

　집에는 큰올케의 친정 조카들이 와서 함께 살았다. 큰올케는 내가 학교 다니는 것이 못마땅하였는지…, 사실 사소한 일처리 때문에 큰오빠께서 가사도우미를 구해준 것 같은데 어느 날부터 안방의 이불을 개고 펴라 하면서 아침저녁 청소도 시켰다. 부모슬하를 떠나면 시집살이라고 생각한 나는 큰올케가 시키는 대로 잔일을 하며 졸업장 따는 날을 고대했다. 그런데 얼마 지나지 않아 큰올케는 잔일을 더 이상 시키지 않았다. 바로 우리 넷째오빠가 큰올케와 크게 싸웠던 것이다.

　"그 애가 공부하러 서울 왔지, 심부름하러 왔냐고! 동생에게 또 다시 일을 시키면 그냥두지 않을 거요."

　시골에 계신 부모님은 식량과 파뿌리, 하다못해 사탕수숫대까지 먹을 것이라면 나를 생각해서 있는 대로 보내 주셔서 늘 먹을 것이 풍족했다. 나는 고기를 좋아하지 않아 거의 먹지 않았고, 고추장이나 김치만 있으면 밥을 잘 먹었다. 아무튼 떡을 비롯해 부모님께서 보내주신 것은 맘껏 먹었다.

　나는 화가 났거나 주번 때, 또 시험 때는 아침밥을 안 먹고 도시락도 안

싸갔다. 보통 때는 학교에 도착하기가 무섭게 배가 고파서 1,2교시 전에 도시락을 다 먹고 점심시간이면 운동장에 나가 배구공을 갖고 서브를 넣으면서 놀았다. 공이 철망으로 굴러가 처박히면 그것을 꺼내려다 교복이 찢어지기도 했다. 1,2학년 특활 시간에는 배구반에 들어가 신나게 공을 치며 놀았고, 일요일 날에도 친구 묘자와 함께 학교에 가서 탁구를 치며 놀았다.

3학년이 되어서는 공부 생각이 나서 생물반에 들어갔다. 생물반에서 현미경 다루기를 배우고 고등학교에 진학하니 다른 애들은 현미경 구경도 못했는지 구조도 몰랐다. 그것이 나의 진로를 결정하는 중요한 계기가 되었다.

학생수가 적어서인지 선생님들은 애들 얼굴을 거의 다 알아보셨다. 나는 키가 작은 이유로 앞자리에 앉았고 자연히 수업태도가 눈에 띄도록 좋으니 선생님들께서 잘해 주셨다. 예습이나 복습은 물론이고 숙제도 싫어했지만 수업시간만큼은 선생님들과 눈싸움하듯 집중하고 속으로 대화하며 알차게 보냈다. 수학시간이면 거의 내 시간이다.

그런데 친구 문자가 영어시간이나 수학시간에 선생님 말씀마다 "네! 네!" 하며 토를 달아 무척이나 거슬리는 것이 수업방해가 되었다. 나는 참다못해 문자를 향해 "야! 구린내도 안 나는 알랑방귀 뀌지 마!"라며 소리쳤더니 선생님은 물론 학급 친구들 모두가 통쾌한 듯 책상을 두드리고 손발을 구르며 웃었다.

수업시간이 끝나고 문자가 내게로 왔다. 나는 모르는 척 외면했다. 문자는 내 책상을 흔들고 "얘!" 하며 눈을 치뜨고 돌아가더니 얼마 후 다시 와서 항의했다.

"어디! 창피하게 왜 그랬니?"

"창피하면 됐다! 네가 수업 방해하는 거 알아?"

그 후부터 문자는 자중하여 편안하고 조용한 수업시간이 되었다.

3학년 때 수학시간이면 선생님께서는 예를 들어도 나를 들추고 하셨다. 어느 날 "이거 알아?" 하시기에 순간적으로 "몰라요!" 하니까 "금방 배운 것도 금방 잊어버려!" 하시며 '잊음머리' 이야기를 해 주셨다. 바로 손에 든 담뱃대를 걸어가면서 손이 앞으로 나오면 "내 담뱃대 여기 있구나!" 뒤로 가면 "내 담뱃대 어디 갔나?" 하며 찾는다는 '잊음머리' 이야기가 지금도 생생하게 기억난다.

여자 영어선생님 허화경 선생님은 이름처럼 눈이 커서 잘 보인다며 수업시간에 딴 짓하는 것을 제일 싫어한다고 말씀하셨다. 엄하게, 그러면서 잘 알아듣도록 유창하게 가르쳐 주셔서 모두들 문법은 물론 독해나 회화도 재미있게 배웠다. 누구보다 나는 고등학교 시절 독본은 싫어해도 영문법 시간은 재미있었다.

무섭고 재미있는 국어선생님 김규창 선생님은 대학에서 국어과 수석졸업생으로서 우리 학교에 발령받아 오셨다. 그 당시 교장선생님 성함은 최창규 선생님으로 이름순서가 서로 반대였다. 1층 교장실 입구에 있는 커다란 거울은 전신이 보이도록 컸다. 그 거울 앞에 서서 머리끝부터 발끝까지 훑어보시고는 조심스레 교장실 문을 열고 드나드시던 선생님들의 모습이 생각난다.

나는 집에 돌아오면 교복을 입은 채 손만 씻고 부엌으로 가서 남은 밥에 김치, 깍두기를 넣고 비비든지 물에 말아 허겁지겁 먹곤 했다. 김치와 고추장만 있으면 한 그릇 뚝딱이었다. 저녁밥상에 올려진 찌개나 국에 고기기름만 떠도 나는 밥을 물리고 부엌으로 가서 내 식성대로 김치에 비비거나 물에 말아 잔뜩 먹었다. 밥맛이 좋았다. 세끼 밥을 잘 먹은 덕에 이때부터 키가 부쩍 크기 시작했다.

우리들은 선생님이 새로 부임해 오셔서 조회시간에 단상에서 부임인사하실 때 별칭을 지어 드린다. 별명은 특성에 따라 애들에게 인상 좋고 인기 있는 선생님에게만 붙인다. 김규창 선생님의 별명은 도토리다. 교직에 첫발을 딛고 오신 총각선생님으로서 대머리가 심하고 얼마나 공부를 많이 하셨는지 알이 두터운 안경을 쓰고 있어서 그야말로 도토리처럼 매끄러운 인상이다. 김규창 선생님은 실내에서도 모자를 쓰셨는데 항상 머리를 가리느라 중절모를 쓰고 다니셨다.

실력도 대단하셨지만 무섭게 가르치셨다. 2시간 동안 배운 것을 한 명씩 호명하여 질문하고는 답을 못하면 세워두는데 질문이 끝난 뒤 서 있는 반애들 모두를 청소하는 총채로 때리셨다. 열심히 들어도 걸린다. 그 때 무섭게 배운 내 국어 실력은 고입과 대입뿐 아니라 교단에 서서도 능력인으로 만들어 어려움 없이 지나게 했다.

앞자리에 앉아 있던 나는 어느 날 김규창 선생님이 칠판에 써놓은 한자 통달 달(達)자를 보고 "선생님, 저기 하나 더 그어야 되는데요!"라고 지적했더니, 선생님은 찬찬히 다시 써 보시고는 선생님이 쓴 것이 맞는다는 듯 "이 녀석이 또 나를 놀렸구나!" 하며 출석부로 내 머리를 치려 하셨다. 가만히 있던 나는 무의식적으로 머리 위로 떨어지는 출석부를 손으로 확 막았다. 선생님은 "짜식!" 하시며 슬그머니 돌아서셨다. 국어시간에 선생님께서는 한눈을 팔거나 대답을 못하는 학생에겐 출석부로, 단체는 총채로 때리셔서 국어시간이면 우리는 총채, 옷솔통, 매초리감 모두를 교단 밑에 감추곤 했다.

키가 작고 대머리인 선생님은 대학 시절 표가 매진된 영화관에 돈을 더 주고 암표를 사서 들어가 생긴 재미난 이야기를 해 주셨다. 극장 안도 만원이고 키는 작아 화면이 보이지 않아 엎드려 한참 기어가다 앞쪽이려니 생각하고 고개를 들고 일어나려는데 어떤 아가씨 스커트 속으로 머리가 쏙 들어갔다는 것이다. 놀란 것은 아가씨뿐 아니고 선생님도 마찬가지였다. 아가씨는 "악!" 소리 지르며 발로 밟고 차고 야단이었다는데, 대머리가 치마 속으로 쑥…, 하니 우리는 양손으로 책상을 두드리고 발을 구르며 깔깔 웃어댔다. 그러면서 씩, 웃던 선생님의 얼굴은 짓궂은 어린애처럼 귀엽게 보이셨는데, 우리가 졸업을 하면서 그 선생님은 교육대학 교수가 되셨다.

수학선생님도 무서우셨다. 교외 생활지도에서 몇 번 걸린 명자가 선생님한테 머리통을 맞고 머리핀이 빠져 머리카락이 흐트러진 것을 본 나는 수학선생님이 무서웠다. 어느 날 수학선생님은 화를 내시며 교무실로 가셨다. 반장, 부반장은 교무실로 선생님께 사죄하며 모시러 갔다. 복도 창가에 앉은 나는 떠들어대는 아이들을 향해 "선생님 오신다! 조용히 해!" 하며 소리쳤다.

실내는 조용했고 마음을 풀고 오신 선생님은 나를 보시더니 "이 녀석은 선생님이 화가 났는데도 싱글벙글 만날 웃어. 꼭 우리 셋째 딸 같구나!" 하셨다. 그 선생님은 세계사 책에 나오는 윌리엄 2세처럼 멋지게 생기셔서 별명이 '윌리엄 2세' 왕이라 그때부터 나는 셋째공주라고 불리었다.

별칭이 배추장수인 또 다른 수학선생님은 항상 털털하게 옷을 입고 다니셨는데 어느 날 갑자기 신사 정장에 흰 와이셔츠 넥타이까지 하고 오셨다. 우리가 "야, 근사하다!" 했더니 선생님은 화를 버럭 내시며, "뭐! 근사해? 내가 뭐에 가깝다는 말이냐?" 하시면서 칠판에 '근사함'을 써 놓고 '근사값'에 대해 가르치셨다. 선생님들은 우리 학생에게 무엇인가를 가르치려고 의도적인 화를 내시며 하나하나 기억 속에 깊이 심어 주신 것 같다.

강당인 체육관에서는 가을축제, 웅변대회, 합창대회 등 각종 행사들을 했다.

어느 날 오후, 강당에 가보니 고등학교 체육과 남자 무용선생님이 혼자 발레를 하고 계셨다. 나는 한참 동안 구경했다. 영화관에서는 유성영화를 보는데 우리는 강당에서 무성영화를 단체로 관람하였다. '쌍무지개 뜨는 언덕' 이라는 제목의 순정 영화가 기억나는데 당시 강당 안은 울음바다였다. 무성영화로서 활동사진만 움직이고 말은 유명한 성우 '구민' 씨가 일인다역의 음성으로 들려주었다.

가난한 집 쌍둥이 딸 중 동생은 부잣집에 양딸로 보내 풍요롭게 먹고 입히며 학교를 다니고, 가난한 집 언니는 잘 먹지 못하고 입지도 못한 채 학교도 못 다니고 기차 안에서 껌팔이를 하였는데 두 자매의 부딪침을 보고 많이도 울었다. 다 커서 서로가 자매라는 것을 알고 동생이 잘 하며 언니와 함께 학교를 다니게 되는 것으로 끝을 맺는데 관객 모두는 손뼉을 치며 기쁨의 눈물을 흘렸다.

다른 학교와 달리 훌륭하신 선생님들이 많았기 때문에 공부 잘하고 체험학습으로 기른 작은 능력이 성인이 되어서도 능력인으로 살게 키워준 중학교는 내게 정말 고마운 모교이다. 졸업식 날 무대 위에는 '축 졸업' 이 걸려 있었고, 양 옆으로는 '소금과 같이 꼭 필요한 사람이 되어라' 와 '사회에 등불이 되는 사람이 되어라' 라는 플래카드가 걸려 있었다. 이러한 스승님들의 가르침을 가슴에 안고는 바르고 근검절약하며 남을 생각하는 사람이 되어보려 굳게 마음먹었다.

나는 선생님을 좋아하여 따르면서 좋은 선생님들의 장점과 단점들을 눈여겨보고 장점을 찾았다. 선생님들이 잘해 주셨는데 한 번은 한문선생님이 출석부에 기재하려고 만년필 뚜껑을 뽑았는데 잉크가 흘렀다. 앞자리에 앉은 내가 연습장을 한 장 뜯어 드렸더니 선생님은 잉크를 닦고는 그 종이를 교실 앞바닥에 던지셨다. 순간 깜짝 놀란 나는 나도 모르게 선생님께 따져 묻고 말았다.

"선생님! 선생님이 그 종이 거기다 버리시면 우리는 무엇을 보고 배워요?"

교실은 조용했고 젊으신 한문선생님은 얼굴이 빨개지셨다. 친절하게 잘 대해 주시던 한문선생님은 다음 시간부터 나를 모르는 체 외면하셨다.

학업성적이 좋지 못한 나는 어느 고등학교에 진학할지 몰라 친구들과 의논하니 선배들 이야기를 하며 안전권이라는 학교를 선택해 주었다. 마침 친척 묘자도 그 학교에 간다고 하여 잘 되었다고 생각했다. 나는 묘자와 함께 다니면서 신세를 많이 졌다. 집에 일찍 가기 싫어서 시험 때 묘자의 집 가까이에 있는 극장에 가면 묘자가 내 극장비도 냈다. 묘자는 고모네 있으면서 시골 부자인 부모님이 용돈을 많이 주셨기 때문에 늘 여유가 있었다.

어느 날 어머니는 시골에서 우리를 가르치신 선생님이 나는 까불기만 하고 공부를 안 해 대학에 못 간다고 하셨다며 걱정을 하셨다. 또 큰올케는 내가 고등학교에 붙으면 자기 손바닥에 장을 지진다고 했다는데 그도 그럴 것이 집에서 내가 책을 들고 공부하는 것을 본 일이 없기 때문이다.

어느 날 나 혼자 방에 있는데 큰오빠가 내 방으로 들어오셨다. 나는 무서워서 책상에 앉아 책을 펴고 숨을 죽인 채 큰오빠가 나가기만을 기다렸는데 "너! 무슨 공부가 책장이 안 넘어가니?" 하셨다. 순간 정신이 번쩍 들고 등에서 식은땀이 솟았다. 책장을 넘겨도 큰오빠는 안 나가고, 나는 책 속의 글씨는 안 보여 책장만 자꾸 넘긴 기억이 난다.

고등학교 입학시험 치던 날이 바로 아버지의 회갑날이었다. 식구들은 모두가 시골로 가고 나와 도우미만 남았다. 편안한 마음으로 시험에 임했다. 수학시험지 하나만 100점이었다. 시간이 남아 주관식 문제를 다시 풀었더니 답이 90이다. 세 번째 풀고 자신 있게 10을 썼다. 그때는 입시문제도 주관식 객관식 비율이 7:3이었고 주관식 문제에 점수 배점이 높았다.

합격자 발표날이 되었다. 늘 관심 갖고 지켜보던 넷째오빠가 수험표를 달라고 했다. "왜?" 그랬더니, "시험에 떨어지면 네 성격에 한강으로 달려갈 것 같으니 넌 집에서 기다려!"라 했다. 입학시험을 보러 다닐 때도 묘자가 차비를 대주었다. 그대로 집에 가서 기다리기는 지루했다. 12시에 발표하고 1시에 합격자 소집이었다. "우리가 직접 보고 오자!" 하고 묘자와 둘이 전차를 타고 내려서 개천가를 지나다가 묘자 언니를 만났다.

"어떻게 됐어?" 물었더니 언니는 화를 내면서 "공부도 못하고 까불더니…" 한다. 뒤돌아서 따라오는데 4백 몇 번 몇 번은 합격하고 우리들은 떨어졌다는 것이다. 나는 "우리는 5백인데?" 하고 앞장서서 강당 벽에 붙은 합격자 명단을 바라보니 내 앞 번호인 묘자의 번호는 없고 내 번호만 있었다.

기쁨도 잠시, 나는 마음이 아파 뒤를 돌아볼 수가 없었다. 찌그러진 얼굴로 뒤돌아보니 묘자 언니가 "나중에 와! 우리 먼저 갈게" 하더니 묘자와 함께 황급히 자리를 떠났다.

누구보다 넷째오빠가 무척 좋아했다. 합격자 발표가 끝나고 면접시험이 있었다. 교장실에 한 사람씩 들어가 면접을 했다. 출입구에서 인사하고 발이 그려진 자리에 서서 인사를 하고 수험번호와 성명, 출신중 이름을 대고나면 교장선생님 질문이 있으시다. 방순경 여자 교장선생님은 나를 훑어보시고 웃으시며 고개를 끄덕이시더니 "됐다!" 하셨다.

다시 인사를 하고 나왔다. 삼년 입은 교복은 허옇게 바래고 작고 철망에 걸려 찢기고 무릎은 다른 색으로 누볐으니 무슨 생각을 하셨을까. 나는 그런 외모에 관념치 않았다. 합격통지서를 큰오빠께 보였더니 믿어지지 않는다고 하셨다. 고등학교에 떨어지면 보결로 입학시키려 하였다는데 합격했다니 무척 좋아하시며 비싼 노블텍스의 교복을 맞추어 주셨다. 또 지갑을 사서 비상금이라고 500환을 넣어주셨다.

나는 아침마다 전차표를 받고 인사하며 등교했다. 오후에는 60장에 90환하는 전차표를 아끼려 걸어 다녔다. 버스표는 두 장에 5원이었다. 내 손으로 차표를 사본 일이 없었기에 돈을 만져보기도 힘들었다.

어느 날 가방 들고 마당에서 세수하던 큰오빠께 인사하려니 "정말 다니는 거니? 이름이 잘못 되었다고 연락 올까 걱정이구나!" 하신다.

"걱정 마세요. 성적도 좋아 반장 후보에 들었어요" 하니 매우 좋아하셨다.

주말에 묘자네 집에 놀러 갔더니 묘자 오빠는 나에게 "너희 학교는 칼을 차고 다닌다는데?" 했다.

나는 "칼이 필요한데 사 줄 테야?" 했다.

그 오빠는 배가 아팠던 모양이다.

내가 고등학교에 들어가니 동생이 서울로 와서 중학교에 입학했다. 큰오빠는 둘째아들을 낳아 3남매가 되었다.

길가에서 만난 중학교 동창 옥희가 반갑게 말한다.

"야! 너 멋쟁이 되었구나? 고등학교 진학도 못 할 줄 알았는데…, 좋은 학교에 좋은 교복을 입으니 너무 예쁘다."

중학교 때 교복은 장에서 제일 싼 것으로 5,500환, 지금 돈 550원을 주고 맞춘 것이다. 나는 교복과 체육복 밖에 별다른 옷이 없었다. 고등학교 때도 체육복은 집에서 입고 외출할 때는 교복을 입었다. 우리 학교는 5대 공립학교 중 하나다. 입학식을 한 지 얼마 안 되어 담임하시던 남자선생님이 옆의 남학교로 가시고 영어선생님이신 신창우 선생님이 담임을 맡으셨다.

학년 초 학급간부를 뽑는데 선생님은 입학 성적을 갖고 다섯 명을 불러내셨다. 그 중에 나도 끼어 있었는데 나는 반장 같은 감투를 쓰는 것이 싫었다. 자유인이 좋았다. 웃음이 났다. 마침 착하고 예쁜 장추자가 반장이 되었다. 담임선생님은 종례시간마다 추자만 찾으셨다.

본 수업만 하면 집으로 가고 학원도 없는 천국이던 때다. 종례를 기다리는데 애들이 시끄럽게 떠들었다.

선생님은 교실에 들어서자마자 "얘! 떠들지 마!"라고 큰 소리로 말씀하셨다.

나는 "네!"라고 대답했다.

그리고 또 다시 시끄러운 쪽을 향해 선생님은 재차 "얘! 떠들지 마!" 하셨다.

또 다시 나는 분명히 "네!"라고 대답한 것 같은데 발음상 혼란이 생긴 모양이다.

선생님은 "석국이 외에도 우리 반에는 불량한 학생이 많아!"라고 하셨다.

나는 웃었다. 선생님은 화가 많이 나신 듯하다. 나는 불량하다는 말을 생전 처음 듣는지라 웃음이 나왔다. 선생님은 나에게 종례 끝나고 교무실로 오라고 하셨다.

방과 후라서 선생님들 거의 모두가 교무실 책상에 앉아 계시는데 인사를 하고 다가가는 나에게 선생님은 대뜸 큰 소리로 호통을 치신다.

"너 아까 뭐라고 대답했어?"

"'네!'라고 했는데요!"

그러자 선생님은 자리에서 일어나 내 볼을 움켜잡으며 말하신다.

"아까는 '어'라고 대답하더니…, 지금은 '네'라고 하네."

그때서야 나는 선생님께서 듣는 데 오해가 있었다고 알아차렸다.

선생님의 피부는 하얗고 대머리가 벗겨지셨다. 팔에는 털이 많이 나서 손목시계가 털 속에 파묻혔다. 그 거친 손이 내 볼을 잡고 있으니 나는 빨리 교무실을 나가고 싶었다. 같은 말을 되풀이하며 핀잔을 주시는데 여자의 무기는 눈물이라던가. 그 순간 나는 눈물을 주르륵 흘렸다. 잠시 후.

"부모님은 어디에 계셔?"

"네, 이천에 살고 계시는데요."

"다음에 또 잘못하면 이천이 아니라 미국이라도 가정방문 갈 거다."

"네."

"알았으면 돌아가."

교무실을 나오며 나는 마음 속으로 더 큰 대답을 했다.

'제자 하나 잃어버리셨네요!'

교실로 돌아오니 애들은 청소도 하지 않고 나를 기다렸다. 나는 웃으면서 말했다.

"아, 글쎄! 선생님께서 내가 불량하다는 거야."

애들도 한바탕 웃고 나서 청소를 했다.

그 후 나는 그 선생님 앞에서는 입을 꾹 다물었다.

그 해 4.19혁명이 일어나고 화폐개혁이 실시되어 명칭부터가 환에서 원으로 변경되었다. 단적으로 100환이 10원으로 쓰였다. 4.19혁명이 일어나면서 학교마다 데모를 하였는데 대부분이 교장 퇴진운동이었다. 그래선지 공립학교끼리 교장선생님의 이동이 있더니 10년 이상 재직한 선생님들의 인사이동이 시작되었다.

우리 학교 방순경 교장선생님이 가시게 된 학교에서는 새로 오시는 교장선생님 반대 시위를 했다. 외부에서는 우리 학교가 운동선수를 육성하는 학교라고 여자 깡패가 많다고 놀리던 때다.

운동장 조회를 나가려는데 학교에서 논다 하는 옥회가 말한다.

"우리 교장선생님이 가시면 감지덕지이지 그 학교 주제에 무슨 데모야!"

그 학교보다 우리 학교가 우월하다는 뜻이다.

나는 평소 옥희에게 하고 싶은 얘기가 있어 길게 한 마디 했다.

"옥희야, 잘된 것은 기르고 못된 것은 고쳐야 해. 밖에서 우리 학교 욕하면서 나에게도 칼을 들고 다니냐고 하더라."

"뭐야! 너는 이 학교 들어오려고 껄떡거리며 들어와서는 무슨 소리니?"

"아니, 나는 교문 앞을 지나가는데 교문을 활짝 열고 두 손을 잡아끌어서 들어왔어!"

"그래, 너는 골방에 처박혀 공부나 해라!"

"골방? 너는 옆의 남자학교 교문 앞에 가서 남학생들 기다린다며? 너 같은 애들이 있어서 우리 학교가 욕먹는 거야!"

그러며 운동장으로 나오니 다른 애들이 응원을 한다.

"더해 주지! 잘 했다, 잘 했어!"

나는 중학교가 다른 타교 진학생이라서 텃세 내느라 설움을 많이 받았지만 드센 애들과 말싸움을 해도 지지 않았고 공부도 빠지지 않았다.

어느 날 현관 진열장 뒤에 찔러 둔 신주머니를 꺼내려는데 논다는 애 하나가 내 것을 꺼내들고 신발을 넣으려 했다.

"그거, 내 거야!"

"네 거라는 증거 있어?"

"그래. 물론이지."

나는 신발주머니를 뺏어들고 속을 뒤집었다. 흰 천에 반 번호와 함께 쓰여진 내 이름을 보여주었더니 그 애는 아무 소리도 못하고 물러갔다.

우리 학교는 교모가 있었다. 내 짝꿍은 털실로 손수 짜서 쓰고 다녔다. 그것도 모르고 모자 없이 다니던 나에게 어느 날 짝꿍 황영희가 모자를 짜서 주었다. 나는 그 고마움을 갚을 길이 없어 차비 모은 돈으로 필통과 필기도구를 채워 사례한 기억이 난다.

1학년 때 이안희 선생님을 모시고 '경제'를 수준 높게, 그러면서 재미있게 배웠다.

이안희 선생님은 우리 학교 선배님으로서 서울대학교 상대를 수석으로 입학하시고 차석으로 졸업하신 재원이어서 학교에서 특별히 모셔온 선생님이라고 했다. 무엇보다 선생님께서 학습 자료로 만들어 주신 유인물을 전차에서 펼쳐보고 있는데 함께 탄 중앙대학교 학생들이 '수준 높게 경제를 배우고 있다'고 인정했다.

어느 날 수업시간에 이안희 선생님께서 "한국은행 본점이 어디 있는 줄 아는 사람?" 하고 손을 들게 하셨다. 그날 나 혼자만 손을 들고 답을 했다.

그 후에도 은행 본점들의 위치를 물을 때마다 나 혼자 손을 드니 우리 반 애들은 부러운 소리로 투덜댄다.

"너는 은행 본점만 조사하러 다녔니?"

사실 나는 특별히 조사하러 다니지 않고, 전차를 타도 창가에 서서 밖을 내다보며 건물의 이름과 간판을 보니까 자연히 은행 본점의 위치를 알게 된 것이다.

하루는 한 시간 이상 걸려 내리기 때문에 전차 가운데로 들어가 프린트물을 읽고 있는데 옆으로 상명여고 애들 서너 명이 다가오더니 시비를 걸었다. 옆에는 중앙대학교 대학생들이 여럿 있었다. 나는 고개를 쳐들고 두 눈을 똑바로 뜬 채 쏘아붙였다.

"어디서 놀던 것들이 와서 까불어!"

그러자 을지로 입구에서 볼 일 있으니 내리라고 한다. 나는 다시 고개를 들고 소리쳤다.

"볼 일 있으면 너희들끼리 가! 나는 바쁜 사람이야!"

그리고 을지로 6가에서 그 애들을 헤치고 나왔다. 따라 내릴 줄 알았던 그 애들은 그대로 전차에 있었다. 그런 나에게 대학생들이 손을 들어 외친다.

"브라보! 브라보!"

나는 겁도 없이 혼자 내렸다. 그들이 몰려와 때리면 맞을 수밖에 없겠지만 내리는 정거장 가까이에 파출소가 있는 것을 알고 있던 나는 두렵지 않았다.

가정과 시간에 교육실습을 나온 이른바 교생이 오셨다. 한자로 쓰여 있긴 했지만 '삼투압(滲透壓)'을 연이어 '참투압'이라고 발음하시기에 나는 큰 소리로 "선생님! 참투압이 아니고 삼투압이에요"라고 외쳤다. '생물' 과목에 나오는 용어이긴 한데 뒷자리에서도 어느 친구가 "네! 삼투압이에요"라고 동조했다.

순간 당황하여 쩔쩔 매던 교생 선생님의 모습이 선연하다. 사실 망신을 주려고 한 것은 아니고 단지 학습 용어라서 분명히 할 필요가 있어서 나선 것인데 지금도 괜히 미안한 생각이 든다.

고등학교에 진학하면서 키도 부쩍 자라서 중간번호가 되었다. 가까이 있는 친구 넷이서 더욱 가까이 지냈다. 그중 민병희는 아버지가 한양대학교 교수이신데 할머니는 시골에서 밤농장을 경영하시면서 아버지를 대학을 보내셨다고 한다. 특히 절약정신이 강하여 설거지 개숫물에 밥알 세 개가 보여도 물에 헹궈서 잡수셨다고 한다. 나는 그 소리를 듣고 병희가 더욱 좋아졌다.

수도여고는 1948년에 개교한 공립학교로서 교가는 초대교장 방순경 선생님이 작사하시고 정희갑 선생님이 작곡하셨다. 두 분은 12년간 같이 근무하시다 4.19혁명 후 교장선생님은 다른 학교로 전근 가셨고, 정희갑 선생님은 10년 이상 근무교사 이동 때 서울대학교 음대 교수로 가셨다.

정희갑 선생님은 온화하고 밝은 표정으로 우리들을 사랑하셨다.

어느 날 발성연습 시간에 선생님은 "영감소리가 난다" 하시면서 웃었지만 그 영감소리의 주인공이 나인 것 같아 나는 입만 뻥긋뻥긋하며 속으로 따라 부른 기억이 아련하다.

체육시간에 팔굽혀 펴기를 할 때다. 나만 헉헉대며 20번을 하니까 애들이 "그만해" 하는데 체육선생님은 더 하라고 하셨다.

석봉근 체육선생님은 머리도 좋으신 데다 기계체조를 잘 하셨다. 우리 학교 운동 특기자 양성을 담당하는 선생님으로서 열정을 보이시더니 1년 선배언니를 역대 최초로 올림픽에 기계체조 선수로 참가시키기도 했다. 그래서인지 체육 특기자를 찾으려고 나에게도 수영을 하라시기도 했고, 또 스케이트를 빌려주시면서 배우라고 하셨지만 나는 겁도 많고 의심도 많아 아무것도 못했다.

그리고 또 선생님은 내게 우리 옆 동네 사시는 집에 심부름을 시키셔서 가면 사모님과 함께 어린 동생들이 나를 식구처럼 잘 대해 주었다.

불교신자인 나를 교회에도 데려가시고, 사모님은 아들과 딸을 나와 함께 데리고 남산 구경도 간다.

교복을 입은 나를 보고 남학생들이 '순자야, 명자야' 하는데 못 들은 척하니까 '되게 못 생겼다' 고 소리친다.

그 소리에 사모님께서 슬그머니 내 눈치를 보며 한 말씀 하신다.

"진짜 못 생겨서가 아니라 쳐다보라고 하는 소리야!"

"알고 있어요. 하지만 제 이름이 아닌 걸요."

내 이름은 너무도 특이하여 천하에 다시 없는 이름이라서 진짜 나를 아는 사람 외에는 나를 불러도 다른 사람에게 속을 리가 없다.

책읽기는 별로 좋아하지 않았던 것 같다. 별도로 공부하지 않고 수업시간에 받는 공부만으로도 성적은 중간을 넘었다. 집에서는 여러모로 공부할 분위기가 아니어서 책상 앞에 제대로 앉지를 못했다. 그래도 오빠들이 빌려다 놓은 '홍길동전', '괴도루팡', '수호지' 등에서 '괴도루팡'을 밤늦도록 재미있게 본 기억이 있다. 아마도 추리소설을 좋아했었나 보다. 고등학교에 들어가서는 친구 은자네 집에 있는 '고전문학전집'을 거의 다 읽었다. 대학교 때는 도서관에서 몇 권 빌려 봤지만 별다른 기억은 없다.

주말이면 친구들이랑 야외로 놀러 다니는 것을 좋아했다. 은자네 집에 카메라가 있어 사진도 많이 찍고 또 사진 찍는 기술도 익혔다.

2학년이 되면서 경복고등학교의 보물선생님 세 분이 우리 학교로 오셨는데 그중에서 특별히 기억나는 선생님은 2학년 때 담임이신 전태홍 생물선생님이시고, 3학년 때 담임이신 남도영 국사선생님이시다.

전태홍 선생님은 '요설 생물', 남도영 선생님은 '십주 국사'라는 참고서를 쓰셨는데 그것으로 수업을 참으로 재미나게 하셨다. 내가 대학에 진학하던 해 그 분들은 각각 중앙대학교, 동국대학교 교수로 떠나셨다. 전태홍 선생님은 노총각이어서 인기가 많았다. 여학교에는 처음 부임하셔서 그런지 무척이나 조심하였고, 수줍음도 많이 타셨지만 편견 없이 누구에게나 친절하게 대하셔서 나도 그 선생님을 좋아했다.

1학년 생물시간에 현미경 다루기를 재미있게 공부한 덕에 어느 과목보다 생물에 자신이 있고 재미가 있었다. 그러던 차에 담임이 좋아하는 과목과 선생님이셔서 공부를 더욱 열심히 했다. 조회 종례시간이면 한 차례씩 선생님과 대화를 하며 애들을 웃겼다.

어느 날 아침 조회시간에 운동장 쪽 창가에 앉아 있었는데 출석을 부르셨다. 마침 내 앞자리 52번 자리가 비어 있었는데 "52번!" 하고 호명하시는 순간 내가 "저기 와요!"라고 둘러댔다.

"운동장에 오니?"

"아니요! 구암동 버스 정류장에 내렸어요!"

순간 반 친구들은 깔깔대며 웃고, 선생님은 "짜~식!" 하며 미소 지으신다.

다음 날이 우리 반 아침 청소하는 날일 때다.

선생님께서 "내일 아침 7시까지 등교들 해!"라 말씀하시는데…,

"7시요?"

"왜? 못 나올 사람, 손들어라!"

나 혼자 손을 든다.

"이석국, 무슨 일 있어?"

"예, 그 시간에 저는 꿈나라에 빠져 있어요."

선생님은 어이없어 하시며 아무 말 없이 종례를 마치셨다.

다음 날 아침 나는 아침밥도 먹지 않고 도시락도 없이 7시 전에 학교에 도착하여 기다렸다.

선생님은 반갑고도 놀라는 표정으로 황급히 내게 다가오신다.

"야 임마! 못 나온다고 하더니…."

"이유가 어디 있어요. 제가 빠지면 일이 되나요?"

그 순간 선생님은 매우 기분 좋아하셨다.

새로 오신 김상두 음악선생님은 교무실 칠판에 음악실 청소가 안 되었다고 우리 반 담당으로 써 놓으셨다. 종례시간에 담임선생님께서 물으셨다.

"음악실 청소하는 거니?"

"네! 어제 우리가 했는데요!"

또 얼마 후 우리 반 국사 수업시간을 빌려서 들어오셨다. 그리고 양쪽 반이 체육시간인 것을 이용하여 들어오시더니 또 말씀하신다.

"너희들 음악실 청소하는 거냐?"

"네! 어제 우리가 했는데요."

"야! 임마, 얼마 전에도 네가 했다더니 또 네가 했어?"

"네, 반장이 먼지를 물갈이하라더니 이번에는 번호대로 청소하라고 해서 또 했어요."

"왜, 왔다 갔다 하며 청소가 엉망이냐!?"

그러면서 앞에 있는 교탁을 쓰러뜨렸는데 그 속에 있던 액자들이 와르르 쏟아지며 깨어졌다. 큰 소리와 유리 깨지는 소리를 듣고 양쪽 반 교실에 있던 주번들이 달려와 창문 틈새로 들여다보던 순간 선생님은 '모가지를 빼버린다'고 소리치며 뛰쳐나가셨다. 쿵쿵, 혼자 말대꾸하던 나는 내 목이 빠지는 줄 알고 목을 움츠린 채 엎드려 있었다. 그러다 선생님께서 복도로 나가신 것을 알고 '살았구나!' 싶어 고개를 들었고, 반애들은 이 때 교탁을 바로 세워놓았다.

교실로 돌아오신 선생님은 교탁을 다시 쓰러뜨리시더니 "교무실 칠판에 음악선생님이 음악실 청소가 안 되었다고 써 놓으셨다" 하시며 종례를 마쳤다.

이어서 선생님은 청소 감독을 하시려고 교실에 서 계시니 겁먹은 애들은 복도로 다 나간다. 선생님도 뒤이어 복도로 나오시고 애들은 다시 우르르 교실로 들어갔다. 나는 선생님 뒤에 있었다. 화를 내며 선생님이 한 마디 하신다.

"내가 잡아 먹냐? 엉! 왜들 달아나니?"

"소리치고 부수고 하시는데 누가 좋아해요. 무서워서 도망가지요."

내가 그렇게 대답했더니 조금은 민망하셨는지 피식 웃으시며 한 마디 남기시고 교무실로 향하셨다.

"어서 청소나 깨끗이 해!"

하루는 선생님께서 우리들을 보고 '미친년'이라고 하셨다. 깜짝 놀란 내가 항의했다.

"뭐에요! 예비 숙녀에게 그 무슨 실례를 하세요!"

"오해 말아라. 덜 친한 여자를 미친년이라고 한단다. 그럼 덜 친한 남자는?"

"와?"

애들도 선생님도 한바탕 소리 내어 웃었다.

경주로 기차를 타고 수학여행을 갔다. 밤기차를 탔는데 경주에 도착할 때까지 우리들은 기분에 들떠 밤새도록 떠들었다. 이리 저리 순회하시던 선생님은 새벽녘 기차가 굴속에 들어갈 때면 가까이 계시다가도 굴 밖으로 나오는 동안에는 한 발 옆으로 비켜 서 계셨다. 남학교에서 여행 때 굴 속에 들어가면 선생님을 두드리고 할퀸다는 말이 있었는데 우리도 그럴 줄 알고 비켜섰던 것이다.

우리는 자는 애들 얼굴에 빨간 루즈로 낙서를 했다. 곯아떨어진 친구 고애란의 얼굴이 몰라보게 낙서되어 있자 선생님은 내게 다그친다.

"네가 장난쳤지?"

"아니요. 우리는 저애랑 안 놀아요."

그러자 선생님은 우리들 좌석 앞자리에 앉으시더니 잠바를 뒤집어쓰고 계셨다.

그때 반애들이 루즈를 짙게 바른 채 선생님 얼굴에 찍어주려고 저쪽에서 오고 있었다. 나는 작은 소리로 '애들이 온다' 고 선생님께 알려줬다. 애들이 가까이 왔을 때 선생님께서는 잠바로 아이들 머리를 덮어씌우고 머리통을 통통 두들기고 보내셨다.

또 다시 잠바를 뒤집어쓰고 누워 계신 선생님의 발이 우리 쪽으로 나왔는데 양말 위에 맨살이 보였다. 그때 장난기가 생겨 살그머니 불침을 놓고는 우리들 모두 자는 척했다.

"앗! 뜨거워!"

우리는 모르는 척 "왜요?" 했다. 선생님도 피곤하셨는지 아무 일 없었다는 듯이 돌아누우셨다.

출발하던 날은 모두들 쌩쌩하더니 집으로 돌아올 때는 모두 곯아떨어져 입을 있는 대로 벌리고 잤다. 나는 신문지를 몇 겹 접어 입에 재갈을 물리고는 친한 정도에 상관없이 반애들 얼굴에 낙서를 사정없이 해댔다. 깊이 잠들어 있는 바람에 누가 했는지 모르니 모두들 화를 내지 못했다.

서울역에 도착하니 선생님은 정장에 와이셔츠를 입고 넥타이를 매고 나오셨다. 장난하고 놀아줄 준비를 하고 오신 것이었다.

3학년이 되니 선생님과 반이 엇갈렸다. 선생님 반으로 바꿔달라고 울면서 따라다닌 고애란이는 그 반으로 바꾸어 줬다. 나는 옆 반이 되었고 남도영 선생님 반이 되었다.

첫 시간이 생물시간이다. 선생님께서는 복도 창가에 앉은 나를 보시더니 "좋은 반 좋은 자리에 앉아 있구나!" 하셨다. 다른 반에서 와서 나를 모르던 애들은 누군가 싶어 궁금해 했다. 인기 있는 선생님이 내 이름을 부르고 친절하게 대하시니 반애들이 빨리 알아줬다.

모의고사가 끝나고 성적표를 나눠주시던 남도영 담임선생님께서 한 마디 하신다.

"넌 왜 국사공부는 안 하고 생물공부만 해!"

나는 암기 과목을 싫어해서 국사성적이 좋지 않았다. 대수보다 기하학을 좋아했고 영어 독해보다 문법을 좋아했다. 중학교 때 잘 배워 국어를 잘했다. 교실에서 기하학 책을 들여다보면 애들이 와서 "생물이지?" 한다. 나는 웃고 만다.

어떤 애는 운동장 조회시간에도 '생물' 과목에 대해 궁금해 한다.

"너 생물 어려운 거 다 외우니?"

"아니, 그걸 누가 다 외우고 있니."

"그걸 말이라고 해? 외우지 않고 어떻게 답안지를 쓰니?"라며 반문한다. 사실 나는 저녁에 독서실에 가서는 생물공부, 학교에서는 기하공부를 열심히 하여 생물은 항상 반에서 일등을 했다.

어느 날 방과 후 우리반애 몇몇이 교실에 앉아있는데 생물선생님이 들어오셨다.

"선생님! 빵 사 주세요."

그러자 선생님은 교문으로 나가는 애들한테 교문 입구에 있는 거북당에 가서 빵을 3학년 4반 교실로 한 보따리 배달하라고 시키셨다. 나는 싸구려 찐빵만 먹고 제과점 빵은 먹어본 기억이 없었는데 선생님께서 제과점 빵을 주문하시니 죄송스러웠다.

"선생님! 이 빵 어떻게 먹어요?"

"아! 물에 말아 먹으면 되지…."

그 순간 한바탕 폭소가 터져 나왔다. 선생님의 담임반이 아니라서 내게 장난 칠 기회가 없어 심심하셨나 보다. 방학 때 선생님께 편지를 썼더니 답장을 꼭 해 주시고, 고3 겨울방학 때는 격려 편지로 대학 입시 잘 치르라고 엽서를 주시며 그때마다 여자 이름으로 '천옥'이라고 쓰셨다.

음악시간에 창가에 앉아 깜빡 잠들었었는데 교감선생님이 순회하시다 깨웠다. 그것을 본 음악선생님이 화를 내시며 프린트된 악보 밑에 '음악을 싫어하는 자는 살인강도보다 더 무섭다!'고 쓰셨다.

나는 실기 점수는 나빠도 이론 점수는 높았다. 숙제를 싫어한다. 국어 담당으로 연세 드신 노문천 선생님은 시간마다 숙제를 내시고 꼭 검사를 하신다. 나는 숙제를 안 한다. 국어선생님은 연필로 '3학년 4반 22번' 하고 표시하시고는 다음 시간에 다시 검사를 하시는데 나는 옆의 친구 노트를 펴고 검사를 받는다. 숙제검사 때마다 그러니까 선생님은 나에게 "평소점수 안 준다"고 하셨다.

나는 당돌하게 대답한다.

"선생님! 저는 점수벌레 아니고 밥벌레예요. 점수 안 주셔도 괜찮아요."

수업시간마다 눈싸움하듯이 나는 걱정하지도 않고 무서움도 없이 학창시절을 천국처럼 지냈다.

고등학교 2학년 때부터 나는 친구 다섯이 모여 지냈다. 원효로에 살던 묘섭이는 여름방학을 시골 우리 집에서 함께 보냈다. 방학 때에 맞추어 참외가 익었고 원두막에서 우리 둘이는 매일 놀았다. 노래 부르고 뒹굴다가 산과 들을 쏘다니며 풀꽃을 살펴보았다. 점심때가 되면 둘째올케가 우리들의 밥을 머리에 이고 원두막으로 갖고 온다.

그 해 가을에는 충치가 심하게 먹어 이쪽저쪽 볼이 붓고 아파 치과에 가니 막니들을 뽑았다. 중간고사 기간이라 집에 가기 싫어 친구들이 공부하는 강당 2층 의자에서 잠만 자고 왔다. 이를 뽑은 그 주말에 책상에 앉아 있었는데 식은땀이 머리와 얼굴에서 줄줄 흘렀다. 수건을 목에 두르고 얼굴을 닦으니 잠시 후면 수건을 밖에 나가서 짜야 할 정도로 푹 젖었다. 하루 이틀 그러더니 귀가 안 들리기 시작했다. 작은 마당 수돗가에 있는 나를 마루에서 불러도 나는 듣지 못했다. 깔깔대고 웃는 소리에 뒤돌아보면 "안 들리니?" 하셨다.

수업시간에 선생님 말씀도 안 들리고 애들이 깔깔대며 웃으면 궁금해서 짝꿍에게 물어봤다. 가까운 옆에서 하는 말은 알아들을 수가 있었다. 하지만 짝꿍은 나 때문에 다음 설명을 못 들었다고 신경질을 내서 나는 더 이상 짝꿍에게 묻지 않고 선생님의 입모양만 살펴보며 눈치껏 공부를 했다.

고3때 여름방학을 가까운 동네 산에 있던 절에 가서 친구 은자랑 함께 한 달을 지냈다. 어머니는 원기가 없어 그렇다고 삼계탕을 해 주셨고, 한방으로 침을 맞으러 다녔다. 잇몸이 부은 상태에서 이를 뽑아 신경에 무리가 온 것이다. 별 차도 없이 그렇게 일 년이 지나가더니 고등학교 3학년 2학기가 되어서야 좀 알아듣게 되었다.

은자와 나는 둘이서 새벽 4시에 스님들을 따라 법당에 들어가 예불을 하고 아침저녁 시원한 시간에 공부를 했다. 10시에 다시 법당에 들어가 예불을 드리고 절을 백 번씩 했다. 대학 입학시험 잘 보게 해 달라고 기원하면서 정성껏 절을 올렸다.

겨울방학 때는 독서실에 다니면서 공부를 했는데 늦게 가면 자리가 없어 들어가지 못한다. 하루는 책가방을 들고 부랴부랴 달려가는데 뒤에서 어떤 아저씨가 따라오며 '학생!' 하고 불렀다. 걸음을 멈추고 뒤돌아보았더니 '어느 학교 학생인데 걸음이 그토록 빠르고 씩씩한지 궁금했다'고 하셨다. 나는 웃으며 인사를 하고 뒤처진 만큼 독서실을 향해 뛰어갔다.

대학 입학원서를 쓰기 전에 몇 차례 모의고사를 본다. 최종 모의고사 후 50명의 명단을 복도에 붙여 놓았다. 거기에는 서울대학 지원대상자라고 쓰여 있었다. 나는 점수에 별 관심이 없어서 그냥 지나쳤는데 친구들이 와서 내 이름이 중간에 있다고 전했다. 전체 학생이 400명쯤 되는데 나는 그 말이 믿어지지 않았다.

아무튼 대학 입학시험 보기 전에 우리들은 선배들과 함께 국가고사를 보고 대학에 입학원서를 썼다. 학교들을 바꾸어 고사장을 배치하고 예비소집을 거친 다음 날 시험을 보았다. 나는 진명여고에서 국가고사를 보는데 새벽같이 눈을 뜨고는 누구든 만나면 신경이 쓰여져 고사장으로 제일 먼저 찾아가 지정된 자리에 앉아 있었다.

가정 시험에 배우지도 않은 재봉틀 실 끼우는 순서가 문제로 나왔다.

나는 친구 묘자네서 실을 끼우던 생각을 되살려 답을 쓰고 나니 마음이 상쾌하였다. 각반 담임선생님들은 국가고사 점수가 궁금하시다며 각자 채점 점수를 써내라고 하셨다. 나는 내 예상점수보다 10점을 낮추어 써냈다.

합격자 커트라인이 발표되고 합격증들이 배부되었다. 이화여대 입학원서를 사다가 사대 과학과를 지원하고 보호자의 도장을 받으려 큰오빠에게 보여 드렸더니 원서를 북 찢더니 "네가 그 대학을 갈 수 있어? 가려면 상과를 지망해!" 하신다.

다시 원서를 사다 두 번째도 같은 과를 썼더니 큰오빠는 또 찢어 버렸다. 내 인생이 달린 문제라 포기하지 않고 세 번째 다시 같은 과를 썼더니 큰오빠가 할 수 없다는 듯 도장을 꾹 찍어 주셨다.

"왜 거기를 가니 상과 졸업하면 은행에 취직시켜 줄 텐데…."

"나는 돈이 보기 싫어요. 그 지저분한 남의 돈을 세는 것도 싫어요. 사범대학을 나오면 중고등학교 선생님으로 취직시켜 줘요!"

그리고 나는 이화여대에 입학원서를 내고 시험 일자를 기다렸다. 그런데 시험 없이 합격 통지서를 받았다. 미달 사태가 생겨 2차, 3차 커트라인을 낮춰 대학 정원을 채우게 되었다. 예비시험 격인 국가고사에서 너무 많이 탈락시키는 바람에 생긴 현상이라서 그 다음해부터는 국가고사가 없어졌다.

아무튼 대학에 합격을 하니 온 식구들이 좋아했고 동네 소문이 자자했다. 누구보다 넷째오빠가 신바람을 내더니 등록금을 내고는 직접 배지도 받아 왔다. 큰오빠는 생각 밖의 명문대학에 진학했다고 비싼 빠이루 천의 오바와 모직 체크무늬 치마 세타를 사 주셨다.

입학식까지 나는 고등학교 교복과 모자를 쓰고 다녔다. 우리 친구 5명은 금방에 가서 은반지 하트모양에 '우정'이란 글자를 새겨 넣고 우정반지를 만들어 끼고 졸업을 했다. 5명 중에서 은자와 나만 대학에 진학하고, 성희는 수녀로, 묘섭이와 명자는 취직을 했다.

졸업식 날 은자 어머니께서 꽃다발 두 개를 갖고 와서는 은자와 나에게 주셨다. 은자 부모님은 나를 딸처럼 아껴 주셨고, 별식이라도 하시면 꼭 남겼다가 챙겨 주셨다. 결혼 때는 스텐레스 대접 10개를 선물로 주셔서 지금도 소중히 간직하고 감사히 쓰고 있다. 특히 명절 때나 제사 지낼 때 쓰는데 그 때마다 은자 어머니 모습이 눈앞에 아른거린다.

대학 때보다 고등학교 때가 더 편하고 좋았다. 교복, 신발, 가방이 몇 년을 써도 신경 쓸 일이 없었기 때문이다. 교복을 입고는 무섭거나 부러움 없이 지내던 중고등학교는 내 평생 물고기가 물을 만난 듯한 전성기였다는 생각이 든다.

어느 날 묘자네 놀러 갔다 왔는데 대문 빗장이 질러져 있어 문이 안 열렸다. 쫓겨난 듯한 느낌에 나는 기분이 몹시 상했다. 내 모습이 이상했는지 동생이 빗장을 열면서 "우리 누나인데 왜 그래!" 하는데 나는 마당에 털썩 주저앉아 "엉! 엉!" 소리를 냈다. 조용하고 의식이 풍족하여 이웃사람들이 부러워하는 집안인데 침묵으로 조용히 살던 내가 소리치는 것을 보고 큰언니가 놀란 눈치다. 밥 얻어먹고 학교에 다녔지만 생전 돈 달라는 말은 하기 싫었고 눈치 보기 싫어 안 했다.

사실 큰언니 식구들이 드나들면서 여형과 어울려 우리들을 귀찮은 존재로 생각하는 것 같아 나와 동생은 은근히 마음에 고통을 받았다. 전차표 아끼려고 친구들과 교문을 나온 뒤 친구들은 전차를 기다렸다가 느릿느릿 한 시간 걸려 타고 올 때 나는 뛰다시피 걸으면서 경쟁하듯 다녔다. 대학 때도 서울역 은자네 집에 들를 때는 아현동에서 서울역까지 걸었고, 서울역에서 을지로 6가까지 걸어서 전차를 탔다. 걷는 것은 두렵지 않았다.

동생은 의지할 곳이 없어선지 누나라면 누구보다 아꼈다. 어쩌다 이상한 것이 생기면 "누나 가져!" 하고, 화가 나서 때리면 울면서 "주먹이 운다"며 참는다. 어쩌면 오빠들이 나도 모르게 살피고 챙기곤 하여 그 그늘 속에서 용기를 얻고 지냈는지 모른다.

우리 집에는 손님으로 시골 친척들이 많이 오셨다. 집안 경제가 좋아졌다. 부모님께서 보내주시는 식량과 부식은 풍족하게 쓰였고 큰오빠는 내 학비를 대주셨다. 돈이 조금 모아지니 돈 없는 시골 사람 부모님까지 눈 안에 안 들어오는 듯하여 누가 돈 이야기만 하면 나는 구역질이 나도록 싫었다.

고등학교까지는 4월에 입학했는데 대학 때는 3월에 입학식을 했다. 입학식을 하고 집에 가려는데 갑자기 속이 미식거리고 차멀미가 나는 듯했다. 버스를 타고는 참고 있는데 집까지 갈 수가 없을 정도로 어지러웠다. 봄눈이 녹아 질퍽거리는 길에 뾰족한 가마니 짝이라도 있으면 눕고 싶었다.

참지 못해 종로5가에서 내려 초등학교 동창 문숙이네 집으로 갔다. 문숙이는 없었다. 문숙이 새언니에게 "문숙이 초등학교 때 친구인데 어지러워 잠시 누웠다 갔으면 합니다" 했더니, 나의 안색과 배지를 보고는 문간 옆에 있는 문숙이 방문을 열어 줘서 얼마동안 눈을 감고 누워 있다 돌아왔다. 이 얘기를 들은 넷째오빠는 "집으로 연락을 하지!" 했다. 그러나 연락할 길이 없다. 전화가 없었기 때문이다.

며칠 후 묘자네 놀러갔더니 묘자오빠가 내게 이죽거렸다.

"그 대학은 공부를 못해서 못 들어가는 게 아니고 옷이 없어 못 다니는 거야."

"그것도 두고 봐야 알지!"

"학교가 공부하러 가는 거지, 모양내러 다니냐?"

그도 그럴 것이 학교 입구는 제2의 명동이다. 예쁜 옷에 구두 신고, 가방 들고 미장원 다니며 화장들을 하기 시작했다. 나는 앞머리를 자르고 옆머리를 길렀다. 일본사람 같다느니 중국사람 같다느니 하면서 앞머리 자르니 생머리가 유행하기 시작했다.

사실 교복이 없으니 옷이 걱정되었다. 나는 아무 옷이나 있는 대로 입고 다녔지만 올케가 신경을 썼다. 오빠들도 문제지만 올케 친구들한테 체면이 안 서기 때문이다.

책가방은 기저귀 가방으로 사주었다. 무거운 책을 넣으니 밑이 터졌다. 실에 초칠을 하여 꿰매었어도 자꾸 터졌다. 할 수 없이 보자기에 싸들고 책과 도시락을 갖고 다녔다.

운동화가 터져도 실로 꿰매 신었다. 비 오는 날은 고무신도 신고 갔다. 전차 운전사가 머리부터 발끝까지 몇 번을 훑어 내리며 쳐다봤지만 나는 배지를 달고 있어 부끄럼도 없었다. 시골에서 상경하여 학교에 다니는 애들 몇 명이 어울리는 친구 중 검소한 원주 출신 순자가 있었다. 나와 비슷한 성격으로 다른 애들은 누가 생머리 오래 갖고 있나 지켜보길 원했다.

대학 친구로 키 작은 순자 명자 나, 그리고 키 큰 욱희, 또 다른 순자가 있었다. 욱희와 순자는 오빠들이 학비를 대주어도 돈을 잘 쓰고 명동에서 옷 신발 가방을 샀다. 욱희 따라 우리도 명동구경도 하고 백화점 구경도 했지만 나는 모두를 그림의 떡으로 생각했다.

대학에서는 강의실을 찾아다니며 수업을 했다. 중학교 3학년까지 맨 앞줄에만 앉아 있다가 3학년 때 담임선생님을 졸라서 뒷자리로 간 적이 있다. 뒤로 가니 앞에 머리들이 가리고 주의집중이 잘 안 되어 다시 앞자리로 바꾸어 달라고 했다. 앞자리에 앉아 선생님들 침이 얼굴에 튀어도 침을 손으로 닦으며 가까이서 수업하는 것이 좋다는 것을 알고 있었다.

우리는 강의실에 옮겨갈 때마다 앞쪽 출입구에서 기다렸다. 앞자리 5개를 책 공책 볼펜 등을 늘어놓아 자리 잡았다. 1학년 때 교양과목이나 통계학은 전담하면서 답을 쓰고, 점수가 짜고 무섭게 가르치는 교수님 과목은 공부를 열심히 하였다.

순자와 나는 3학년이 되어서 처음으로 파마를 했다.

어느 날 우리는 두 배 이상 큰 저택으로 이사를 했다. 몇 달 걸려 집을 수리하고 가꾸어 갔다. 마당의 돌계단 아래 대문을 들어서면 마당 쪽으로 넝쿨장미가 아치형으로 곱게 피어 있었다. 잔디밭 마당 가운데는 작은 통로가 이어져 있었고, 시멘트로 포장된 분수대와 그 뒤에 애들이 물놀이할 풀장이 있었다. 그 밑으로는 차고가 있었다.

집은 이층집이었는데 아래층에는 방 6개, 2층에는 방 2개와 큰 거실에다 베란다가 환하게 설치되어 있었다. 기둥은 향나무 기둥으로 향긋한 향내가 났다. 일본사람들이 살던 마을이었는데 모두가 넓고 큰 나무들이 집 집마다 서 있었다. 우리 집은 그 중에서도 부자가 살았던 집인가 보다. 큰 오빠가 자상하시고 시골에서도 화단 가꾸기를 좋아하시더니 마당의 화단을 잘 가꾸어 그림 같은 집이 되었다.

그런데 나와 도우미는 청소하느라 힘이 들었다. 일요일 날 실내 1,2층을 청소하다가 점심을 먹어야 했다. 나는 장차 이렇게 큰 집은 사지 않겠다고 속으로 중얼거렸다.

하루는 내가 아프다고 했더니 친구가 데려다 주느라 집까지 왔다. 골목을 거쳐 우리 집 대문 앞에 서더니 놀란 듯 한마디 한다.

"여기가 너희 동네니?"

"응!"

"이게 너의 집이야?"

"웅!"

"이런 집에서 너하고 다니는 내 몰골이 부끄럽지 않니?"

"부끄럽긴, 여긴 내 집이 아니고 큰오빠 집이야. 학교 다니게 도와주는 것만도 감지덕지지."

나는 웃으며 편안하게 친구를 대했다.

하루는 큰오빠가 자가용으로 퇴근하시다 반대쪽에서 오는 나를 보시고는 운전사 보기 창피했나 보다. 내게 옷을 사주라고 올케한테 부탁했는지 학교에 갔다 오니 예쁜 반소매 블라우스가 놓여 있었다. 그 순간 도우미가 내게 귀띔한다.

"언니! 그 옷 아주머니가 입고 시장에 갔다 왔어."

덩치가 큰 언니가 맞지도 않는 옷을 입어보고 내게 주었던 것이다.

우리 집은 골목 비탈에 지어졌다. 옆집 지붕이 우리 마당보다 훨씬 낮았다. 도둑이 많은 때라 오빠와 동생이 대문에 벨을 달고는 밤에 대문이 열리면 벨소리가 크게 나도록 장치를 했다.

하루는 좀도둑 둘이 들었다. 한 명은 대문을 넘어 들어와서는 대문을 열어 놓으려고 문을 열자 요란한 벨소리에 놀라 그 길로 대문으로 빠져나갔고, 다른 한 명은 대문 반대쪽으로 달려가서 담장 위 철창을 넘다 철창살에 옷이 걸렸다. 어떻게 아랫집 지붕에 떨어져 갔는지 모른다. 작은 집에도 도둑이 창문에 어른거려 방망이를 머리 위에 두고 벨 장치를 했었다.

큰오빠가 사업이 잘 안 되는지 집을 반으로 줄여서 같은 동네로 이사를 했다. 그래도 2층집에 아래층에는 방이 4개 있었다. 위층에는 안 올라가 봐서 어떤지 모르고 마당 한구석에는 차고가 있었는데 그 위에 창고 같은 방이 있어서 그것을 내가 썼다. 다다미방이어서 난방을 안 했다.

3학년이 되면서 나는 스스로 공부하려 했다. 이제 2년만 학교를 다니면 공부할 기회도 없고 누구도 공부하라는 말을 안 할 테니 내 자신에게 부여된 능력을 확인해 보고 싶었다. 도서관에서 친구들과 열심히 공부를 했더니 후배들이 "저 언니 대학원에 진학하려나 봐?" 하곤 했다. 공부를 맘껏 열심히 하고 보니 성적이 최상급으로 나왔다.

2학년 때 인천 작약도로 과에서 해양체험을 갔다. 그때 나는 난생 처음 바다 구경을 했다. 썩은 생선은 충북으로 간다는 말처럼 내륙지방 이천에서 한 발짝도 못나가 본 나는 작약도에서 부산친구가 바위에서 무엇인가를 돌로 깨서 맛있게 먹는 것을 보았다. 물컹한 굴이었는데 나는 이상하게 쳐다보았다. 나는 나뭇잎과 풀잎 사이로 뛰어다니는 청개구리를 잡아 여자 교수님 손에 쥐어드렸더니 깜짝 놀라시며 "앗! 징그러워" 하신다.

교수님들은 내가 짓궂은 장난꾸러기로 알면서도 잘해 주셨다. 하루는 나에게 "모양 좀 내라. 여자의 무기는 미이고 미가 생명이란다"라며 화장할 것을 권하셨다. 나는 웃기만 했다. 모양을 내려면 돈이 있어야 하기도 했지만 선천적으로 나는 화장품 냄새를 싫어했다. 비누 냄새도 싫어 비누칠을 하지 않고 세수를 하였다.

졸업여행을 설악산으로 갔다. 나이를 먹으니 용돈이 필요했다. 별 수 없이 앨범비와 여행비를 한 번씩 더 타서 비상금으로 썼다. 여행 중에 비가 왔다. 우산은 여자 교수 한분과 나만 준비했다. 4학년이 되니까 친구애들은 데이트를 하느라 미장원에서 모양을 내고 머리 망가질까 봐 우산속으로 들어왔다. 나는 그것도 불편해서 친구들에게 우산을 내주고 비를 맞으며 돌아다녔다. 비선대, 흔들바위, 구름다리 등을 오르내리는 것이 재미있었다. 밤에는 우리 과 과장님 잠바를 달라 하여 속자락을 꿰매어 아침에 드렸다. 친구들이 기념품을 사길래 나는 큰오빠에게 드릴 선물로 머루주 하나를 샀다.

대학시절에 초등학교 동창들과 편지를 주고받았다. 연애편지가 오면 답장을 안 하고 인생을 이야기하며 순수한 친구들의 편지는 와도 답장을 안 주고 말았다. 그즈음 한 동네 관진이가 월남전에 파병 갔다는 소식을 방학 때 시골에서 듣고는 위문편지를 주고받다가 사진도 보내주었다. 그림을 잘 그리고 글씨도 잘 썼을 뿐만 아니라 공부를 잘 하던 관진이는 가정이 어려워 진학을 포기했다. 같은 반의 조카 순창이도 진학을 못했는데 그 또한 월남전에 참전한 것을 성인이 된 후에야 알았다.

관진이는 내가 마음 속으로 아깝고 불쌍하다는 생각이 있어서 재미있게 위문편지를 주고받으면 과의 친구들은 예쁜 글씨에 놀라 어느 대학에 다니느냐고 부러워들 했다. 대학생이 되었다고 주변에서 남학생을 소개하면 두 번 만나고 세 번째는 안 만났다. 나 스스로가 연애를 하면 학교에서 핑계 좋게 쫓겨나서 졸업장을 못 받을 테니까 만남 자체를 금하였다.

우리 집에 가정교사가 상주하였다. 그는 내가 착실하게 학교만 다니고 집에 있으니 관심을 갖기 시작했다. 올케는 내가 연애라도 할까 싶은지 감시하는 듯했다. 나는 그를 두 번 만나고 다음부터는 모르는 척하였다.

3학년 2학기가 되자 집안 경제가 많이 딸리기 시작했는지 나의 대학 수업을 중단시키려 했다. 노발대발한 넷째오빠가 동생인 나의 대학 수업을 중단시키면 집에 불을 놓겠다고 엄포를 놓아 중단 없이 결국 졸업을 하게 되었다. 대학 1학년 때 조카딸이 초등학교 1학년이 되자 올케는 아르바이트를 해서 용돈을 벌어 쓰라며 1학년 애들 4명을 데려다 주었다. 몇 달 하다말다 하며 4년을 넘겼다. 용돈은 받아본 적이 없었다.

올케는 대학 졸업을 하게 된 기념선물로 투피스를 맞추라고 했다. 평생 검은색, 감청색만 입던 나는 처음으로 예쁜 다홍색 옷을 맞추고 찾아왔다. 그런데 색깔이 맘에 안 든다고 퇴짜다.

"장차 교사가 된다면서 빨간 옷을 어떻게 입느냐! 다시 해!"

그래서 검은 색 투피스를 맞추다 보니 갑자기 정장 두 벌이 생겼다.

4학년 여름방학 때, 그 해가 가뭄으로 악명 높았던 을사년(1965년)이다. 가뭄이 심하여 논바닥이 쩍쩍 갈라지고 모판의 모가 뻘겋게 말라 죽었던 해다. 방학이 되어 집에 내려가니 식구들 모두가 들에 계셨다. 나는 체육복을 입고 논에 나가 그 차림으로 모내기를 한참 하니 허리가 끊어질 듯 아파 논두렁으로 나와 누웠다 하곤 했다. 거머리는 내 다리에만 덤비는지 많이도 달라붙었다. 우리 논은 그래도 수답이고 아버지의 노력으로 모내기를 하였지만 다른 논은 비가 와도 모가 없었다.

아랫집 조 반장은 마르는 저수지에 볍씨를 뿌려 자라난 모를 팔았다. 모를 쪄낼 일손이 부족하다고 동네 스피커로 모를 쪄내는 일군을 구했다. 품삯을 준다며 또래 친구들이 가자고 했다. 친구들과 함께 모를 쪄내는 일을 했다. 친구들은 품삯을 받은 것 같은데 나는 받지 못했다. 일을 못한다고 생각했기 때문인데…, 초등학교 때 농사일을 배운 것은 모르고 어려서부터 곱게 크고 공부만 한 줄로 알았나 보다.

아무튼 그날 나는 밤을 새워 열심히 모를 쪄냈는데 친구들은 모판 위에 앉아 놀고 있었다.

"일해야지!"

캄캄해서 제대로 보이지도 않는데 조합장이 다그쳤다.

"일 안 하고 어떻게 돈을 받아? 어서 해!"

친구들 모두 일어나서 떠들면서 일을 하니 힘든 줄 몰랐다. 얼마 있으니 동쪽 하늘이 밝아 왔다. 나는 너무나 기분이 좋았다. 생전 처음 밤을 새우며, 또 농사일을 했다는 흐뭇함이 나 말고는 모를 것이다.

그 해 여름 나는 의정부에 사는 명자와 함께 덕적도에 셋째오빠가 데리고 가서 재미있게 놀다 왔다. 수영은 할 줄 몰랐지만 어느 가게에서 하나 남은 수영복을 샀다. 수영은 하지 않고 명자와 함께 물에 들어갔다 나왔다 하며 해수욕을 즐겼다. 주인집 할머니의 아들이 수영을 잘 했다. 머리에 성냥갑을 얹어놓고 모자를 덮어쓰고는 그 머리에 물 한 방울 묻히지 않은 채 물속에서 섬을 한 바퀴 돌 정도다. 수영 기술이라곤 전혀 없는 나를 물속에 밀어 넣어서 소금물보다 짜고 쓴 바닷물을 삼키게 하였다.

우리는 바닷가를 돌아다니면서 바위에 붙은 고동을 한 바가지 따와 삶아 먹고 배탈이 나서 설사를 했다. 할머니는 통마늘을 아궁이에서 구워다가 우리에게 주셨다. 그것을 먹고 배탈이 뚝 멈추었다. 때 마침 그믐께였는데 할머니 아들은 양말과 고무신에 목장갑을 주고는 솜방망이를 만들더니 통 하나를 우리에게 건네주고 따라오라며 앞장섰다.

물이 나간 후 솜방망이 불빛을 보고 게들이 기어 나왔다. 우리는 장갑 낀 손으로 게를 주워 담듯이 통에 가득 채웠다. 커다란 게들이 잡히니 신기했다. 낮에 물이 나갔을 때 가면 별별 해산물을 다 볼 수 있을 것 같은 아쉬움이 몰려왔다. 다음 날 잔등 너머에 있는 어느 중학교에 놀러 갔다. 뛰고 놀다 넘어져서 발이 까졌다. 그래도 물속에서 놀다 왔더니 상처가 그대로 아물었다. 여름 상처를 바닷물에 소독을 한 것이었다.

다음 날 학교 앞 소나무밭 모래사장에서 경기도 교육청 전문직 연수회가 있었다. 명자와 나는 학교배지를 달고 뒤쪽 빈자리에 가서 앉았다. 우리 대학 사회생활과 강우철 교수님이 오셨다. 수업은 안 받았지만 우리는 알아볼 수 있었다. 가서 인사를 하니 과장님, 계장님들을 인사시켜 주셨다.

뒤에 앉아 있으려니 영어과 허진 장학사가 말을 걸어 왔다. 누구시냐고 물었더니 신분증을 보여주셨다. 나는 "아! 선생님들이 싫어하는 장학사이시군요?" 라고 말했더니, 장학사의 소임을 이야기하시고는 나에게 외국 사람처럼 생겼다고 하셨다. 내가 보기엔 허 장학사님이 정말 외국사람처럼 생기셨다. 그 장학사님은 유능하셔서 다음해 교장으로 승진되어 학교로 가셨다고 한다.

졸업식 날 큰올케와 아랫방에 세 들었던 언니와 딸, 그리고 넷째오빠가 왔었다. 졸업하던 해 우리나라 정부는 독일에 간호사와 광부를 파견하였다. 고등학교 친구 박명자가 간호사를 지망하여 갔는데 김포국제공항에 나와 문자, 묘섭이가 배웅을 갔다. 나는 명자를 두 번 다시 볼 수 없을 것 같아 마음이 아팠다.

졸업하고 며칠 뒤 취업을 하려고 경기도 교육청에 갔더니 물리 화학교사 채용고시는 예정되어 있는데 내 전공인 생물학 교사 채용고시는 없었다. 화학을 전공한 김명자는 바로 채용고시를 보고 나보다 먼저 교직에 나갔다. 어쩔 수 없이 나는 실업자가 되어 그냥 집을 지키고 있었다. 가정교사가 나가고 현직 교사들이 주말에 과외수업을 했다.

어느 날 아침밥을 먹고 집 앞 골목을 쓰는데 어린애 거지가 깡통을 들고 대문 안으로 들어왔다. 나는 골목을 쓸다말고 쫓아 들어와 나가라고 했더니 밥을 줘야 나간다고 했다. 밥을 가지러 부엌엘 다녀와 보니 거지는 대문 밖으로 나가 있어 밥을 담아주고 마당을 쓸고 들어왔는데 가정교사의 구두가 없어진 것이다. 애 거지가 등 뒤에 무언가 감추고 밥을 받던 것이 기억났지만 가정교사 신발이라는 것은 생각도 못했다.

사실 길 가다 거지가 길바닥에 누워서 자고 있으면 동생 생각이 나서 눈물이 났다. 어린애들이 무거운 얼음통을 어깨에 메고 '아이스께끼!' 하면 동네 애들은 장난치느라 그 어린 아이스께끼 장사를 불러 놓고 집으로 쏙 들어가 버린다. 그렇게 어린 아이스께끼 장사가 땀 흘리고 뛰어와 허탕치고 가는 것을 보면 내 마음이 아팠다.

고등학교 시절, 아침저녁 세수도 안 하고 누런 코 흘린 채 매표소 창구에서 학생들에게 돈을 달라고 따라가는 거지를 보면 여학생들은 "어머!" 하고 달아난다. '같은 사람인데…' 하는 생각에 나는 달아나지 않고 가까이 온 거지에게 타이른다.

"얘야! 내일부터 깨끗이 세수하고 와? 누나들이 더럽다고 도망가지 않니? 그리고 없어서 못 주는 누나도 있고, 있어서 주고 싶어도 네가 더러워서 도망가겠다. 나는 전차표 두 장을 받아 갖고 와서 왕복하는데 한 장을 네게 주면 한 시간 이상 걸어가야 해. 어쨌든 내일부터 세수하고 와!"

다음 날 그 아이는 깨끗이 세수하고 왔다. 나는 웃으면서 손을 들어 인사하기 시작했다. 2학년 때 5.16쿠데타가 일어나고 얼마 지나 길거리에서 거지들이 없어졌다. 정부에서 거지들에게 별다른 혜택을 베풀어 거리에 나돌지 못하게 했다는데, 가난한 집 아이들이나 패거리들이 다니면서 좀도둑과 소매치기가 시작되었던 것이다.

사립학교가 어떤 곳인지도 모르고 김포에 있는 사립학교에 가려다 못 가고 우리 집에 오셨던 교장선생님은 우리 집이 부잣집이라고 도교육청에 소문을 냈다. 나는 1년 가까이 생물학과 교사 임용고시를 기다리다가 시골에 가서 지냈다. 그러다 우연히 생물학과 교사 모집 공고란을 읽게 되었고 시험을 거쳐 화성시에 있는 화성중학교에 발령받았다. 집을 떠나 밥값을 하러 간다고 생각하니 기쁘기도 하고 서운하기도 했다.

대학 4학년 때 어머니가 환갑을 맞이하셨다. 게다가 셋째, 넷째오빠가 결혼하여 이웃 동네까지 면내 초, 중, 고등학교 선생님들까지 초대하여 3일간 잔치를 벌였다. 넷째올케는 부산에서 유명한 부잣집 딸로서 예물과 음식을 차에 싣고 왔고, 그 음식들 특히 처음 보고, 처음 먹는 귀한 해물을 갖고 와서는 그것으로 잔칫상을 차렸다. 부산 사돈집에 큰올케와 올케 여형이 선을 본다고 가서 대접을 융숭히 받고 귀한 선물도 많이 받아왔는데, 선물은 모두 일제이거나 미제였고, 그 당시에는 그것이 최고였다.

잘 먹고 사랑 받던 우리 집, 그 동네에 착하고 부지런하신 정 노인이 계셨다. 정 노인께서 특별히 나에게 해 준 말이 기억난다.

"아가씨! 시집 갈 때 나 버선 한 켤레 해 주셔야 해요. 아가씨가 갓난아기 시절에 잘 우는 바람에 언젠가 어머니가 힘들다고 화를 내시며 아가씨를 내던지려고 하셨을 때 내가 얼른 받아 안고 왔다가 화가 풀어진 후에 갖다 드렸었어요. 그토록 아끼시던 고명딸인 걸!"

내가 결혼하기 전에 그 정 노인은 돌아가셨다. 기억력이 좋고 부지런하시어 동네 제사나 생일에 찾아가 일을 하시고 음식을 얻어 잡수셨다. 두 아들이 성인이 되어 맘껏 잡수실 과일과 과자를 일부러 장에 가서 잔뜩 사왔는데 그날 돌아가시는 바람에 제물로 쓰였다고들 이야기한다.

골목골목 이집 저집 정들고 생각나는 일들이 참 많다. 중학교 때 담임이셨던 음악선생님은 항상 밝고 다정하셨고 재주가 많으셨다. 탁구와 테니스를 잘 하신다고 소문이 나셨다. 방과 후 탁구장에서 선생님들이 탁구를 치시면 우리 선생님은 탁구 라켓의 넓은 면이 아니고 좁은 모서리로 탁구공을 치셔서 나는 한참 동안 구경했던 기억이 난다.

착하신 미술선생님도 생각난다. 미술에는 재주가 없던 내가 정물화를 그리는데 검은 상처를 미술 연필로 그렸다. 처음 스케치북에 '수'를 받고 얼마나 좋았는지 모른다. 가정선생님은 싫었지만 바느질과 뜨개질의 기본은 열심히 함으로써 성인이 되어 뜨개질을 하면 덜렁거리는 내가 잘 한다고 놀려댄다.

고등학교 1학년 때 체육선생님은 조회시간에 줄이 삐뚤어졌다고 학생들을 꼬집었다. 나는 초등학교 때 줄서기를 익혀서 잘 했지만 모두 꼬집으신다. 나는 살짝 화가 나서 나를 꼬집으려 하시면 옆으로 도망을 갔다가 뒤로 가시면 내 자리로 돌아갔다. 단체기합을 줄 때는 운동장 끝에서 끝으로 오리걸음을 시키신다. 학생들이 힘들어 기어가면 호각을 불고 다시 출발시킨다. 기어가던 곳까지 거뜬히 가고 얼마 더 못 가서 다시 기기 시작한다. 이 때 다른 반 애들이 "선생님 안 보여, 빨리 기어 와!" 하는데 선생님은 더 이상 시키지 않는다.

겨울에는 강당 옆의 응달이 얼면 그 위에 물을 더 뿌려 빙판을 만들어 스케이트장을 만들고 스케이트 수업을 하셨다. 또 시험도 보신다. 시험 때문에 아이들이 스케이트를 빌려가면서 탔다. 나는 선생님이 내 발에 맞는 것을 빌려주셨다. 신고 일어서서 걸으니 스케이트가 내 발에 맞아 잘 걸었다. 그래도 미끄러질까 봐 애들을 잡고 걷는데 선생님이 다가오셔서 "손잡지 마!" 하시자 애들은 무서워서 달아났다. 어쩔 줄 모른 채 벌벌 떨고 있는 나를 선생님은 살짝 미셨다. 나는 뒤로 나자빠지면서 엉덩방아를 찧었다. 그것이 휘었기 때문에 뒤로 잘 넘어가는데 아무것도 모르는 나는 일어나 스케이트를 벗어 던졌다. 그러자 선생님은 다른 롱 스케이트를 주셨다. 하지만 그것은 서기도, 걷기도 무서웠다. 겁이 많아 벌벌 떠는 나를 보고 안 되겠다고 생각하셨나 보다.

"다른 애들은 맞지 않는 스케이트에 양말을 구겨 넣고도 배우는데 너는 발에 맞는 것을 줘도 못 배우니?"

그 후 나는 스케이트를 신지 않았다.

언젠가 심부름을 시키셔서 댁에 갔더니 사모님은 가까운 시장에서 생선을 사다 반찬을 맛있게 해 놓으시고 저녁을 먹게 한다. 동생들은 내 가방과 신발을 감추고 저녁을 먹어야 집에 가게 했다. 처음 가서 밥을 먹던 날 사양하느라 밥을 남겼더니 야단이시다.

"네가 먹던 밥 누가 먹니? 다 먹어!"

"안 돼요, 비닐에 싸주세요!"

그랬더니 다음부터는 얼마를 남겨도 다 먹으라는 말씀을 안 하셨다. 두 분이 이북에서 내려오셔서 서울에서 모두 명문학교를 나오셨는데 오징

어를 채 썰어 넣고 만든 김장김치가 인상적이고 맛있었다. 물론 다른 반찬도 정말 맛이 있었다. 수영을 배우라고 하셨지만 수영복 입는 것이 창피해서 싫다고 했다.

대학교 4학년 때 덕적도에 놀러 갔다가 수영 못한 것이 후회되어 언젠가 석 선생님 댁에 갔을 때 수영 못 배운 것이 아쉽다고 배워야겠다고 했더니 사모님께서 "이제 다 늙어 뭘 하니?" 하셨다. 다음 날부터 동우, 동운이와 선생님을 따라 서울운동장 아동풀장에 가서 물에 뜨고 잠수하는 평형을 배우고, 또 고개 들고 숨 쉬는 것을 배우려 했는데 갑자기 날씨가 추워져서 더 이상의 수영은 못 배우고 말았다.

시간이 나는 대로 선생님은 배드민턴 줄을 끼우시고 가르치시며 장충단공원의 활터에 양궁도 하러 가시는 듯했다. 새로운 운동을 찾아 선수들을 기르셨다. 큰아들 동운이가 선생님을 따라다니며 양궁을 배웠나 보다.

고등학교 졸업 50주년 기념 총동창회에 처음으로 나갔다. 교직에 들어서면서 한 번 제자로 가르쳤던 교환에게 부탁하여 선생님 댁 전화번호를 알아내서 사모님과 통화를 하고 와서는 바쁘게 살다가 정년퇴임을 하고 전화번호를 잃어 버렸다. 그런데 사모님께서 도교육청에 문의하여 정년퇴임한 학교까지 찾으셨다. 학교에서 전화번호를 일러줘 통화를 하고 방문했더니 사모님은 여전히 옛날 그 모습 그대로이시다.

선생님은 20년 전에 대장암으로 별세하셨고 지난번 올림픽에서 동운이가 코치한 양궁선수가 금메달을 땄다고 한다. 동창들에게 이 이야기를 했더니 신문에 났다고, 석봉근 선생님도 화제에 올랐었다고 한다. 참으로 열정적으로 가르치시고 선수들을 성심껏 기르신 훌륭한 선생님! 나는 좋은 환경에서 자라 훌륭하신 선생님들을 만나서 기쁜 마음으로 좋은 친구들과 학창시절을 보낸 것에 깊이 감사드린다.

대학교 때 기독교 문학을 배우면서 하느님의 아가페적 사랑과 인간의 에로스적인 사랑도 배웠고, 일주일에 3번씩 보는 채플 시간에 찬송가가 울리면 자장가처럼 들리던 그 찬송가는 내가 힘들고 슬플 때 내 마음을 위로하는 보약이 되었다.

사범대학이라서 구연법 시간이 있었다. 앞에 나가 말을 하는 것이다. 무슨 이야기도 좋았다. 나는 일기 속담이라 하여 시골에서 어른들이 하신 말씀을 모아 발표했더니 재미있었다며 나는 몰라도 애들은 나를 많이들 알고 있었다. 교육학, 심리학, 시청각 등 교사로서 필요한 능력을 배워 나 자신 누구보다 애들과 사랑을 주고받으며 자신감 있는 교직생활을 하였다.

이 모두 부모님과 오빠들, 훌륭하신 선생님들과 친구들을 만난 행운이라고 생각하며 늘 감사하고 산다.

이제 부모님 곁을 떠나 화성중학교로 가는데 둘째오빠가 데려다주고서 가재도구도 마련해 주고 출입문 시건장치까지 해 주고 가셨다.

제3부

교단에 서다

03

교단에 서다

　　1968년 2월 1일자로 교단에 첫 발을 내디뎠다. 당시 화성군 팔탄면 장
짐리(현재는 화성시 향남읍 장짐리)에 위치한 화성중학교, 한 학년에 남
녀 한 반씩 6학급과 전수학교 한 학급이 설치되어 있는 작은 면소재지 학
교로 때를 놓치고 뒤늦게 들어온 빈민 가정의 학생들이 많았다.

　　닭장이던 건물을 개조하여 방을 8개 들인 상태로 연탄아궁이만 방 앞
에 하나씩 있었다. 가운데 칸에 공동 취사할 수돗가가 있고 각자의 살림
은 방안에 두고들 썼다.

　　나는 출입구에 있는 방을 하나 배정 받아 짐을 풀었다. 장거리 중학생
들을 위한 기숙사였는데 나는 사감이 된 것 같았다. 10여 명의 여학생들
과 취사를 같이 하며 지냈다.

　　2학년 여학생반 담임을 맡았다. 1,2월에 장독이 깨진다더니 그 해 봄눈
이 무척이나 많이 왔다. 학교 진입로에는 눈이 무릎까지 쌓이고 세찬 바
람이 쓸어 올려 언덕을 이루었다.

교무실에 들어가 선생님들과 공식적으로 인사를 하고 첫 수업에 들어가려 했더니 나이 드신 심현복 선생님께서 3학년 남학생반에 장난꾸러기 몇 명이 있다고 조심하라고 일러주셨다.

교생실습은 대학부속초등학교로 가서 학부모들과 다수의 선생님들이 지켜보는 가운데 5학년 공개 수업을 하였는데 끝나자마자 한 여학생이 달려오더니 "선생님! 수고하셨어요!" 라며 반겨줬던 기억이 났다. 동료 선생님들 앞에서도 이야기를 잘 했는데 어쩌려나 싶어 "네! 감사합니다" 하고 가르쳐 주시는 말썽꾸러기 25번 김기석을 기억해 뒀다.

새로 오신 선생님에 대한 호기심도 많을 테지만 내 입장에선 첫 시간을 실패하면 다시 수업할 수 없다는 생각이 앞섰다. 나에 대한 간단한 이력을 소개하고 몇 가지 수업태도를 주문하고 과학에 가까운 몇 가지 질문을 했다. 25번 김기석을 답변자로 내세우기 위해 5번, 15번, 25번을 불러 자연과 생활에 대한 간단한 질문을 하였다. 문제의 25번에게는 아주 쉬운 질문을 하고 그의 답변에 칭찬을 했다.

첫 시간이 지나고 나는 학생들의 번호와 이름을 외우기 시작하였고, 다음 시간에는 번호와 이름을 불러 가며 문답식 수업을 했다. 남학생들이 따르기 시작하니 여학생 반에서는 여선생님이 왜 남학생들하고만 친하냐고 불만이다. 기싸움에서 이겨야 만사가 순조롭다. 담임반인 2학년 여자애들에게는 무섭게 대했다.

얼마의 시일이 지난 어느 날, 교무실에서 점심을 먹고 기숙사에 가느라 보도블록을 징검다리처럼 뛰다 걷곤 했다. 애들이 여기저기서 쳐다보기 때문에 멋쩍은 데다 손이 부자연스러워 뒷짐을 지고 걸었다.

교실 복도에서 애들이 내다보며 깔깔대고 웃었다. 놀래서 뒤돌아보니 1학년 여학생들이 줄을 지어 뒤따라오면서 내 흉내를 내고 있는 것이 아닌가. 나는 돌아보고 서 있는 채로 웃어주니 애들 모두는 웃으며 달아났다. 그렇게 나는 오가며 항상 싱글벙글 웃어주었더니 전교생이 좋아하며 내 수업시간을 기다렸고, 나도 수업 시작종이 울리기를 기다렸다.

맞은 편 방에 있는 3학년 길원남 학생이 내가 하는 일을 여러모로 많이 도와주었다. 처음으로 맞이한 교단생활이라 학생과 선생과의 관계에서 생겨나는 미묘한 문제점 해결에 길원남이 많은 역할을 하여 특별히 고마워하던 차였다.

그런데 일 년 먼저 부임해 오신 마음씨 착한 가정과 민 선생님이 길원남을 미워하는 것이 아닌가. 사실 나는 누가 내게 잘해 주면 불편했다. 특히 나로 하여 누군가가 다른 누군가에게 미움을 받게 되는 것은 더욱 싫었다. 나는 길원남을 불렀다.

"원남아."

"네!"

"너, 민 선생님이 미워하시는 것 알아? 나한테 가까이 오지 마라!"

"괜찮아요. 뭐, 제가 그 선생님한테 잘 보이려고 학교 다니나요?"

순간 나는 속으로 이 애는 나보다 더 무섭고, 무서움을 모르는 자유인이구나 싶었다.

그렇게 며칠이 지난 어느 날 민 선생님이 나에게 웃으며 고해 오는 것이 아닌가.

"이 선생님, 저 원남이에게 졌어요. 본인이 느끼도록 일부러 미워해도 끄떡하지 않고 선생님을 따라요."

"그런가요? 호호호."

그렇게 웃으며 자리를 끝냈는데 점점 날이 갈수록 길원남은 내게 잘 했다. 아침에 눈을 뜨면 아궁이에 연탄을 갈아놓고 세수하고 들어오면 밥과 반찬에다 점심도시락을 갖고 왔다. 화장도 안 하는 내가 옷을 챙겨 입고 출근 준비하면 어느새 책과 보따리는 교무실 내 책상 위에 가 있었다. 밥도 잘 하고 동작도 매우 빨랐다.

나는 고향에 가려면 시간이 많이 걸려 방학이라야 가게 된다. 이런 나를 배려하여 길원남은 주말이면 여기 저기 데리고 다니고 자기네 집에도 데려간다. 10km 쯤 떨어져 있는 것 같은데 차편이 없어 애들이랑 걸어서 간다. 지나가는 트럭을 세우고는 태워 달라고 부탁하여 처음으로 트럭 뒤 짐칸에 서서 신나게 달렸던 기억도 난다.

옥남이 집이 같은 방향이었는데 어느 날 아이들이 나를 데리고 옥남이네 집에 갔다. 담임선생님이라고 옥남이 부모님은 찹쌀로 닭죽을 해 주시고 밤도 삶아 주셔서 맛있게 먹었다. 의외의 융숭한 대접을 받은 것이 50여 년이 지금도 가슴 한 구석에 찡한 부담으로 남아있다.

방과 후나 주말이면 기숙사 애들과 기숙사 앞마당에서 줄넘기를 하고 놀았다. 일요일에는 과학반 애들을 데리고 인근 사내저수지를 돌면서 식물채집과 곤충채집을 하였다.

어느 날 2학년 1등짜리 꼬마 서석붕이 뒤따라오면서 "손들어!" 해서 돌아보니 하얀 과도로 나를 겨냥하고 있었다. 우습기도 했지만 내가 정색을 하고 타일렀다.

"석붕아! 큰일 날 뻔했어. 내 앞에 벌이라도 나타나서 내가 뒷걸음질이라도 쳤으면 어쩔 뻔했니?"

그러자 서석붕은 깜짝 놀란 채 황급히 과도를 가방에 넣으며 사과한다.

"정말 큰일 날 뻔했어요! 선생님과 장난치고 싶었는데…. 잘못했습니다."

학생들과 함께 하루하루 즐거운 나날들을 보내고 어느 틈에 여름방학이 되었다. 고향 이천에 갔더니 우체부 아저씨가 편지뭉치 한 아름을 놓고 가면서 한 마디 한다.

"이 동네는 이 집 때문에 와요!"

나는 하나하나 세심히 읽고 일일이 답장을 하니 편지가 날마다 왔다.

해가 질 무렵 난데없이 길원남이 대문에 들어섰다. 반갑다기보다는 놀래서 화를 냈다.

"네댓 시간 걸리는 먼 거리에서 연락도 없이, 낯선 길을 떠나 저녁 때 오면 어떻게 해! 왕복 시간 생각하고 길을 떠났어야지!"

아무튼 며칠을 같이 지냈다.

주말이면 뒷동네 길원남의 1년 선배 인향섭과 셋이서 서울에도 다녔다. 내가 부임하기 전에 졸업한 인향섭은 옆의 고등학교에 다니면서 기숙사에 놀러왔다. 소규모 학교 경영에 어려움이 있어서인지 봉급이 제때 나오지 않았다. 나는 쌀과 김치만 있으면 돈 쓸 일이 별로 없어 기다리지도 않았다.

길원남은 먼 거리이지만 가끔 집에 가서 쌀과 반찬을 갖고 왔고, 가끔 장터에 나가 약간의 장도 봐왔다.

어느 날 나는 길원남을 데리고 내가 살던 서울 집에 갔다. 그리고 간장과 된장을 가져왔다. 한 번은 큰올케가 시골에 가서 갖다 먹으라고 했다. 그 다음부터 장을 있는 대로 실컷 먹었다.

어느 주말에 갔더니 결혼 때 쓸 목돈을 마련하게 계를 들으라며 돈을 갖고 오라고 했다. 나는 돈의 필요성을 심히 느끼지 않아 몇 달 동안 돈을 갖다 드렸다.

여름방학 때 친구 은자가 약혼을 한다 하여 서울 집에 갔다. 올케 여형이 부엌에서 설거지를 하는 나에게 "방학이라 왔나?" 하니까 큰올케는 "친구 약혼이라 왔대!" 한다. 그러자 올케 여형이 "흥! 여기가 정거장이구나?" 하는 것이 아닌가.

"내가 먹고 잘 곳이 없어 온 줄 아세요? 가까이 있는 넷째오빠네서 먹고 자도 되지만 거기 들르고 그냥 가면 나를 길러주신 큰오빠 마음이 상하실까 봐 여기부터 들르고 밥 두세 숟갈 먹고 거기 가서 다시 먹어요. 눈앞에 보이는 것이 그토록 싫다면 두 번 다시 안 오겠습니다."

그때까지 벙어리처럼 지냈던 나는 참으로 어처구니가 없다는 생각이 들어 그렇게 한 바탕 쏘아붙이고는 옷을 입고 나와 버렸다. 사돈이 자기네 집처럼 우리 형제들을 무시하고 마음에 상처를 주었기 때문에 한 번 대차게 대꾸하고 나니 속이 후련했다.

내가 감기라도 들면 길원남은 없는 돈에 약을 지어 온다고 한다. 그때까지 약방이나 병원을 모르고 지냈던 나는 콩나물국에 고춧가루 넣어 먹고 한 차례 땀 흘리면 된다며 만류했다. 팔다리를 주물러 준다고도 하면 펄쩍 뛰었다. 젊어서인지 그런 것은 생각도 못했다.

당시만 해도 시골학교 교사 사정이란 것이 무자격 교사, 즉 교사자격증이 없는 비사범대학 출신의 교사들을 상당부분 채용해 왔는데, 그해 4명의 정규 교사가 부임해 왔다.

그중 나보다 나이가 조금 적은 음악선생님이 수업을 하다 나와서 운다. 눈에서 렌즈가 빠진 것도 모르고 눈물을 흘린다. 왜 그러냐고 물었더니 아무것도 아니라고 해서 도와줄 수도 없다. 그냥 수업시간에 애들이 떠들어 "떠들지 마" 하니까 "워~~", 다른 쪽을 보고 "떠들지 마"라고 하니 반대쪽에서 "워~~!" 하여 화가 나서 나왔다고 한다. 남학생 중에는 나보다 세 살 아래인 학생도 있었다. 그들 앞에서 권위주의적인 모습을 보이니 애들이 야유를 한 것이다. 그 선생님은 얼마 있다 사표를 쓰고 퇴교하였다.

교무실에는 총각 선생님들이 몇 분 있었지만 나는 연세 드신 선생님한테 가서 궁금증을 물어 보고 이야기했더니 심현복 선생님은 삭막한 교무실에 내가 있어 일기장에 쓸 건더기가 생겼다고 좋아하셨다. 직원 회식을 가면 반찬을 싸서 나에게 주고, 또 도시락은 밥만 싸오라고들 하셨다.

한 번은 회식을 하는데 교무주임이 나한테 술잔을 건넸다. 나는 기분이 나빴다. 장난치고 덜렁거린다고 술잔을 주는 것 같았다.

"선생님! 사람을 한참 잘못 보셨어요?"

"심 선생님한테는 장난도 잘 치면서요?"

"심 선생님은 우리 삼촌이에요!"

"성이 다른데요?"

"외삼촌도 삼촌이지요?"

그날부터 심현복 선생님은 외삼촌이 되었다.

훗날 나는 공립학교로 발령을 받아 떠났고, 심 선생님도 장호원으로 발령을 받아 근무지를 옮겼지만 남자뿐 아니라 '여아일언 중천금'으로 다짐하며 장호원으로 심 선생님을 찾아가 식구들과 함께 점심을 먹으며 친분을 쌓아 지금까지도 좋은 외삼촌으로 맘속에 간직하고 있다.

총각선생님 중에는 여자처럼 얌전하신 송 선생님이 있었다.

그의 이야기를 듣고 보니 마음이 아팠다. 아버지는 안 계시고 형은 미국인에게 양자로 갔다. 어려서부터 기차 안에서 물건을 팔러 다니며 고학하였다는데 어느 날 어떤 사람이 문 밖으로 집어 던져 철사줄에 걸려 심하게 다치기도 했단다.

그렇게 비참한 현실을 이기며 영어 공부를 열심히 하여 영어 교사가 되었다는데 어느 날 숨이 차고 몸이 아파 전주병원에 갔더니 급하게 심장 수술을 하여야 된다는 진단을 받았단다. 유서를 쓰고 수술을 받았지만 3년을 넘기기 어렵다고 했다는데 나는 너무도 안쓰러운 생각에 송 선생님에게는 친절을 베풀었다. 다른 총각선생님들의 친절은 무시하고 송 선생님에게만은 짧은 기간이나마 기쁨을 주려고 특별히 잘해 드렸다.

1969년 어느 날 서울 을지로 6가에서 길을 건너다 교통순경한테 걸렸다. 그해부터 서울에 신호등이 생기고 횡단보도 아닌 데로 건너거나 신호를 어기면 교통순경 옆자리에 줄을 띄워놓고 한동안 그 안에 세워 놓았다.

그날 나는 급히 길을 건너다 교통순경에게 걸려서 불려 가는데 내 앞쪽에 있는 사람이 그냥 가니까 교통순경이 그 사람을 잡으러 막 달려가는 바람에 나는 그냥 온 적이 있다. 신호등을 보고 길을 건널 때마다 나는 그때 생각이 나서 혼자 웃곤 한다.

송 선생님은 3년 되던 해 끝내 심장마비로 별세하셨다.

길원남은 키는 중간이지만 운동을 잘 했다. 유머도 있고 싫고 좋고가 분명해 애들이 막 대하지 못했다. 애들이 자전거를 배우는데 뒤에서 잡으려고 하니 몸무게가 있는 길원남은 혼자 잡아줄 수가 없어 두세 명이 잡아주려고 손을 대자마자 그녀는 쌩쌩 달렸다. 애들은 놀라고 재미있게 웃으며 모두들 좋아했다.

연세가 드신 체육선생님은 배구 선수를 길러 시군대회에서 우승을 하게 했다. 배구를 조금 아는 나는 연습하는 배구장에 가서 구경을 했다. 길원남은 운동신경이 발달했는지 배구는 물론 핸드볼도 잘 했다. 가정이 어려워도 학구열이 높아 특히 상업을 좋아하고 주산을 잘 했다. 나는 어찌되었든 고등학교는 다녀야 된다고 권했다.

그 말이 그녀의 귀에 쏙 들어가 운동선수특례 학비면제를 받고 어려움 속에서 고등학교를 졸업하였다. 고등학교에 진학하고는 나에게 종종 그 학교를 구경시켜 주었다.

내가 정남중학교로 전근발령을 받으면서 화성중학교 제자 애들이 수시로 드나들었다. 길원남의 동창 애들은 내가 가면 '원남이, 원남이!' 하며 연호했다. 남학생중에서 상조는 반찬거리와 먹을 것을 사오고, 여학생들은 반찬거리를 집에서 갖고 오고 인향섭과 신현숙은 반찬이나 별식을 수시로 갖고 왔다. 상추와 시금치, 나문재나물도 갖고 왔다.

그때 나문재나물 이름도 배웠다. 졸업 후 동창회 때마다 종종 나를 불러 그 때의 그 아름다운 마음으로 모여 하루를 즐겁게 지내기도 했다.

인향섭은 고등학교를 졸업하고 집에 있으면서 코바늘로 쉐터를 짜서 전근 간 학교로 찾아와서 선물로 주고 가기도 했다.

언젠가 길원남과 인향섭은 나를 데리고 서울 시내버스를 탔다.

"선생님 빨리 내려요!"

그 소리에 차안의 사람들이 보고 웃었다. 제자보다 내가 더 어려 보였기 때문이다.

김효원이 정남중학교에 왔다 가는데 이름이 생각 안 나서 속이 많이 상했었다.

명숙이는 몇 차례 와서 자고 가기도 했다.

담임반하던 1번 광재가 운동장 조회시간에 지휘를 했다. 음악선생님이 가시고 없어 내가 지휘를 하게 되었다. 몇 차례하고 광재를 가르쳐 시켰다. 그래서 광재는 졸업식 때 공로상을 받았다고 했다. 담임반 애들은 손바닥을 옷솔로 많이 쳐주었다. 그래도 좋다고들 잘 따랐다.

그해 가을 향토예비군이 본격적으로 확대 시행되었다. 학교도 분대 조직을 하는데 사람 숫자가 모자라 나도 들어가라고 했다. 내가 무엇을 하느냐고 했더니 양호를 맡으라고 해서 허락하고 첫 훈련을 2km 떨어진 초등학교에서 하게 되었다. 그 날이 사격 훈련하는 날이다. 총을 한 정씩 나누어주고 나에게도 작은 총이 지급되었다.

나는 신기해서 "손들어!" 했더니, 남자 선생님이 "앗! 걸림! 빈총도 사람을 겨냥하면 군법에 걸려요. 세울 때도 총구가 위로 45도 기울여 세워요" 하며 조준하는 것을 가르쳐 주었다. 상하좌우로 조준하는 연습을 하고 사격장에 가니 예비군들이 많이 와 있었다. 배운 대로 표적지를 겨냥하고 조준하여 총알 6발을 쏘았다. 2발은 명중하고 4발은 빗나갔다. 귀가 '멍멍' 하여 귀를 두드리니 예비군들은 "귀가 멍멍한가 봐!" 하며 수군거린다. 나는 졸지에 구경거리가 되었다.

"캘빈이니 망정이지 M1이었으면 어깻죽지가 나갔을 거야."

중대장은 내 총을 받아 들여다보더니 큰소리친다.

"손질을 해야 해요!"

총구청소는 다른 사람이 대신 해 주고 그것으로 나는 일일입대를 제대했다.

1968년 12월 5일자로 국민교육헌장이 선포되고 교과서 앞에 기재되어 학생과 교사 모두 암송하게 했다. 초장, 중장, 종장으로 된 그 내용은 정말 좋았다. 크리스마스를 전후하여 나는 화성중학교를 떠났다. 마지막 종례시간 교실은 울음바다가 되었다. 짐을 갖고 택시를 불렀다. 기숙사 애들은 내 방에 엎어져 "엉! 엉!" 울고 방문을 열고 울면서 내가 가는 학교로 전학 가겠다고 아우성이다. 택시를 기다리는데 애들이 소리 내어 매달리고 울었다. 택시 기사가 어이없다는 표정으로 묻는다.

"저 애들은 왜 울어요?"

"제가 그만두고 간다고들 그래요."

"요즘에도 우는 애들이 있어요?"

다음 날부터 편지 답장 쓰기가 바빴다.

다음해 나는 강원도 교사채용고시를 춘천에 가서 보았다. 어머니와 일박을 하고 시험을 보니 곧바로 합격자 발표가 있었다. 또 이어 충북에서 채용고시가 있어 청주로 어머니와 동행하여 시험을 보았다.

강원도 거진중학교에 발령이 났다. 큰오빠는 거기 가서 죽으면 시체도

못 찾아온다고 하며 출근을 반대하였다. 망설이던 차 충북 합격자 발표가
나왔다.

서류를 제출하러 갔다가 진천군 덕산면 덕산중학교에 교사 대치 강사
로 가라고 하여 한달 반을 그곳에서 보냈다. 시골이라 외지 사람이 나타
나면 관심이 많다. 행사가 있어 미장원에 갔더니 유행을 싫어하는 선생님
으로 소문이 났다.

미니스커트가 유행하여 치마가 무릎 위로 가도 나는 무릎 아래까지 내
려가는 치마를 입었다. 하숙을 하는데 밥의 양이 적어서 옆방의 전화국
교환 아가씨가 남기는 밥도 내가 먹었다. 부엌에 있는 감자도 너무 먹고
싶었다. 배를 주리니 집 생각이 절로 났다.

1969년 7월 21일 전 세계가 공휴일이다. 처음으로 인류가 달나라에 가
던 날이다. 밝은 달을 쳐다보며 하숙집 할머니에게 말했다.

"할머니! 오늘 사람이 달나라에 갔어요."

"거짓말 마슈! 어떻게 사람이 저렇게 작은 달에 들어가요?"

나는 과학을 기초삼아 열심히 설명하였더니 할머니는 이해가 되셨는지
고개를 끄덕이셨다.

옆방에서는 선생님들이 장기를 두셨다. 가르쳐 달라고 했더니 열심히
설명하다 "다음 에는요?" 했더니 '궁'을 장기판 아래 숨기라고 했다.

충북은 크지도 않고 낮은 산들이 많다. 계곡과 작은 내에 물이 쉽게 넘
쳐 장마 때는 차가 못 다녀 애들이 결석을 해도 그냥 묵인한다. 작은 냇가
에 물이 넘치면 버스가 갈 수 있나 없나를 조수가 삽을 들고 가서 물 깊이
를 재곤 하였다.

집으로 와서 오빠들에게 졸라 장기를 배웠다. 가는 길만 안다. 그래도
나는 좋았다.

가을이 되니 경기도 교사채용고시가 있었다. 고등학교 때 공부하던 요

설 생물을 다시 훑어 봤다. 황화현상(섬화현상)의 결점 원소가 시험문제에 나와 자신 있게 썼다.

얼마 후 합격자 발표에 합격되고 또 발령 났다. 우리 집은 경기도에서 외진 곳이라 경기판 신문에 난 발령을 보고 나는 경기도 교육청에 갔다. 발령 받은 학교의 교감선생님이 나를 보시더니 이름이 남자 같아 남자선생님인 줄 알았다면서 인사계에 가서 여자라서 싫다며 발령을 다시 내달라고 하였다. 인사계에게 나도 적극적으로 내 의견을 밝혔다.

"다시 내주세요! 환영해도 시집살이 3년을 해야 하는데 오지 마라는데 어떻게 가요?"

"숙직 문제 때문에 남자선생님을 원한대요. 어디로 가고 싶으신데요?"

"저는 아무데라도 좋아요. 전깃불 들어오고 연탄 때는 곳이면 좋아요."

그렇게 다시 조정하여 수원에서 시내버스가 다니는 정남중학교로 발령을 받았다.

우리 고향은 등잔불, 남포불을 밝히며 나무를 땠다. 청솔가지를 때면 연기 속에서 눈물을 흘리고 굴뚝에서는 흰 연기가 모락모락 났다. 정남중학교로 셋째오빠가 데리고 가서는 취임수속을 마치고 하숙집을 정해 취사도구와 문 시건장치를 설치하고 주인에게 부탁인사를 하고 갔다. 대문이 있어서 좋았고 초등학교 여선생들이 하숙을 하고 있어 안심이 되었다. 정남면 소재지에 있는 정남중학교는 남녀 공학의 총 9학급으로 구성된 아담하고 조용한 학교다.

운동장에서 교장선생님의 인사소개가 끝난 뒤 나는 '바른 수업태도에 대한 이야기'로 간단하게 부임인사를 하고 단상을 내려왔다.

"과학실험 시간에 소변을 준비한 대학 교수가 이 손가락으로 찍어 이 손가락으로 맛을 보라고 설명을 하고 발표를 시켰더니 대부분의 학생들이 짜다고 하고, 정작 아무 맛이 없다고 대답한 학생이 많지 않았습니다.

사실 교수님은 둘째손가락으로 찍어서 셋째손가락으로 맛을 보라고 했는데 교수님을 쳐다보지 않고 설명을 들은 학생들 모두는 짤 것이라고 생각해서 답한 것입니다. 눈과 귀가 집중되어야 제대로 된 강의를 들을 수 있으니 반드시 수업시간에는 선생님의 일거일동에 집중해야 합니다."

그리고 나는 1학년 1반 담임이 되었다. 새로 입학한 학생들은 같은 초등학교 출신들은 잘 알지만 다른 학교 출신들은 잘 몰라 모두 호기심에 차 있었다. 출석부를 열고 출석을 부르던 나는 깜짝 놀랐다. 60명이 넘는 명단의 반이 최씨였다.

"아니! 웬 최씨가 이렇게 많아? 아이 무서워! 최씨가 앉은 자리에는 풀도 안 나고 살아있는 김씨 셋이 죽은 최씨 하나 못 이긴다고 했는데 그 무서운 최씨 품에서 어떻게 살아가지?"

그랬더니 애들이 펄쩍 뛴다.

"아니에요! 우리들 최씨는 안 무섭고 말도 잘 들어요!"

"그래? 그 말 믿어도 될까?"

"네!"

"그럼 좋다! 믿고 지내보자."

그 지역이 최씨 집성촌인데 경제적으로 가난도 모르는 풍족한 지역에다 성적도 상위권을 모두 최씨가 차지했다. 종례시간에 들어가 종례를 하고 주번과 청소당번, 실장과 부실장 등 간부선출을 했다. 교실은 내가 다니던 중학교처럼 바닥이 마루여서 양초칠을 하고 돌멩이로 광을 내야 한다. 청소는 자원해서 각자 또는 공동으로 준비시키고 바닥과 복도의 마루 하나씩 번호대로 책임을 지우고 났더니 2줄이 남았다.

"이 두 줄은 내 것이다!"

그리고 다음 날부터 광을 내도록 하고 다음 날 종례시간 전에 모두 광내기를 하려고 책걸상을 뒤로 밀고 돌과 걸레, 양초를 들고 각자의 자리를 책임지게 했다. 그런데 내 것 두 줄에 광이 그 어느 줄보다 반짝반짝 빛나고 있었다. 애들이 쳐다보는 줄도 모르고 갔던 내가 물었다.

"누가 했니?"

애들은 가만히 웃고만 있었다.

"광내어 준 사람 손들어 봐!"

그러자 애들은 너나없이 손을 들고 외친다.

"저요, 저요!"

나는 기쁘고 놀란 맘에 얼굴이 빨개졌다. 애들은 좋아라 손뼉을 쳤다. 나도 손뼉을 치면서 들장미 월계꽃을 불렀다. 그 후 우리 반은 종례시간마다 들장미를 불러 반가가 되었다.

약속도 잘 지키고 한 번 이야기하면 말도 잘 들었다. 여학생은 100% 약속을 지키고 남학생들은 몇몇 애가 약속을 안 지킨다. 그러면 총채와 옷솔로 손바닥을 한 대씩 때렸다. 개인보다 단체로 벌을 준다. 아예 남학생만 때리거나 남학생을 더 많이 때린다. 그럴 때 남학생들이 불만 섞인 항의를 하는데 그러면 나는 적절한 이유로 이해시킨다.

"왜 우리만 더 때려요."

"내가 여자니까, 그리고 장가들면 여자 구박할 것 같아 내가 한 번 더 아껴줘야 될 듯싶어 그런다."

"와!"

여학생들은 박수치며 환호한다. 그 후 여학생들은 더 잘했다.

'솜씨 있는 환경심사, 지각없는 출석' 우수반 심사에서 나는 청소에 집중하여 2등을 했다. 성적 우수반 공납금도 일등으로 납부하여 우수반이 되었다. 고지서가 나가면 납부하는 대로 수첩에 일일이 납부 일을 적어두었다.

뒤늦게 내는 애들을 불러 개인 면담하니 부모 없이 삼촌댁에서 다니는 희노가 형 손에서 자라고 있었다. 그리고 가정 형편이 어려운 애들이 여럿이고, 돈을 타서 쓴 아이는 학부모를 면담하여 알게 되었다. 여러모로 어려운 애들에게는 부담주지 않으려고 편하게 대했다.

"집에 가서 고지서만 보이고는 조르지 말고 편안한 마음으로 기다려라. 그리고 결석하지 말고 부담 없이 학교에 와!"

잘 먹지도 못하여 얼굴에 허옇게 버즘이 난 모습을 보면 학창시절에 내가 눈치보고 학교 다닌 것이 생각나 마음이 안쓰러웠다.

6월에는 교내웅변대회가 있었다. 반장 아이가 원고를 잘 써왔다. 자세히 읽어보고 종례시간마다 별도의 연습을 시켰다. 중학교 때 학교 행사 때 보고 들은 대로 훈련하였더니 일등을 했다.

가을 교내합창대회 때엔 일요일 날 하숙집에 같이 사는 초등학교 여선생님을 모셔와 풍금을 치게 하며 연습하였다. 나는 질서지도, 호흡 맞추기, 동작 하나하나에도 세심하게 관찰하며 연습시켰더니 이것 역시 1등을 했다. 자신감이 충만한 애들은 즐겁게 학교생활을 하고 나 역시 일요일도 없이 애들과 어울려 즐겁게 시간을 보냈다.

하루는 약국집 아들 경원이가 돈을 분실했다고 알려 왔다. 분실사고 때문에 초등학교 때 겪은 일들을 생각하니 영 분위기가 안 좋았다. 나는 남의 돈이나 소지품을 만지고 뒤지는 것이 싫었다. 직접 경원이를 앞으로 불러내어 "무슨 돈 얼마를 어디에 두었었냐?"고 물었다. 그랬더니 나도 구경 못한 "50원짜리 신권을 지갑 속에 넣어두었다"고 한다.

"애들아! 예부터 남의 돈이나 물건을 가져간 사람보다 잃어버린 사람의 죄가 더 크다고 했다. 잘 두고도 깜빡하면 못 찾을 수가 있다. 우선 경원아! 수첩을 다시 한 번 천천히 살펴봐라!"

다시 수첩을 뒤적이던 경원이의 얼굴이 빨개지더니 찾았다고 한다.

"선생님 여기 있어요."

"그래, 다행이다. 착각할 수도 있으니 더욱 조심하고 앞으로 개인 용도의 돈은 학교에 갖고 오지 마라라."

가게가 하나여서 사 먹을 곳도 마땅찮아 돈 쓸 일도 거의 없는데, 경원이가 새 돈을 받고 소중히 간직한 나머지 착각을 한 것이었다. 아무튼 우리 반에서는 분실사고가 없었다.

초등학교에서 가을운동회가 열리던 날 종례시간에 두 명이 자리에 없어 '어디 갔냐'고 물었더니 운동회 구경 갔다는 것이다. 다음 날 이들을 불러 종아리를 쳤다. 종례시간이면 학교 교칙 지키기, 인성교육 실시 등으로 다른 반보다 종례가 길었다.

전체 교직원 수가 얼마 안 되는데 그중 여성이 4명이었다. 1년 반 만에 온 김 선생님은 함께 간 황 선생님을 제쳐놓고 나한테 경쟁의식을 갖고는 예쁜 옷에 비싼 옷을 입고는 화장까지 걱정했다. 덤핑코너에서 싼 옷을 사다 입고 미장원엔 가지 않으며, 화장을 모르는 나를 보고 안심하더니, 학급간의 경쟁을 유발하여 우리보다 20년차 많은 송 선생님의 딸처럼 따르며 다니기도 했다.

어느 날 우리들이 다가가니까 둘을 욕하던 김 선생님은 징징거리고 쫑알거리며 별 시비를 다 걸었다. 과학실로 불렀다. 나보다 한 살 아래였다.

"김 선생! 나한테 시비 걸어 이길 줄 알아? 교무실에서 창피 좀 당해 보고 싶어?"

그러자 김 선생님은 자신의 행동을 후회한다고 사과했다.

"다음부터 조심해!"

그 후 나에게 쟁쟁거리던 것이 없어지고 조용해졌는데, 송 선생님께서 같이 앉기라도 하면 자기 아들, 딸 자랑으로 귀가 아플 지경이다. 밉상이라 그냥 지나칠 수가 없다.

"선생님! 남편 자랑, 자식 자랑하는 사람을 팔불출이라고 부른대요!"

"무슨 소리! 요즘은 피알시대라 본인이 직접 자랑하는 시대란 것 몰라?"

다음부터 우리는 세대차가 있어 대화를 거의 안 했다.

시골에는 가끔 가설극장이 들어온다. 그전에도 가봤지만 영화보다 저녁에 친구들을 만나고 어울리는 것이 더 재미있었다. 내 자취방 뒤 창밖에 골목길이 있었다. 창호지에 침을 발라 손가락으로 구멍을 내놓아 앞쪽에 커튼을 달았다.

극장 구경을 온 애들이 매표소 안에서 "뻐꾹! 뻐꾹!" 하며 나를 부른다. 은연 중 내 별명이 되어 버린 소리다. 누군지 찾을 수도 없고 잡을 수도 없어 다음 날 여학생들을 내 방에 재우며 목소리의 주인공을 추적한 결과 3학년 병식이라는 것을 알아냈다. 그리고 다음 날 3학년 수업이 시작되자마자 다짜고짜로 최병식을 불러 세웠다.

"최병식! 수업 끝나고 교무실로 와! 내가 네 친구야! 동네 골목에서 선생님을 놀리며 부르면 동네 사람들이 선생님을 어떻게 생각하겠니? 그렇게 만만한 선생님의 수업 내용이 네 머릿속에 들어가?"

수업이 끝나고 교무실로 가는데 최병식이 황급히 뒤따라온다.

"선생님! 저 과학실로 가서 죽여주세요!"

과학실로 갔다. 짧게 쉬는 시간이라 긴 말도 필요 없이 조용히 타이르고 교무실로 향했다.

"뭘 잘못했는지 알지? 똑똑한 너인데, 그렇게 해도 되겠니? 지켜보겠다."

그 후 별명을 부르는 애들이 없었다. 출근하는 우리 선생님들과 등교하는 초등학생들은 마주치게 되었다. 작은 면소재지라서 나와 관련한 별명이 초등학교에까지 소문이 났나 보다.

일요일 날 가정방문을 가려고 뒷동네를 지나는데 초등학생들이 담 너

머로 고개를 삐죽삐죽 내밀더니 '뻐꾹! 뻐꾹!' 소리치고는 숨어 버린다. 나는 못 들은 척하고 모르는 체 그냥 지나쳤다.

다음 날 아침 방송을 관리하던 나는 "신리 사는 학생들, 지금 즉시 현관 앞에 다 모여!" 하고 나가서 어제 있었던 일을 이야기했다.

"너희들이 말하지 않았으면 초등학생들이 어찌 나를 알겠느냐. 또 다시 초등학생들의 입에서 그런 말이 나오면 너희들에게 벌을 주겠다."

이후 학교에서나 밖에서 내 별명을 부르는 소리는 들리지 않았다.

주말이나 방학이면 길원남과 병숙이를 비롯한 화성중학교 제자들이 가끔 왔다. 방과 후나 주말에는 애들이 내 방에 찾아와 바글거렸다. 시끄럽기도 해서 주인아저씨가 나보고 방 비우고 나가라고까지 하였다. 그래도 나는 애들을 좋아해서 찾아오는 것을 막지 않았다. 나를 유난히 따르는 애들을 김 선생님이 미워했지만 내 앞에서는 티를 내지 못했다.

방학이 되어 집에 오면 우체부는 편지를 한 아름씩 들고 오고 나는 답장 쓰느라 바빴다. 연말이 되면 예쁜 카드가 책상 위에 수북이 쌓이고 눈치 빠른 애들은 신발장 안에다 넣어 퇴근 때 나를 놀라게 했다. 그 카드들을 나는 방에 줄을 띠고 모두 펴서 겹겹이 걸어 놓았다. 첫 해는 명순이가 내 방에서 같이 지냈다.

한 교장선생님은 과학실에 오셔서 비품대장과 소모품대장을 보며 현품을 맞추고, 비품은 과학실 한쪽에 순서대로 늘어놓아 맞추고 과학장과 약장 청소를 하라고 하셨다. 또 소모품을 신청하여 결재를 내시고는 나보고 사오라고 하셨다. 아무것도 모르는 나는 교장선생님이 지시하신 대로 수행했다.

대학교 때 비품 약품을 취급하는 대동과학을 본 것을 기억하며 종로 대동과학에 가서 결재한 대로 물품을 샀더니 30% 할인을 해 주었다. 나는 할인해서 남은 돈으로 다른 물품은 사갖고 왔다. 행정실에 구입서류를 냈더니 신청한 대로만 사와야 한다고 했다. 다음부터는 비품 신청할 때 아예 30% 할인한 기안을 했다.

시청각자료는 교장선생님, 행정실장, 그리고 나 셋이서 서울에 가서 사왔다. 교감선생님은 성적처리와 생활기록부 보관 및 생활기록부 기재요령을 자상하고 친절하게 자세히 가르쳐 주셨다.

여름방학 때 고향에 가서 아버지가 골라주신 빨간 고추를 갖고 왔다. 고추장과 함께 그 빨간 고추를 도시락 반찬으로 싸갖고 가서 고추장에 찍어 먹었다. 모두들 놀란 듯 눈을 부릅뜨고 나를 쳐다봤다. 먼저 교감선생님이 빨간 고추를 조심스레 잡으신다.

"그렇지! 웬 여자가 독하게 매운 고추를 먹나? 남자인 내가 못 먹으면…?"

그렇게 처음으로 깨문 빨간 고추가 달다는 것을 알아보신 것이다.

"허어, 이것 참! 달근하니까 먹는군."

그러자 너도나도 빨간 고추를 집어 들고 고추장에 꾹꾹 찍어 먹기 시작한다. 선생님들 모두가 잘 해 주시니 교장, 교감선생님은 부모님과 같고, 다른 선생님들은 형제처럼 가족 같은 분위기에서 즐거운 나날들을 보냈다.

다음 해에는 3학년 담임을 맡았다. 2학년을 대상으로 시·군·도 과학실험대회가 있어 물상부와 생물부 요원을 선발하여 과학실험대회 준비를 했다. 교과서에 예시되어 있는 실험도 거의 다 했다. 중학교 때 배운 현미경 다루기와 붕어, 개구리 해부실습 등을 연습하여 시·군대회에서 일등을 했다. 뒤에 도대회에도 참석하였다.

1학년 때 여자 반장을 하고 2학년이 된 창순이와 숙식을 같이 했다. 방송을 맡은 나는 아침마다 새마을노래를 틀어주고 새마을운동이 왕성할 때 농한기 논두렁에 콩 심기도 하고 메뚜기도 잡았다. 반장인 정숙이를 데리고 일요일 날 수첩 하나 챙겨 들고 가정방문에 나섰다.

동네 어귀에 들어서자 논둑 건너 커다란 느티나무 밑에서 꼬마 일학년 귀훈이가 나를 보더니 "뻐꾹! 뻐꾹!" 부른다. 그쪽으로 향해 들어서니 귀훈이는 느티나무 위로 잽싸게 기어 올라간다. 모르는 척 지나쳐 동네에 들어서서 수첩에 썼던 보호자 이름이 생각나 찾아보니 키가 크고 배구 선수였던 의순이네 집이다.

아무도 없는 빈집을 안마당부터 부엌으로 해서 의순이 방을 둘러보고 다른 집으로 갔다. 동네 전체가 모내기를 하느라 모두 들로 나가고 없어 모내기하는 현장으로 갔더니 반가워들 한다. 빈집들을 둘러봤다고 했더니 엄마들이 펄쩍 뛴다. 학생들이 커서 가정 일을 돕는 것을 보니 대견하여 칭찬하며 격려하고 왔다.

생물 담당교사로서 '유전' 단원을 공부할 때는 학생들에게 어른이 되어 연애를 할 때 같은 시간에만 만나지 말고 시간을 달리 하여 만나기도 하고, 상대방의 가정도 방문하여 대화하면서 가족상황과 돌아가신 분들의 연유를 은근히 알아보라고 했다. 또 그 집에 대대로 전해 내려오는 유전병을 꼭 조사하라고 했다. 3학년이 되니까 학생들 대부분이 별 어려움 없이 나와 친하게 지냈고, 나도 모든 것을 가르쳐 주기 위해 심혈을 기울였다.

혼식을 정책적으로 장려하던 시절이라 혼식 검사를 했다. 점심시간에 혼식검사를 하는데 모두가 보리 혼식을 해서 그냥 지나가는데 장난꾸러기 녀석이 "선생님! 얘는요, 제 도시락에 있는 보리밥 알을 떼어다 붙였어요! 도시락 뚜껑을 열어놓으라고 하세요!"라며 일러바친다.

"얘들아, 머리들을 잘 굴리는구나!"

장난을 잘 하던 나였기에 못 들은 척 웃으면서 지나갔다.

말썽을 부려 서울에서 고향으로 쫓겨 온 원진이가 친구들과 함께 찾아

와서는 별도로 가르쳐 달라고 부탁을 했다. 그러나 나는 잠이 많아 가르칠 수가 없었다.

"나한테 와서 공부할 수 있겠냐? 나와 가까이 지내려면 다른 애들보다 모범을 보여야 한다."

"네!"

그리고 얼마를 지냈다. 원진이가 학생과에 불려왔다. 나는 모르는 척했다. 토요일 오후 신축 교사 뒤에서 서너 명의 친구들과 함께 술을 먹다 들켜서 학생과에 불려온 것이다. 남자라고 자존심은 있어서 나의 시선을 피한다. 수업시간에 책을 꺼내지 않아 책상 위가 깨끗하다. 나는 학생들이 교과서를 안 가져오면 손바닥들을 때렸다. 그러나 그날 나는 원진이 손바닥을 때리지 않았다.

그러자 어느 날 원진이는 때려달라고 손바닥을 내 앞으로 내밀었다. 나는 모르는 척 눈도 맞추지 않고 수업을 끝냈다. 시험을 봤더니 원진이 성적은 우수했다.

그 후로도 계속 수업시간마다 원진이는 나와 기싸움을 했다. 밀면 당겨오는 법 엄마 없이 컸다고, 아버지와 새엄마가 잘 해 줘도 말썽을 부리더니 경쟁률이 치열한 수원의 명문 고등학교에 합격을 하고 나를 찾아왔다.

"열심히 했구나. 너는 뭐든지 할 수 있는 능력이 있다. 3년만 죽었다 깨어난다는 생각으로 학교 잘 다녀!"

"네!"

그날 그렇게 사기가 올라 힘차게 대답하고 갔는데, 규율이 엄한 수성고등학교에서 퇴학을 당하고는 가을에 다시 체력검사 원서를 쓰려고 학교에 왔다. 하지만 아무도 아는 체를 하지 않았다. 나는 이유를 달지 않고 원서를 써주었다.

그리고 신설고에 지원하여 우수한 성적으로 합격되었다. 축하 선물로 원진이 아버지는 오토바이를 사주었다. 자가용도 흔치 않을 때다. 출근하는 내 뒤에서 '빵! 빵!' 소리가 났다. 쳐다보라는 건지 길을 비키라는 건지 예의가 없어 모르는 척했다.

신입생중에 키가 작고 얼굴에 버즘이 난 성규는 수업태도도 좋고 질문이 많아서 귀여워했다. 사실 성규는 초등학교 5학년 때 친구 따라 만화가게에 가서 만화를 보면서 친구에게 한글을 배웠다고 한다. 글을 모르니 수업시간이 재미없어 장난만 치게 되고, 그러다 짝꿍 수업도 방해하여 선생님께 야단맞고 벌을 서다 어느 날 여자선생님이 때리니까 선생님의 팔을 깨물기도 한 문제아였다. 그러다 6학년이 되어 공부를 열심히 하기 시작했다.

중학교에 들어와 학업에 흥미를 느껴 수업태도가 좋아지니 성적이 쑥쑥 올라갔다. 게다가 나도 아낌없이 칭찬을 해 주니 사기가 더욱 올랐다. 졸업할 때는 우등상도 타고 수원의 명문 수성고등학교에 진학을 하니 전화국에 근무하던 누나는 내게 전화를 걸어 친절을 베풀었다. 얼굴도 모르는 성규 누나가 일요일 낮에 교환실로 놀러오라고, 빨리 오라고 하여 갔다.

다이얼 없이 돌리면 교환원이 연결하던 때이다. 나에게 헤드폰을 주면서 들어보라고 했다. 누구누구네로 전화 연결시켰다고 해서 들어보니 다짜고짜 쌍욕과 쌍소리들이 흘러 나왔다. 어이가 없어 그 불량 통화가 끝난 뒤 당사자 경희네로 전화를 연결했다.

"누구니?"

"나, 너의 담임이다. 전화통에 대고 뭐 그렇게 쌍스런 말과 욕을 하니? 3학년까지 배운 애들의 교양이 그 정도냐? 월요일 날 좀 보자!"

전화를 끊고 교환원과 한참동안 이야기하다 집으로 왔다. 대문 앞 추녀 밑에 대여섯 명의 우리 반 애들이 무릎을 꿇고 있었다. 누가 볼까 싶어 방으로 데려고 와 한참 이야기하고 보냈다. 어디서 배웠는지 나를 감동시키려고…(?) 나도 순진하고 착한 애들의 모습에 놀랐다. 교실 뒤에서 공부하던 덩치가 큰 배구선수들이었는데 학교생활이 매우 성실하여 내가 믿던 애들이다.

방과 후 시·군대회에 출전하려고 맹훈련할 적마다 나는 학생들을 지켜보고 자연스럽게 생각하며 배구의 묘기를 배웠다. 정숙이는 애들이자 선생님이다. 격의 없이 잘 해서 친구들과 선생님들에게 사랑을 받았다.

하루는 정숙이 옆에 앉은 을순이가 징징 눈물을 닦으며 찾아왔다. 덕식이가 동네까지 따라온다며 할머니가 아시면 학교도 못 다닌다고 했다.

교장실 옆에 칸막이를 하여 시청각 기교재 보관실을 만들고 내게 관리하도록 하였는데 그 방에서 생활지도 상담활동을 했다. 덕식이를 불렀다.

"을순이가 싫다는데 왜 귀찮게 따라다녀! 또 따라다닐 거야?"

아니라고 했다. 싸리나무 회초리로 종아리 세 대를 때리면서 확실하게 다짐을 받았다.

"이 매초리는 다음에 안 그런다는 약속이고, 또 그럴 때는 오늘 맞은 매의 세 배다."

몇 주가 지난 후 또 을순이가 울면서 찾아왔다. 덕식이를 또 불렀다.

"안 그러기로 약속하고, 너 약속을 어겼어?"

종아리 걷어 올린 채 두 대를 때렸더니 아팠는지 화를 버럭 낸다.

"선생님! 사랑하는 것도 죄에요?"

나는 속으로 놀랐다.

'어린애가 사랑?'

"사랑? 서로 좋아해야 사랑이지, 싫다는 애를 괴롭히는 게 사랑이냐? 내일 부모님 모시고 와! 학교 그만 두라고 할 테니, 그만 가!"

그랬더니 잘못했다며 제발 부모님께는 알리지 말아 달라고 애원했다. 단단히 약속을 했고, 무난히 졸업을 했다.

과학 실험대회를 준비하느라 과학 수업시간에 쓰려고 잡아온 개구리 한 마리를 옆자리 황 선생님 책상서랍에 넣고 나갔다가 들어와 보니 황 선생님이 울고 있었다. 나는 여자선생님하고는 안 싸우고 여자라고 얕보는 남자와는 싸우려 했다. 나보다 4살 아래인 황 선생님은 곱게 커서 무서움을 잘 탔다.

"왜 그래? 누가 뭐라고 했어요?"

"잉! 이! 누가 내 서랍에 개구리를…."

"알았어. 그거 내가 장난치느라고 넣어둔 건데…."

더군다나 그렇게 깜짝 놀라 의자를 뒤로 밀었더니 의자 다리 하나가 마룻바닥 구멍에 끼어 넘어지기도 했다는 것이다.

"다른 데는 없어요?"

그러자 황 선생님은 고개를 끄덕인다. 내가 피식 웃으니 황 선생님은 울면서 웃는다. 잘 놀라고 소리를 치니까 짓궂은 남학생들이 뱀도 갖고 와 놀래켰다고 한다.

만우절 날 교실에 들어가니 교탁 위에 흰 종이에 무언가 싸여 있었다. 나는 장난이 심한 남학생을 앞으로 불러냈다.

"이것 풀어봐!"

"예, 하?"

나는 두 발짝 떨어진 곳에서 지켜보았더니 송충이보다 털이 길고 더 많은 갈청이가 슬슬 기고 있었다. 내가 제일 싫어하는 벌레다. 그러나 아무렇지도 않은 듯 태연히 말했다.

"갖다 버리고 와!"

수업시간에는 내가 무서운 줄 알기 때문에 벌레를 갖다 버리고 수업을 했다.

　고향의 어머니 생신을 기해서 함께 숙식하는 창순이와 고향에 갔다 오
는데 버스 안에서 창순이에게 어떤 총각이 길을 물었다. 어리석은 나는
그 멀리서 우리 학교 가는 시내버스 종점을 물어 '우리랑 같이 가면 되
지' 하고 왔다.
　겨울이라 버스시간을 기다리려면 한 시간은 밖에서 떨어야 했다. 친절
을 베푸느라 쉬었다 가라고 해서 셋이 함께 있다가 총각은 갔다. 그런데
창순이가 주말에 집에 갔는데 총각이 왔다. 저녁밥을 먹고 난 후에 와서
말을 걸고 시간을 끌더니 막차를 놓쳤다고 한다. 그제서야 정신이 들었
다.
　"내 방에서 자고 가세요! 그런데 이름도 성도 모르는 사람을 그냥 자게
할 수 없으니 나는 옆방 선생님과 자고 방도 밖으로 잠그겠어요!"
　그러자 그는 택시를 불러서 수원으로 간다고 했다. 그리고 다음 주말에
보았다. 그날 밤에 쫓겨나 방황하다 예비군 초소에서 밤을 새우고 다음
날 첫차를 타고 갔다며 얼어 죽는 줄 알았다고 한다.
　그 뒤에도 몇 차례 더 오더니 집 전화번호와 자기 집 사정이야기를 털
어놓고는 도청에 근무한다고 했다. 방학이 되어 수원에서 넷째오빠 딸,
아직 말 못하는 애기를 데리고 나가서 만나며 내 딸이라고 했더니 속지를
않는다.
　어쨌든 청혼을 받은 터라 넷째오빠에게 그의 전화번호를 주고 알아봐
달라고 했더니 동사무소에서 오물세를 받으러 다닌다고 했다. 거짓말한
것이 들통 나니까 그의 어머니는 여자가 너무 똑똑하면 남자가 힘들다고
말했다 한다. 아버지가 안 계시고 딸 일곱인 집의 외아들이다. 그날 목석
같은 나는 눈 하나 깜짝 안 했더니 곧바로 소식이 끊어졌다.

그 후 17년이 지난 어느 일요일, 경기도에서 주관하는 의료보험공단 채용고시가 내가 근무하는 학교에서 있었다. 감독자 명단을 보니 그 남자 이부영이 부감독이고, 내가 정감독이었다. 앞에서 시험지를 배부하는데 힐끔 나를 쳐다보더니 앞으로 나온다.

"혹시?"

"어떻게 알았어요? 부감독이니…."

나는 정감독으로서 부감독이 하여야 할 일을 시켰다.

시험이 끝나고 그는 현관에서 기다리고 있었다. 같이 가서 점심을 먹고 밥값을 내가 내면서 그에게 부탁의 말을 했다.

"오늘 받은 감독료 집에 가서 보고하세요."

"저~ 다음에 만날 수 없을까요?"

"안 되지요! 신의 장난으로 두 번 만났지만 각자의 길이 다르니 어서 가세요."

세상은 재미있는 요지경 속이다. 같이 근무하던 여선생님들이 떠나고 여자 미술선생님과 둘이 번갈아 일직을 했다. 그 선생님이 만삭이 되어 산가에 들어가니 남자선생님들이 일직도 하였다. 그 때 웃음거리로 여선생님과 남선생님이 숙직을 한다는 정보를 받고 교육청에서 복수 감사가 나왔다. 순회하던 남선생님을 현관에서 만났다.

"여선생님 어디에 계세요?"

그리고 당직선생님에게 남교사가 일지를 쓰고 있었다.

"여선생님 어디 계세요?"

"예! 제가 여선생인데요."

성이 남선생, 여선생인 것을 감사는 성별이 다른 줄 알고 택시를 타고 달려와 허탕을 치고 초등학교로 갔다.

"둘이 있어야 하는데…, 한 사람 어디 갔어요?"

"약방에 잠깐 갔어요."

20분 기다리던 감사는 동료가 배탈이 나서 약국에 다녀왔는데 무단이 탈 사유서를 받아갖고 갔다. 꿩이 없어 닭을 잡았다고나 할까. 규모가 작은 학교여서 단위수가 적은 음악, 미술선생님은 부족하여 미술선생님이 음악을 가르쳤다. 나는 행사 때 앞에 나가 음악선생님 대신 지휘를 해야 했다.

어느 날 주번 교사로서 내주 주번을 소집시키고 월요일 조회 전에 일을 분담시키고 주번 점검을 하는데 1학년 남학생이 교복이 뜯어져 옷핀을 꽂고 있었다. 중학생이면 복장용의가 단정해야 하는데 창자가 나온 놈 같아 교복을 뜯었다.

"앞단추 열어!"

교복을 벗겨 보았더니 까만 체육복에 하얀 이들이 스멀거렸다.

"요즘도 이가 있나?"

한국전쟁 직후 우리들의 모습이 떠올랐다. 깜짝 놀라 교무실로 데려고 가서 옷핀으로 터진 것을 꿰매어 보냈다.

형은 3학년이다. 친엄마는 아들 둘을 낳았는데 아버지가 군대 간 뒤 새엄마를 맞는 바람에 쫓겨나고 애들은 새엄마와 산다. 아버지는 시의원에 출마한다는 지역유지다. 월요일에 봤더니 교복과 체육복을 빨아 꿰매고 다림질을 해서 보냈다. 애들을 위해서는 학부형도 교육을 시켜야 한다.

그 해 수학여행을 기차를 타고 경주로 갔다. 여행비를 허리에 차고 정숙이를 수행시키고 선수들이 나를 지키면서 여행을 다녀왔다. 갈 때는 신나게 놀더니 올 때는 모두 곯아떨어져 입을 벌리고 잤다. 얼굴에 그림을 그리려고 루즈를 준비했더니 장규 스스로가 칼라펜으로 제 얼굴을 몰라

보도록 칠하고 내 곁에 와서 사진을 찍었다.

작은 동산처럼 큰 능에서 미끄럼을 타고 구르고 사자석 위에 올라타기도 했다. 밤에는 앞방에 남학생들을 앞 번호 여학생 방에 밀어 넣고 "10시까지만 뛰고 놀아라"고 했다.

얼마 있으니 정숙이가 달려와 "용수가 쓰러졌어요!"라 해서 "왜?" 했더니 트위스트 춤을 추다가 너무 신나게 오래도록 추어서 쥐가 났었다고 한다.

중간체조 시간에 국민체조를 하면 동작은 바르게 하지 않고 흉내만 낸다. 나는 뒤에 가서 "춤추는 게냐?" 하고 자세가 바르지 않으면 종례시간에 혼을 내고 운동장 조회시간에 늦게 나가거나 열심히 듣지 않으면 또 혼낸다.

교장선생님께서 애써 준비하신 좋은 훈화에 많은 애들은 지루해 하고 집중을 잘 안 하자 어느 날 교장 선생님은 운동장 조회가 끝나고 교실에 들어와 그날 훈화를 들은 대로 종이에 쓰라고 지시하였다.

교감선생님은 우리 반 것을 걷어오라고 하시고, 읽으시더니 이강재를 부르신 뒤 교감선생님 앞에서 훈화한 내용을 이야기하라고 하였다. 이강재는 훈화 내용 그대로 말하는데 교감선생님이 감탄하시고 칭찬하셨다. 훈화 내용을 잘 기억하고 있었다.

강재는 부모님이 안 계셔서 형네서 자란 막둥이였다. 마음이 착하고 긍정적인 성격에 항상 즐겁게 웃기를 잘했다. 종례시간에 야단을 치는 데 웃었다.

"강재 나와! 왜 웃어!"

그래도 또 웃는다.

"웃지 마!"

또 웃어서 종아리를 때렸다.

"웃지 말라니까!"

맞으면서도 웃어서 더 때리는데도, 그래도 웃었다. 왜 웃었는지 그 이유는 묻지 않았다. '웃는 얼굴에 침 못 뱉는다' 고 혼자 웃으니 분위기 깰까 봐 야단을 치다 말았다.

"이놈은 이래도 웃고, 저래도 웃음이 많아! 자리로 들어가!"

그 순간 내 중학교 시절 내가 잘 웃는다고, 명랑하다고 선생님들이 귀여워 해 주신 생각이 났다.

그 후 8년이 지난 어느 날 이천 집으로 전화가 왔다.

"선생님, 정남중학교를 졸업한 이강재예요!"

"뭐! 이강재? 전화번호를 어찌 알고…, 또 먼 이곳까지 어떻게…?"

그렇게 통화하고 만났더니 판때기 위에 부직포를 깔고 잣 껍데기로 2층 양옥집을 만들어 들고 왔다.

"이게 뭐니?"

"제가 군대에서 선생님 드리려고 만들었어요. 이런 집에서 사세요."

이강재와 헤어지고 수원으로 이사 왔다. 어느 날 길에서 만나 우리 집을 알고 가끔 놀러 왔다. 결혼하여 삼남매를 데리고 다섯 식구가 세배를 왔었다. 지금은 핸드폰 통화를 한다. 5월이면 의례 궁금하여 전화하면 배움이 없이 배운 기술로 취업하여 어떻게 애들 셋을 대학을 졸업시켰는지 신통하기도 하다.

큰 키에 뼈와 가죽뿐이면서도 "밝고 감사한 마음으로 웃음 속에서 살고 있어요"라고 답한다. 맞긴 하지만 안쓰럽기 그지없다.

3학년 반에 말수가 적고 얌전한 순옥이가 "선생님!" 하고 방과 후에 찾아와 같은 동네 둘이 다니는 친구가 자기를 폐병환자라고 함께 다니지 않더니 반애들에게 소문을 내어 친구가 없다며 속상해 한다. 친구 혜영이를 보며 나는 "엉뚱한 소문으로 순옥이를 억울하게 하면 되겠느냐?"고 했더니, 그 애는 감기로 코피가 난 것을 보고 그랬다고 속상해 한다고 했다. 그리고 순옥이에게 친절을 베풀자 성적이 올라가고 친구들이 잘해 주었다고 했다.

다음 해 학교 안에 학용품 판매소를 열고 사람을 추천하라고 하여 순옥이를 취업시켰다. 심성이 고와 현재는 작은 가게를 운영하고 있다. 아들 하나를 잘 길러 취업하고 외국 유학을 직장에서 보내준다. 5월이나 내 생일에는 꼭 전화를 걸어 기쁨을 나눈다.

반장인 정숙이 어머니가 편찮으셔서 누워계셨다. 가정방문을 갔다. 그런데 없어도 누구에게나 마음 씀씀이와 생각이 어른스러워 주변에서 칭찬을 하고 할머니는 남 주기 아깝다며 친정 조카에게 시집을 보냈다. 동생을 공부 시키고 다음 해 어머니가 돌아가시는 바람에 고등학교 진학을 못했다는데 졸업 후 8년 만에 수원, 이천, 여주교육청을 뒤져 나를 찾고는 그때부터 오늘날까지 나를 기쁘게 해 준다.

애들을 잘 키우고 사업이 번창하여 TV에도 가끔 나온다. 정숙이가 3학년 겨울방학을 하던 12월 24일 날, 내가 12월 25일에 결혼한다는 사실을 미술선생님께 들었다며 소문을 냈다. 다음 날 아침 일찍이 전 직원과 함께 남녀 학생 20여 명이 축하해 주었다.

그해 교감선생님이 새로 오셨다.

다음해 2학년 담임을 했다. 며느리 버릇은 다홍치마 시절에 길들여야 한다고 하듯이 1학년 때 길을 잘 들이지 않으면 2학년 생활지도가 어려워진다. 나는 담임을 맡으면 일주일 안에 애들 번호와 이름을 다 외우고 얼굴을 익힌다. 그래야 한눈에 들어와 학급 관리하기가 좋다. 애들은 자신의 번호와 이름을 불러 주면 좋아라 하여 빨리 따르고 가까워진다. 수첩에 명렬표를 붙이지 않고 쓰면서 외우고 보호자 이름도 외웠다.

담임 맡은 후 첫 조회시간에 들어갔더니 남학생 하나가 아직 안 왔다. 출석을 부르니 동료 학생들이 "그 애 지각대장이에요!" 한다. "뭐? 지각대장?" 하고 있는데 해당 학생이 어슬렁거리고 들어왔다.

동네가 멀기는 했지만 내가 시골에서 학교 다닐 때 보면, 먼 곳에 사는 애는 일찍 오고 제일 가까운 동네 애들이 지각하는 것을 많이 보았다.

"나와! 지각대장? 지금까지 학교생활 그렇게 했어?"

그리고 종아리를 수 차례 때렸다.

"다음에 또 지각하면 세 배로 맞는 거야! 나는 결석이나 지각을 싫어해. 매 맞는 것이 아프면 보호자 오시라고 해!"

그 후로는 결석이나 지각이 없었다.

하루는 어느 아버지가 여학생을 오토바이에 싣고 왔다. 배탈이 나서 병원에 갔다 오는 길이라며 그날 여학생은 수업하여 결석이 없었다.

아침마다 자율학습 정숙지도를 한다. 출근하고 교실을 둘러보고 나왔다. 새 건물에 교실 복도가 시멘트이고 정사각형의 금속 테로 선을 그었다. 교무실은 구건물 마룻바닥이다. 구건물 교무실에서 교실 쪽을 돌아보니 여자애들이 복도에 나와서 사방치기를 하면서 정신없이 뛰어다녔다. 아침 학급 조회시간에 복도나 교실에서 절대로 뛰지 마라. 뛰는 것을 보면 단체 벌을 주겠다고 했었다. 교무실로 오다 보니 언제 그랬느냐는 듯 복도가 난장판이다.

종례시간에 들어가 모두 의자를 들고 바닥에 무릎 꿇게 했다. 의자를 들자마자 아우성치며 "팔이 아파요!" 한다. "팔이 아픈 사람은 소리를 못친다. 팔이 안 아파서 소리치는 거야! 어느 분단이 벌을 얌전히 잘 받는지 보겠다." 했더니 소리가 점점 줄어들었다. 점점 숙연해지고 힘들어 했다. 소리를 덜 지른 분단부터 손을 내리고 의자에 앉게 했다. 그 후부터 말을 잘 듣고 수업태도도 좋았다.

교무실에 교감, 교무부장, 나 셋이 있었다. 나는 교무부장이 교육과정 배정하며 시간표를 짜려 하기에 가서 2.3학년 과학 배정시간을 의논하려 말을 시작했더니 교감 자리에서 교감선생님이 "싫으면 사표 쓰고 가!" 한다. 나는 들고 있던 수첩을 내 책상 위에 던지면서 "웃겨! 교감이면 다야!" 하고 나가 버렸다.

다음 날 직원회의 시간에 교감선생님은 어제의 일을 내가 잘못한 것처럼 이야기하였다. 나는 듣고만 있을 수 없어 따져 물었다.

"어제 말씀과 지금 말씀이 아주 다르네요? 저는 교육감 발령을 받은 사람이지 교감선생님이 임명한 것도 아닌데 사표를 쓰라구요?"

직원회의가 끝나고 교장실에 불려갔다. 교장선생님이 곱게 타이른다.

"이 선생님이 화난 것은 그럴 만하지만 교감 입장도 읽어 줘야지."

4월이 되어 체력검사를 했다. 나는 큰애를 임신하고 배가 많이 불렀다. 오래 매달리기 측정을 하느라 책상과 의자들을 놓고 계측하여 기록하는데 체육선생님이 오더니 책상을 뒤엎으면서 손자세가 틀렸다고 화를 낸다. 애들 앞에서 임산부에게 그런 몰상식한 짓을 하는 것을 보고 나는 들고 있던 기록장을 바닥에 던지면서 대차게 쏘아붙였다.

"야! 계측 때 주의사항 연수했냐? 연수할 시간을 줬어?"

"내가 교장이냐! 연수시간을 주게."

"그래! 네가 체육시간에 다해!"

그리고 교무실로 와서 교감선생님한테 싸웠다고 고자질을 했다. 체육시간에도 한바탕 쏘아붙였다.

"지네 자존심은 사람 자존심이고 내 자존심은 강아지처럼 대하냐! 체육선생, 네가 다해!"

그리고 밖으로 나왔더니 가슴이 후련해진다.

체육선생님이 무서우니 그가 학생부장이 되었다. 2학년 교실에서 도난 사건이 생겼다. 의심난다고 하는 여학생을 불러 실토하라고 하니 해당 여학생은 아니라고 펄쩍 뛰었다. 그러자 학생부장은 따귀를 정신없이 때리고 그 따귀를 맞던 여학생은 가져갔다고 실토했다. 나는 그 애가 가져갔어도 '애를 저렇게 다루면 안 되지?' 하고 지켜보았다.

다음 날 그 여학생 아버지가 와서 학생부장에게 '우리 애가 훔치는 것 봤느냐'고 다그친다.

"본인이 자백했습니다."

"그래요? 당신의 무지막지한 매에 못 이겨 허위 자백한 거 아니오?"

그날 교장선생님을 비롯한 학생부장이 정중히 사과하고 학부형을 보냈다.

그리고 다음 해 교장선생님과 교감선생님이 전근가시고 나는 수원에서 출퇴근을 했다. 과학실험대회는 시군대회에서 일등한 것으로 끝나고 도대회는 없어졌다.

틈만 있으면 애들은 손에 무엇이든 들고 나를 찾아왔다. 스승의 날에는 책상 위에 편지와 카드, 손수건과 스타킹 등이 많이 쌓인다. 퇴근할 때 신발장을 열면 손수건과 스타킹이 가득 쌓여 있고 방학 때면 편지들이 수없이 날아든다.

그 해 초겨울에 큰 딸을 낳았다. 한 달 쉬고 출근하려니 학생들이 교문 옆까지 나오고 교실 창가에서 소리 소리치며 환영을 했다.

수업은 실험을 많이 하고 증류수 대신 빗물을 받아쓰기로 했다.

연이어 12개월 만에 아들을 낳았다. 그 해에는 비가 많이 왔다. 시내버스로 한 시간 걸리는 거리인데 도중에 장마로 다리가 끊어져 임신 상태에서 20리 길을 선생님들과 함께 며칠 동안 걸어 다녔다. 힘이 부쳤는지 아기가 내려앉아 만성 맹장염이 되었다. 아기를 낳고 맹장수술을 하고 누워 있는데 3학년 여학생들이 떼를 지어 문병을 왔다.

펄펄 뛰어다니던 내가 병실에 누워 있으니 웃음이 났다. 웃으면 배가 당겼다. 아직 실도 안 뽑았기 때문에 나는 "얘들아! 내가 개구리 해부를 너무 많이 해서 벌을 받아 내 배를 째게 되었나 봐!" 하면서 배를 누른 채 애들과 한참 동안 웃었다.

물고기가 물을 만난 듯 나는 학교생활이 즐거웠다. 새로 오신 고 교장 선생님과 박 교감선생님은 내가 배가 아파 보충수업을 안 하고 반수업만 한다고 했더니 보충수업까지 하라고 한다. 그래서 나는 "학생을 위하시 는 마음은 이해하겠는데 그러다 반수업도 못하면 어떻게 해요?" 했더니, 그래도 보충수업을 하여야 한다고 했다. 잔인한 사람들이다.

그즈음 부부교사가 많이 생기니 여선생님들이 미움 아닌 미움을 받았 다. 결국 며칠 있다가 나는 아기를 낳았고 교과를 떼지 못하였다.

큰애를 낳고 퇴원하여 집으로 왔을 때다. 교장선생님께서 내 건강이 궁 금하여 하루가 너무 길었다고 바로 다음 날 과일 바구니를 갖고 오셨다. 참으로 고마웠다.

먼저 계신 교감선생님은 아들을 낳고 산후조리하며 집에 있으려니 심 현복 선생님과 함께 방문을 하셔서는, "자식은 낳은 자랑보다 기르는 자 랑이 중요한 거야!" 하셨고, 심 선생님은 "친정아버지가 딸네 오신 것 같 아요"라며 친근하게 말씀하셨다. 그 고마운 마음 지금도 잊을 수 없다.

다음 해 이웃 여학교로 전근을 갔다. 식목일 날, 전에 있던 학교에서 여 학생 둘이 우리 집에 놀러와 하룻밤을 잤다. 그런데 마침 만년필 두 개를 사서 책상 위에 두었었는데 그중 하나가 없어졌다. 애들 입장을 생각해서 말을 안 하려고 했는데 애기아빠가 주변 애들에게 말해 버렸다.

이 사실을 아는 한 학생이 어느 날 버스정류장에서 의혹의 친구 주머니에 만년필이 꽂혀 있는 것을 보고 "그 만년필 선생님 거지?" 하고 다그치며 학교에 가서 이야기하고 조사를 했다는데 바로 내 만년필이었을 뿐만 아니라 문제의 돈 분실사고의 주범도 밝혀졌다는 것이다. 집에서 타온 공납금을 자기가 쓰고는 잃어버렸다고 하며 하필 그 착한 애가 의심된다고 지목하여 학생부장으로부터 정신없이 따귀를 맞게 하고 거짓 자백을 하게 했다는 것이다. 그 여학생은 학교에서 퇴학을 맞았다.

전근해 온 오산여자중학교는 오산시내에 있는 24학급의 규모로 매우 컸다. 국도를 달리는 코스여서 길도 좋았고, 무엇보다 시내버스가 다녀 통근시간이 적게 걸렸다.

여자 교장선생님이신 민 선생님은 도교육청 장학사로 오래 근무하셔서인지 교사와 학생 관리에 막힘이 없어 무척이나 존경받고 있었다. 나는 2학년 담임을 맡았고 1,2학년 과학수업을 배정받았다.

1학년 첫 수업시간에 들어가 내 소개를 하고 수업을 하려니까 한 학생이 손을 번쩍 들더니 질문이라고 한다.

"선생님! 결혼하셨어요!"

"안 했는데 오빠 있는 사람 손들어 봐!"

여러 명이 손을 들었다.

"집에 가서 내 이야기들 잘 해 봐."

나는 인상이 차고 쌀쌀맞게 보여서 말을 안 하고 있으면 애들이 무서워한다. 그런데 말만 시작하면 애들은 좋아하고 쉽게 따랐다. 나는 아기를 낳고 얼굴에 기미가 있는데도 어린 여학생들 눈에는 안 보였는가 보다. 여학생들이 훨씬 말을 잘 듣고 수업태도도 좋아 신경을 덜 쓰게 되었다.

오랜 역사가 있는 학교여서 앞쪽에 구건물이 뒤쪽에 2층 새 건물이 있었다. 우리 2학년 1,2반은 기찻길 옆에 기찻길과 나란히 위치하여 기차가 기적을 울리며 역 가까이 오면 그 큰 소리 때문에 수업을 잠시 중단해야 했다. 기차는 수없이 오고갔다.

처음으로 그렇게 큰 소음을 체험해 본 나는 교장선생님께 두 반 학생들만 일 년 내내 그런 소음 속에서 수업을 받게 할 수 없으니 2학년을 두 반씩 돌려가면서 교실을 바꾸어 달라고 건의했다. 교장선생님이 동의하시고 3개월마다 교실을 바꾸게 되었다. 애들은 좋아하였고 이사 갈 때는 시루떡도 했다.

그 해에는 이사 가는 반도 이사 오는 반도 모두 떡을 하였다. 두 교실은 가교사여서 출입문을 열면 바로 운동장이다. 출입문을 통해 창문으로 오가는 사람이 다 보이고 또 들여다보였다.

어느 날 흰 페인트로 출입문 유리 위를 칠하고 있는데 교장선생님이 보셨다. 과학실 대청소를 토요일과 일요일 일직을 바꾸어 정리를 하고 과학실험대회 준비도 하여 시군대회에서 2등을 하였다. 일요일에도 출근하여 열심히 연습을 했다.

물상부분과 생물부분을 연습시키고 나는 잠시 현미경을 들여다보고 있는데 갑자기 '뻥!' 하는 소리가 났다. 순간 나는 귀가 멍멍해지고 아득한 느낌에 빠졌다. 옆 방 도서실에서 서예를 하던 교무주임 선생님이 놀래서 달려오시더니 나를 살펴보시는데 나는 정신없고 아무소리도 들리지 않아 손만 휘저었더니 어떻게 된 줄 아셨다고 한다. 그 상황에 애들 자리를 둘러보니 다행히 모두 다 수돗가에 가고 없었다.

운동장에서 공을 차던 애들도 달려왔다. 나는 정신을 차리고 물상부분 실험장치 쪽으로 갔다. 복도 쪽 창문에 주먹이 들어갈 크기만큼 구멍이 뚫렸다. 기체 발생장치를 해 놓고 나간 것이다. 무엇보다 애들이 안전하여 큰 한숨을 내쉬었다.

'정말 큰일 날 뻔했구나?'

내 안색이 제대로 돌아오자 교무주임 선생님도 안심하고 도서실로 가섰다.

실험은 안전이 최우선이다. 대학교 때 가스 발생장치를 하고 가까이서 들여다보던 명자가 기체 폭발로 유리 시험관 조각이 깨져 눈알에 박히고 세브란스 병원에 갔었다. 나는 실험할 때마다 예를 들고 주의사항을 알리고 실험을 했다. 애들이기 때문에 함께 지켜봐야 하는 것이다.

여선생님들이 많아서 일직이 몇 달에 한 번씩 오고 주번교사는 일 년에 두세 번 정도 돌아온다. 작은 학교에서는 비전공과목도 가르치는데 이곳에서는 내 전공과목에만 충실하면 되었다. 그래서 큰 학교가 좋았다.

어느 날 직원회의 시간에 일어나서 교장선생님께 당직과 관련하여 건의를 하였다.

"우리도 다른 공무원처럼 토요일 당직근무를 교대했으면 합니다. 토요일 주번교사가 오후 교대를 하는데 주번교사는 주번작성관리를 하는 교사이지 당직교대를 해야 하는 것은 아니라고 생각합니다."

"뭐라구요? 주번이 교대를 해? 퇴근과 당직이 교대되어야지."

자연스럽게 여교장선생님께서 정리를 하셨다. 그 후 나는 남자선생님들의 미움을 샀다. 연세 드신 부장들이 투덜대니까 그 아래 선생님들이 자연히 나를 미워했다. 교감선생님까지 미워하였다.

어느 날 일직인데 일요일 숙직교사가 "숙직 늦게 올 거예요"라고 전했다. 나는 장난으로 알고 무심했다. 겨울에는 5시가 당직교대 시간인데 한 시간 반이 지나도 연락이 없었다. 교감선생님 댁에 전화를 했더니 전화가 귀한 시절이라 형님댁 전화여서 통화를 못했다. 서울에 살고 있는 교장선생님께 상황을 보고했더니 용원을 시켜 학교 앞에 사시는 선생님을 불러다 부탁하고 가라신다.

월요일에 출근하니 직원회의가 시작되고 교감선생님이 "교장, 교감에게 전화하면 어쩌자는 것이냐?"고 큰소리쳤다. 나는 '뭐, 이런 교감이 다

있나. 교통정리를 잘 해야지' 하는 생각이 들었다. 직원회의가 끝나고 교 감선생님이 불러서 타당성 없는 변명을 하기에 대화할 가치가 없다고 생 각한 나는 "네! 네!" 하고 있었다. 여선생님들은 조금 일찍 왔으면 한 마 디 해 주고 나왔을 텐데….

1월 1일이 토요일이었다.

여선생님이 일직을 하는데 늦게 와서 혼난 바 있는 강 선생님이 1시에 교대하려고 왔다. 여선생님이 의아해서 물었다.

"왜? 벌써 오셨어요?"

"토요일이잖아요."

"오늘은 토요일이기보다 빨간 글씨인데요?"

숙직 때 늦게 온 것이 부담스러워 그 때는 일찍 온 것이다.

남선생님들이 내게 종종 골탕을 먹더니 나를 골탕 먹이려고 했던 일이 다.

6월 어느 날 창문을 열어놓고 일직근무를 하는데 남선생님 두 명이 교 무실 출입구에 들어섰다.

"어디를 다녀오세요?"

가정방문 갔다가 술 한 잔씩 먹었다고 하면서 한 사람은 출입구에 의자 를 놓고 앉고, 다른 한 사람은 내 쪽으로 걸어오고 있었다. 수상하다 싶어 나는 볼일이 있는 듯 천천히 걸어 창문 쪽으로 갔다. 창문 앞에는 현관처 럼 쪽마루가 있었고 밖은 바로 운동장으로 통하는 턱없는 시멘트 복도가 있었다. 쪽마루로 올라가 열려진 창문으로 성큼 뛰어내렸다.

"이건 문이 아닌가?"

그랬더니 둘은 출입문을 나오면서 수군댄다.

"여우다, 여우!"

나는 더 이상 그들을 쳐다보지도 않았다.

학교 당국에서는 내게 교내방송을 담당시켰다. 운동장 조회 때마다 마이크 설치를 하는데 조회가 시작되면 끝날 때까지 긴장을 한다.

교장선생님 훈화 도중에 종종 폭음이 나가거나 마이크 엠프에 문제가 생긴다. 그때마다 등에서 진땀이 난다. 어느 날 교장선생님께 정중하게 건의했다.

"교장선생님, 저는 교사자격증은 있어도 전기기사 자격증은 없어요. 방송 운행 때마다 등에서 진땀이 나고 긴장하게 돼요. 부디 교문 앞에 있는 전파사에 부탁해서 조회나 방송 때마다 점검해 달라고 전용 전파사를 위탁하면 좋겠습니다."

교장선생님은 흔쾌히 허락하셨다.

그 뒤 남자 과학선생님이 오셔서 보직 변경이 되어 나는 교무과의 출석부와 학급일지 점검담당이 되었다. 어느 날 출석부 기재 통계가 잘못된 것을 골라 해당 담임교사에게 "출석부 월말통계가 틀렸으니 다시 하세요" 했더니, 어디가 틀렸느냐고 지적해 달라고 한다.

"내가 가르쳐 주면 그 곳만 고치시니 딴 데도 다시 점검하세요!"

때마침 교장선생님이 들어오셔서 이 광경을 지켜보시더니 "이 선생, 장학사감이야!" 하신다. 교장선생님이 칭찬하시면 남자선생님들은 더욱 더 미워했던 것 같다.

2년차에 3학년 담임을 했다. 수첩에 공납금 납부 상황을 기재해 보니 늦게 내는 애들이 꽤나 많았다. 가정방문을 다녀봤더니 동탄지역과 시장 안에 빈곤한 애들이 많이 있었다.

어떤 집은 12남매를 키우느라 어렵고, 또 어떤 집은 애들이 많지 않아도 본래 형편이 어려워 애들은 주말에 골프장에 나가 직원 대리로 알바를 하여 용돈을 번다고 했다. 학업성적이 우수해도 고등학교 진학을 시키려 하지 않아서 입학시험만이라도 보라고 했다. 그 여학생이 합격하고 나니 어머니는 기뻐서 힘들어도 진학시키겠다고 약속했다.

다른 반 수업을 들어갔는데 교과서를 안 꺼내놓고 책상 위가 깨끗한 여학생이 한 명 있었다. 통상 교과서가 없는 학생은 혼을 내왔다. 남녀공학에서는 총채로 손바닥을 때렸는데 여학교에 오니까 모두들 말을 잘 들어 총채를 들 일이 없었다. 시험 때 교실을 순회하면 과학책을 보며 무언가를 만들다가 "우리, 지금 과학 공부해요!" 하면서 나를 기쁘게 해 주는데 책상 위가 깨끗했던 여학생은 손바닥을 맞았어도 또 깨끗하다. 다음에는 모르는 척 지나쳤다.

그런데 시험을 보면 과학 성적이 월등하다. 좋아하는 선생님의 이목을 끌려고 책상 위를 깨끗하게 치운 듯했다. 하루는 수업을 끝내고 나오는데 신문지에 무엇인지 싸들고 와서 "선생님!" 하면서 건네주었다. 나는 다른 애들이 볼까 싶어 서둘러 자리를 피했다. 신문지 속에는 잣송이 3개가 싸여 있었다. 솔방울은 보았어도 잣송이는 처음 본 것이다.

나의 체력과 시간이 여의치 못해 방과 후 학생들과 함께 하지 못한 시간이 아쉬웠다. 학생들은 크고 작은 선물과 별식들을 싸다 주었다. 어떤 때는 신문지에 가을 떡을 싸갖고 와서 그 신문지 냄새 때문에 간신히 먹기도 했지만 애들로부터 받는 사랑의 빚은 실로 엄청났다는 생각이다.

2년 동안 같은 방향이어서 출퇴근을 같이하고 퇴근길에는 시장을 함께 보던 김 선생님은 나를 언니같이, 나는 동생같이 서로 고마운 마음으로 지내다 2년 만에 나는 고향 이천으로 전근하였다. 면소재지여서 학교는 작지 않았다.

중학교 12학급, 고등학교 6학급의 규모였는데, 경기도 남쪽에 있는 학교라고 교명을 경남중학교로 바꾸었다. 경기도의 변두리 지역이라 교통이 불편했다. 등잔불을 밝히고 나무를 때던 때가 불과 3년 전인 듯하고 뒤늦게 전깃불이 들어왔고 더불어 연탄을 때기 시작했다.

수원이나 서울에서 먼 지역이라 선생님들은 거의가 신규발령자들이다. 신규발령자라 서투르기도 했고 또 애들 눈에는 나이도 적고 하니 존경심이 적었나 보다. 고등학생들은 수업하기 싫으면 수업시간에 산으로 뛰쳐나갔다. 그 바람에 수업 없는 선생님들은 산으로 애들 찾아 나서느라 분주했다.

나는 부임하던 첫 날 내 빈자리에 일찍 나와 앉아있다가 심심하기도 하여 옆 건물 과학실로 나갔더니 뒤 건물 2층에서 입에다 손가락을 넣고 부는 세찬 휘파람소리가 들려왔다. 어이없어 모르는 척하고 과학실을 돌아 들어오는데 휘파람소리가 또 들려왔다. 나는 교실 쪽을 쳐다보며 서둘러 교무실로 돌아왔다.

학교 당국에서는 나에게 2학년 남자반 담임에다 학생부장까지 맡겼다. 교장선생님은 나에게 쌍수로 환영한다고 하셨다. 우리 지역이 드세어 교육청에 투서가 많이 들어가니까 나를 지역 방패가 되라고 학생부장을 시킨 것이다. 나는 그저 그런가 보다 하고 학생을 가르치는 데 최선을 다했다.

담임반은 몇 차례 쉬는 시간에 순회를 하고 종례시간에 들어가 "내가 오늘부터 너희 담임이다!" 했더니 뒤쪽의 덩치 큰 애들이 손으로 입을 막으며 웃기 시작했다. 잠시 후 "열중쉬어! 차려! 똑바로 앉아!" 하고 와서 담임으로서 학급관리 생활지도 기본 생활습관 등을 이야기하고 바른 수업태도를 이야기하면서 한 치라도 어긋나면 나는 용서하지 않고, 반복되면 학부형 소환과 함께 가정방문을 가겠다고 했다.

그리고 실장, 부실장, 간부, 주번, 청소당번, 청소도구 분포 등을 확인하고 청소검사는 다 끝나면 실시하며 청소당번은 칠판 앞에 한 줄로 서서 검사대기하고 오라고 했다.

교실을 나오니 모두들 땅이 꺼져라 한숨 쉬며 "올해 우리는 죽었다!"라고들 했다. 반장이 오더니 반장을 못하겠다고 한다. 나는 못들은 척하고 부반장을 자주 불렀다. 사실 나는 애들을 자주 불러 심부름을 시키는 선생님을 싫어한다.

교무실에 한 학생이 들어오면 여기저기서 불러 잔심부름을 시키는 바람에 쉬는 시간에 쉬지도 못하고 허덕이다 가는 것이 보기 싫었다. 그야말로 학생들 입장은 생각지도 않는다.

나는 쉬는 시간마다 우리 반 교실로 뛰어간다. 뒷문에 서있으면 야생마 같은 애들은 떠들고 욕하고, 걸레자루 빗자루 마대자루가 앞뒤로 날아다닌다. 말없이 지켜보고 종례시간에 그날 던진 애들 이름을 부르고 단체 인성교육을 시킨다. 그러자 날이 갈수록 교실은 잠잠해지기 시작했다.

어떤 애가 교무실에 왔다 나가며 '괴물, 그 자체구나' 한다. 나는 그 소리가 듣기 싫었다. 애들은 '선생님들이 내려놓는구나' 하고 종례시간에 괴물이야기를 하였다. 나는 "다시 또 너희들의 괴물소리를 들으면 그 즉시 학부형을 소환하겠다"고 경고했다.

어느 공납금 미납 학생에게 "너 공납금 미납이더구나?" 했더니, "재수가 말을 안 들어요!"라며 답한다. 다시 "재수가 누구니?" 하고 물었더니 옆에 있는 애가 "애 아버지 이름이에요" 한다. 그 순간 나는 어디서부터 길을 들여야 할지 난감했다.

점심시간에는 도시락들을 들고 돌아다니면서 먹는다. 다음부터 나는 반으로 도시락을 들고 가서 한 사람씩 돌려가며 마주 앉아 먹었다. 돌아다니면서 먹던 애들이 많이 줄어들었다. 한 번은 같이 먹어야 할 애가 밥만 싸갖고 반찬 없이 내 앞에 섰다.

"반찬은?"

"반찬 싸오는 당번이 따로 있어요."

억센 놈들 틈에 희생자가 있었던 것이다.

"식사 예절이 바르지 못하면 열 번이라도 내 앞에서 먹는 거다."

그랬더니 그 학생은 다음 날부터 반찬을 싸갖고 왔다.

교장실 옆에 2학년 1,2반이 있었고 우리 반은 출입구 쪽에 있어, 우리 반 단속을 하려면 옆 반도 단속하게 된다.

내가 남녀공학인 학교로 갔다는 소식을 들은 오산여중 애들이 '선생님 힘드실 때 남학생들이 말 안 들으면 자막대를 세워 손끝을 때리세요. 그러면 아파요!' 라면서 편지를 보낸다. 내가 모르는 것을 겪어보고 알려준 것이다. 나는 화가 나도 '겁주는 매를 때리지 아픈 고통의 매'는 때리기 싫다. 그래서인지 내가 인상만 찌푸려도 애들은 조심한다.

내 집 단속부터 해야 한다는 생각으로 우리 반 생활지도, 복장과 용의 단속을 하고 다른 반 단속을 하기 시작했다. 체육행사로 운동장에 횟가루로 선을 긋는 데 내가 있었다. 고3 서강석의 명찰을 읽었다. 옆을 지나가면서 "비켜!" 하는 것이다. 못 들은 체했다. 동네 약방집 아들이다. 내가 그 동네 출신이라는 것을 모르고 텃세를 내는 데다 선생님도 눈에 안 보인 것이다.

내 고향은 드세면서도 이씨 집성촌에 촌수가 높아 나에게 노인들도 공손히 대하였다. 우리 집을 함부로 대하지 않는 것이다. 동네 애들 가정방문을 길에서 만나 했더니 동네 올케가 걱정스럽게 말한다.

"아가씨! 애들이 무서운 선생님 오셨다고들 말해요."

나는 씩 웃었다. 아침부터 퇴근 때까지 학교를 돌면서 애들을 다그치니 선생님들도 귀찮은 모양이다. 불만스럽다는 투로 말한다.

"그런다고 봉급 더 줘요?"

무사안일로 지내면 신임선생님들이 보고 배울 것이 없다.

복장, 용의검사한다고 칠판에 써놓고 3학년 교실에 가서 유행하는 바지를 뜯었다. 방과 후 남자 담임선생님이 나에게 쌍소리를 하면서 남학생의 바지를 뜯어 놓으면 어쩌자는 것이냐고 거칠게 대한다.

"오늘 체육과목 들었으니 체육복 입혀 보내세요!"

그 소리에 남자 담임선생님은 아예 쌍욕을 한다. 교사 입에서 쌍소리가 나온다는 것은 상상 외의 일이어서 나는 교사 대우를 할 수 없구나 싶었다.

"이보세요, 아저씨!"

날카롭게 한 마디 던졌더니 창피한지 금세 말투가 누그러졌다.

"아…, 미안합니다. 실수했습니다."

그 해 가을 어느 날 교육청에서 조성윤 장학사님이 오셨다. 운동장 게시판에 학생 퇴학 공고가 붙었다는 것이다. 바쁘게 뛰던 나는 미처 못 보았다.

3학년 남학생들이 과수원에서 과일을 따먹다가 들켜서 지서에 신고가 되었고, 학생부장도 모르게 퇴학공고가 붙고 교육청에 투서가 들어가 내교한 것이었다. 나는 공고 내용을 듣고 웃으면서 정중히 항의했다.

"자라나는 학생들에게서 과일서리는 있을 수 있는 일이고, 사악한 절도라 한들 한 번의 지도도 없이 퇴학시키면 투서 들어갈 만하네요?"

영국신사라는 별칭을 가진 조성윤 장학사님이 내 얘기에 공감하시더니 다녀간 뒤 곧바로 퇴학공고는 취소되었다.

다음 해는 1학년 담임을 맡았다. 예비소집일 날 신입생들은 집합시키고 입학안내문과 입학금, 교과서대금 등의 고지서를 운동장에서 나누어 주었다. 3개 초등학교에서 입학하여 출신교별로 줄 세우고 칭찬을 곁들였다.

"말도 잘 듣고 질서도 잘 지키는구나. 어느 초등학교가 더 잘 하나 보자!"

그 소리에 모두가 경쟁하듯 잘했다. 그 해 입학생들은 너나없이 말을 잘 들었다. 교단에 처음 서던 해 촌놈들이라고 흉을 봤더니 얼굴들이 우울해진다. 한참 이야기하다 "내가 시골에서 학교 다닐 때" 하니까 얼굴들이 펴지고, "나도 촌놈이거든" 했더니 애들은 얼굴을 활짝 펴고 나를 더 따랐다. 누구든 그렇겠지만 나도 칭찬을 받거나 동질감, 같은 성, 동향들이라면 더 친근감을 느낀다.

그런데 교장선생님은 은근히 나를 미워하셨다. 애들은 나만 보면 움찔하고 지적받을까 봐서 조심하기 시작했다. 교장선생님께서 학급표찰이 깨졌다고 새로 하라고 하셔서 나는 깨진 반을 조사하고 표찰교체 기안을 냈다. 행정실에서 누가 지시했냐고 물어와서 교장선생님 지시로 기안했다고 말했더니 우리 반은 반에서 부담하고 나머지 반은 행정실에서 지불하라고 한다. 얼마 안 되는 돈이지만 속이 보여 반장을 행정실로 데리고 가서 값을 묻고 반애들한테 걷어서 내라고 했다.

얼마 후 고등학교 학생부장과 의논하여 격주로 운동장 조회시간에 실내 지도를 하기로 했다. 그리고 이유 없이 교실에 남아있는 학생들을 단속했다. 조회시간에 내가 안 보이자 교장실로 부르셨다. 그간의 학생지도 사항을 그대로 말씀드렸더니 "누구 맘대로 그렇게 하랬느냐?" 하시더니 화단에 휴지 하나만 떨어져도 나를 세퍼트처럼 불러댔다.

화가 나서 교무실로 들어와 들고 있던 수첩을 던지며 점잖으신 교감선생님께 "내가 이 학교 소사입니까?"라며 화풀이했더니 교감선생님은 웃으시면서 "잘해 봐! 잘해 봐!" 하시며 놀리신다.

어느 날 체조시간에 안 나갔다. 교장실에서 호출명령이 왔다.

"왜, 중간체조 안 나가셨죠?"

"몸이 아파 못 나갔습니다."

"아픈 건 할 수 없지."

괜스레 눈물이 나오는 것을 억지로 참았다.

며칠 후 또 교장실에 불려갔다.

"학생부장 선생님, 장발단속 공문 보셨지요?"

"네. 보았습니다."

1978년도에는 남자 장발이 유행하여 장발단속 공문이 수차례 내려왔다.

"그런데 선생님은?"

"우리 학교에는 장발이 없습니다."

그러고 보니 나를 보고 하신 말씀이다.

"공문은 장발단속이고 제 머리는 단발입니다."

'아차!' 하신 교장선생님은 화두를 돌린다.

'국어를 전공하신 교장선생님께서 공문 해석도 제대로 못하고 나를 찍다니…'

시도 때도 없이 부르며 괴롭히는 교장선생님의 처사에 슬그머니 화가 났다. 그러면서 내신을 생각하게 되었다. 그 해 교육청에서 중등과장이신 한석규 장학사가 오셨다.

학교를 순회하시다가 잔디밭 위에 설치되어 있는 백엽상이 다른 학교보다 높이가 낮아 교장선생님께 높이가 얼마냐고 물으셨고, 다시 과학선생님들께 물었더니 대답을 못해서 수업하는 내게 물었다는 것이다. 나는 1.5m라고 말하고 수업이 끝난 뒤 인사를 드렸더니 백엽상 높이가 왜 이렇게 낮으냐고 질책하셨다. 나는 할 말이 없었다.

"학교가 오래 되다 보니 백엽상도 늙었나 봐요!"

한 과장은 웃으셨지만 교장선생님은 긴장하고 있었다.

그 해 도교육청에서 장학지도가 나왔다. 중학교는 시군교육청이 생기면서 군교육청의 지도를 받는데 우리 학교는 중고 병설이어서 도교육청에서 고등학교의 장학지도를 나오면 또 서류를 준비했다. 깐깐하다는 장학사님이 이것저것 지적을 많이 했다. 나는 화가 버럭 났다.

"여기가 어디인 줄 아세요? 교장부터 신참을 내보내어 배우면서 가르치랴 바쁜데 서툰 게 어디 한두 가지입니까? 열 가지 중 아홉 가지 칭찬하고 한 가지 지적을 받아도 긴장하고 상처 받는 상황인데 칭찬과 격려는 하나 없이 지적만 하시니 장학지도라는 것이 권위 세우기입니까? 장학을 위한 지도입니까? 저는 백 번이라도 사유서를 복사해서 쓸 테니 하나도 빼지 말고 지적하세요!"

그리고 열이 솟아올라 밖으로 나갔다. 잠시 후 다시 들어와 서류를 제시하자 교무수첩을 보자고 했다. 까맣게 빽빽이 써놓은 것을 보더니 칭찬하기 시작했다. 이제는 지적은 없고 칭찬만 늘어놓는다. 그냥 좋아할 내가 아니다.

"그만 하세요. 갑자기 비행기 태우면 어지러워요!"

장학지도가 끝나고 나는 현관까지만 배웅했다.

다음 해에 중고 교감선생님이 바뀌었다. 새로 오신 교감선생님께서 몇 달이 지난 뒤 나를 보고 웃으시면서 말한다.

"발령장 받으려고 도교육청에 갔더니 이강녕 장학사가 그 학교 되게 무서운 여선생님 계시다고 했는데 바로 이 선생님이시군요."

고등학교 입학시험을 본 날은 교장실에 남아서 채점을 했다. 교장선생님은 내가 채점한 답안지들을 달라고 하였다. 챙겨드렸더니 '친척 애들 채점 올리지 않았느냐'고 한다. 참으로 어이가 없었다. 공과 사를 구별할 줄 모르는 교장선생님인가 싶다. 답안지를 넘기면서 이씨의 애들 정답을 일일이 맞추고 있었다.

　신규임용 선생님들이 많이 오다 보니 그 중에 총각선생님 몇 분이 있었다. 전공에 따라 고등학교 수업을 지원하는데 고등학교 남학생들이 총각선생님을 많이 따랐다. 남학생들이 특히 많이 따르는 그 선생님을 불러 특별 부탁을 했다.

　"선생님, 애들이 따르는 것은 좋은 일인데 선생님은 저 애들을 선도하셔야 해요. 학교 분위기 좋게 길들이세요."

　그 선생님은 나를 따랐지만 가끔 말썽을 부렸다. 한두 번 이야기하고는 우리 집 건넌방에서 어머니가 해 주시는 밥을 먹기도 했다. 특히 봉급만 타면 무단결근을 며칠씩 했다. 자연히 하루 내내 야단을 맞는다. 그러면서 하루 한 번이라도 처다보고 웃어주지 않으면 또 무슨 잘못을 했나 싶어 긴장되어 일이 안 된다고 한다.

　처음 담임하는 선생님은 내가 일을 많이 도와주었다. 애들이 선생님께 정붙일 시간이 없었다. 살림하는 선생님은 댁에 가기 바쁘고, 집이 멀리 있는 선생님은 선생님들끼리 놀러 다니며 서로 가정방문을 하고 놀았다. 남녀공학이어서 상하급생간에 교제들을 하여 졸업 후 결혼도 한다.

　하루는 어느 여학생이 임신을 했다고 하여 그 여학생을 저녁에 우리 집으로 불렀다. 아랫집에서 자취하는 1년 후배 남학생에게 반찬을 갖다 주다 성적으로 일이 생긴 후 본인이 하는 말과 행동에 따라 소문이 난 것이다.

　다음 날 해당 남학생을 불러 "너, 여자 몇 건드렸어?" 했더니, "학생요?"라며 태연하게 얼굴을 든다. 깜짝 놀란 나는 "종류대로 대!" 했더니, "아가씨, 아줌마 숫자는 많지만 학생은 처음이에요" 란다.

　알고 보니 학교성적이 최상급이다. 가정환경이 좋지 못해 부모가 각자 바람을 피우는 집안이다.

"너! 졸업은 하고 싶냐?"

"네!"

"그럼 이후부터는 결혼하기 전까지 절대로 여성을 가까이 하지 않겠다고 맹세하겠니?"

"네! 절대로, 다시는 여자를 건드리지 않겠습니다. 맹세합니다. 약속드릴게요."

그 학생은 무난히 졸업을 했다.

이듬해 봄에 나이 드신 상과 선생님 두 분이 떠나시고, 초임의 아가씨 선생님 두 분이 부임해 왔다. 두 분은 서로가 이름을 불러가며 재미있게 지냈다. 보기엔 좋아 보였지만 공적인 입장에서 나는 두 선생님을 불러 학교라는 특수성에 입각하여 주의를 주었다.

"서로가 어색할지라도 선생님 호칭을 넣고 부르세요. 애들 앞에서 교육을 실행하는 선생님들이신데…, 애들도 따라서 이름을 막 부르면 어떡하겠어요?"

서로가 조심하며 생활하다 반년이 지난 어느 날 착실한 최 선생님이 내게 그간의 고충을 토로한다.

"선생님! 저, 학교 근무 더 이상 못하겠어요. 애들이 까마귀처럼 보여요."

천사처럼 보이고 열 번 백 번 용서하면 눈에 띄게 변하는데…, 천사 같은 애들이 왜 까마귀처럼 보이게 되었을까. 얼마를 생각하다 보니 이해가 갔다. 어쩌면 부드럽고 자상한 선생님의 모습을 그리며 교단에 섰을 텐데 자신이 배운 것을 가르치는 것이 아니라 매시간 교재 연구를 해서 가르쳐야 하니 참으로 재미없고 힘들었을 것이다.

상과 여섯 반에 교과목이 스물 하나이고 그 과목을 두 선생님이 가르쳐야 했다. 유창하고 재미있게 가르치고 싶었는데 밤새워 교재연구를 해도 한 시간 강의로 끝나니 교재 연구할 새 없이 쫓기게 되고 열심히 하려는 애들의 두 눈을 보니 그런 상황이 무서워지기 시작한 것이다. 애들에게 발표도 시키고 실습도 시키며 요령껏 수업을 해야 하는데 모든 수업을 선생님이 해야 한다는 강박관념에 몰려 과로하게 되고 피로가 누적되어 결국 사표를 쓰고 떠났다.

신규임용일수록 큰 학교에서 경력을 쌓게 하고 숙련된 교사가 시골 소규모 학교에 배치되어야 한다는 생각이 다시금 들었다.

그 무렵 교장선생님은 남들이 싫어하는 걸스카우트 지도교사를 내게 맡기셨다. 구경도 못한 스카우트 활동을 방과 후와 주말, 방학 중에 열심히 했다. 20여 명의 중고 여학생들을 인솔하여 시내버스에 무거운 텐트, 석유곤로, 석유, 취사도구 등을 싣고 경기도 광주에 있는 곤지암과 용인 송전농고에서 자체 야영하며 경기도대회에 참가했다.

고등학교는 미숙, 영란, 명선 등이 생각난다. 몰려다니면서 농촌일손 돕기를 하여 모은 돈으로 20여 명을 수용할 수 있는 텐트도 마련했다. 중학교에는 영순, 정환, 명구, 재분 등이 열심히 활동하여 기억이 나는데 그렇게 나는 5년간 스카우트 활동을 했다.

2년차에 1학년 애들과 재미있게 학교생활을 하는데 여학생들이 분실보고를 한다.

"선생님! 잉크병 잃어버렸어요."

"그래, 똑같은 병에 표시가 있어야 찾지."

분실했다는 말 자체가 듣기 싫었던 나는 대수롭지 않게 생각하고 그냥 지나쳤다.

얼마 있으니 여학생 반에서 돈을 분실했다는 신고가 들어왔다. 돈은 그냥 넘길 일이 아니라는 생각이 들어 수업시간에 30분이 소요되는 인성교육을 시켰다.

"학교는 장래 훌륭한 사람이 되기 위해 공부하러 오는 곳이다. 사람은 백 번 천 번 변한다. 어려서 말썽부리던 사람이 바르게 자라 성인군자가 되기도 한다. 사람의 마음은 심장과 같다. 심장의 반은 깨끗하고 빨간 피를 내보내는 동맥이고 반은 온몸의 찌꺼기를 싣고 온 검붉은 피가 지나는 정맥이다. 사람의 마음은 선한 마음의 양심과 나쁜 마음이 음심이 있는데 어려서는 선과 악을 구별하지 못하여 야단을 맞고 중학생이 되면 양심이 날 키우는 것이 이성이란다. 중학교에 들어온 너희들은 이성이 커가고 있기 때문에 아직도 어린이처럼 실수들을 많이 한다. 그래서 많이 혼나고 양심을 음심이 이기면서 나쁜 일을 몰래 몰래 하다 보면 음심이 커져 죄를 짓고 벌을 받는다. 만 14세가 넘어서 남에게 피해를 입히고 죄를 지으면 청소년만 벌을 주는 소년원에 수감이 된다. 이제 중학생이 되었는데 나도 모르게 남의 물건에 손을 대고 혼자 가슴 두근거리며 후회하는 사람이 있을 거야! 학교에 도둑질 연습하러 온 것 아니지 않니? 나는 경찰도 아니고 법관도 아닌 선생님! 너희들의 잘못을 백 번 천 번 용서하면서 너희들이 예쁘게 커가는 것을 지켜보려 하는 선생님이다. 모두들 눈을 감는다. 눈을 뜨거나 두리번거리는 사람은 수상한 사람이다. 앞만 보고 눈을 꼭 감고 지금 가슴이 두근거리고 후회하면 선생님께 용서받고 앞으로 두 번 다시 그런 일은 하지 않겠다고 약속하고 마음다짐한 사람은 눈을 뜬다. 움직여서는 안 돼!"

그렇게 말하고 이리저리 돌아보았더니 창가에 앉은 학생이 눈을 동그랗게 떴다. 정말인가 실수인가 확인하려고 "눈들을 꼭 감아!" 명했는데도 그 학생은 나를 똑바로 쳐다봤다. 순간 나는 내가 하늘로 '붕!' 뜨는 느낌이었다. 너무나도 기뻤다.

"모두들 눈을 떠라. 적막을 깨고 나는 너희들이 착하고 예쁜 줄은 알고 있었지만 이토록 예쁜 천사들인 줄은 몰랐다. 오늘 이 시간을 기억하면서 평생 바르게 살아 주기를 바란다."

그 순간 애들의 긴장이 풀어지고 분위기도 밝아졌다. 초등학교 때 담임 선생님의 핸드백을 뒤졌다는 애도 있었다. 이름은 모르고 얼굴만 기억했다.

얼마 후 1학년 우리 남자반 종례시간에 들어갔다. 웅제가 공납금 미납이다.

"웅제야, 공납금 아직 안 냈구나?"

"공납금 일부 잃어버려서 아직 못 냈어요!"

순간 내 가슴이 덜컹 내려앉았다.

"언제 얼마나?"

"지난주에 천원이요."

"왜, 말 안 했어?"

"그날 선생님이 출장 가서서 못했어요!"

종례시간이 연장되었다. 여학생 반에서처럼 두 눈을 감기고 가져간 사람은 눈을 뜨라고 했더니 어느 남학생이 눈을 떴다. 두 번째 놀라움과 짜릿한 희열을 느끼며 칭찬을 했다. 웅제의 형이 고3이었다. 형을 불러 이 사실을 이야기하고 가져간 사람은 찾았지만 그 돈을 갖고 오라는 말은 하지 않았다고 했다. 갖고 오라고 하면 그 돈을 마련하느라 제2의 죄를 짓게 되기 때문이다. 웅제에게 집에 가서 오늘 이야기하고 '내일 등록금 채워 내고 내게 오라' 고 했다.

어린 중학생이라 큰돈에서 한 장만 꺼내간 것이다. 한 달이 지나 아무도 모르게 불렀다. 좋아하는 여학생에게 먹을 것을 사먹였다고 하면서 눈물을 흘렸다.

"울지 마라. 다음에 안 그러면 착한 사람 되는 거야. 울면 애들이 이상하게 생각하지 않겠니? 눈물 닦고 웃으면서 가!"

"예. 그 돈은 웅제 형에게 주면서 주웠다고 했어요."

"그래, 잘 했다. 다음에 그런 일이 또 있어서는 안 된다. 그때는 이번 일까지 합쳐서 배로 혼나는 거다."

"네!"

착하고 순진한 애들이 나를 믿고 자백을 했다고 생각하니 무척이나 기뻤다. 그리고 애들 선도에 자신감이 생겼다. 그 학교에 7년간 근무하면서 챙겨 보았는데 그 애가 고등학교 졸업할 때까지 그런 일은 없었다.

여선생님 중에 참는 것을 모르는 분이 있었다. 교장선생님한테도 불려가면 쫑알거리며 따지고 드는 선생님을 남선생님들은 모두가 싫어했다.

어느 날 교무부장이 그 여선생님한테 뭐라고 했는지 쫑알거리며 말대꾸를 하는가 싶었는데 갑자기 교무부장이 여선생님한테 욕을 하더니 쌍소리를 퍼붓는 것이 아닌가. 듣고 있던 나는 여자라고 막 대하고 쌍욕을 하는 것이 못마땅했다. 비록 여선생님이 잘못했다 해도 잘난 체하는 그 교무부장 선생님을 그냥 두고 볼 수가 없었다.

"야! 여기가 어디인데 쌍소리를 하는 거야. 교무실에서 쌍소리하는 것은 여기 있는 여선생님들 모두에게 욕하는 것과 같다. 내가 너한테 욕먹을 일 했냐? 그딴 소리는 집에 가서 네 마누라한테나 해! 집에서 하던 개버릇을 여기까지 와서 하고 있어!"

싸움은 중단되었다.

다음 날 복도에서 착하기로 소문난 고등학교 교감선생님이 나를 부른다.

"남 싸움에 끼어드는 게 아냐!"

"네? 교감선생님! 교무실 분위기를 잡아야 할 교감선생님은 남 싸우는 게 재미있으세요?"

교감선생님은 더 이상 아무 말 없이 교무실로 갔다. 남자선생님 모두가 얄미운 여선생님에게 창피주려 했고, 그 모습을 구경하려 했던 것이다.

나는 은근히 미워하는 교장선생님이 더욱 싫어져 전근을 가겠다고 교감선생님께 내신서를 써달라고 요구했다.

그때까지 타지에서는 교장선생님들에게 시달림을 받은 바 없었는데 고향에 와서 나름대로 열심히 뛰는 나를 교장선생님이 괴롭게 한다. 봄 방학이 끝나고 교장선생님은 나를 분명히 봤다. 나는 대면하는 것이 싫어서 모르는 척 내 할 일만 했다.

교장선생님은 참다 참다 교장실로 나를 부르더니 내신은 취소해 달라고 부탁한다. 내가 이웃 학교로 가면 교장선생님은 지역의 타박이 심할 것을 생각하셨나 보다. 교장선생님의 얼굴을 보니 갑자기 안쓰러웠다. 그 자리에서 나는 내신을 취소하겠다고 답했다.

교육경력이 짧은 나는 모르는 것이 매우 많았다.

첫 해 2학년 극성스런 반의 기를 잡아 애들이 잘 하려고 노력하던 차 체력검사 날이다.

점심을 먹고 있는데 "오덕이가 다쳐서 숙직실에 누워있어요"라는 소리가 들려 왔다.

도시락을 덮고 숙직실로 달려갔더니 고3짜리 누나가 곁에 있었고, 오덕이는 눈을 껌먹거리고 있었다.

"어디가 어떠니?"

"이상하게 왼손 손가락이 말을 안 들어요."

출장 중인 교장선생님께 전화연락을 했더니 잘 아시는 택시기사가 30

분 쯤 지나서 왔다. 체력장 때 쓰는 모의 수류탄으로 멀리 던지기 측정을 하는데 탄탄한 고무 속에 쇳덩어리가 들어있는 것이었다. 점심시간이라 체력검사를 중단하고 기자재를 그대로 둔 채 들어와 점심을 먹고 있는데 우리 반 애들은 체육부장의 지휘 아래 오래 달리기 연습을 줄 세워 하였다고 한다.

그때 일학년 남학생이 모의 수류탄을 들고 생각 없이 위의 운동장에서 달리기하는 애들 쪽으로 던졌다는 것이다. 그것을 오덕이가 맞고 쓰러진 것이다.

택시가 와서 누나 오류이와 나는 이천 도립병원으로 가려고 숙직실을 나오는데 오덕이가 피를 토했다. 도립병원에서 이 이야기를 듣고 서울중앙의료원으로 가라고 소개장을 써주었다. 을지로6가에 있는 메디컬 센터 응급실로 갔는데 차에서 내리면서 오덕이는 또 피를 토했다. 오덕이가 걸어오는 것을 보고 응급실에서는 자리가 없다며 다시 한양대학 부속병원을 소개하여 왕십리 한양대학병원 응급실로 갔다.

병원에 가 본 일이 없는 나는 택시기사를 따라갔다. 경험이 많은 택시기사는 신속하게 입원 절차를 밟아 주었다. 밤이 되어서야 오덕이 부모님과 교장선생님이 오셨다. 저녁도 못 먹고 있는데 내일 아침 일찍 수술을 해야 하니 교장선생님 댁에 가서 자라고 한다. 아침 일찍 교장선생님과 병원에 오니 이미 수술이 끝났다.

오덕이는 수술이 끝나 깨어나자마자 선생님을 찾았다고 오덕어머니께서 말씀하신다. 내가 손을 만지면서 "어떠냐?"고 했더니 꿈지락거리며 느낌이 온다고 했다. 쇳덩어리가 머리 바가지를 깨어 뇌를 눌렀던 것이다. 그나마 천만다행이었다.

또 하루는 1층 교실에서 닫힌 창문을 열린 것으로 알고 창밖으로 뛰쳐나오다가 그대로 유리창에 머리를 처박는 바람에 머리에서 피를 줄줄 흘리며 병원으로 가는 학생이 있는가 하면, 현관 두꺼운 유리문에 손이 찢어져 피를 흘리고 병원에 가는 선생님도 있다. 애들이고 교사고 놀랄 일들이 꽤나 많았다. 안전관리, 정리교육이 제대로 되지 않았던 것이다. 그 틈에 나는 수차례 사고 경험을 하였다.

　내신 취소를 하면서 학생부장은 그만두고 연구부장을 맡게 되었다. 담임은 하지 않으니 심신이 수월해졌다. 신규 발령받고 와서 업무를 잘 모르는 선생님들에게 일을 가르쳐주고 잡무도 도와주었다.

　일학년 때부터 따르면서 쉬는 시간마다 정보를 주는 애들이 많았다. 애들이 이성교제를 한다고 했다.

　고향에 오기 전에는 공부도 잘 하고, 또 예쁜 부잣집 애들에겐 관심을 쓰지 않았다. 가난하고 허약하고 말썽꾸러기 애들에게 관심을 갖고 같이 어울렸는데 일학년 담임을 하던 해 공부 1, 2, 3등 하던 애들이 결손가정이 되었다.

　석준이와 동섭이는 아버지가, 명현이는 어머니가 돌아가셨다. 그중에서 명현이는 아버지가 가정을 잘 돌보시지 않아 사는 것이 엉망이었다. 그런 명현이가 이성을 사귀기 시작했다는 것이다.

　석준이는 항상 일등이고 명현이가 이등을 하니 담임이신 양 선생님은 애들을 사랑하여 "명현아, 석준이 좀 이겨봐!" 하시면, "죽었다 깨어나도 못 이겨요!" 나름대로 노력을 한 모양이다.

　3개 초등학교 출신 수석들이다. 석준이는 2학년이 되어 도학력고사에서 12등을 했고, 찬숙이와 한 조가 되어 시군과학실험대회에서 2등을 했다. 나는 1등을 한 줄 알았는데 나보다 더 속상한 것은 석준이었다. 시범실험을 시키면 선생님보다 잘 하였다.

　이런 애들이 아까웠다. 그래서 남자 4명, 여자 3명을 상위권에서 선발

했다. 명현이가 사귀던 그 여학생도 상위권이지만 떼어놓고 짝수로 하면 짝꿍을 만들세라 홀수로 구성했다.

주말이면 산에 가서 학교에 있는 곤충채집, 식물채집 기구 등으로 식물 뿌리를 뽑아 살피거나 곤충을 잡으려 삼각지 포충망을 들고 가까운 노성산에서 하루를 지낸다. 채집 양보다 채집하는 경험과 함께 뛰고 노는 것에 신들이 났다.

토요일 오후에는 학교 옆 찬숙이네 집에 집합시키고 라면을 끓여 먹으며 윷놀이와 화투놀이를 하게 했다. 우리 집에 와서는 칼국수, 라면, 수제비 등을 먹이고, 여자애들은 먹을 것을 챙기고 남학생들은 마당에 흙을 퍼다 깔았다.

덕수는 경운기를 잘 끌었다. 이성에 대한 호기심으로 설레는 마음을 한방에서 손목도 때리고 이야기하며 풀었다. 냇가에서 스카우트 야영을 할 때면 남학생들은 냇가에서 그물을 들고 다니면서 물고기를 잡았다.

수업종이 울려도 애들은 돌아다니고 떠들었다. 종이 울리면 제자리에 앉아 책을 읽으라고 했는데 떠들었다. 교실에 들어갔다가 화를 내고 교무실로 왔더니 반장 덕수가 잘못했다고 빌러 왔다. 내가 다니던 중학교를 생각하고 일부러 화를 냈던 것이다. 교실에 들어가니 조용했다.

인사를 하려고 서 있는 덕수를 향해 명령조로 이야기했다.

"반장! 다음에 또 떠들고 있으면 반장이 책임지고 소고기 다섯 근 사와!"

그 당시 소고기 값이 급등해서 소고기 못 먹겠다고 아우성치던 때다.

"네! 사오겠습니다."

덕수의 힘찬 대답에 나는 속으로 깜짝 놀랐다.

"어떻게 사올래?"

"소고기 사기 전에 제가 책임지고 수업준비하고 조용히 시키겠습니다."

너무도 기특했다. 선생님 마음을 제대로 읽는 어린 덕수는 떡잎부터 달랐다.

"너희들 들었지? 반장 말들 잘 들어!"

다음 내 시간이 되면 덕수는 앞에 나와 책 읽는 애를 세우고 함께 책을 읽는다. 이 사람 저 사람 번호를 불러가며 책을 읽히고 있었다.

다른 반 남학생 반에 가서 반장에게 똑같은 말을 했더니 전혀 다른 대답이다.

"선생님! 학생이 무슨 돈이 있어서 그리 비싼 소고기를 다섯 근이나 사와요?"

"못 사온다고?"

"네!"

"그만둬! 네가 사오는 고기는 배탈 날까 두려워 안 먹는다!"

다른 반에도 소문이 알려지자 그 반도 책을 읽히고 있었다.

다음 해 나는 교무부장이 되었다. 전근 와서 1년이 된 김 선생님은 자기밖에는 교무부장 할 사람이 없다며 떠들었다고 한다. 그것도 출세라고 바쁘게 일하는 내게 김 선생님이 시비를 걸었다.

"업무 바꿔서 합시다!"

그랬더니 두 손을 들고 '능력 없어 못 한다'고 했다.

"능력 없으면 비켜!"

외마디 소리 지르고 나는 내 할 일을 했다. 힘이 들고 선생님들과 부딪치는 일은 모두가 하기 싫어한다. 힘든 수업하려는 선생님은 없었다. 중고 보강 시간표 짜기도 힘들지만 결·보강 채우려면 선생님들과 싫은 소리를 하게 된다.

나는 얌전한 선생님을 불러서는 시간표를 내가 짜주고 결·보강 순서

기준을 세워 올렸다. 3학년 담임을 하던 강 선생님이 4개월 만에 결혼하려고 사표를 썼다.

담임 배정을 하고 남은 선생님께 3학년 담임을 맡으라고 할 수가 없었다. 할 수 없이 내가 새엄마 노릇을 해야 했다. 마침 내 수업시간에 강 선생님이 짐을 들고 교실 앞 화단을 지나가고 있었다. 남자애들이 훌쩍거리며 운다.

"울지 마! 내 앞에서 왜 울어?"

그랬더니 문섭이가 벌떡 일어선다.

"우는 것도 맘대로 못해요?"

나는 돌아서서 웃음을 꾹 참고 애들을 쳐다보며 말했다.

"울어라! 그러나 조용히 울어. 수업중이 아니라면 버스 정류장까지 가서 배웅하라고 하겠는데 어쩌니. 선생님 주소는 적었니? 편지로 축하해 드리고 편지 자주들 해!"

내가 화성중학교를 떠나던 날을 생각하면 어찌 순수하고 어린 선생님의 사랑의 정을 모르겠는가!

교장선생님이 바뀌었다. 신임교장 이 선생님이 오셨다. 교무실에서 첫 인사를 하시며 파격적인 제안을 한다.

"선생님들, 학습지도안 쓰지 마세요! 좋으면 박수 치세요!"

'아니 어디서 날나리 약장수가 왔나?'

수학 전공이면서 악기 다루기를 좋아하여 합창반을 키웠다. 그때 수없이 들은 '선구자'는 지금도 내 귀에 쟁쟁히 남아있다. 무슨 돈을 벌려고 학교 밭에 팬지를 심고 애들을 수없이 동원시켰다. 시골 애들이라 맘대로 해도 된다고 생각하고, 또 선생님들도 자기 맘대로 하고 싶은 모양이다. 거기에 발을 맞추어 뛰는 선생님들도 있었다.

나는 그해 새마을연수를 원호원에 가서 받았다. 선생님이 되면 대학에서 배운 것을 가르치고 시험의 굴레를 벗어나는 줄로 알았다. 교사가 되니 교과서를 읽고 교재 연구를 해야 했다. 교사가 되어 교재 연구하듯 공부를 했다면 나는 다른 사람이 됐을 것 같았다. 일급 정교사 자격연수도 점수가 중요한지조차 몰랐다.

5년마다 교육과정이 바뀌면서 교과서가 개편되고 과학관에서 과학교사 연수가 있다.

처음 일반 연수에서 답안지도 다 못 쓰고 나왔다. 점수가 공문에 적혀 왔다. 좀 창피했다. 그래서 연수 때마다 열심히 해야겠다고 생각했다. 원호원 강당에 여교사 200여 명이 새마을연수를 숙식하면서 받는데 '국기에 대한 맹세' 방송이 틀렸다.

쉬는 시간에 교관에게 국기에 대한 맹세에 '자랑스러운'이 아니고 '자랑스런'이라고 했다.

주제들을 주면 저녁에 각각 분임토의를 하고 아침마다 국민체조를 했다. 분임토의 결과들은 강당에 올라가 발표시키고 분임별로 점수를 매겼다. 우리 분임발표는 내가 했다. 연수 점수가 공문에 적혀 왔다. 최고의 점수 99점을 받았다.

새로 오신 교장선생님은 과학실험대회에서 1등을 거두게 하시고 나에게 과학 작품을 하라 하셨는데 돈 문제가 생겼다. 도교육청 감사를 받고 지적받았다.

3학년까지 7명은 나와 동행을 많이 하였다. 고등학교를 진학한 7명은 열심히들 공부했다. 석준이는 방학 중에 서울에 가서 학원을 다니면서 제2외국어 몇 가지를 배웠다고 했다. 내가 생물시간에 수업을 하다 보면 책상 위에는 책이 세 가지가 놓여 있다. 입학 후 얼마 안 되어 석준이는 서울 인창고로, 동섭이는 서울고로, 명현이는 부천고로 전학을 갔다.

다음 해 이 교장선생님은 남학생 한 명을 전학시켜 왔다. 이 교장선생님과 어떤 관계인지는 몰라도 문제아였다. 한 달도 못 되어 반 애들을 앞세워 산에 데리고 가서는 폭력을 행사했다. 다음날로 다시 전학을 시켰다. 교사 편애를 하며 아들이라고 후배 교사를 챙기고 한 학교에 부부교사를 재직시켰다.

다음 해 후배 선생님이 사고를 쳤다. 관리자가 학생과 교사를 관리하며 지도에 열중하지 않고 함께 어울려 다니고 대우받으려 선심을 쓰게 되자 교사들 간에 갈등이 생기고 이 집 저 집 교사들을 방문했다. 후배 선생님은 결혼한 지 일 년도 안 되어 다른 여선생님을 좋아하다가 지역에 물의를 일으켜 둘이 사표를 썼다.

그 해 지리과 후임 선생님이 오셨다. 소문이 먼저 와서 관심거리가 되었다. 발령이 나자 학교를 방문하고 가더니 어느 날 이삿짐차를 끌고 와서 찍어 놓은 집 앞에서 의논도 없이 짐을 풀었다. 안하무인이다. 선생님들은 경계하고 대화를 안 하게 되었다. 말을 붙여 물어보았더니 전북 전주에서 도전출해 온 것이다.

문제교사로서 학교장이 도에 보고를 했더니 사표 쓰라고 한 것이다. 백선생님은 사표를 쓰고 도체육대회 날 단상의 귀빈석에 앉아있는 교육감의 멱살을 잡고 "나보고 사표 쓰라고 해서 사표 썼으니 당신이 우리 가족 먹여 살리시오" 하면서 주먹으로 얼굴을 때려 코피를 내었다고 한다.

도경찰서장이 말리고 경찰이 경찰서로 연행해 갔다. 폭력을 행사했으니 감방에 가야 한다며 대신 며칠만 참고 들어가 있으면 바로 내보내겠다고 하고 경찰서에 감금시켰다.

그러나 몇 달이 지나도 내보내지 않자 문을 부수고 난리치고 나왔다. 외아들로 잘 먹여 키워 기운이 장사이고 씨름을 배워 보통 무서운 것이 없이 살아온 사람이다.

그래서 복직 후 경기도로 전출되어 온 것이다. 이력서가 찬란하게 휴직, 파면, 복직이 많았다. 그래서 백 선생님이 무서워하는 사람은 경찰과 지역인이다.

툭 하면 지서에 수고한다는 전화를 하고 다방에도 전화를 했다.

하루는 뱀을 넣은 표본병을 갖고 와서 나보고 무슨 뱀이냐고 물었다. 모른다고 했더니 "생물선생님이 그것도 모르느냐?"고 했다. 나는 "도일리가 어디 있어요?"라고 했더니 모른다고 해서 "지리선생님이 그것도 몰라요?" 했다. 우문우답이다.

그해 나는 교도교사 연수를 받으러 갔다. 이전한 서울대학교 신림동 캠퍼스에서 연수를 240시간 받는데 자격연수 하나만 쓴다고 하여 자격증만 딸 생각으로 서울 친구네 집에서 안양 제자들 자취방으로 옮겨 다니며 연수를 받았다. 교육학, 심리학이라는 말부터 내게는 어려운 공부였다. 교도교사 연수를 받으면서 공부가 많이 되었고, 교직생활에 많은 보탬이 되었다.

그때가 아버지 팔순이어서 동네 어른들과 이웃동네 친척들에게 식사대접을 했다. 술을 좋아하시던 아버지는 딸이 선생님이라고 동네 사람들이 대접을 해드리니까 술도 적게 잡수시고 대우도 받으셨다.

이듬해 부모님 결혼 60주년이어서 또 대접을 했더니 건강하시게 장수하신다며 부러워들 하였다. 병원을 모르고 사시던 아버지는 수렁이 많은 논에서 일하시다 한쪽 다리가 빠져 삐었다. 고관절에 문제가 생긴 것을 참고 지내시다 다리를 절름거리셔서 고생을 많이 하셨다. 실언하실까 해서 잔칫집에 인사만 하고 오시라 해서 술은 집에서 드셨다. 양조장을 하는 넷째오빠 친구가 막걸리 원액을 몇 차례 갖고 오시면 물에 희석시켜 맘껏 드셨다.

다음해 나는 막내를 낳았다. 그때는 산가 휴가가 두 달이었고 강사가 왔다. 학교가 궁금하여 두 달도 못 되어 출근을 했다. 교장선생님이 바뀌어 윤 교장선생님이 오셨다. 과학 물품을 청구했더니 업자가 수원에서 교장선생님을 모시고 왔다.

시내에서 학교가 멀어 출퇴근이 어려워 사택에서 지내시고 선생님들은 살림하거나 자취, 하숙 등을 했다. 빨리 집 가까이나 시내로 가려고 2년만 있으면 내신을 하고 발령 날 것을 기대하고 짐들을 미리 싸 갖고 갔다가 발령이 안 나서 다시 짐을 싸들고 오는 선생님도 있고 경합지구로 내신한 분은 짐을 세 번 싸기도 했다.

백 선생님은 교장실에 가서 잘도 따졌다. 교장선생님은 타고난 경상도 사람이라서 부딪치며 말하기를 싫어했다. 교무실에서 백 선생님과 교장선생님이 큰소리를 내셨다. 나는 교장선생님을 교장실로 모시고 가며 부탁드렸다.

"교장선생님이 평교사와 언쟁하시면 안 됩니다. 품위를 지키시고 참으세요."

백 선생님이 보강을 넣었다고 교장실로 갔다. 교장선생님은 내게 "보강 넣지 말라고 했잖아!" 하신다.

나는 백 선생님한테 정중하게 한 마디 했다.

"선생님을 우대해서 어쩌다 넣었는데 그것도 못하신다면 우대해 드리지 않고 똑같이 순서대로 넣겠습니다!"

그러자 미리 이야기하면 수업준비를 하겠다고 했다.

"다른 사람들도 마찬가지이니 오늘은 일단 넣은 대로 들어가세요."

내가 가끔 이야기를 들어주고 지역인이라 또 말을 하면 못 당하니까 나와는 부딪침이 없었다.

교감 첫 발령을 받고 새로 교감선생님이 오셨다. 나와 함께 족발집으로 두세 명을 데리고 갔다. 돼지고기를 못 먹는 나는 살코기만 한 점 먹고 고맙게 생각했다. 이것저것 잘해 주시려 했다.

어느 날 교육청에서 재적수를 묻는 전화가 왔다. 수업 중에 나는 전화를 받고 수업 후에 교감선생님께 전화왔었다는 이야기를 했더니 보고하지 않고 맘대로 전화 받고 응답했다고 화를 내셨다. 나도 답답해서 한 마디 했다.

"아니! 불났어도 신고하고 불 꺼요? 불 끄고 신고해야지요."

경남중학교에 가면서 나는 동네 목공소에 가서 학교에서 주운 막대를 대패로 매끈하게 밀고 표시를 하고 들고 다녔다. 1년은 무섭게 때렸다. 애들이 점차 말을 듣자 고3교실에 혼식검사를 넣었다. 반장 얼굴과 교무실에 교감선생님 앞에 하루가 멀게 불려온 연만이 얼굴만 안다.

내가 교실에 들어가자 몇 명이 빗자루와 마대를 들고 나와 비질과 마대로 걸레질을 하고 무대가 형성되자 나머지 애들은 웃음을 참으며 구경꾼이 되었다.

"반장! 출석부 갖고 와!"

출석부를 갖고 오는 반장에게 무대에 있던 애들에 대해 물었다.

"이애 번호와 성명이 뭐니? 저애는? 끝나고 교무실로 와!"

그러자 무릎 꿇고 두 손을 모아 빌면서 살려달라고 애원했다.

"자리로 들어가! 나는 혼식검사를 하려고 왔으니 도시락들 꺼내 놔!"

그랬더니 교무실 단골손님 정연만이 일어나더니 불평어린 이유를 댄다.

"혼식검사는 누구를 위하여 하는 겁니까?"

"너도 아니고 나도 아니고 우리 후손을 위해서다. 우리의 가난을 극복하여 후세들에게 우리 가난을 물려주지 말자는 내용으로 식량을 절약하려는 국가의 방침이다. 여기에 이의 있나?"

"없습니다."

"그럼 앉아라. 그리고 장천초등학교 졸업생 손들어 봐!"

그리고 "몇 회 졸업생이냐?"고 물었더니 27회 졸업생이라고 한다.

"야! 이 녀석들아, 나는 7회 졸업생이다. 내가 부임하던 첫날 너희들이 나를 보고 휘파람들을 불었지? 내가 얼마나 마음이 아팠는지 아니? 또 창피했어. 내 고향 지역학교가 이렇다고 생각하니 화도 났다. 너희들 눈에 내가 여자로 보이거든 오늘 저녁 집에 가서 너희 할머니한테 연애편지들을 쓰거라. 배움이 무엇이냐? 모교와 지역을 빛내야 할 선배들이 이러니 후배들이 보고 배울 것이 무엇이냐? 정신 차리고 일 년 아까운 시간 알차게 보내고 후배들에게 좋은 전통 물려주고들 나가."

그리고 혼식검사를 하고 나왔다. 거기에는 약방집 아들 서장석이도 있었다. 얼마 후 시험감독까지 넣었다.

"여학생들은 커닝은 안 할 테고 나는 남자만 지켜보겠다."

그리고 있다가 교탁 앞에 앉은 스카우트 영란이를 내려다보았더니 필통바닥에 악보를 그려 놓고 들여다보고 답을 쓰고 있었다. 아무소리 없이 필통을 압수하여 갖고 나왔더니 따라와 말을 못하고 서 있다.

"여자가…, 여자가…, 다음에 조심해…."

그러다 필통을 돌려주었다. 커닝하다 걸리면 그 과목은 빵점 처리되고 게시판에 게시된다. 그 후 학생들은 많이 달라졌다.

상급 학년만 잡으면 소문은 아래로 내려간다. 중고생들이 나를 안다. 여학생들이 찾아왔고 3년 있는 동안에 내게 배운 여학생들은 어려움이 있을 때도 찾아왔다.

남학생들이 성추행을 한다는 정보를 듣고 그 마을의 고등학교 남학생들을 과학실로 불렀다. 백지와 필기도구를 지참시키고 과학실에서 방과 후에 순결교육을 실시했다.

"순결은 여자에게만 해당되는 것이 아니다. 남녀 모두 순결을 지켜야 하는 것이다. 순결에는 정신적인 순결과 육체적인 순결이 있다. 사랑과는 다른 것이고 남자는 바위에 여자 옷을 입혀 놓아도 좋아서 쫓아간다고 했다. 좋아서가 아니라 성추행을 하고 싶어서인 충동이다. 동물은 충동적인 행동을 하고 인간은 이성으로 생각하고 자제하여 사회의 질서를 유지하는 것이다. 좋아하고 사랑하는 연인은 10년을 아끼고 기다렸다가 결혼하는 사람도 있는가 하면 아무 여자나 쫓아다니고 추행하는 남자도 있다. 성추행을 하고 싶은 사람의 생각은 정신적 순결을 잃은 것이고 행동으로 옮겼을 때 육체적인 순결을 잃은 것이다. 생각은 피해를 주지 않지만 행동으로 나타나면 피해를 주어 법에 저촉되어 벌을 받거나 벌금을 내게 되는 것이다. 행동으로 옮기기 전에 상대방 여자가 내 어머니요, 내 여자동생, 누나라는 생각을 한다면 성추행을 못할 것이며 결혼한 여자나 남자도 순결을 지킨 사람은 더 존경하고 사랑하고 하늘을 향해 떳떳한 사람이다. 이게 순결이란 이야기조차 듣지 못한 너희들이 순결을 잃고 반성할 일이 있다면 백지에 써서 자백해라. 자백한 것은 100% 용서하지만 자백 없이 타인 신고에 의해 내가 알 때는 용서하지 않는다."

그리고 자기 이름을 쓰고 자백하라고 했다. 걷어온 쪽지를 읽고 여러 명의 자진신고를 읽고는 애들 앞에서 그 쪽지를 갈기갈기 찢었다.

"나는 교사로서 100% 용서하고 없던 일로 하겠다. 너희들이 모두 바르게 순결을 지켜 결혼 전에는 부끄러운 일을 하지 않을 것을 믿고 또 믿는다. 수고했다. 나가라!"

중학교에 들어오면 수준이 높아지는 공부도 해야 하지만 심신으로 급격히 변화하는 사춘기 애들에게는 물질적 소유보다 지적 소유의 마음을 1학년 때 길러주고 2학년이 되면서 친구문제 이성문제 순결교육을 시켜야 한다. 1학년 때 인성교육은 많이 시키고 사제지간에 함께 하는 시간을 많이 갖고 공부에 자신감을 갖도록 노력하고 하고 싶은 의욕을 길러 주는 것이 좋다.

초등학교 때 잘 하다가 점점 능력이 떨어지는 사람도 있고 중학교에 와서 공부에 자신을 얻어 성공하는 사람도 많다. 내가 나를 이끌어 가는 나는 나의 주인이요, 내 자신을 돌아보고 잘 읽어 나를 잘 가꾸는 마음의 거울을 보는 눈을 키우는 일 등 때때로 인성교육을 하는 것은 교과서도 중요하지만 이기적인 사람보다 남을 헤아려 함께 할 줄 아는 사람을 기르는 것도 매우 중요한 것이다.

경남중학교에 가면서 오산여중 졸업반 제자 성순이의 동생 성숙이를 데려가 1학년에 입학을 시켰다. 중학교 졸업장이라도 따주고 싶어서였다. 내가 졸업하듯 교복과 체육복을 입고 먹여 주고 재워주기만 했다. 더운 여름 오후 수업을 하는데 애들의 수업태도가 좋다.

졸린 시간인데도 안 잔다고 3학년이 된 성숙이에게 말했더니 웃으면서 대답한다.

"눈 뜨고들 자요!"

"뭐? 눈을 뜨고 자?"

그 후부터 수업시간에는 앞에서 왔다 갔다 하며 설명하기도 하고, 앞뒤로 돌아다니면서 애들 눈이 나를 따라오는지 확인하며 수업을 한다. 그러다 곁에 가서 머리를 꾹 찔러도 모르는 채 잡지책을 보는 놈도 찾아낸다.

5교시 수업이 가장 졸린 시간이다. 졸음을 참으려고 애를 쓰면

"애들아, 입 벌려!"

마지못해 입을 벌리면

"크게 벌려! 눈도 크게 뜨고 눈과 입이 작은 분단은 앉았다 일어났다를 20번씩 한다."

그리고 이쪽저쪽을 살피면 눈과 입들을 크게 벌리고 걸릴까 봐 긴장을 하니 잠이 달아난다.

"얘들아! 너희들 속이 훤히 들여다보인다."

그렇게 놀리면 속았다고 소리치면서 수업을 다시 계속한다.

여학생 2학년 교실에서 3교시에 졸리지도 않은 시간에 왜소한 희석이가 꾸벅거리고 있었다. 곁으로 가서 책상을 건드려도 또 졸았다. 군밤을 메기어도 또 존다.

앞으로 불러내어 발을 벽에다 올리고 "엎드려!" 하고 잠시 후 자리로 들여보내고 교무실로 왔다가 연속수업이어서 4교시에 들어갔더니 희석이가 없어졌다.

"희석이 어디 갔니?"

"가방 들고 집에 갔어요!"

나는 깜짝 놀랐다. 점심시간에 집으로 전화를 했더니 아버지가 받으셨다.

"희석이 집에 들어갔어요?"

"네!"

"많이 졸아서 벌 세웠더니 집으로 갔어요. 내일 지각하지 않고 등교하도록 해 주세요."

오빠인 광석이를 담임했었고 아버지를 아는 터라 달래어 다음 날 등교를 했다.

지금 생각하면 허약하여 졸았던 것을 잘 모르고 야단 친 것 같다. 챙겨 주지 못한 것이 미안하고 부끄러워 어떻게 사는가 궁금하기도 하고 보고 싶다. 나도 그랬듯이 교과서를 들고만 다니고 들여다보는 학생은 몇 명 안 된다.

그래서 시작종이 울리면 강제로 교과서를 읽도록 했다.

3학년 유전단원 공부 시간이다. 초파리를 설명하면서 보통파리와 달리 크고 귀해서 보통사람들 눈에는 안 보인다고 하니까 궁금하게 듣고 있는데 맨 앞자리의 희광이가 질문한다.

"선생님! 초파리는 아주 작아요."

"뭐? 네가 어떻게 알아."

"선생님, 책에 있는 그림을 보니까 작은 시험관에 바글바글해요."

웃음이 나왔다.

"너희들도 희광이처럼 책 좀 보고 와. 희광이 때문에 내가 거짓말한 것이 들통 났구나. 멍하니 있지 말고 선생님과 눈싸움하듯 따지듯 공부를 해. 그러면 머릿속에 유전은 똑같은 후손을 남기고 가는 거야. 너희들도 부모님 중 누구인가를 닮았지? 너희들 키우고 돌아가시면 후회하지 말고 공부 열심히 하고 부모님께 잘들 해."

그러자 남학생 혁일이가 울면서 말한다.

"싫어요! 우리 엄마 죽는 것 싫어요!"

나는 깜짝 놀랐고, 위로하듯 조용히 말했다.

"그것이 자연의 이치이니 어쩌니."

수업 태도도 좋고 공감대가 형성되니 학력이 쑥쑥 올라갔다.

그 때의 그 애들은 명문대를 진학하고 사회생활을 잘들 하고 있다.

막내딸을 낳고 휴가가 끝나 출근했을 때다.

칠판의 출결사항을 쳐다보니 중학교 때 따르던 명순이가 공납금 미납으로 제적 대상자로 기재되어 있었다. 사유는 목장에 근무하다 사고로 손가락이 잘리고 실직되었다고 한다.

고등학교 상과 3학년이라 몇 달만 있으면 취업하는데 마음이 아팠다. 밀린 공납금 3회분을 내가 납부하고 등교하도록 했다. 그러다 2학기 실습을 나가면서 마지막 등록금을 내고 졸업을 하게 되었다.

경남중학교 7년을 근무하고 1학년부터 지켜보던 애들이 고등학교를 졸업할 때 나는 수원으로 들어갔다. 내신 경력이 7년이라 내신 서열이 맨 앞이라서 희망하는 학교는 어디든지 가게 되었다.

수원에서 역사와 전통이 오래된 수원여자중학교에 발령을 받았다. 30학급 규모의 큰 학교다. 집에서 산길을 걸어 15분 거리다.

3학년 담임을 맡았다. 생머리에 어쩌다 파마를 하고 덤핑코너에서 산 옷을 입고 얼굴에는 기미가 낀 까만 몰골의 촌에서 온 선생님이 담임이라 애들 눈에는 시원치가 않았나 보다.

큰 목소리로 뛰어다녀 11반 중에서 가장 시끄러운 반이 되었다. 그래도 말들은 잘 듣고 공부를 열심히 하니 예뻐 보여서 큰 소리 치지 않고 매초리 없이 웃으면서 지냈다.

화가 나면 칠판 앞에 서서 입을 꾹 다문 채 상을 찌푸리고 조용해지기를 기다리면 서로 쿡쿡 찌르며 조용해진다. 그때서야 나는 말을 시작한다. 내가 복도에 나타나면 교실이 조용해지지만, 학년부장이 순회해도 제일 시끄러운 반이다.

자율학습 시간에 요일마다 과목부장이 칠판에 문제들을 내고 채점을 시키며 설명을 했다. 목소리가 크고 시끄러운 혜정이가 수학부장으로 설명을 하는데 똑소리가 나서 뒤쪽 문에서 지켜보던 나는 '선생님보다 더 잘 가르치는구나!' 칭찬했다.

혜정이는 후에 수학교사가 되었다.

어느 날 비싼 오버코트를 얻어 입고 출근했더니 혜정이와 목소리 큰 애 세 명이서 합창을 한다.

"선생님! 그 오바 길거리표이지요?"

"길거리표!?"

애들 머리는 비상하다.

담임을 맡으면 일 년에 한두 번쯤 종례시간마다 번호대로 앞에 세워 발표를 시켰다. 평생 남의 앞에 서 볼 일 없는 사람들도 많다. 노래, 수수께끼, 옛날이야기 무엇이든 발표하게 하고 내가 '땡!' 하면 다음 날 다시 하게 했다.

그렇듯 종례시간마다 합창도 하며 다양한 방법으로 애들을 밝게 키우려 했다. 내가 신나듯이 애들도 학교가 좋아야 한다.

교내 합창대회가 있었다. 나를 기쁘게 해 주려고 열심히들 했다. 영주가 지휘하고 개인별 특기지도를 받으며 피아노도 치고 휴대용 오르간도 갖고 와서 연습을 했다. 파트별 연습은 운동장 구석에 가서 했다. 종례시간에는 애들이 들어오기를 기다렸다.

"얼마나 잘 하려고 이 야단들이냐?"

"우리 반 일등 할 거에요!"

"내가 기절하겠다. 내 앞에서 한 번 더 연습하기로 하고, 합창은 질서가 중요하단다. 무대에 오르내리고 지휘자의 손가락 하나에 너희들 동작이 얼마나 합심하여 질서 지키는가가 점수에 많이 반영되는 거야. 이 점 특히 유념하기 바란다."

그리고 종례시간마다 연습을 시켰다.

대회 날, 결과 발표가 있기 전에 음악선생님은 내게 "일등이에요!" 하며 '엄지척!' 이다.

심사위원은 외부에서 초빙하여 심사를 했다. 발표가 끝나자 2층의 3학년 좌석에 있던 우리 반은 아래층에 있는 나를 찾아내려다보고 소리들을 질렀다.

다음 날 나는 칭찬의 말을 아끼지 않았다.

"너희들이 잘 할 줄 알았어. 뭐든지 할 때는 끝내주니까 단합이 잘 되고, 말도 그만하면 어느 반보다 잘들 하는 거다."

애들에게 칭찬을 해 주니 점점 학력도 올라가고 자신감을 가졌다.

여학교에 오면서 그 해부터 승진에 관해서도 눈을 뜨기 시작했다. 남자 선생님들이 인천으로 대학원을 다녔다. 나도 가겠다고 교장선생님께 의논드렸더니 모교 이화여대에 방학 때만 개설하는 계절대학원이 있다고 알려 주셨다.

교감선생님께도 말씀드렸더니 좀 의아한 표정이다.

"대학원은 왜 가시려 합니까?"

"남 배우는 것은 다 배워야지요. 아는 게 힘이니까요."

착하신 김 교감선생님은 이내 대견한 듯 웃으시며 허락하셨다.

그해 여름방학부터 전철을 타고 아현동 학교에 가서 공부를 했다. 마침 동기 선생님이 생겨서 함께 통학을 했다. 가끔은 허약하여 영양주사를 맞고 다녔다. 영어시험이 있는데 그 영어시험을 통과해야 졸업을 할 수 있다. 그것이 큰 숙제였다. 책 한 권에 있는 단어를 모두 외우고 독해를 해야 했다. 김 선생님과 나는 남편이 영어선생님이어서 가르쳐 주는 대로 열심히 했다.

다음 주기로 넘어가면 부담스러워 밤낮없이 했는데 그래도 시간이 부족한 것 같았다. 학교 다닐 때 이렇게 공부하면 발바닥에 흙을 안 묻혔을 텐데, 하며 밤새워 본다.

'나폴레옹이 하루에 밤잠을 3시간만 잤다는데 나도 한 번 해 보자' 하고 밤새워 하루 공부를 했더니 다음 날은 눈이 떠지지 않는다. 나는 '나폴레옹 흉내를 낼 수 없구나!' 체념했다. 그래도 식구들은 내가 무섭게 공부하는 것을 보고 놀랍다고 했다.

시험지를 받고 떨렸다. 눈을 감고 마음을 진정시키고, 다시 심호흡을 하고 눈을 뜨니 답이 술술 나왔다. 내 생전에 처음으로 공부 열심히 하여 치른 영어시험은 평생 잊을 수 없다. 그 다음은 막힘이 없었다. 웬만큼 하면 된다는 생각이었다.

어려운 통계학이다. 대학교 때 열심히 하지 않고 건성으로 했기 때문에 20년이 지난 후 용어도 어렴풋하고 모두가 생소했다. 더구나 문과 공부를 한 사람들은 더욱 답답했다.

서울대 김정오 교수가 우리 여자 수강생 40명에게 이해력이 부족하다고 미생물이니, 단세포 원생동물이니 하며 비하하여 50대 교사 원장들의 자존심을 짓밟았다.

앞자리에 있던 나는 어느 날 짓밟힌 자존심을 그대로 넘길 수 없어 한마디 했다.

"교수도 껄렁하네!"

"왜요?"

"명교수란? 피교육자의 수준에 맞게 눈높이를 달리하여 한 가지라도 제대로 머릿속에 넣어 주는 사람이지, 잘난 체하면서 혼자 떠드는 게 명교수인 줄 아세요?"

순간 김 교수의 얼굴은 빨개지고 40여 명의 학생들은 수십 년 동안 막힌 체증이 뚫린 듯 발을 구르고 손뼉을 치며 통쾌하게 웃었다.

다음 시간 김 교수는 '내일은 사팔뜨기 구경을 간다'고 했다.

"사팔뜨기요?"

'시험 보는 애들, 대학생 면접을 보러 간다'는 얘기라는데 나는,

"아아! 우리는 처음 듣는 소리인데요."

다음 학기 교수식당에서 동료 학생이 나를 반기며 말한다.

"야! 김정오 교수가 자기한테 인사했는데 봤어?"

"그래 어디 계셔? 인사하고 오게."

그녀는 내 손을 잡고 그만 자리에 앉혔다.

교육행정을 전공한 우리는 논문작성 수업을 하는데 유봉하 교수가 나를 보고 "교생실습 때 자기한테 공부하지 않았느냐"고 했다.

하지만 나는 생각이 안 난다.

10여 명의 전공자가 모여 분임토의를 하고 과제로 주신 주제를 발표하고 내용을 써내는 숙제들이 있어 대학원 공부는 고등학교처럼 밤낮없이 해야 했다. 당시 분기별로 보너스 받은 것을 학비로 내고 늦은 공부를 하니 한 가지도 소홀할 수가 없었고 모두가 재미있었다.

내가 발표하던 날 교수님은 "제출한 과제물 속에 네 것이 없으니 숙제는 안 했냐?"고 하셨다.

"선생님! 오늘 제가 발표했잖아요?"

"아 참!"

수업태도도 좋고 가끔 웃기는 말을 하니 교수님들이 좋아하고 나도 모르게 유명해졌다. 방학이 되어 공부하러 갈 때는 미리 영양주사를 맞았다. 동료 대학원생 김 선생님의 무쇠 같은 건강이 부러웠다.

3학년들을 졸업시키고 2학년 담임이 되었다. 여학생들은 공부만 잘 하면 부러워하고 그 애를 대부분 좋아했다. 1학년 수석이 우리 반에 배정되었다.

급우들이 그 수석의 수진이를 반장으로 뽑았다. 학급간부, 주번, 청소당번, 청소순서 등을 정하고 종례를 마친 후 반장 수진이를 불렀다.

"반장은 애들을 위해서 봉사를 해야 하고 경우에 따라서는 네 잘못이 없어도 애들을 대표해서 야단도 맞는 거야!"

그러면서 할 일을 이야기해 보냈더니 저녁에 집으로 수진이 엄마가 나를 만나자고 전화를 했다.

"싫습니다. 반장은 학교에서 애들한테 반장이지, 왜 엄마가 전화를 하십니까? 만나기 싫습니다."

"죄송합니다. 꼭 만나서 할 말이 있는데…."

"그럼 지금 전화로 말해 보시지요?"

"수진이가 반장이 되고 집에 와서 밥을 못 먹고 헛구역질을 합니다. 칭찬만 받고 순진하게, 또 바르게만 살아와서 남 앞에 나서서 일하는 것도 싫어해요."

"알았습니다. 그러나 반장 취소는 못합니다. 우리 반에 있는 한 그 자존심과 애들 눈이 있어 바꿀 수는 없고 내가 참작하여 지도하겠습니다."

다음 날 부반장 선아를 불러 반장에 준하는 일을 시키고 가끔 신경 안 쓰일 일이나 수진이에게 시켰다.

간부들이 화합이 잘 되어 환경정리를 하는데 어린애들인데도 구성을 잘 하여 교실 뒤쪽 게시판은 협동작품을 게시하도록 하였다. 주제 선정도 잘 하고 설명도 잘 붙였다. 그림솜씨 좋은 천미영이 주관이 되어 '사슴들의 모습' '큰 나무' '숲의 평화로움' 등을 뜯어 붙이기하여 환경심사에서 1등을 하였다.

간부들이 단합하니 학부모들도 모임을 가졌다. 수진이도 애들과 잘 어울리며 좋은 학급 분위기 속에서 계속 수석을 하였다. 그 수진이는 학교를 졸업한 후 도청에 근무하게 되었다. 도전을 두려워하는 사람에게는 서서히 도전정신을 길러주는 것이다.

다음해부터 나는 교도교사로 상담실을 지켰다. 2학년 담임 때 처음으로 용인 야영장에 인솔하여 갔다. 학부형님들의 협조로 식사 준비를 해 주시고 우리는 학생들과 텐트치고 수련장 일정에 맞추어 동행을 했다. 담임반 텐트를 순행하면서 식사, 건강, 안전지도를 했다.

나는 스카우트 지도교사를 5년 동안 해서 야영준비물까지 세세히 준비시켰다. 산속에 있는 야영장에서 아침을 먹고 뒤쪽 산을 산책하는데 코스가 멀었다.

꼭대기 올라가 능선을 타다 보니 뒤쪽 산에는 묘지들이 무수히 많았고 벌판 건너에는 넓고 큰 동네들이 보였다. 옛날부터 '살아서는 진천이고 죽어서는 용인이라' 더니 시신들이 다 모인 듯했다.

애들과 가까이 지내다 보니 모르는 이야기도 듣게 된다.

말썽을 부린 것은 아닌데 중간키에 건강하게 보이는 민선이는 자랑삼아 친구들과 노는 이야기를 했다. 노는 것을 좋아하는 애들이 모이면 '짱'을 정하는데 동그라미를 그려놓고 그 안에서 밀어치기를 하다가 밖으로 밀려 나오면 진 것으로 하여 짱을 정하고 짱이 주동이 되어 떼를 지어 다닌다고 한다.

여학생들이 떼 지어 노는 것은 좋지만 주먹을 쓰거나 패싸움을 해서는 안 되고 불량스럽게 놀거나 남들 눈에 벗어나면 용서하지 않는다는 약속을 하고 가끔 대화시간을 가졌다.

상담실로 가면서 담임을 맡지 않아 시간적 여유가 있었다. 틈만 있으면 여학생들은 상담실로 찾아왔다. 3학년쯤 되면 남자선생님을 좋아하거나 동성애로 고민하는 애들이 있다. 남자선생님을 좋아한다고 학년주임은 그 애를 불러다 야단을 치고 때린다. 소녀시절의 심리를 모르는 선생님이시다.

어머니가 미워한다고 가출하고 싶다는 여학생이 왔다.

"내가 가출을 도와줄게. 친한 친구네 가서 5일만 학교에 다니고 집에 들어가지 마라."

그 애는 하룻밤을 친구네서 자고는 다음 날 내게 와서 집에 들어가겠다고 한다.

"더 나와 있다가 들어가지?"

"엄마가 울면서 나를 찾아다니시고 친구네마다 오셨대요. 엄마가 불쌍해서 집에 들어갈래요."

"너는 지금까지 엄마가 너를 사랑해서 예쁘게 키우려고 야단하신 것을 미워한다고 생각한 거야. 엄마가 없으면 어쩔래. 이제 엄마가 눈물 나도록 사랑한다는 것을 알았지? 그런 엄마 속 썩여 드려서 죄송하지?"

"네!"

"그럼 오늘부터 엄마 말씀 잘 듣고 너도 엄마 눈물 나게 사랑해!"

그 해 2학년 수업을 하는데 과학실험대회에 1등과 4등을 선발하여 실험대회 참가준비를 했다. 1등짜리 경란이는 머리가 좋은데 조금은 침착성이 필요하고, 4등짜리 경은이는 어른처럼 침착하여 둘이 함께하면 실수가 적겠다 싶어 연습을 시켰다. 과학실에서 셋이 라면을 끓여 먹으면서 방과 후 실험연습 이론공부를 서로 문답식으로 공부했다.

8시가 넘어 교문을 나서는데 웬 아줌마가 다가온다.

"혹시 이석국 선생님 아니세요?"

"네. 그런데요. 누구 어머니세요?"

그러면서 얼굴도 안 보이는데 목소리가 특이해서 물었다고 한다. 나는 학부형인지 알았는데 1968년도 화성중학교 1학년 때 과학을 배운 학생이라고 한다.

20여 년이 지난 상태라 이름도 알 수 없어 그냥 '어디 사냐?'고 물었더니 학교 앞에 살다면서 신랑이 영복여고 교사라고 했다. 반갑게 인사를 하고 헤어졌는데 교사라는 직업상 숨어서는 못 살겠다 싶어 웃음이 나왔다.

그 해 경기도 학력고사에서 경란이는 과학문제 1개가 틀렸다. 수업시간에 답을 맞추며 풀어주는 데 경란이는 다 맞은 줄 알고 있었다. 틀린 것을 설명하니 깜짝 놀란다. 더 침착해야 한다는 것을 보여주려고 "와! 깨소금 냄새가 난다"고 했더니 경란이는 얄밉다는 듯 피식 웃는다.

경란이는 나에게 욕심쟁이라고 했지만 본인은 더 무섭게 더 열심히 공부하여 수원시내 고교입시에서 수석을 하고 서울대학교를 나와 지금은 아주대학교 교수를 하고 있다.

다음 해에는 4층 상담실에 있으면서 4층의 1학년 수업을 배정받았다.

1학년들은 도난문제, 교우문제로 고민을 많이 했다. 교장선생님은 학생과에서 징계를 받는 애들은 상담교사 소견서가 있어야 징계를 해제하였다. 여학생들 몇몇이 슈퍼나 옷가게를 다니면서 몰래 물건들을 집어오다 걸리고, 또 친구주머니에 있는 돈을 꺼내다 걸려 징계를 받았다.

상담지도를 하다 학부모 소환을 했다.

등에 남자아이를 업고 왔는데 뇌성마비라서 팔다리를 늘어뜨리고 이야기를 듣는데 눈물이 났다. 두 딸을 혼자 기르는데 밖에서 문을 잠그고 일 다녀오면 똥을 싸서 온방에 뭉개 놓는다는데 그런 비참한 삶을 측은하게 생각한 총각 경찰이 새아버지가 되어 키운다고 했다.

그 애가 더욱 불쌍한 생각이 들어 종종 대화하였다. 내 가방에 버스표 몇 장이 있어 주어 보냈다.

1학년 반에서 돈 분실사고가 났다.

용의자를 불러 자백을 시키려 했더니 어리석은 아이 수준으로 계속 거짓말을 한다. 수 시간 문답으로 자백을 시켰더니 돈을 꺼낸 지갑은 중앙현관 계단 밑에 버렸다고 했다. 그 후로는 그런 일이 없을 것을 맹세 받고 돌려보냈다.

1학년 여학생이 울면서 상담실에 들어왔다.

친구들이 따돌림을 시켜 학교가 오기 싫다고 한다.

"초등학교 때 너도 친구들과 친구 한 명을 따돌림한 적 있지?"

"네!"

"이제 그 애가 얼마나 속상했을까를 알겠니? 이제 네 마음이 아프듯 친구 따돌리는 것이 얼마나 나쁜 일인지 알면 좋은 친구가 되도록 참고 이해하고 용서하여 잘 지내야 하는데 그렇게 할 수 있니?"

"네!"

"그럼 다시 친구들을 만나게 해 줄 테니, 다음 토요일에 그 친구들을 데리고 와!"

토요일 오후, 대여섯 명이 왔다. 혼이라도 날 줄 알고 온 모양이다.

"중학교에 들어오면 친구문제로 고민들을 한단다. 초등학교 때와는 생각하는 것이 달라지거든, 너희들은 모두 친한 친구들인 것 같은데 중학생이 되면 친구가 잘 해 주는 것보다 내가 잘 하고 기분 나쁘고 화가 나도 참으며 흉보다 칭찬하며 이해하고 용서하는 마음으로 아껴주는 친구가 되어야 한다. 그렇게 하여야 친구들이 좋아하는 사람이 되고 커서 훌륭한 사람이 되는 거야. 친구들과 어울리면서 배우는 건데 여기 이 친구는 너희들과 좋은 친구가 되고 싶은데 너희들과 잘 어울리지 못해 후회하고 속상한가 봐. 누구를 따돌리면 언젠가 나도 따돌림을 받거든. 초등학교에서는 어려서 생각이 짧아 만났다 헤어지고, 또 만났다 헤어지고들 하지만 중학생이 되면 서로 좋은 친구가 되려고 노력을 하여 늙어서도 찾는 친구가 많아. 너희들 새로운 마음으로 친구의 장점을 찾아 칭찬하면서 잘 어울려 놀았으면 하는데, 너희들은 어떻게 생각해?"

"네! 선생님 우리 다시 좋은 친구가 될게요."

"그러면 다음 토요일에 과자 음료수를 하나씩 갖고 와서 나누어 먹으며 친목파티를 한다. 알았지?"

그렇게 화해를 시켰다.

첫 해 대학원 입학원서를 쓰려고 했더니 모교 교수님의 추천서가 필요했다. 대학교에 찾아가 졸업 때 과장님이셨던 정용재 교수님을 찾아갔더니 외출중이셨다. 용무를 얘기하여 조교가 교수님과 전화를 연결시켜 주었다.

"대학원에 진학하려고 왔어요. 2회 졸업생 이석국입니다."

"야! 임마, 너 수원여중에 근무하잖아?"

"네!"

"걱정 말고 가. 내가 추천서 써서 제출할게."

그렇게 해서 진학을 했다.

나는 존경하는 선배나 은사님들한테는 연말에 카드나 연하장을 보냈다. 그 마음의 선물이 살아가는 데 큰 도움이 될 줄은 몰랐다.

대학원에 진학하니 같은 과학과 홍순호 선생님은 과학작품 만드는 것을 가르쳐 주었다. 부잣집의 귀한 손자처럼 사랑을 듬뿍 받으며 성장한 사람처럼 인상도 좋고 착하고 재주가 많아 나보다 나이는 어렸지만 아는 것이 많았다.

홍순호 선생님이 처음으로 공동작품을 하여줘 3등급 상을 탔다. 다음 해부터 혼자 해 보라 하여 해마다 한 가지씩 하기 시작하여 점수가 쌓이기 시작했다.

첫 해 3학년 담임을 하니 반에 기계체조선수와 농구선수가 있었다. 4교시 수업이 끝나면 운동선수는 맹훈련을 한다. 학교에서는 두 가지 운동특기생을 기르고 있었는데 그 중에 고등학교 때 본 기계체조는 조금 안목이 있어 우리 반 송하란이가 하는 것을 수차례 지켜봤다.

그런데 하란이는 2학기가 되자 운동을 안 하겠다고 한다. 이유는 초등학교 때 선생님한테 따귀를 맞고는 귀가 잘 안 들려 운동하기가 어렵다고 한다. 안타까워 강행하라는 말은 못했다.

"고등학교 진학을 하고 그만둬! 그냥 진학하려면 운동하느라 수업을 많이 빠져 학력이 딸려 수원여고는 도저히 못 간다."

하란이는 체육특기생으로 수원여고에 진학하였다. 20여 년이 지난 후에 들으니 체육대학을 졸업하고 초등학교 교사가 되었다고 한다.

당시 담임선생님과 학부형 사이에 오고가는 편지처럼 '사랑의 대화장'이 있었다. 그것도 생각해 보면 효과가 있었다. 부모님이 보는 것이 아니고 학생들이 보고 답장을 써오는 것이 더 많았다. 특히 문제아들은 더 하였다.

결석이 잦고 공납금이 미납상태인 선미의 '사랑의 대화장'에는 밝고 명랑한 학교생활의 칭찬만 써 주었다.

하루는 복도에서 선미를 만났다.

"선생님! 저 선생님이 보신 것처럼 밝지 않아요. 선생님! 우리 집에 한 번 가 보세요." 토요일에 가정방문을 했다.

동생과 둘이 살고 있다는데 부모님은 엇갈려 애들을 보러 온다고 하였다. 방문 창호지는 구멍이 뻥뻥 뚫려 있다. 방문을 열어 보이는데 둥근 스텐레스 상에 반찬그릇 몇 개 보이고, 윗목에는 자루처럼 보따리가 여러 개 쌓여 있었다. 부모가 각자 바람을 피우고 있고, 선미 또한 남학생을 사귀고 있었다.

선미엄마가 오신다는 날, 나는 미리 퇴근하여 엄마를 만나 졸업 때까지의 등록금을 수표로 받아 간신히 졸업을 시켰다.

쉴 새 없이 애들이 찾아오는데 거의가 문제아들이다. 정 붙이고 사랑받을 곳이 없으니 나를 찾아오는 것이다. 당시 롤러스케이트가 유명하여 신나게 놀다 집에 가면 오빠나 아버지한테 매를 맞는다. 가출이야기가 나오면 가출의 무서움과 학교 못 다닌다는 이야기를 가끔 했다. 신나게 놀다 집에 가면 죽일 듯 힘든 매가 기다려 보따리를 싸들고 친한 친구를 부른다. 같이 가출하자고 꼬드겨 친구도 짐을 싸고 함께 가출했다.

매일 복도에서 달려오던 애들의 모습이 눈에 아른거린다. 그 주에는 언제나 내 앞에 나타날까 조마조마 기다린 지 한 달이 지나버려 포기했다. '맹모삼천지교' 라는 명언이 있듯이 환경이 얼마나 중요한가?

1학년 여학생이 새로 나를 찾아들어 왔다. 창피한 것 하나 없이 부끄러운 이야기도 모두 털어놓고 갔다. 1학년이면서 동네 가까이 사는 3학년 남학생들과 터놓고 말을 한다는데 그 남학생들이 집까지 따라왔다고 한다.

아버지는 씩씩하고 일 잘 하는 은미를 믿고 남학생들에게 말했다.

"얘들아, 1학년 동생을 왜 쫓아와!"

"네? 1학년이요?"

"그럼 몇 학년인 줄 알았니?"

"3학년이라고 했는데요?"

남학생들이 골탕을 먹었다.

은미는 나이 학년 상관없이 대학생들까지 따라다니며 놀았다.

지동 가겟집을 방문했다. 부모님은 바쁘게 손으로 만두를 빚어 팔았다.

그 해는 이성문제로 고민하는 애들을 많이 만나 상담을 하고 부모님들과도 상담하였다.

고등학교 때 총각선생님을 애들이 좋아하여 교무실 칠판 밑줄에 쓰여 있는 당직교사 명단을 보고 그 날을 기다렸다. 총각선생님과 함께 떠들고 놀다가 막차를 타고 집에 갔다는 이야기도 소문으로 들었다.

장학사 출신인 남 교장선생님이 전근가시고 정년을 앞두신 귀공자 같으신 이 교장선생님이 오셨다. 그 해 컴퓨터 교과목이 생기고 컴퓨터 담당선생님도 오셨다.

여학생들이 좋아하는 선생님을 위해 귀한 외제 수입품 선물을 많이 사고 또 종이로 학들을 접어 선물을 했다. 나도 접은 종이학이 가득 든 유리병을 선물로 받았다. 총각선생님들은 좋아했다. 한 여학생이 선물을 들고 컴퓨터실 문을 두드렸다. 당직인 선생님은 "교실에 가서 기다려!" 했다. 담임이었나 보다.

그런데 어두운 교실에서 기다리는 여학생이 여자로 보였는지 성추행을 하고 그 여학생이 친구들에게 소문을 내어 내 귀에까지 들어왔다. 약혼녀가 있는 선생님이다. 결국 사표를 쓰고 떠났다. 의무적으로 2년을 근무해야 할 교사가 기간을 못 채워 자격증 박탈을 당하게 되는 순간이다. 순진하고 착한 그 선생님이 그렇게 미련할 줄은 누구도 몰랐다.

오산여중에서 떠난 지 3년 되던 해 1학년 수업을 받던 선자는 나를 유난히 따랐다. 편지들이 오가던 때이다. 점심때쯤 수업도 안 끝난 시간에 교복을 입은 선자가 경남중학교 교무실에 들어섰다. 기쁨보다 놀란 가슴이 덜컹했다.

'학교 수업을 하고 있을 선자가 이 시간에 예고도 없이 불쑥 나타나다니?'

서둘러 퇴근을 하고 집으로 선자를 데리고 와서 저녁을 먹고 이야기를 듣는 순간 살이 벌벌 떨렸다. 그리고 나는 선자를 끌어안고 한참 동안 흐느껴 울었다.

'이럴 수가! 양을 지키고 귀여워해 줘야 할 목동이 양을 잡아먹었구나. 이리! 양의 탈을 쓴 이리 같은 놈이구나!'

선자에게는 앞을 보지 못하는 아버지가 있고 어머니가 일찍 돌아가셨다. 정에 굶주린 애들은 선생님들을 잘 따랐다. 담임이었는지는 모르지만 어머니가 돌아가시자 직접 찾아와서는 밤샘을 해 주고 장례식까지 마무리해 주신 선생님이 더욱 고마워 선자는 선생님의 하숙방 청소를 해 주며 찾아다녔다. 선생님의 친절에 더 잘 했다.

그러다 자신도 모르게 선생님이 성추행을 시작했는데 그게 오히려 고맙게 느껴져 날마다 기다렸다는 것이다. 덩치가 크고 항상 웃는 낯에 고학년이 되니 물오른 꽃봉오리가 피어나는 듯한 때이다. 수시로 선자를 건드리며 '아내와 이혼하고 너와 결혼하겠다' 고 한 것이다. 선자는 그 말을 믿고 계속 쫓아다녔다는 것이다.

어느 날 찾아온 한 여자가 말에 따르면, 전임 근무지에서 젊은 남자선생님이 한 여학생을 꼬셔서 동거를 시작하고는 아내와 이혼하고 그 학생과 결혼하겠다고 약속했다는데 몇 년을 기다려도 이혼하고 올 기색이 없어 그 여학생이 슬슬 물러서자 다른 여학생을 꼬드기고…, 이것이 상습화되었다는 것이다. 그러다 그 제자들을 남의 집 첩으로 소개도 하고, 그러다가 심심하면 불러내기도 한단다. 선자도 학교에 소문이 나서 퇴학을 당하게 됐다고 한다.

"그 선생님을 고발하자. 그리고 넌 어디서라도 졸업을 해야지? 내일 학교에 내가 전화 할게."

그렇게 약속하고 잠을 잔 뒤 다음 날 아침에 단단히 이르고 학교로 향했다.

"내가 학교에 다녀올 테니 너는 하루 쉬고 있어."

그리고 학교에 가서 선자 학교로 전화를 했더니 그 학교에서도 용서가 안 된다고 했다. 선자를 데리고 그 학교로 가려고 부랴부랴 점심시간에 달려 왔더니 선자는 책꽂이에 쪽지편지를 꽂아놓고 가 버렸다.

'선생님! 죄송해요. 제가 갈 길이 그 길 밖에는 없어요.'

닭 쫓던 개 지붕 쳐다본다는 말처럼 나는 넋을 잃고 말았다.

남자는 도둑이라더니…. 스스로의 신분과 본연의 양심을 잃어버린 교사가 종종 있다는 것을 그때 확실하게 알게 되었다.

수원으로 들어와 3년차 되던 해 아버지가 86세로 별세하셨다.

대학원을 졸업하고 1986년 1월 난생 처음 비행기를 타고 유럽 7개국을 방문했다. 대학원 졸업여행으로 교수님들과 학생신분으로 함께 가는 단체여행이어서 경비도 적게 들어 180만원 정도 소요되었다.

알래스카의 앵커리지를 거쳐 갔기 때문에 17시간 걸렸다. 영국, 불란서, 독일, 네덜란드, 벨기에, 스위스, 이태리 등을 순방하는데 물 대신 차들을 먹는다는 이유도 몰랐다. 지하수는 석회암에서 올라와 끓여 먹어야 하고 생수를 먹으면 설사를 하는 것이다. 스위스는 알프스 산의 육각수를 생수로 먹을 수 있고 생수를 수출하고 있었다.

고기를 잘 먹지 못하는 나는 학교 앞에서 가끔 먹은 양식생각으로 잘 먹고 요리했던 비상음식으로 미숫가루와 김, 고추장을 챙겼다. 기내에서 주는 양식을 조심해서 잘 먹었는데도 소화가 안 되어 고기 냄새만 맡아도 속이 울렁거려 거의 굶다시피 하며 비상 음식물을 다 먹어 버렸다.

돌아올 때는 뱃살이 쭉 빠져 바지가 헐거워 흘러내릴 정도다. 새벽에 영국공항에 내리니 살얼음이 깔려 있었다. 첫 눈에 보인 뾰족뾰족한 건물 지붕마다 굴뚝들이 이색적으로 느껴졌다. 그 건물들이 건축된 지는 몇 백년이 지났고 내부만 현대식으로 바뀌었다고 한다.

런던타워, 시계탑 그리고 세계3대 박물관인 대영박물관을 관람했다. 바닥에는 역대 왕들의 무덤이 깔려 있고, 벽에도 왕들의 무덤인 관과 미라들이 보관되어 있었다.

섬나라로서 대륙으로 뻗어 나가려고 수 없이 많이 일으킨 전쟁의 흔적들은 벽 문에서 볼 수 있었다. 목이 잘린 동상과 용맹스런 형태의 동상들이 많았다. 또한 유럽에는 여자보다 남자의 나체 동상이 많았다.

교육기관으로 케임브리지대학과 이튼스쿨을 견학하고 엘리자베스여왕의 궁전 앞에서 예쁘게 조성된 영국의 국화 장미를 구경하고, 그림처럼 단장한 군악대의 제식훈련을 구경했다. 시가지도 번화하지 않았다.

다시 비행기를 타고 프랑스 아리따리아 공항에 내렸다. 버스를 타는 곳까지는 꽤 멀었다. 지금 세계 제일의 공항인 영종도 인천공항에서 볼 수 있는 무빙워크가 있다.

프랑스에서부터는 버스로 이동하며 관광을 했다. 프랑스 건물은 뾰족한 지붕이 조각품처럼 보였고, 곳곳에 서 있는 성당들도 예술품 같았다. 몇 백 년 된 성당은 창문에 모자이크 그림과 색들이 화려해 이목을 끌었고, 어떤 성당은 천정이 원형으로 뚫려 있었다. 비가 와도 빗방울이 들어오지 않는다고 했다.

안개로 덮인 해를 구경하기 어려운 영국과는 달리 안개가 없었지만 해가 짧아 일광욕이 잘 안 되어 유럽 사람들은 이태리로 햇볕을 쬐러 여행을 하며, 해가 나오면 모두 옷을 벗고 일광욕을 한다고 한다.

크고 작은 성당들을 들어가면 엄숙한 분위기 속에서 미사 보는 사람들을 따라 미사도 보니 저절로 머리가 숙여졌다. 프랑스의 명물인 에펠탑과 개선문을 구경하고 사진들을 찍었다. 길거리마다 광장에는 점심때가 되면 남녀 노인들이 나와 손들을 잡고 둥글게 서서 춤들을 추고 있었다. 베르사유 궁전을 관람하는데 사진 촬영은 금지되어 카메라를 맡기고 들어갔다.

천정과 벽에 있는 그림은 한 장이다. 그 큰방의 벽에 한 폭의 그림은 유명한 미켈란젤로의 작품들이 있고 그 작품 하나를 완성하는 데 수십 년씩 걸렸다고 한다. 황홀한 그림과 장식품 속에서 나는 순간 왕비라도 된 듯

했다. 옛날 물이 귀했던 시절 해수목욕을 잘 못해 냄새를 감추기 위해 화장과 향수를 써서 화장품과 향수 개발로 프랑스가 유명하다고 가이드와 교수님들은 설명하였다. 궁전에는 화장실이 없다고 했다.

세계 3대 박물관인 루브르박물관은 세계의 예술창고처럼 들어서는 방마다 입을 한껏 벌리게 했다. 자세히 보려면 시간이 너무 부족하고 문예부흥기의 인간의 지혜와 솜씨는 흉내 내기조차 어렵게 찬란함에 경탄해 마지 않았다.

올라가는 길 앞에 동전바구니가 놓여 있고 표정 없는 남자가 길옆에 조각품처럼 폼을 재고 비스듬히 서 있다. 우리는 조각품인가 사람인가를 확인하려고 동전을 집으려 했더니 커다란 손이 내려와 못 가져가게 했다. 우리는 깜짝 놀라 돌아섰다.

유럽 사람들이 비슷해도 나라마다 얼굴에 특색이 있었다.

우리 버스기사는 이태리 사람인데 미남이고 키와 덩치가 컸다. 우리는 '이기사!' 하고 불렀다. 사회과 김우철 교수님은 옛날 유럽 사람들은 우리나라와 일본 사람처럼 작아서 미라가 작다고 하셨다.

네덜란드는 풍차의 나라로 낙농이 유명하다. 치즈도 먹어보고 우리나라 민속촌 같은 관광지가 있어 구경했다. 건축양식이 조금 달라 낮은 건물 창가에는 손으로 뜬 수예품 커튼을 달아 이색적이었다. 지나는 동안 벨기에에 들러 오줌싸개 동상도 보고 유래도 들었다.

독일을 가니 눈 속에 상록수가 추위에 건강한 모습으로 싱싱하게 자라고 있었다. 우리나라에서도 가끔 볼 수 있는 상록수 같은데 따뜻한 지역에서는 커트하지 않은 머리처럼 축축 늘어지는데 씩씩하고 싱싱한 나무들은 독일병정처럼 깍듯하였다.

독일은 감자가 유명하다고 한다. 다른 작물은 귀한가 보다. 우리는 독일의 김나지움스쿨을 견학했다. 학급과 학생수가 적고 우리를 봐도 태연하게 수업을 잘 하고, 그리고 다양한 체험학습들을 했다.

스위스는 정밀공업과 가내공업으로 세계적인 시계를 만들고 시계가 풍부한 나라이다. 가장 긴 터널에도 공해가 없고, 공장이 없어 공해 없는 세계 최고의 청정한 나라이다.

세계 3대 지붕의 하나인 알프스 산의 아름다운 경치와 그 곳에서 흘러내리는 빙하수는 유럽에 생수를 보급하여 스위스에서만 우리나라처럼 생수를 맘 놓고 먹을 수 있다. 그 중에서도 아름답다는 봉우리 융플라워봉을 톱니기차를 타고 등정했다.

초등학생이나 할머니들도 스키를 메고 기차를 타고 올라가 스키를 탄다는데 곳곳에 리프트가 있었다. 우리는 더 올라가 얼음 둥근 집에 들어갔다 나오고 일행을 따라 눈으로 덮인 산에 올라 사진들을 찍었다. 겨울에 눈을 볼 수 있는 우리는 눈이 신기하지는 않았지만 온 천하가 흰 눈으로 덮이고 겹겹이 쌓인 설산 속에서 우리는 하늘에서 내려온 선녀 같은 생각도 해 봤다.

긴 터널을 지나 이태리로 왔다. 나는 나라마다 다니며 비싸지 않은 기념품을 사려고 열쇠고리를 사고, 육학년 된 아들에게 주려고 영국에서 빨간색 2층 버스와 자동차소품을 샀다. 독일에서 천재 음악가가 많이 나와 악기가 유명하여 하모니카와 리코더를 샀다. 또 실용품으로 칼과 가위를 사고 이태리에서 허리띠들을 샀다. 리코더는 막내딸이 소중히 잘 쓰고 손자에게 물려주니 가보가 되는 것 같다.

이태리로 들어서니 강 교수님은 "이 나라는 조상 팔아먹는 나라야!" 하셨다. 조상들의 유적과 유물은 관광객들에게 최대의 자랑거리로서 관광수입이 대단한 나라이다.

로마에 있는 성 바오로성당은 천주교의 원산이다. 지금도 천주교 신자들은 성전처럼 귀히 여긴다.

국경을 넘을 때마다 검문을 했다. 소렌토로 가는 길은 높은 산에 해변가 벼랑이 있었다. 산모퉁이를 도는데 대형트럭이 길을 막았다. 아래는 까마득한 벼랑 아래 바닷물이 반짝이고 그 아래가 소렌토이다.

트럭 운전사는 운전이 서투른지 우리 이 기사가 트럭을 돌려줘 우리는 박수를 쳤다.

노래의 제목인 아름다운 해변가의 아담한 도시는 깔끔한 동네로 귤나무들이 가로수가 되어 있었다. 유럽은 일기관계로 과일이 귀해서 구경도 못 했는데 이태리는 우리나라처럼 반도이어서 채소와 과일이 풍부했다.

유명한 피사의 사탑에도 올라갔다. 무수히 크고 많은 성당 중에서 더욱 유명한 베드로성당과 마리아성당을 구경하고 미사를 드렸다. 황태자의 첫사랑 찻집에 들어갔더니 노인 몇 명이 악기들을 연주하고 있었다. 한쪽에서 젊은 여행단이 팁을 주었다.

우리 김원장 교수님은 팁을 주지 말라고 했다. 일본 사람들이 보라는 듯 돈을 쓰니 그냥 두고 우리에겐 주지 말라고 했다. 우리 여행단은 88올림픽이 대한민국에서 열린다는 홍보도 했다. 이태리 피자를 먹으러 갔다. 우리에게 고추를 먹는다고 빨간 고추 마른 것을 주었다. 생수에 밥을 말아먹으니 눈이 휘둥그레졌다.

우리나라 피자를 생각했던 나는 시골에서 밀가루 부침이 먹던 생각이 났다. 가장자리는 밀가루 반죽을 구운 것 같아 칼국수 꼬랑지 구워먹던 생각이 났다.

환율이 가장 높은 나라가 영국이고 가장 낮은 나라가 이태리다. 쌀 것이라고 생각했더니 영국은 12파운드라면 이태리는 12,000리라였다. 쇼핑을 하다 보면 동그라미 숫자 세기가 바쁘다. 어린애들은 스카프를 들고 천원, 만원하며 소리 질렀다.

명소를 관광하고 바티칸성당을 밖에서 바라보았다. 세계 3대 박물관의 하나인 바티칸박물관은 관람하지 못했다.

아침에 눈을 뜨니 눈이 소나무 잎에 수북이 쌓여 나뭇가지가 휘어졌다. 40년 만에 최고로 눈이 많이 온 것이다. 차가 다닐 수 없고 제설작업할 장비도 없어 장비 마련하는 것보다는 하루 쉬는 것이 더 경제적이라 하여 임시공휴일로 정하였단다.

모든 기관이 문을 닫아 관람을 못하고 코스를 바꾸어 좀 멀리 떨어진 시외 폼페이로 갔다. 가까이 있는 높은 산에서 화산재가 날려 폼페이 시내는 온통 화산재가 덮여 폐허가 되었다. 흔적만 남은 시가지는 집과 방이 작았다. 좁은 마당에 화단들이 있었고, 골목은 좁아도 도시 계획은 반듯반듯하게 되어 있었다.

로마 시내로 들어오니 눈은 모두 녹아 흙탕물이 되었다. 시외로 나가니 건물들이 우리나라 시골과 같이 벽에 시멘트 반죽을 튀겨 붙인 담장과 벽들이 눈에 띄었다.

밀라노에서 커다란 두오모성당을 둘러보고 로마의 투우경기장을 구경했다. 고대 사람들은 싸움을 좋아하여 호전적이었는데 약자를 위하여, 특히 여자를 보호하는 기사도 정신은 우리와 매우 달랐다.

이태리 대통령 관사 주변에는 경비가 심하지 않다고 한다. 경쟁하는 적이 없고 관광 수입으로 국가경영을 하며 더운 낮에는 점심 후 2시간씩 낮잠 자는 시간이 있다. 왠지 근무시간이 짧아 게으른 나라라는 인상을 받았다.

중세 천주교의 부패로 일어난 신교 기독교 신자들의 박해 흔적이 프랑스의 지하 속에 있다. 땅속에 갇힌 신도들이 파 놓은 굴은 미로처럼 복잡해 안내자 없이는 나오지 못한다고 한다.

유럽 사람들은 끝없는 전쟁을 거치면서도 수백 년 된 유적지를 그대로 보존시키면서 문화유산으로 후세에 물려주었는데 매우 다행한 일이다.

돌아올 때는 낮이어서 북극해의 얼음덩이를 내려다보고 앵커리지에서 바꿔 탈 비행기를 기다리는 동안 눈과 얼음으로 덮인 공항 밖으로 백곰들도 볼 수 있었다. 흙먼지가 없어 옷은 더러워지지 않는다고 했다. 오랜만에 얼큰한 컵라면을 먹으니 속이 가라앉는 듯하다. 허리띠는 있는 대로 졸라맸다.

교수님 덕분에 좋은 구경하여 종종 원장님께 편지 드리고, 우리 동문들은 5월이면 원장님을 모시고 수원의 명문 갈빗집들을 찾아다녔다.

넷째오빠 친구 김 선생님과 1년 동안 정남중학교에서 같이 근무하신 서기일 선생님이 오셨다. 아침저녁 출퇴근할 때 같이 산길을 넘어 다녔는데 성품이 인자하여 의지가 되었다. 담임을 맡으니 심성수련을 하고 있었다. 나도 교도부장의 연수를 받고 초창기라서 열심히 심성수련에 관심을 갖고 연수회에 참여했다.

경기도 심성수련이 활성화 되면서 교사들 연수나 교감 연수시에 심성수련 시간이 할당되어 도심성수련 연수강사로 선발되어 활약을 했다. 나도 강사 10명 중에 끼어 연수를 하고 학부모 연수도 시작했다.

교도주임이 되면서 상담기법 등의 공부를 하니 사람 마음을 읽는 힘도 생기고, 대학원 공부에도 도움이 되어 상담에 관한 논문을 썼다. 훗날 교감, 교장 연수에도 큰 도움을 받았다. 애들을 지도하는 일이나 나의 자질 향상에 도움이 되는 일이라면 배움에 앞장섰다.

5년마다 과학교사 연수실험이 있어 열심히 했다. 옆의 과학선생님도 연수를 받았다. 연수가 끝나고 와서 점수가 얼마냐고 물었다. 점수 이야기는 하기 싫었다.

"100점인데요."

"100점은 없어요."

"그럼 몇 점이 최고예요?"

"97점이요."

나는 속으로 '그럼 내가 최고인가' 생각하고 나도 물었다.

"선생님은 몇 점인데요?"

"97점이요."

"뭐. 100점이나 97점이나 그게 그거 아닌가요."

"선생님은 생물부에서 1등을 하셨군요. 저는 지구과학부문에서 1등이에요."

남자들은 선후배를 찾아다니며 정보들을 얻고 있었다. 나는 그 점수를 승진할 때 쓰려고 열심히 했고, 5년 후에 다시 연수 받을 때도 열심히 했다.

이 교장선생님이 가시고 김 교장선생님이 오셨다. 학생부장이 바뀌었는데 착해서 애들을 귀여워하기만 하고 벌은 주려 하지 않는다. 선도위원회에서 교칙대로 벌을 주어야 하는데 용서하자고 하니 교장선생님은 뭐라 하시지 못한다. 내가 나섰다.

"선생님! 학생부장은 검사고, 교도부장은 변호사이고, 담임은 피고의 입장에서 서로 의논을 한 뒤 교장선생님께서 판사로서 판결을 내리셔야지요? 학교의 교칙을 지키는 것도 사회의 법을 지키는 공부입니다."

무엇보다 학생들이 상담실로 찾아와 항의한다. 아이들의 눈은 바르고 비판적이다.

"벌 받는 애들이 학교 내에서 술을 먹었는데, 그 애들을 가중시켜 벌을 주어야 하는데 쉬쉬하며 덮어 준다면…, 선생님! 이래도 돼요?"

그 후 징계 받은 애들은 상담실 의견서가 있어야 징계를 해제하였다.

어느 날 몇 개 학교 대표 선생님과 교육감 면담시간이 있었다. 하고 싶은 말이 있으면 기탄없이 하라고 해서 나는 두 가지 이야기를 했다.

"자가용이 흔해 시골 구멍가게 아저씨도 자가용을 끄는데, 그 시골길을 교장선생님이 터덜터덜 걸어갈 때 먼지 피우며 자가용 끌고 가는 가게집 아저씨의 눈에 보이는 교장선생님이 존경스러울까요? 또 한 가지, 학교에는 컴퓨터가 없고 행정기관에서는 컴퓨터를 쓰고 있어요. 우리 학교에 성적 처리용 컴퓨터가 있으면 좋겠습니다."

그런데 방안에 있던 사람들이 코방귀를 뀐다.

그즈음 컴퓨터 교과목이 생겼고 과학 선생님들도 과학관에 가서 8비트 컴퓨터 교육을 받았다. 컴퓨터가 없어 연수를 받아도 잘 알지 못했다. 대학원을 졸업하고 대학원 동기들이 전문직으로 나가고 있었다. 나도 전문직 희망서를 냈다.

1987년에 안산교육청과 송탄교육청이 생겼다. 나보고 장학사로 나가겠느냐고 교육청에서 전화가 왔다. 교사들을 상대로 교육행정을 하게 되니 애들과는 함께할 수 없다는 생각이 들어 싫다고 했다. 권위주의적이고 지시 명령하는 것을 싫어 애들과 함께 지내고 싶었다.

초겨울에 일직을 했다. 교대시간이 가까워지면서 혹시 하고 숙직선생님 댁에 전화를 했다. 안성에서 출퇴근하는 젊은 선생님이다. 사모님이 받으셨다.

"안녕하세요! 여기 학교인데요. 오늘 양 선생님 당직이신데 출발하셨나요?"

"네. 아까 출발했어요."

"네. 그럼 도착하실 시간 되겠네요. 안녕히 계세요."

그리고 교대시간을 기다렸다. 그런데 한 시간 반이 지나서야 양 선생님이 허둥대고 들어왔다. 화가 났다.

"왜 이리 늦으셨지요?"

"깜빡하고 난로설치하다 집사람이 전화를 받았어요. 죄송합니다."

"실수는 이해하지만 사모님께서 거짓말한 것은 이해 못해요. 감히 하늘 같은 남편의 직장에다 대고 거짓말을 하다니, 내가 전화 안 했으면 그냥 숙직까지 할 뻔했네요? 월요일 직원회의 시간에 봅시다."

그렇게 인사하고 하던 일을 정리하고 나오는데 양 선생님이 따라 나온다.

"죄송합니다. 정말 죄송합니다. 저는 지금까지 어떤 귀한 교육감이 오셔도 교문까지 배웅해 본 일이 없습니다. 처음으로 교문까지 나왔습니다."

"알겠습니다. 수고하세요."

월요일이 다가왔다. 주말 내내 얼마나 불안했을까. 양 선생님은 불같은 성격의 소유자라고 생각한 내가 참을 거라고는 생각 못하고 눈치를 봤다. 나는 직원회의가 끝나도록 모르는 척했다. 두 번 다시 거론하지 않았다. 불안하고 미안한 진심을 못 잊는데 더 이상 무슨 고통을 주랴 싶어 그 후로도 아무렇지 않게 지냈다.

다시 내 차례의 일직을 하던 날 착하신 학생부장 이 선생님이 숙직이시다. 밖에는 눈발이 날리고 길에는 하얀 눈이 제법 쌓여 있었다. 전화가 왔다.

"여기 이포인데요. 제가 오늘 당직인데 좀 늦을 것 같아요."

"이포요? 그 멀리서? 알았어요. 걱정 말고 눈길에 천천히, 운전 조심하면서 오세요."

나는 싸놓은 가방을 다시 풀었다. 이포 눈길이면 2시간 족히 걸려야 한다. 그 당시 자가용이 귀해 학교에는 교장선생님과 학생부장만 차를 갖고 있었다. 집에서 시어머님이 기다리실까 싶어 사실대로 말씀드리고 늦게 귀가한다고 했다.

그리고 일을 시작하려고 하는데, 아직 교대시간도 안 되었는데 학생부장 이 선생님이 들어선다.

"왔습니다."

순간 나는 깜짝 놀랐다. 그리고 반가웠다. 일찍 오신 것보다 눈길을 오신 거라 더욱 반가웠는데 얼른 생각해 보니 나를 놀린 것이다. 가까이 다가오는 이 선생님의 팔을 치면서 화난 투로 말했다.

"선생님! 장난쳤어요? 난 지금 보따리 풀고 일하려고 했는데, 얼마나 걱정되었는지 알아요?"

그랬더니 껄껄 웃으신다. 나는 다시 가방을 싸들고 나왔다.

다음 날 출근을 했더니 이 선생님이 다가와서 전날 얘기를 하신다.

"이 선생님께서 퇴근하고 얼마 후에 전화가 와서 받았는데 이 선생님의 시모님 전화였습니다. 저한테 '왜 늦게 와서 우리 며느리 퇴근을 늦게 하게 했느냐' 고 야단을 치셔서 '그렇게 소중하신 며느리 왜 직장에 내보내세요? 집에 앉혀놓고 밥 먹이시지요?' 했더니 전화기를 탁 놓으시데요."

있는 집 귀한 외아들로 자라서 착하기는 하지만 무서움을 모르는 선생님이시다. 나는 깜짝 놀랐다. 학교 전화번호를 누가 가르쳐 드렸고 아니 시어머님께서 어찌 알고 직장에 전화를 하셨을까 궁금했다.

그 시절에는 구태의 남존여비 인식이 남아 있어 부부교사가 몇 안 되고 남교사가 더 많았다. '여자가~' 하는 관리자들의 비하성 행정에 '여교사여, 잘 해 보자!' 하는 여교사회 모임이 학교와 시군단위로 활성화되기 시작했다.

처음에 만난 날 남 교장선생님은 행정이 밝고 인품이 좋아 선생님들의 존경을 받으셨다. 김영훈 교감선생님도 오빠처럼 좋으셨다. 그래서 우리 조 근무 때 난로에다 선생님들과 닭죽을 쑤어 근무조 선생님들과 교장, 교감선생님을 모시고 점심을 먹기도 했다.

남 교장선생님이 전근 가시고 정년을 앞둔 이 교장선생님이 오셨다. 새로 오신 이 교장선생님은 여교사 모임에서 환영식을 했다. 분위기와 긴장을 풀어주는 메신저로 내가 나섰다.

"교장선생님! 이제 여성의 고위직 진출의 시대에, 과거에는 여선생님들이 눈치보고 찬밥이었는데 현대 미래는 여성을 잘 다스리는 교장이 명교장선생님이십니다."

그러자 여선생님들은 모두가 환영의 박수를 힘껏 치며 맘껏 웃었다.

그 후 여교사와 여교장이 많이 늘어나면서 여교사회는 5년 만기가 되어 없어졌다.

신설학교로서 교사들과 학생들이 선호하는 송원여중으로 옮겨갔다. 송원여중은 신설학교라서 학교 시설이 매우 좋아 선생님들은 물론 학생 모두가 선호하는 학교이다. 학습 분위기도 좋고 학구열도 높았다. 나는 과학부장에 3학년 수업을 들어갔다. 소문이 먼저 퍼져 애들이 잘 따르고 수업태도가 좋았다.

학년 초 과학실 대청소로 바닥을 물청소부터 하고 약장과 기구장을 재정리하였다. 정남중학교 때부터 배운 대로 대장정리와 현품조사, 라벨도 다시 붙였다.

이천 경남중학교에서도 7년 있는 동안에도 대청소와 재정비를 다시 했다. 중고 병설이어서 과학부장이 없던 터라 과학실 관리의 책임이 분명하지는 않았다. 나는 책임을 떠나 교무부장을 맡으면서 주말이나 일직 때 대청소와 재정비를 두 번 하고 감사를 받았다. 책임자라고 한 선생님은 과학실 물품정리를 안 해 봐서 뭐가 어디에 있는지도 잘 몰랐다. 내가 감사원을 알아서 하고 감사를 받았다.

현미경서부터 비싼 물품을 대장과 확인하고 백금선을 갖고 오면 감사를 끝내겠다고 했다. 나는 캐비닛 안에서 백금선인지는 잘 모르지만 백금선의 용도를 설명하고 캐비닛 속에 간직한 것인데 백금선인지 확인해 달라고 했더니 됐다고 했다.

과학 교사들은 다른 교과보다 교사들이 똑 같은 수업을 하면서 과학실 관리와 실험을 하면서 준비하고 실험 뒤처리, 시험관 닦기와 물품 제자리 찾아 놓다 보면 퇴근을 가장 늦게 한다. 그래서 각 반의 과학부장과 조장들을 훈련시켰다.

기구장 라벨을 붙이고 재정비를 함께 하고 실험기구 준비 뒤처리를 함께 하니 애들도 좋아하고 애들이 과학에 자신감을 갖고 나와 더욱 친해졌다. 과학실험대회가 없어지고 수학, 과학경시대회가 생기면서 경시대회에 우수한 성적으로 입상한 학생들을 과학 특기자라고 했다.

나는 오전 오후 두 차례 한 시간씩 과학 별도수업을 했다. 과학행사들도 많았다. 과학 상자조립, 모형항공기 날리기, 과학상상 그림그리기 등의 대회에 참가시키려면 방과 후에도 연습을 시키고 교내대회도 실시했다. 바쁘면서도 즐겁게 애들과 많은 시간을 같이했다. 학기 말 시험을 거쳐 수학 과학 우수성적 순으로 20여 명을 선발하여 특별수업을 실시했다.

어느 날 음악선생님이 걱정스런 투로 내게 다가와 이야기한다.

"선생님! 이수영이는 음악 특기자인데요. 영재반의 과학부장으로 뽑으셨네요?"

"그래요. 그럼 본인을 불러 의논할게요."

이수영을 불러 의사를 물었더니 둘 다 하겠다고 한다. 누구보다 상냥하고 공부도 잘 하면서 꼼꼼하기도 하다. 실험보고서를 걷어오면 선생님이 검사하기 좋게 번호대로 포개어 온다. 나는 속으로 '어른 일하듯 하네' 라며 감탄한다.

어느 토요일 학교 앞 분식집에서 선생님들과 점심을 먹으려고 들어가는데 수영이가 나를 보고 자리에서 일어난다. 나는 웃음으로 답례를 하고 방안에서 선생님들과 점심을 먹고 나서 식대들을 내는데 내 것은 여기 앉아있던 학생이 냈다고 했다. 나는 깜짝 놀랐다. 어른들끼리나 하는 일을 중학생인 수영이가 했다고 생각하니 고맙기도 하고 기특한 생각에 지금까지도 잊지 못한다.

게다가 졸업식 날 내개 준 실크스카프는 내가 좋아하는 쪽빛이며, 생전처음 받은 실크여서 36년이 지나 낡아 찢어졌어도, 그 후 많은 실크스카프가 생겼어도 수영이 생각하며 지금도 장롱 속에 곱게 간직하며 행사 때면 쓴다. 여학생들은 스승의 날이나 크리스마스 때면 카드와 선물을, 작은 봉투 꾸러미 속에 천 마리의 학을 색색으로 접어서 함께 주기도 하고, 작은 정성을 담아 수입품 가게에서 수준에 맞는 손수건 소지품들을 사서 준다. 나는 따뜻한 사랑 속에 날 가는 줄도 몰랐다.

다음 해 학교에 자가용 한 대가 보급되었고, 성적 처리용 컴퓨터가 한 대 보급되었다. 컴퓨터 선생님은 그 다음 밤 늦도록 성적을 입력시켜 주어 성적 입력이 간편했다.

다음 해에는 카드 리더기가 들어오면서 선생님들의 성적처리 업무는 부담이 줄고 신속 정확하게 성적이 처리되었다. 나도 종종 성적처리 과정을 지켜보면서 그 힘든 일을 말없이 해 주시던 이혜정 선생님이 고마웠고 지금도 잊을 수가 없다.

전근해 오니 교장선생님의 소문은 별로 존경스럽지가 않았다. 나는 남들이 싫어하면 살펴보고 나도 존경하지 않았다. 그래서 서먹서먹한 관계인데 어느 날 과학 직판하는 소모품도 신청하고 결재를 받으러 교장실로 갔다. 그런데 결재를 안 하신다.

"왜? 다른 학교는 결재를 내는데 우리 학교는 안 하시나요? 관리자에 따라 차등이 생기면 과학교사들 간에 사기문제도 생기게 되니 구매를 허락해 주세요?"

한동안 대답도 안 하시기에 살짝 떼를 썼다. 그리고 행정실로 내려와서 나이가 위인 실장에게 슬쩍 엄포성 발언을 했다.

"교장선생님 정년퇴임 조용히 하시려면 결재하시라고 하세요!"

다음 날 교장선생님이 교무실로 오더니 내 의자를 흔들며 말하신다.

"행정실에 가봐, 결재했으니…."

나는 혼잣말을 했다.

"교권에서 약육강식이라니!"

사실 결재한 돈은 얼마 안 된다. 그러나 행정이 지원행정이 아닌 구태의연한 권위주의식 상명하달 체제여서 싫었던 것이다. 그날 그 돈보다 더 많은 돈으로 교장, 교감, 실장, 나 넷이서 비싼 점심을 먹었다.

그 교장선생님은 다음 해 정년퇴임을 하시고 새 교장선생님이 오셨다. 역시 정년이 얼마 안 남은 교장선생님이시다.

그 해 여름방학에 학생 간부수련으로 강원도 속초로 갔다. 학생과 소속도 아닌 나보고 교장선생님은 같이 가자고 하셨다. 나는 가겠다고 답변하고 속초에 갔는데 장마철이어서 비가 무섭게 왔다. 조 별로 텐트를 쳤는데 비가 줄줄 새서 대형텐트 속으로 텐트를 들고 들어갔어도 비가 샜다. 민가에서 방을 얻어 하룻밤을 지내고 다음 날 날이 개어 텐트 속에서 저녁을 먹고 있는데 3학년들이 1학년들을 불러놓고 기합을 주고 있었다.

회장을 불러 "뭐 하는 거냐?"고 했더니 간부애들 위계질서를 잡는다는 것이다.

"안 된다. 간부수련 와서 언니들이 따뜻하고 기억나는 좋은 추억을 심어주어 사랑하고 존경하는 상하급생의 전통을 만들어야지, 이렇게 하면 다음 후배들이 간부수련에 오고 싶겠니? 어때!"

"네! 취소하겠습니다."

"하급생들 칭찬해 주고 좋은 프로그램의 오락에다 자기 소개하며 서로 간의 대화로써 추억을 만들어 주도록 해!"

"네!"

애들은 바로 화기애애한 분위기가 되었다.

어디서부터 시작되었는지 교원노조가 생기더니 노조원 증원에 안간힘을 쓰며 여기저기서 집회들을 가졌다.

학교 자가용은 2년 만에 없어졌다. 혜택을 주어도 누릴 줄을 모른다. 학교 자가용은 교장 개인의 자가용이 아니다. 시급한 출장이나 급한 환자가 생겼을 때 급한 기동력을 담보로 사용되어야 하는데 그렇지 못했다.

이천 경남중학교에서 응급실로 달려가야 할 사고 환자는 택시를 부르면 30분 이상 걸려야 온다. 그럴 때 1개 면의 큰 학교에 자가용을 비치하고 초 · 중 · 고가 유용하게 쓴다면 참 좋겠다는 생각이 들었다.

경남중학교에서 만났던 여선생님이 나를 보고 "송원여중으로 와요" 하며 웃으면서 인사하기에 깜짝 놀랐다.

"이 선생! 나 몰라? 나!?"

"아! 알아요."

신규 발령을 받고 미전공인 도덕을 가르치던 이 선생님을 나는 안다. 척하기는 하지만 실수를 많이 했던 선생님이다. 이 선생님이 노조에 들어갔다.

"선생님! 빠지세요. 숫자 채우지 말고…."

선생님은 웃기만 했다.

교육청과 학교에서 교원노조 가입을 자제시키니 점점 거센 바람이 불었다. 뒤에서 일하는 사람과 앞에서 일하는 사람이 달랐다. 그 선생님 학급관리나 업무는 칭찬할 만하지 않았다. 요란한 것이 나는 싫었다. 나는 지금까지 싫으면 그냥 참고 좋으면 열심히 대화하고 동조하는 생활을 했다. 내가 또 윗자리에 가면 잘 해 보려고 학교 다닐 때부터 선생님들의 장점을 골라 배웠다. 인간의 실수는 이해하지만 물욕에 비리나 부정, 비굴하고 정의롭지 않은 사람은 좋아하지 않았다.

어느 날 직원회의 시간에 노조원 선생님이 일어나 이야기가 길어졌다. 그날 할 학생지도나 교사업무 이야기가 아닌데 교장, 교감, 교무부장, 누구도 말없이 듣고만 있었다. 말 한 마디 하면 말꼬투리를 잡을 테니까 그런 것인데 내가 일어나 마이크를 잡고 한 마디 함으로써 직원회의는 조용히 끝났다.

"지금 그 이야기는 내가 들을 이야기가 아니고…, 애들이 교실에서 기다리고 있으니 담임선생님들은 빨리 각자 교실로 들어가세요!"

그 후 나는 교원노조를 싫어하는 사람이라고 소문이 났다. 다음 해 학교 선호도가 높아 8학급이 11학급으로 확대되어 신입생이 들어오게 되었다.

집으로 교감선생님이 전화를 하였다. 1학년부장을 하라는 것이다. 나는 사양했다. 1년 있으면 시내 만기로 수원을 떠나야 하기 때문이다.

"하던 과학부장 1년 더하고 갈게요."

3일이 지나 교감선생님이 다시 전화를 하였다.

"교장선생님께서 11학급 신입생 관리를 해 줄 만한 사람이 마땅치 않으니 1년 더 애들 길들이고 가라고 하십니다."

"잘 하지도 못 하는 제게 중책을 주시니, 그럼 힘껏 하다 가겠습니다."

나는 황송하여 1학년부장을 맡았다.

그날 할 일이나 행사계획이 학년으로 전달되면 11명의 담임선생님의 의견을 물으면 학교 노조 대표 남자선생님이 꼭 때마다 튕기며 이의를 제기한다. 나는 의견을 듣고 꼭 다수결로 결정하여 시행을 했다. 하루는 노조 대표가 내 책상으로 오더니 군소리로 시비를 걸고 트집을 잡으려 했다. 나는 호통을 쳤다.

"긴 말 필요 없으니 나와 업무 바꿔 합시다!"

"아! 아니요. 능력 없어 못해요."

"능력 없으면 비키시오! 업무 방해하지 말고….."

그 후 조용해지긴 했는데 나를 따라 다니는 애들을 노골적으로 미워했다.

과학교사 업무에 11학급 관리가 바빴다.

어느 일요일 일직이던 날, 학부모 회장 딸이 학년 1등을 하여 학교에 놀러 오라고 했더니 친구들과 3명이 와서 함께 일직을 했다. 학년 수석인 미애가 먹을 것을 잔뜩 갖고 왔다. 나는 학부모 회장에게 전화를 했다.

"이렇게 부담을 주시면 사제지간의 만남이 부담스러워요. 어머니도 중학생이 되셔야겠어요. 초등학교 때와는 달리 빈손으로 만나는 거예요. 놀다가 점심 때 집으로 들어가야지요."

그 당시 어머니회 활동이 활성화되어 있었다. 3반 담임선생님이 산가휴가로 강사가 왔다. 2개월만 담임업무를 맡았다. 교생이 왔다 가도 학급 분위기가 흔들려 애들에게 손해를 준다. 그것을 알기 때문에 변함없도록 신경 쓰고 담임대행을 하면서 강사를 불러 주의를 주었다.

"수업만 대행하세요. 애들 분위기가 흔들리지 않게 하세요."

그랬는데 교감선생님께서 나를 부르시더니 같은 얘기를 하신다.

"담임업무 강사에게 시키지 마세요!"

"네! 알고 있어요."

장학지도나 감사를 받을 때 출석부와 학급일지까지 대조하며 받아온 나는 14반 학급의 서기들을 불러 교육시키고 확인하고 근태상황, 출결,

지각, 조퇴까지 확인하고 도장을 찍고는 교감선생님 책상 위에 1반을 맨 위로 끝반을 맨 아래에 놓고 교감선생님 도장을 받으려고 갔더니 중간 반을 빼어 본다.

"왜요?"

"잘 쓴 반을 맨 위에 올려놓지 않았나요?"

"교감선생님! 교감선생님은 옛날에 그렇게 하셨어요? 저는 반 순서대로 합니다."

과학부장을 하는데 옆의 과학선생님이 과학수업을 하고 초시계를 점검하는데 초시계 한 개가 없어졌다고 했다.

"찾아오세요. 없으면 담당교사가 변상해야 합니다."

"어떻게 찾습니까?"

나는 내가 수업하는 반이어서 방과 후 종례가 끝내고 문제의 반을 남게 하고는 이천 경남중학교에서 했던 것처럼 30분간 설득을 시키고 눈을 뜨라고 했더니 한 학생이 눈을 떴다. 과학실 교사용 테이블 서랍에 다음 날 초시계가 와 있었다.

며칠 후 다른 과학선생님이 또 잃어버렸다고 한다. 나는 화가 났다. 수업도 함께 하지 않는 반애들을 설득시키고 나와 공감대를 형성한 뒤 자백하게 한다는 것은 그리 쉬운 일이 아니다. 애들을 감동시키고 감화시켜 진실과 사랑의 깊은 뜻을 보이지 않으면 할 수가 없다.

다시 한 번 시간을 할애하여 초시계를 찾았더니 선생님들은 나보고 '007'이라고 했다. 당시 유명한 탐정 영화의 제목이다.

어느 날 은행에서 세금을 내고 매장에서 물건을 사고 지갑을 꺼내려 했더니 지갑이 없다. 아무리 생각해도 알 수가 없었다. 신분증과 비상금 수표가 들어 있었다.

그 무렵 1학년 교실에서 도난사건이 있어서 담임선생님이 조사하고 진술을 받았더니 그 반 도난사건의 주동자였고 초등학교 때부터 경험이 있는 학생이라고 한다. 수업 중에 교무실에 들어와 선생님들 가방을 뒤졌다고 하는데 교감선생님이 "뭐 하는 거냐?" 하셨더니 선생님 심부름 왔는데 자동차 키를 찾는 것이라고 해서 교감선생님은 믿고 지나친 것이다.

선생님들은 돈이나 지갑이 없어지면 옆자리 선생님이 불편해 하실까 싶어 돈 분실 이야기는 못 하였다. 그 애가 여선생님들 가방을 돌려가며 뒤졌다. 그 돈을 아버지에게 갖다 주고 생활비에 보태 썼다는 것이다.

그 후 다시 도난사고가 나서 그 애는 학교를 그만두게 되었다고 한다.

몇 년 주기로 감사를 받았는데 경남중학교에서 이 교장선생님이 물의를 일으켜 도감사계에서 감사가 나왔다. 과학과 돈문제여서 나도 만났다. 감사가 끝나고 현관에 나가 인사했다.

"수고하셨습니다. 또 뵙겠습니다."

"네! 또 어디서 봐요?"

"경기도 식구 어디 가면 또 안 만나겠어요?"

2년 후에 수원여중으로 왔더니 감사 왔던 사람이 설문조사하려고 학교에 왔다.

"안녕하세요?"

그러자 그는 깜짝 놀라며 말한다.

"정말 만났네요."

사람들은 작은 출세에도 목에 힘을 주고 학교를 하급기관이라 생각하는 권위의식을 보이기도 한다. 나는 그런 사람들을 존경하지 않았다. 보고공문이 늦었다고 딱딱 으르면 나는 웃음이 나와 "보고공문보다 교사는 수업이 우선입니다. 공문을 미리 미리 보내세요" 하니 따지는 여자는 처음 본다고 유명해졌다.

교육청 감사계에서 과학과 감사가 와서 나는 관계서류를 정비하여 제출하고 수업을 했다. 며칠 후 공문에 내 이름이 찍히고 지적되어 나왔다. 개코 같은 자존심 때문에 교육청에 전화를 하고 감사 나왔던 사람 바꿔 달라고 했다.

"수고하셨습니다. 그런데 감사를 그렇게 해도 됩니까? 공문에 이름까지 찍어 보내시다니…. 그리고 내용도 이해 못하고 지적을 해요? 하급기관은 아무렇게나 해도 되나요?"

"다시 나갈까요?"

"이미 지난 일 다시 오실 필요 없어요!"

불명예스럽게 공문에 이름이 지적 받아 왔다고 아는 사람을 만난 자리에서 이야기했다. 교육청에 전화하여 그 공문 회수하라고 했더니, 별 것도 아니니 한 번 그냥 지나가 달라 하면서 교육청 결재까지 나왔으니 참아 달라고 했다. 그 후 과학과 실험 실습비에 대한 감사는 일반직에서 실시하지 않았다.

수원으로 들어와 3년차 되던 해 여름방학 때 연락도 없이 명현이가 사이클을 타고 집에 왔다. 부천 누나네 집에서 이문동에 있는 대학을 사이클로 통학했고 학비는 주말이나 방학 때 공사판에서 막일을 하며 번다고 했다. 졸업식 때 갔더니 앨범이 없었다. 없어도 괜찮다고 신청을 안 했다고 한다. 공군사관학교 시험에 합격하고 신체검사에서 떨어져 생물학과에 들어갔다고 했다.

"생물학과? 왜?"

"선생님 따라서요!"

얼마 후 동섭이가 군대를 제대하고 찾아왔다. 선생님이 이과를 지망하여 의사가 되라고 하셔서 이과를 다니다 적성에 안 맞아 고3때 문과로 바꾸고 일 년 늦게 연세대학교 법대에 들어갔다고 한다.

공부 잘 하는 석준이와 동섭이에게 의대에 진학하라고 했었다. 진로지도 잘못하여 일 년을 지체시켰구나, 생각하니 부끄러웠다.

'나나벌이 나닮아서 나닮아라 한다' 는 생각이 났다.

또 몇 년 있으니 석준이가 학교로 찾아왔다. 점심시간에 중국집에 가서 점심을 사고 맥주를 한잔 따라주었다.

"선생님! 문과가 적성에 맞아 서울대학교 경제학과를 졸업하고 서울대 대학원에 진학했어요. 막내 여동생을 데려다 교대에 진학시키고 제가 아르바이트하여 학비를 대고 있어요."

초등학교 6학년 때 교장선생님이 머리를 어루만지시며 '머리통이 잘 생겼구나. 공부 잘하겠구나' 하신 말씀을 새겨듣고 공부를 열심히 하여 항상 1등이었다.

"대부분의 공부 잘 하는 애들은 이기심이 많단다. 너는 이기심을 가져서는 안 된다. 친구들과 사이좋게 잘 지내어야 해! 그리고 너보다 못한 친구들도 소중히 생각하고 잘 어울려 좋은 친구를 만들어라. 정말 대견하구나."

아버지가 일찍 돌아가시고 넉넉하지 못해 직접 돈을 벌면서 학교를 다닌 석준이다.

"선생님, 제가 대접을 해드려야 하는데요."

"아니다. 아직 학생이니 후에 돈 벌면 밥 사줘."

그러면서 그동안의 노고를 칭찬했다.

교단에 서고 얼마 안 되어 서울에 갔다 오다 구로역에서 화성중학교 상균이를 만났던 생각이 났다. 인하대학교를 다니면서 대학교복을 입고 가방을 든 채 반갑다고 수원 우리 집까지 왔다 갔었다. 상균이는 키가 작아

1번이나 2번이다. 석붕이는 반장이고 상균이는 학생회 회장을 했다. 생각이 어른스러워 의견일치가 안 되는 큰 아이들을 맞대고 대화로 설득시켜 애들이 좋아했다. 넉넉하지 못한 집에서 장남으로 태어나 서울공고를 졸업하고 아르바이트를 하면서 인하대학교를 다니고 여동생을 데려다가 교대 졸업을 시켰다고 했다. 그 능력과 생각이 참으로 기특했다.

석준이도 가정을 일구며 공부하는 것이 너무 자랑스러웠다.

얼마 후 동섭이가 졸업을 하게 되었다. 동섭이는 아버지가 안 계셔도 어머니 형 삼촌이 있어 좀 나았다. 졸업식이 끝나고 명현이와 함께 다방에 들어가 기다리는데 한참을 기다려도 안 들어와서 입구 쪽으로 나갔더니 네댓 명이 서 있었다.

"왜 안 들어와?"

"이 애들이 선생님께서 안에 계시다고 무섭다고 안 들어온대요."

경남중학교 후배 중에 연세대학교에 재학 중인 애들이다.

"아니 종모는 모범생이어서 매 안 맞고 컸지 않니?"

그랬더니 모두들 웃는다.

동섭이가 고시원에서 공부하는 동안 명현이는 동섭이한테 잘 했다.

어느 날 나의 시력이 떨어지기 시작할 때 명현이가 찾아와서 결혼을 한다며 나보고 주례를 서 달라고 했다. 나는 싫다고 했다. 경험도 없거니와 시골에서 주례를 선다면 좋아할 리가 없었기 때문이다.

"선생님! 저를 통해서 주례 경력도 쌓으세요. 선생님이 주례를 서주어야 결혼할 거예요."

"정 그렇다면 양가의 허락을 받아와!"

신부 어머니는 그 동네 가정방문을 갔다가 뵈온 적이 있었다. 명현이 결혼식에 친구들이 많이 왔다. 내가 주례 서고 사회를 석준이가 보았다. 나는 내가 신부가 된 것처럼 듣고 싶은 이야기로 주례사를 하며 결혼을 축하하였다. 오늘처럼 의지하고 행복하게 잘 지내라는 말을 하고 신부의 친정 부모님을 향해 키워주신 은혜에 감사드린다는 인사를 곁들였다. 그리고 명현이에게 처부모님께 은혜를 갚겠다는 각오로 '열심히 잘 살겠습니다' 하고 절을 하게 했다.

신부 기옥이는 눈물을 흘렸다. 시댁 시아버지께 잘 모시고 열심히 잘 살겠다는 인사를 시키고 주례를 끝냈다. 주례를 서고 나니 책임감이 느껴지고 살아가는 데 관심을 갖게 되었다. 7남매의 막내이면서 아버지를 모시고 제사를 받들었다.

힘들게 살면서 늘 친구들을 좋아하고 동섭이를 생각하며 별식을 챙겨주었다. 제자들이 결혼들을 하고 애들이 큰다.

길원남은 중학생이 된 아들에게 스승의 날이면 꽃바구니를 들려 학교에 보내고 원남이 동창들이 동창모임을 가지면서 가끔 나를 부른다.

한 번은 양어장을 하는 한대택이 집에서 동창 모임이 있었다. 회를 떠먹고 또 잔뜩 싸주어서 맛있게 먹었다. 그렇게 재미있게 지내는데 큰 키의 성호가 "선생님! 주민등록증 좀 보여주세요!" 한다. 나이가 궁금했었나 보다.

나는 다섯 살을 늘려 말했고 성호는 제 나이를 대는데 실제로 동창애들보다 6살이나 많았고 나보다는 3살이 아래다.

"애! 지금 나이를 따지면 어떡하니. 옛날에 선생님이라고 부른 것이 억울했나 보다. 물러 달라는 거니?"

그랬더니 여기저기서 "야 임마!"라며 으름장을 놓는 소리가 들린다.

때를 놓치고 뒤늦게 학교에 들어온 사례다. 성호는 졸업 후 내게 연애편지도 썼다. 군대에서 휴가 중에 학교까지 찾아오기도 했다.

1년 후 담임학년 애들의 동창모임으로 수원 경양식 집에 모였다. 오랜

만에 모이니 다들 애기엄마 아빠가 되어 있었다.

내 곁에 용재가 앉아 있었다. 여자애들은 얼굴도 안 보고 용재 쪽에다 인사를 했다. 그럴 때마다 깔깔대고 웃었고 남학생들에게도 "선생님 이 쪽에 계서" 했다.

남자애들은 얼굴을 둘러보고 나를 알아봤다. 지휘를 하던 1번 항재는 노래도 가수처럼 잘 불렀고 애들은 재미있게들 어울려 오랜만에 회포를 풀었다.

가을이 되어 정남중학교 1학년 때의 동기들 모임이 있었다. 함께 숙식을 하던 창순이와 명순이가 나를 데리고 갔다. 하나하나 손을 잡고 인사를 하고 영희하고 싹싹한 창서가 사회를 보면서 식사를 끝내고 대화시간을 가졌다. 반장이던 인태가 내 곁으로 온다.

"선생님! 저 어젯밤에 잠을 못 잤어요!"

"아니 왜?"

"선생님을 만난다고 하니 너무 좋아서 잠이 안 왔어요. 집사람이 왜 안 자느냐고 해서 넬 중학교 1학년 때 담임선생님 만난다고 생각하니 잠이 안 온다고 했더니 그렇게 좋으냐고 했어요."

인태는 내가 이천에 있을 때 이천까지 만나러 왔었다.

남자애들이 한 명씩 곁에 오더니 소속을 밝힌다.

"저 청와대에 근무해요."

"그래?"

"너, 정남서 특수작물 키워서 돈 많이 번다는 것 알아."

다른 애가 다가온다.

"선생님 저 최석홍이에요."

"그래? 왜 이름과 얼굴이 다르지."

또 다른 애가 말한다.

"선생님, 제 손바닥에 못이 박혔어요."

"아니 무슨 일을 힘들게 하여 못이 박혔니?"

"중학교 때 선생님께서 총채로 때리셔서 못이 박혔어요."

"요 녀석 장난쳤구나? 옛날에는 무서워서 꼼짝 못했는데 이제는 컸다고 선생님을 놀리네."

모두들 한바탕 웃고 노래방에 가서 노래도 부르며 즐거운 시간을 보냈다.

끝으로 선생님 말씀, 하면서 마이크가 넘어왔다. 또 애기들처럼 보이는 제자들 앞에서 '참고 사랑하며 행복을 가꾸며 살라' 는 잔소리를 했더니 창서가 "옛날부터 우리 선생님은 종례시간이 길었지!" 하여 또 웃고 선물까지 준비했다.

종례가 끝나면 부르던 반가 '들장미' 를 부르고 헤어졌다.

성인이 되어 자랑하고들 싶어 고급 승용차를 끌고 오기도 하고, 풍성하게 식사 대접을 했다.

원남이는 항상 가까이 지내면서 기숙사 친구와 넷이서 주말이면 광교산 산책을 했다.

과학 작품을 해마다 한 가지씩 했다. 혼자 해도 둘이 해도 점수 혜택이 같았다. 그래서 본인도 모르게 공동작품 이름을 써서 두 번 제자 신랑에게 상을 타 주었다.

어느 날 젊은 남자 음악선생님이 조용히 내게 와서 말한다.

"이럴 수가 있어요. 교장실에 결재 받으러 들어갔더니 교장선생님이 결재판을 제 배에다 던지셨어요!"

"선생님! 교장선생님은 선생님의 직속 대학 전공 선배이시지 않아요? 옛날 인재를 기르고 등용하기 위해 면접하러 들어온 사람은 쳐다보려 않고 신문만 보고 계시니 들어와 엎드려 절을 하고 아무 말이 없어 다시 절을 하고 나가려 했더니 신문지에 구멍을 뚫고 보던 사장이 이놈아! 내가 죽었느냐? 왜 절을 두 번씩이나 해? 하셔서 내 한 번은 들어왔다는 인사이고 두 번째는 기다려도 아무 말씀이 없으셔서 물러간다는 인사입니다, 했더니 인재로 등용되었다는 이야기가 있습니다. 선배가 후배 길들이기 위한 마음이시다 생각하면 서운할 것이 없지요.”

며칠 후 음악선생님은 내 수첩에 편지 쪽지를 남기고 수학여행을 떠났다. 펴보니 ‘선생님, 인생공부 시켜 주셔서 감사합니다 잊지 않겠습니다’라고 써놓았다. 조그만 선물도 사오셨다. 내 곁에는 놀랄 정도의 체구와 착하면서도 엄하신 강 체육부장이 있다. 나는 그의 체구에 위압감을 느끼고 말을 잘 안 했다.

그런데 나를 보고 “누님! 누님!” 하면서 잘 해 주었다. 얼마 후 또 다른 체육선생님이 교감선생님 앞에 서 있는데 역시 체구가 컸다.

‘체육선생님은 다 체구가 큰가?’

그 선생님들이 교문이나 운동장에 서 있으면 말썽부릴 애들이 없을 것 같다.

좋은 학교 분위기 속에서 학년부장을 마치고 수원 만기가 되어 오산에서 출퇴근하던 전혁근 교무부장은 교감선생님 퇴근 전에 퇴근하는 것이 부담스러워 기다리고 있었다. 나는 많이들 퇴근한 뒤라 빨리 가자고 했다. 권 선생님도 오산여중에서 같은 학년 담임을 했고 착하시며 권 선생님 자가용을 타고 퇴근하다 중간에서 내렸기 때문이다.

그 뒤 나는 가까운 화성군 반월중학교로 전근을 갔다. 함께 간 김 선생님은 붙임성 있게 교장선생님께 잘 했고 송원여중에서 몇 개월 출근시간 사부님께도 신세를 지었다. 2학년 담임을 맡았다. 남녀공학인데도 남녀 모두 기본교육이 되어 공부들을 열심히 했다.

3월 14일이 화이트 데이라는 것을 처음 알았다. 남중생 수업을 하고 복도로 나오는데 남학생 두 명이 달려 와서 주머니 속에서 사탕과 초콜릿을 주고 뛰어갔다. '웬 사탕과 초콜릿이!' 하고 교무실에 들어가니 화이트데이라고들 했다. 기념할 날짜들을 잘도 만들어 장사를 잘도 했다.

빼빼로데이에는 빼빼로 과자가 책상 위에 수북이 쌓인다. 환경정리를 하려 반 학생 간부들을 일요일에 나오라고 했더니 예쁘게 생긴 지혜가 작은 소리로 속삭인다.

"선생님, 그러면 뭐 사주실래요?"

"뭐? 사달라고? 그게 반월식이니? 수원 애들은 저희들이 알아서 하고 먹을 것도 사오는데 너희 교실 너희 작품 너희들이 꾸미고 선생님은 지켜보고 가르쳐 주는 거야. 다음부터 그런 말하면 혼난다."

또 할 일이 생겼다. 지혜가 또 그랬다.

"나는 못 들은 걸로 하겠다!"

그러고 웃어 넘겼다. 남학교에서처럼 매초리를 모르고 모두들 재미있게 지냈다. 종례시간에 노래 부르고 돌려가며 발표시키고, 체력검사 날엔 오래 달리기 시간에 나도 우리 반 뒤에 서서 뛰었다.

운동장의 다른 반애들은 소리를 질렀다. 달리고 들어오면 달려와 내 앞머리를 내려 볼록 나온 이마를 덮어 주고, 손을 잡고 자리로 간다. 3년 만에 하는 담임이고 나이 먹어 막내의 담임반이다.

가정방문을 갔다. 수첩에 공납금 미납으로 적힌 황영자가 며칠 동안 결석을 했다. 가정방문을 갔더니 할머니와 둘이 살면서 학교를 안 다니겠다고 한다.

중학교도 졸업 못하면 취업도 못할 것 같아 학교 다닐 것을 권하였지만 이미 마음의 문을 닫았다. 나는 공납금 미납이면 제적이고, 공납금을 내고 자퇴를 하면 복학이 가능하다고 하여 미납된 공납금을 내가 지불하고 자퇴 원서를 쓰게 했다. 그리고 언제든지 복학하고 졸업하라고 이야기하며 가능한 한 빨리 졸업하라고 귀띔도 해 주었다.

착한 애들 중에 강정옥은 졸업을 하고도 내 생일이면 나이만큼의 장미 송이를 들고 왔다. 간호학을 배우고 취업해서는 결혼식에 초대하여 다녀왔다. 동생 정은이를 가르치면서 둘은 모두 나를 따르고 찾았다.

반월중학교는 면소재지에 있는 중학교로 12학급이던 것이 줄어 6학급이 되었다. 과학부장을 하면서 담임이 없었다. 2학년 수업을 들어간 첫 시간 내가 들어가 서 있어도 노는 시간처럼 떠들고 난장판이다.

얼마동안 기다리고 지켜보다 "얘들아 조용히 해!" 해도 안 들리는가 보다.

때도 물로 닦을 때가 있고 스펀지로 닦을 때가 있다.

찌든 때는 철수세미로 닦아야 한다는 생각에서 "이 새끼! 뭐해?" 했더니 일부가 쳐다봤다. 이 애들은 '욕이라야 되는구나' 싶어 다른 쪽을 쳐다보고 "저 새끼! 뒤지고 싶어?" 했더니 교실은 조용해지고 다들 나를 쳐다봤다.

"수업 시작종이 울리고 낯모르는 선생님이 들어오신 첫 시간인데도 관심 없이 떠들어대니 학교에 왜 왔냐? 부모님들이 땀 흘려 번 귀한 돈 들여 너희들 잘 되라고 아까움 없이 학교에 보내셨으면 밥값들은 해야지. 너희들을 믿고 보내시는 부모님들을 대신해서 학교생활 등한시하는 녀석들은 그냥두지 않겠다."

그리고 학교 생활태도, 바른 수업태도, 내가 특히 싫어하는 사람 등을 이야기하고 수업을 하니 무서운 줄 알고 애들의 태도가 달라졌다.

한 학기를 잘 지내고 2학기가 되니 또 본성이 드러난다.

한 학기 잘 지내고 내년에는 안 봐야지, 다짐했다.

여학생 반과 남학생 반은 똑같이 수업을 해도 평균 10점 정도 차이가 난다.

다음 해 3학년 수업을 모두 싫다고 하였다. 남자선생님이 나보고 여자 반에 들어가고 자기가 남자반을 들어가겠다고 하더니 마음이 변해 나보고 남자반을 들어가라고 하였다. 할 수 없이 나는 남자반을 들어가 4월이 된 어느 날 50cm 뿔자를 들고 교실로 갔다.

나는 1994년 4월에 내 생애 역사를 창조하였다.

"얘들아. 누가 내 머리나 얼굴에 손을 대면 나는 그 자리에 쓰러질 정도로 얼굴에 손대는 것을 싫어해서 손바닥이나 종아리는 때려도 얼굴에 손을 대 본 일이 없는 사람이다. 그런데 너희들은 인격 대우를 받을 사람이 아니고 짐승 대우를 해야 될 애들이니 이것으로 따귀를 때리겠다."

그리고 자를 내보였다.

"잘못하고 엄살을 떨면 그 때마다 숫자는 1,3,5,7로 증가되는 거야."

뒤쪽 말썽꾸러기가 딴 짓을 하다 걸렸다.

"앞으로 나와!"

"선생님, 한 번만!"

나는 손가락 셋을 펴 보였다. 고개를 옆으로 하고 얼굴을 내밀었다. 세게 세 대를 때렸다. 손으로 얼굴을 누르고는 인사하고 들어갔다.

"야단이나 매를 맞고 입이 나오거나 인사를 안 하면 숫자가 늘어난다. 허약한 내가 부모님을 대신해서 너희들을 가르치고 지키는데 감사하다는 마음의 표시를 공손하게 해야지?"

힘세고 다구진 말썽꾸러기를 아프게 때리고 났더니 수업태도가 기가 막히게 좋았다. 교실 앞을 왔다 갔다 하며 앞뒤로 돌면서 수업을 하면 졸거나 딴 짓을 할 수가 없다.

하루는 맨 뒤쪽 한 애가 한눈을 팔았다.

"너 나와!"

"저요?"

"나와!"

"제가 뭘 잘못했어요? 왜 때리세요?"

아마 자신도 모르게 얼굴이 딴 데를 본 모양이다. 애들은 모두 의아하게 처다봤다.

"들어가! 들어가! 이제 철이 안 들은 애들과 내가 어찌 같이 놀아."

그해 그 애들은 반듯하게 졸업을 했다. 따귀를 본보기로 맞은 놈은 나를 따랐다. 하루는 자리에 없었다. 3일간 무단결석을 했고, 다음 과학시간에 출석을 하여 과학실로 불렀다.

"너, 왜 결석했지?"

함께 서너 명이 따라왔다.

"짱깨 했어요!"

"뭐, 짱깨가 뭐니?"

"짜장면 배달이에요."

함께 온 다른 애가 답한다.

"뭐? 돈을 벌러 갔어? 야 이 미련한 놈아! 네가 안 보여서 내가 얼마나 궁금했는지 알아? 내가 너를 얼마나 속으로 아끼는 줄 아냐구? 돈은 능력을 기르고 나서 벌어야지. 학교는 다니는 때가 있는 거야. 졸업장을 따야지. 지금 네가 버는 돈은 만원이라면 졸업장을 따고 버는 돈은 대우가 달라. 100만원이 될 수도 있어. 공부해야지. 어때, 또 결석할 거야. 나 속상하게! 인물값과 덩치값은 해야지."

"네! 선생님!"

그러면서 내 손을 덥석 잡는다.

"선생님 속 안 썩이고 학교 잘 다닐게요!"

"믿어도 되냐?"

"네!"

무난히 졸업을 했다.

자막대기를 들고 다니면서 책상 위에 올라앉거나 실내화로 보도 형광등을 겨냥하다 걸리면 손가락으로 오라 하고 따귀를 때렸다. 그 소문이 나자 나를 무서워하고 남학생들은 조용해졌다.

나는 아침저녁으로 과학우수자 수업을 했고 과학주간 행사를 실시하여 남학생들이 열심히 참여하였다. 모형항공기 대회에서 고무동력부의 이인학, 글라이더부에는 조준모가 월등하여 일요일에도 연습을 시키고 희망자는 수원공군비행장에 출전시켰다. 조준모는 전국모형항공기날리기 대회에서 2등을 하여 공군참모총장배 우수상을 받았다. 해마다 남자애들은 그때를 기다리고 준비를 했다.

다음해 1학년 맡고 과학실 대청소와 재정비를 하려고 바닥 물청소를 도와줄 학생을 조사하니 1학년 수석이며 반장인 신동주가 손을 들고 두세 명이 따라 들어왔다. 물청소를 하고 과학부장과 분단장들을 선발하여 약장 기구장 라벨을 붙이고 실험시 준비와 뒤처리 교육을 시켰다. 약장 기구장을 들어내니 틈에 죽은 쥐가 있었다.

여학생 첫 시간에 애들을 한 번 훑어보고는 "모두 병신 같은 년들만 모였구나! 두 발이 길면 저 년은 머리가 왜 저래?" 하고 웃음을 지으면서 엄숙하게 트집을 잡았다. 호기심 갖고 입학한 여학생들은 겁을 잔뜩 먹고 있었다. 학교생활, 기본 생활습관, 바른 수업태도 등을 이야기한 후 수업을 시작하니 나무랄 곳이 없는 애들이 되었다.

남학생들도 첫 번에 욕을 하고 기를 잡았다가 다음부터는 웃으면서 수업을 하니 애들도 좋아했다. 수업시간이 끝나거나 점심시간이 되면 떼를 지어 애들이 몰려와 나는 아침저녁에만 교무실에 있고 과학실 책상을 지켰다.

여학생들이 몰려와 말문을 열며 주고받는다.

"선생님! 무서워요!"

"눈치 빠른 똑순이들 기 잡는 거야. 첨부터 잡으시는 거야."

하루는 직원회의 시간에 교장선생님이 어느 여자선생님이 여자애들한테 욕을 했다고 하였다. 직원회의가 끝나고 교장실로 들어갔다.

"욕은 제가 했습니다."

"이 과장이 그러셨어요?"

"그것은 제가 애들 다루는 기법의 하나입니다."

학부모회장은 출세라도 한 듯 선생님들의 하자를 찾고 교장선생님 귀에다 큰 공이라도 세우듯 이야기한다. 그 말을 한 사람이 재경이 엄마라는 것을 알면서도 모르는 척했다. 누구 하나 예뻐하지 않는 나는 티 없이 지냈다.

재경이는 과학 성적이 올라가더니 학년말에는 학년 1등을 했다.

내가 길들이는 애들 남자반에서 돈 분실사고가 났다. 방과 후 교무실에서 두 명의 용의자가 담임선생님 앞에서 야단을 맞고 있었다. 그 중에 한 아이 동주는 교무실 바닥에 누워 뒹굴면서 우리 엄마가 오기 전에는 안 일어날 것이라며 울고 있었다.

내 자리에서 멀리 끝 칠판 밑의 선생님을 쳐다보고 나는 저 애들이 범인이래도 저렇게 하면 안 된다고 생각했다. 애들의 실수도 용서하고 자존심을 세워야지. 소문이 난다면 어찌 3년을 지낼 수 있을까? 두 학부형이 담임한테 가져가는 것 봤느냐고 다그치자 담임선생님은 문제해결을 못 했다.

나는 수업 중에 상황을 조사하고 의심나는 사람을 적어내라고 하고 자백을 하는 경우 용서하겠다고 하고 이천에서처럼 애들 인성교육을 시켰다. 쪽지를 읽어보고 번호대로 개인면담을 했다. 번호대로 불러 '무슨 과목이 재미있니? 친한 친구는 누구니? 장래 꿈이 뭐니?' 하고 5분 정도의 소요 시간을 끌었다.

용의자가 들어왔다. 다짜고짜로 물었다.

"다른 애들 시간만큼 너에게도 시간을 준다. 시간이 길어지면 애들이 수상하게 생각해. 그 돈 다 썼니?"

고개를 저으면서 운다.

"울지 마라. 울면 애들이 수상하게 생각해. 괜찮아. 다음에 두 번 다시 그런 짓 안 하면 더 훌륭하게 될 수도 있으니 마음 다시 먹고 착한 사람이 되어야 한다."

"네!"

아빠 핸드폰 번호를 적고 마음을 안정시켜 보냈다.

다음 날 아빠를 교문 밖에서 만났다. 엄마가 없다. 봉고차 안에서 사실을 이야기하고 장학금 2회분 6만원을 받고 야단치기보다 사랑하는 마음으로 가까이서 대화시간을 많이 갖고 잘 지켜보라고 했다.

"교무실에서 큰 소리쳤으니 어찌 선생님을 볼 수 있겠어요."

"크는 애들을 어른들이 이해하고 잘 키워야지요."

다음 날 교실에서 애들을 칭찬하며 말했다.

"나는 너희들이 착한 줄은 알았지만 이렇게 천사 같은 줄은 몰랐구나. 얼결에 욕심이 나서 가져가고 후회하고 떨리는 맘으로 지금까지 그 돈을 몰래 갖다 놓으려고 안 쓰고 불안한 맘으로 떨고 있다가 선생님한테 갖고 왔다. 그러니 돈을 학교에 갖고 오지 마라. 견물생심이란 말이 있단다. 일을 저지르고 후회하고 다시 갖다 놓지 못하면 양심이 잠을 자다 다시 죄를 짓게 되거든. 우리 모두 착하게 살자고 약속하고 돈을 갖고 온 친구를 위해 우리 박수를 치자."

순간순간 교육은 중요하지만 1학년 때 교육을 잘 시키면 3년이 무난하고 습관이 되면 미래가 보이는 것이다.

어느 선생님은 교장선생님이 만나려고 시간표를 보고 교실 앞 출입구에서 "똑! 똑!" 노크를 하고 문을 드르륵 열었다는데 선생님은 교탁 앞에 서서 무언가 하고 애들은 도시락을 까먹고 있었다.

실망한 교장선생님은 문을 닫으셨다. 애들은 우리 선생님 죽었다고 생각했다. 수업시간은 내가 왕이라고 곡해한 선생님은 애들 앞에서 어떤 표정이었을까? 정의로운 애들을 딴 데로 몰고 가 불의를 보여준 것이다.

엉뚱한 태도로 애들에게 인기를 얻으려고 하지만 애들은 존경하지 않는다. 그 선생님은 "중학생이 되었으니 이성친구도 만들어야지" 하였다는 것이다.

"뭐? 못된 송아지 엉덩이에서 뿔난단다. 지금은 여자 보기를 돌같이 하라! 대학을 졸업하면 여자들이 여기저기서 소개 들어오고 능력 있다고 존경을 받고 돈도 잘 벌지. 그 때까지는 건강하고 착하게 공부 열심히 해야해!"

"네 그렇지요!"

애들이 더 잘 안다. 돈을 찾아 주었다는 소문이 돌아 돌았는데 복도에서 만난 교장선생님은 엉뚱한 말씀이시다.

"그 돈 이 과장이 변상한 것 아냐?"

어이가 없었다.

"교장선생님은 교육을 그렇게 시키세요?"

"그럼 범인이 누구에요?"

"그것은 그 애가 졸업하기 전에는 말할 수 없어요."

다음 해 2학년이 되었다.

"선생님! 저 볼펜을 잃어버렸어요?"

"누구냐? 일어서 봐. 어떻게 생긴 볼펜인데?"

잃어버린 애가 일어서서 볼펜을 쳐들었다.

"얘들아! 저 병신 같은 놈이 볼펜을 잃어버렸구나. 그 볼펜은 좀 비싼 것 같은데 남자들은 물건관리들을 소홀하고 네 것 내 것 구별 없이 닥치는 대로 쓰지. 그러다 저 애는 모처럼 새로 산 볼펜을 필통 속에 넣고 소중히 간직했는데 없어져 속상한 거야. 내 것인 줄 알고 집어다 쓰고 보니 내 필통에 볼펜이 두 개인 사람이 있다. 이제 중학생이 되었으니 네 것 내 것 구별하고 남의 것을 쓰는 버릇들은 고쳐야지. 옆에 가서 다 닳은 빗자루를 써도 주인 허락 없이 쓰면 도둑이다. 바닥에 떨어진 볼펜은 주인 찾아 돌려주려 해도 표시가 없으면 못 찾아주지 않니? 자기 필통을 보고 아까 그 볼펜이 있으면 내 것에 그 애 이름을 써서 갖다 줘. 그리고 자기 볼펜에 꼭 이름들을 써 붙여. 체육복에도!"

그 말과 함께 수업을 마치고 다음 연속수업이어서 들어갔다.

"선생님! 볼펜에 이름이 붙어서 왔어요!"

"그럼, 그럼. 꼭 그럴 줄 알았어. 너희들이 천사 같으니 내가 사랑을 하지."

그 반 기술시간이다. 교육과정이 바뀌면서 가정이 기술가정 교과서로 되고 가정 선생님들은 기술가정 연수를 받고 수업을 했다.

책꽂이를 만드는 시간이다. 책상 위에서 톱질 망치질을 하니 그 층이 온통 시끄럽고 옆방 과학실에서 참고 있을 수가 없었다.

나는 2층 교무실로 올라가 교감선생님을 모시고 내려왔다.

"밖의 보도블록에서 하라고 하세요."

옆방에 교장선생님이 안 계셨던 모양이다.

재경이가 문제집을 들고 와서 질문을 했다.

질문하는 것을 본 일이 없던 나는 속으로 기특하게 생각하고 설명을 했다. 툭하면 오는데 아직 과학 시간에 진도가 멀리 있는 전기분야 질문을 하여 "왜 너는 진도가 빠르니?" 했더니 기술가정 시간에 재경이가 앞에 나가 가르치는 것이다.

선생님이 자존심이 있어 묻지 않고 애들을 시켜 진도를 나가는 것이다.

"왜, 네가 해? 선생님이 하셔야지?"

다음부터는 설명을 안 했다. 그 선생님은 나를 원수처럼 생각하고 멀어졌다. 그 애들을 2년 동안 길들이고 나는 수원으로 들어왔다. 명주는 장미 한 송이를 갖고 찾아왔다.

"선생님 감사합니다."

3학년 때 담임과 교과 선생님들은 '애들이 반듯하여 고마워하더라' 고 전해 주었다.

송원여중에서 함께 간 김 선생님은 기술가정을 가르치셨고 나는 선생님들보다 애들과 친하게 시간을 보냈다. 함께 하면서 내가 교원노조를 싫어한다고 소문을 냈다. 충청도에서 도전출해 온 한 선생님은 나를 따르던 남희의 사촌형이다. 나는 남희 생각이 나서 친절하게 대해 주었다.

같은 동기 동문인 윤 선생님과 옆자리에 앉았었는데 상담실에서 노조모임을 하면서 나를 기피했다.

다음 해는 다른 부서를 희망했는데 다른 부서에 변동사항이 없으니 환경부서로 갔다. 상담실에서 윤 선생님과 둘이 만났다.

"죄송합니다."

"괜찮아요. 과학 선생님이 어디 가면 과학일 안 하나요? 능력 있어 다른 일도 한다는데 누가 말려요."

동기인 윤 선생님은 선비처럼 착하게 잘 하시고 아기를 낳았다 하여 아기용품도 사주었다. 해마다 하던 과학 작품을 윤 선생님에게 같이 하자고 했더니 싫다고 했다.

나 혼자 해도 이름만 넣어주면 되니까 하는 생각으로 "싫기는? 하자는 대로 하세요" 하고 이름을 공동명의로 계획서를 써 넣었다. 열심히 연구실을 찾아가 연구사를 만나 지도를 받고 도전시회 시군대회에서 통과되니 윤경란 선생님도 서둘러 도왔다.

전시장에서 용지는 윤병기 선생님이 써주셨고 도대회 게시용은 과학관 옆의 과학고등학교에서 뽑았다. 보고서를 대학원 논문을 쓰듯이 각주까지 달아서 썼더니 전국대회에 나가 2등급을 받았다.

다음 해 다시 한 번 하여 연구점수 3점을 받았다. 노조 선생님들이 상담실에 모여 밥을 먹고 교무실에서는 연만하신 김정년 선생님, 홍영란 선생님과 함께 셋이서 먹었다. 한 선생님이 다른 부서로 가자 선생님들은 나를 주시했다.

나는 작은 학교에서 혼자도 하는 업무를 두세 명이 하는데 뭐가 힘들어하고 눈 하나 깜짝 안 했다. 노조원 미술선생님은 학원에 가도록 하게 애들을 일찍 보내주라고 했다.

"학교가 학원시간에 맞춰야 하나요? 선생님 학원으로 가고 싶으세요?"

방학 때는 반바지 바람으로 출근을 한다.

"선생님! 교사는 품위유지 근무가 있어요. 집에서 입던 옷차림으로 근무하세요?"

어느 날 먹다 남은 물을 내 책상 아래에 버렸다.

"선생님, 여기가 하수구인가요? 그 물 교감선생님 책상 밑에 버리시지요?"

상식을 벗어난 일들이 많았다. 다른 부서로 갔던 한 선생님이 다음해 과학과로 오겠다고 했다.

"그건 선생님 마음입니다. 가는 사람 잡지 않고 오는 사람 막지 않으니까요."

한 선생님이 과학부서로 왔다. 결재는 꼭 마감날 갖고 오고 삐딱하게 서 있다.

"선생님! 공문은 막차를 타지 말고 앞차를 탑시다."

"저 원래 그래요!"

"뭐요? 부모 없이 큰 것도 자랑이라고…, 원래 그렇다구요? 집에서 못 배웠으면 사회에 나와서라도 배워야지요?"

자존심을 건드렸다. 공문을 발송하고 흡연실로 가더니 담배연기를 마구 뿜었다.

그 후부터 결재는 일찍 했다. 결재판은 두 손으로 내밀고 반듯하게 두 손을 앞으로 하여 서 있었다. 나는 속으로 칭찬했다.

'군대 갔다 온 남자들은 다르구나.'

주번근무를 하자고 하여 회갑 나이를 고사하고 주번교사를 했다. 전후의 선생님들도 주번교사를 했다.

그 해 두 분 선생님은 명퇴를 하였다. 내가 초임시절에 오신 배 선생님이 주번교사를 한 것이 생각났다. 회갑이 넘은 나는 그때를 생각하고 오랜만에 내주 주번교대를 하면서 주번장을 뽑고 매일 할 일을 지시하고 월요일 내가 출근하기 전에 교실 정리 정돈을 하고 교문 안팎을 쓸어 놓도록 하고, 나는 선생님들보다 앞차를 타고 출근하여 빗자루를 들고 쓸고 있었다.

"과장님! 이렇게 잘 하시면 우리는 어떻게 해요."

나는 웃기만 했다. 얼마 있으니 50 이상은 빼 주자고 했다. 노조 여교사들을 이리저리 흔들어 보았다. 한 선생님은 과학과로 다시 오면서 자진해서 과학실 환경정리, 과학행사, 과학우수자 지도를 열심히 하고 과학주간 행사에는 나에게 일을 못하게 하고 윤 선생님과 둘이 다 하면서 나를 위해 주었다.

재주가 많고 저렇게 잘 하는 사람이 왜 매사 삐딱할까 궁금했다. 둘이 전시회 때 과학부서 전시회에 그림, 사진, 표본, 조롱박까지 동원시켜 놀랐다. 내가 그 학교를 떠날 때 윤 선생님은 화장품을 사주고 한 선생님은 실크 스카프를 선물했다. 나는 사양했다.

"싫어요, 싫어요. 나는 받을 이유도 없고 자격도 없고 필요도 없어요!"

"죄송해요. 제가 속 썩여 드린 것 용서하시고 제 마음의 표시이니 받아 주세요."

그 말에 나는 고맙다고 했다. 내 흉 열 가지 가진 사람이 남의 흉 한 가지를 흉본다고 했다. 문장력 있는 사람들이 인사말, 안내문, 축사들을 잘도 써 주었다. 써주고는 축사 하나 못 쓴다고 흉을 본다.

연구부장이 교육청에서 연구부장, 교사, 학부모, 학생 원고들을 써내라고 했다며 나보고 장차 교장이 되려면 원고 하나 써내야 한다고 했다. 나는 글이라는 것을 써 본 일도 없고 쓸 줄을 몰라 안 한다고 했더니 꼭 써달라고 한다. 어떻게 써야 하는지 몰라 연구부장이 쓴 글을 얼른 복사해 자리에서 읽어 봤다. 무슨 말을 썼는지 이해가 안 되었다.

이렇게 쓰는 것이라면 나도 한 번 써 보겠다고 하고 제목을 '부지런한 정원사가 되려고'로 정하여 썼다. 그것이 안산교육청 계간지에 게재되었다. 행정구역 변경으로 반월은 화성군에서 안산교육청 소관으로 들어갔다. 과학 업무가 그리 간단하지 않아 중등 장학사에서 하던 업무를 초등 장학사가 담당했다.

초등 교사들은 위계질서가 대단하여 교육청 지시에 순종하고 잘 따랐다. 중등 교사들은 조금 다르고 초등교사와 하루일과 업무가 좀 다르다. 그 권위적이고 학교를 하급기관으로 내려다보는 장학사들이 초등에 더 많았다. 공문보고가 늦었다고 화를 내서 내가 듣기에 거부감이 들었다.

"여기는 중학교입니다. 교육청처럼 상급기관의 지시 전달을 턱 받치고 기다릴 수 없고 수업이 우선이고 수업이 끝나야 공문처리를 하게 되니 보고공문은 전날 해 주든지 아니면 퇴근 전까지 기다려 주세요!"

그랬더니 기분이 상했는지 나이순서도 없는 말투다.

"당신이 누구요?"

"이름은 댈 것 없고 과학담당 부장입니다."

전화를 끊었다.

1996년 6월 반월중학교에서 마지막 근무를 하던 봄날 일직을 했다. 교무실을 잠그고 과학실에서 정리를 하는데 행정실에 신규발령 받은 행정주사가 안색이 창백한 채 헐레벌떡 뛰어온다.

"선생님 큰일 났어요!"

나는 깜짝 놀라 행정실로 뛰어갔다.

"무슨 일인데요?"

동네 어린이들이 교장선생님께서 토요일 날 심어 놓으신 팬지를 잘 뽑히니까 모두 뽑아 놓았다. 그때는 이미 팬지가 모두 시들어 있었다. 나는 얼른 나가 어린애들을 찾았지만 행정주사가 소리치고 야단을 쳐 무서워 집으로 모두 들어가 안 보였다. 화단에 와서 팬지를 심어도 깨어나지 않고 색색이 줄을 지어 심으신 것을 알아 볼 수가 없었다.

"어쩔 수 없지. 나는 무슨 큰 사고라도 난 줄 알았더니 이것이었군요. 걱정 마세요."

그리고 교장선생님 댁에 전화를 했더니 교장선생님이 받으셨다.

"교장선생님, 일을 저질러 일거리가 생겼어요! 교장선생님이 심으신 화단의 팬지를 동네 애기들이 와서 뽑아 놓았어요. 애기들은 찾을 수가 없어요. 주사는 사무에 열중하고 저는 과학실 정리하느라 못 봤어요. 어떻게 하면 될까요?"

"걱정 마세요. 내일 다시 팬지를 얻어다 심으면 되지요."

"교장선생님, 고맙습니다."

주사의 안색이 제자리로 돌아온다.

"선생님, 고맙습니다."

1학년들이 용인야영장으로 학생수련회를 갔다. 1학년을 맡으신 김정년 선생님은 어머니들한테 신세지기 싫어 나보고 같이 가자고 하셔서 우리 먹을 것과 교관 식사준비를 선생님들이 했다. 식사 준비를 하는 동안 나는 애들 텐트치고 자리정돈, 질서지도 등을 돌보았다. 취사 준비하랴, 애들 취사지도 점검하랴, 무리인 것 같았다. 김 선생님은 허둥지둥 고생하셨다.

다음 해에는 학부회에 이야기하여 돕도록 하였다.

대학친구 욱희와 순자를 가끔 방학 때면 만났다. 욱희는 나를 칭찬해 주면서 신경을 썼다.

"네 이마에 왜 내천 자가 그려져 있니?"

힘들고 의논할 데 없어 얼굴을 찡그려서 양미간 새에 골이 박혔다. 나는 그 소리를 머릿속에 넣고 의식적으로 힘을 주어 이맛살을 폈다. 6개월 후에 만난 욱희가 반색을 한다.

"얘! 어떻게 하였니? 이마의 골이 없어졌구나."

욱희는 나와 순자, 명자를 집에 불러 재우면서 맛있는 음식 솜씨도 보여주었다. 욱희, 순자는 형제처럼 대학교 때부터 친했고 나를 데리고 셋이서 지리산을 갔다. 노고단 산장에서 일박을 했다. 나는 산장이라고 하여 노래에 나오는 호숫가의 멋진 집인 줄 알았더니 양호실 침대처럼 배낭을 베고 자는 이층마루 침대였다.

공동 취사장에서 취사를 하고 날이 새자 반야봉을 들렀다. 도중에 스님이 지리산에 와서 반야봉을 안 간다면 반야(지혜)를 얻을 수 없다 하셔서 반야가 지혜라는 것을 배웠다.

멀리 보이는 천왕봉에 가려면 1박을 더 해야 한다고 해서 뱀사골을 들러 남원으로 내려왔다. 당시 뱀사골은 도로공사 준비로 크고 작은 자갈들이 깔려 있어 걷기에도 불편했다. 남원에 내려와 일박을 하는데 물과 좋은 음식들이 맛있었다.

다음 해 여름에는 설악산을 가자고 했다. 나는 힘들어 못 간다고 했더니 지리산 갔다 온 실력이면 가고도 남는다고 했다. 멋도 모르고 새벽같이 따라 나섰다. 백담사에서 점심을 먹고 일행을 따라 오세암에 오르니 힘들어도 기뻤다. 더운 여름에 지하수는 발이 시리게 차가웠다. 흐느끼면서 샤워들을 했다. 오세암은 관세음보살을 모시는 절로 관세음보살님의 전설이야기를 스님이 재미있게 들려 주셨다.

다음 날 밧줄에 매달리고 밀고 끌면서 봉정암에 올랐다. 부처님 사리탑이 있었고 법당 안에는 창문 밖으로 보이는 사리탑을 향하여 예불을 드리고 있었다. 그 아래 커다란 법당인지를 짓는 공사가 있었고 사리탑으로는 돌계단 신축공사 보시를 접수받고 있었다. 나는 생전 처음 10만원을 접수하고 송금했다. 계단을 오르내리며 불법 공부하는 신도들을 편리하게 돕는다는 기쁨이 보시의 기쁨이라는 것을 깨달았다.

다음 날 대청봉을 가자고 했다. 싫다고 했더니 대청봉 가서 증명사진을 찍자고 했다. 올라가지 못하는 다리를 손으로 들어 올리면서 갔다. 표석 위에서 사진을 찍었다.

사진학과 대학생이 찍어 사진도 잘 나왔다. 하늘과 산의 숲 골짜기를 내려다보니 천국에 올라온 것처럼 황홀경에 빠졌다. 욱희 덕분에 천국을 와 보는구나 하는 고마움도 느꼈다.

내려올 때는 밧줄을 잡고 나뭇가지에 매달리며 미끄러져 내려오니 좀 덜 힘든 것 같았다. 천불동으로 내려오면서 멀리 산꼭대기에 나란히 서 있는 수없이 많은 불상들을 보면서 이럴 수가! 사람이 만들어 놓아도 어려운 다양한 불상들의 신기함에 놀랐다.

속초를 들러 집으로 왔다. 자연의 신비에 새삼 놀랐고 나의 미비한 존재가 우습게 느껴졌다. 자존심과 욕심 모두를 떼어 버리는 느낌이 들었다.

다음 해 1월 대학졸업 30주년 기념으로 셋이서 지중해를 다녀왔다. 10박 11일 동안 욱희 덕분에 스페인 터키 그리스 이집트 구경을 잘 하고 유럽여행에서는 굶고 왔는데 지중해에서는 내가 좋아하는 해물 생선과 과일이 있어 잘 먹고 왔다.

스페인은 유럽풍의 건축으로 눈에 익었고 지중해에서 페리호를 타고 해변가의 성 궁전 등을 구경하니 도심 속에 들어간 것 같은 느낌이었다.

터키에 가서 궁전과 귀족 평민들이 살던 유적지와 터키탕을 구경하고 박물관을 관람하니 오스만제국의 부귀를 느끼게 하고 세계보물이 다 모인 듯 찬란했다. 그 박물관에는 세계에서 가장 큰 금강석(다이아몬드)이 보관되어 있다 하며 귀족들이 썼던 소품의 섬세하고 아름다움은 두 번 다시 볼 수 없는 귀중품으로 귀족들의 사치와 풍요 속에 평민들의 빈부차를 느끼게 하였다.

그 때 문명의 발상지 그리스, 이집트에 갔다. 그리스 박물관에서 미라들을 보고 11개의 기둥만 남은 아폴로신전과 올림픽 경기장에서 달리기도 해 보았다. 건축물 곳곳에 조각품은 남자들의 용맹을 장식하는 조각들이 생겨 있었다. 지진의 피해로 아폴로신전이 흔적만 남아 있고 높은 지역에 우뚝 서 있는 파르테논신전은 그대로 보존되어 있었다. 지진의 피해에도 상처 없이 남아있는 이 신전은 현대 건축공학에도 연구의 자료가 된다고 했다. 내려오면서 돌담에 기대어 찍은 독사진은 그 아래 까마득하게 보이는 아폴로신전이 배경으로 정말 멋있게 찍혀 사진관에서 큰 액자에 넣어 주었다.

싸움을 좋아하여 곳곳에 세워진 원형 경기장을 둘러보면서 투우를 상상하고 유명한 영화 벤허가 눈앞에 생생하게 떠올랐다. 영생을 갈구하여 시신은 미라를 만들고 이집트 왕들 파라호는 스핑크스와 피라미드를 지었다. 지금은 개방하여 관광코스로 관람할 수 있었다. 전시관에서 파라호의 한 이야기도 듣고 왔다. 이집트에서만 볼 수 있는 돌문화 석조건물의 흔적만 남은 성인지 돌기둥들은 몇 아름드리다. 높이는 10m가 넘는 듯했다. 나는 피라미드 모형 하나를 사 들고 왔다.

기적을 남긴 나일강의 위업과 도하흔적들을 둘러보았다. 마호메트 교도들의 신앙 모습을 구경하고 관광객들을 따라다니며 코리아 태권도 '하나! 둘! 셋!'을 외치고 어린이들은 곱돌로 만든 공예품들을 들고 천 원, 이천 원하고 있었다. 우리나라가 많이 알려진 것은 좋은데 관광객들이 많이 있었구나 하는 생각이 들었다.

스페인에서는 눈 위에서 사진을 찍었는데 그리스, 이집트에 가니 더워 반팔을 입고 사막 위의 모래사장에서 낙타를 타기도 했다. 햇볕에 나가면 더워도 양산 속에 들어가면 시원하다. 땀이 증발하여 시원하다. 건조하기 때문이다. 멋있는 넓은 바다 위에 맑은 공기 맘껏 마시고 이름 모르는 생선과 과일을 먹고 비행기를 타고 TV를 보는데 뉴스에 그리스의 홍수 피해가 보도되었다. 친구 덕분에 별 세계를 구경하고 왔다.

송원여중에 발령장을 들고 교장실을 찾았다. 안면이 있는 여교장 안 선생님이 계셨다. 인사를 하고 기다리는 동안 같이 근무했던 강화용 체육선생님을 우연히 만났다. 다른 곳으로 전근 가시는 모양이다. 나를 보고 "누님!" 하고 인사를 했다. 반가웠지만 긴 이야기를 못 하고 헤어졌다.

교무과 업무를 맡고 담임도 없이 2학년 수업을 맡았다. 과학과 선생님들과 어울려 과학행사 분담을 받아 함께 일했다.

어느 날 수원여중 근무 때 졸업한 과학 선생님인 김 선생님이 교장실에서 눈물을 닦으면서 나왔다. '웬일인가!' 했다. 얼마 후 교장실에서 부르셨다. 김 선생님이 임신 중으로 몸조리를 해야 한다고 하셨다. 김 선생님은 수원시 과학과 수업 연수 발표로 계획되어 있는데 병가를 내어야 하니 어쩌겠느냐고 하셨다.

날짜는 가깝고 할 사람은 나 밖에 없었다.

"같은 학년 교과팀장이니까 제가 해야지요?"

교장선생님은 속이 투명하신 것이다.

"걱정 마세요."

그리고 김 선생님이 준비해 놓은 지도안과 시청각 자료를 갖고 모조지에다 몇 개의 그림들을 그려 들고 가서 수업을 했다.

주제는 눈의 구조이다. 반장 꽃님이에게 환등기 조작을 시키고 수업을 했다. 눈의 구조에 이상이 있을 때 시력의 변화가 와서 눈의 이상시라고 한다. 근시 원시 난시 노안 그림을 칠판에 붙여가며 설명을 하고 당시 나의 눈이 녹내장이어서 녹내장 수술을 했기 때문에 요즘 많이 생기는 녹내장 백내장의 원인과 특징까지 설명하고 눈의 건강관리까지 이야기를 하니 참관하신 각 학교 과학 선생님과 교감선생님, 학생 모두 진지하게 들었다.

어떤 학생이 "선생님!" 하고 질문을 하려니까 애들이 야유하는 듯한 소리를 한다.

나는 웃으면서 받아줬다.

"오랜만에 질문을 받으니 반갑구나. 해 봐!"

애들은 선생님이 창피당할까 싶어 하지 말라는 것이었다.

"왜 어린이에게는 먼 곳이 잘 안 보이고, 노인은 눈앞에 있는 것이 잘 보이지 않지요?"

나는 '어린이는 근시, 노인들은 원시' 의 원인을 자세히 설명했다.

"의문이 풀렸니?"

"네!"

애들은 손뼉을 쳤다. 수업은 무난히 끝났다.

수원여중에서 가르친 제자가 1학년 담임이라고 인사를 했다. 특활 시간에 과학반에 들어와 나를 따라다녔다고 했다. 합창대회 준비하는 동안 몇 차례 들어가 합창 질서 지도를 해 주었다. 대회에서 2등을 했다.

다음 해 나는 2학년 부장을 맡고 수학여행 인솔을 하여 경주를 다녀오고 여름방학 때 교감강습을 받고 백내장 수술을 했다. 율곡 교원연수원에서 200여 명이 숙식을 하고 연수를 받았다. 여교사는 12명이고 맨 뒷자리로 몰아서 좌석을 주었다.

시력은 걷잡을 수 없이 떨어지고 청력도 점차 떨어져 항상 앞자리만 찾아다니던 나는 자리만 차지하고 있었고 대학 친구 명자가 함께 강습을 맡아도 점수 경쟁자들이 있어 피해가 될까 해서 나는 겉돌아 지냈다.

송원여중으로 와서 2학년 부장을 맡으니 학년 생활지도가 문제되었다. 학교가 많이 변했다. 여학교간의 패싸움들을 하면 송원여중 애들을 이기지 못 한다고 했다. 출결, 복장, 용의 단속을 하는데 문제아들이 눈에 걸렸다. 공원에서 애들에게 금품을 갈취한다고 했다. 경찰에 불려 다니던 상급생이 전학을 가고 졸업을 했는데 1학년을 휴학한 학생이 1,2학년들을 모아놓고 미행들을 하면서 하급생들에게 금품을 상납시켰다.

나는 내 학년 관리만 무섭게 했다. 교문 가까이 과학실에서 2학년을 때려주면 그 날은 모임이 와해가 된다. 학교 앞 가게에서 모의를 하면 가게 집 아줌마는 나에게 정보를 준다. 퇴근 후에도 집에 있는지를 확인하려고 이 애 저 애 전화하다 보니 전화요금은 몇 배가 나온다.

하루는 한 아버지가 왔다. 학년부장을 찾는다고 하여 "저를 찾지 마시고 담임선생님을 만나세요!" 했더니 학년부장을 만나야 한다고 했다. 상담실로 데리고 갔더니 3학년 주동자가 자기 딸을 동생으로 삼고 돈을 요구한다는 것이다. 그 애를 만나게 해달라고 하여 학부모 자녀를 면회시켜도 다른 학부형을 면회시킬 수는 없다고 했더니 사정을 했다.

나와 아버지가 나란히 앉고 3학년 여학생을 맞은편에 앉혔다. 화가 치민 아버지는 손을 들어 그 애를 때리는 것이다. 나는 그 손을 잡고 "이러면 안 됩니다" 하고 아버지 이야기를 다 듣고 난 후에 3학년 학생에게 이후 하급생을 만나거나 다른 애들을 데리고 모이거나 하는 일이 없을 것을 약속하고 각서를 받았다.

애를 보내고 아버지에게 부탁의 말을 했다.

"딸 단속 잘 시키시고 불편하거나 기미가 보이면 연락하세요."

다음 날 3학년 아버지가 씩씩대고 찾아와 나를 만나서 2학년 아버지를 만나게 해 달라고 했다. 두 아버지를 첫 대면시켰더니 3학년 아버지가 가만히 있지 않겠다고 씩씩댔다.

"내 딸을 때렸어요?"

나는 웃음이 났다.

"이 보세요. 애들 싸움이 어른 싸움이 되네요? 딸 잘못 생각 않고 무슨 면목으로 학교에 오세요? 누가 때렸대요? 이 아버지가 화가 나서 손을 들고 때리려 한 것을 내가 말렸습니다. 그 애 등에 닿은 손은 내 손입니다. 남의 학부형이 때리도록 학교에서 그냥 두겠어요? 똑 같은 애들이라 어울렸지, 파리가 아무데나 덤비나요. 각자 자기 반성들을 하세요.”

"그것도 모르고 맞았다는 소리에 화가 났어요. 제가 사과하겠습니다. 그럼 우리 나가서 화해주나 하십시다."

그 후 그 애들은 다시 어울리지 않았고 2학년들이 떼를 지어 다니다 다른 학교 애들과 충돌이 생겨 경찰에 입건되었다. 교육청에서 장학사가 왔다. 교장실에서 나에게 시말서를 쓰라고 했다.

"시말서요? 나는 공적서를 쓰라고 해도 안 쓸 사람이요."

그랬더니 애들 지도경유서 한 장만 써 달라고 했다. 간략하게 써 주었더니 담임 학생부장이 시말서를 썼다. 1학년 때부터 길을 잘 들이지 않으면 학교에 혼란이 온다.

담임 중에서 학생과에 근무하는 김 선생님은 말썽 부리는 여학생을 권고 전학시키겠다고 했다. 나는 전학을 반대했더니 교장선생님한테 이야기를 하여 반월중학교로 전학을 시켰다. 그 이듬해 다시 송원여중에 재배정을 받고 한 학년 아래로 전입되었다. 김 선생님과 친한 선생님 반에 배정을 받았다.

나는 심신이 지쳐 있었다. 과학부장은 과학주간 행사를 나에게 분담시켰다. 나는 못하겠다고 했다. 함께 하는 것은 좋지만 매사 똑같이 나누어 하자는 일을 30년 후배들과 하는 모습이 싫었다. 의논하여 자문을 받으면 알아서 협조할 텐데….

2학년 담임선생님들은 모두 착하게 협조를 잘 해 주었다. 그 중에서도 미술선생님의 심성이 고마웠다. 가정결손이며 정신적 발달이 뒤떨어진 미진이를 담임이신 김용수 선생님은 항상 챙기시고 소풍 때는 학교에서 선생님 차에 태우고 데려오신다. 어떤 때는 도난사고를 일으켜도 잘 지도하셨다.

미진이는 쉬는 시간, 점심시간, 방과 후에도 틈만 나면 내게 달려오고 종이 장미꽃 접는 것을 배워 와서 내게 만들어 주곤 했다. 아버지, 어머니가 이혼하고 아버지를 따라 새엄마와 함께 살면서 궂은 일하는 미진이를 생각하면 마음이 아프다.

미진이가 3학년 되는 2월 졸업식 날이다. 교무실로 들어와 보니 책상 위에 예쁘게 포장된 작은 상자가 있었다. 담임도 없고 가까이 지낸 애도 없어 앞자리 선생님께 "누구 것 이예요?" 물었더니 "부장님 거에요. 졸업생이 갖다 놨어요" 한다.

뜯어보니 수입코너에서 사온 예쁜 손수건 3개와 조그만 카드가 들어 있었다. 카드를 열어 보니 꽃님이 이름이 쓰여 있었다. 그 카드에는 '선생님! 선생님의 명강의를 듣지 못한 사람들은 불행하다! 저는 2학년 때 재미있고 행복한 공부 시간이었어요. 선생님 건강하세요. 감사합니다. 이꽃님 올림' 이라고 쓰어 있었다.

학생에게 이런 과찬을 들어본 것은 처음이다. 얼른 졸업식장으로 올라갔다. 학생들은 모두 자리에 앉아있고 맨 앞줄에 수상 대상자들이 앉아있었다. 앞자리의 꽃님이를 찾았다. 나를 보고 일어나 인사를 했다. 나는 웃음으로 답례를 하고 내려왔다.

꽃님이는 고교 입시 후 뺑뺑이로 고교 배정발표를 받고 내게 왔다.

"선생님! 수원여고 가고 싶었는데 신설학교인 장안고등학교에 배정이 되어 속상해요."

"그래! 안타깝지만 너 하기에 달렸지! 너는 어디 가서 무엇을 해도 잘 할 거야! 공립학교 선생님들은 빙빙 돌기 때문에 똑같아. 그리고 신설학교는 선생님들이 새 학교 가꾸고 너희들 잘 키우려고 어느 학교보다 열심히들 하신단다. 너도 열심히 하고 1회 졸업생으로 좋은 학교 만들도록 해!"

나는 교사경력 29년 중 주임경력 19년을 거치면서 나를 놀라게 한 경남중학교에서의 이덕수, 송원여중에서 이수영과 이꽃님이 자랑스럽고 생각난다. 덕수는 쌍용건설 이사가 되고, 수영이는 연세대학교 음대 작곡과를 나와 군법무관과 결혼을 했다. 나도 그랬듯이 졸업하고 만나기는 쉽지 않다.

그 후 꽃님이의 소식은 들을 수가 없었다. 꽃님이가 졸업하고 수영이가 궁금하여 수영이 부모님이 남문에서 보석상을 하신다 하여 보석집을 찾아갔다.

"수영이 어머니 아니신가요? 저는 수영이 중학교 2학년 때 과학 선생님이었는데요. 수영이 연락처 좀 가르쳐 주세요."

그렇게 해서 전화번호를 알아 왔다. 어머니께 그간의 소식을 듣고 집에 와 통화를 했더니 반갑게 결혼했다고 알려 주었다.

꽃님이가 궁금하고 보고 싶다.

제4부

관리자가 되어

04

관리자가 되어

꽃님이가 졸업하던 해 9월 교감으로 승진되었다. 용인교육청 발령을 받고 임명장을 받으러 가는데 길원남 선생이 동행했다. 학무과장 앞에 가 인사를 했더니 서기일 교장과 도 교육청에서 전화가 왔었다고 했다. 신갈에서 이름 있는 기흥중학교에 발령을 받았다. 교장선생님께서 반겨주시고 교감선생님을 불러 인수인계하고 직원 선생님들께 소개 인사시키라고 하였다.

책상 열쇠를 받고나니 직원소집을 시키시고 마이크를 주셨다. 준비 없이 마이크를 받고 나는 "여러 선생님 만나서 반갑습니다. 저는 나이만 먹었지 아는 것이 별로 없으니 여러 선생님들의 많은 협조 부탁드립니다" 하고 집으로 돌아오는데 차 안에서 길 선생이 이야기했다.

"교장선생님께 저는 제자인데요. 우리 선생님이 건강이 좀 안 좋으셔요. 시력과 청력이 안 좋으셔요. 잘 해 주세요, 부탁 드렸더니, '걱정 마세요. 내가 두 번 세 번 이야기하면 되지요' 라고 하셨어요."

어느 새 준비했는지 교장선생님과 직원들께 드릴 음료수를 갖다 놓았다고 했다. 송원여중에서 함께 근무했던 선생님 두 분이 계셨다. 내가 가기 전에 소문이 먼저 갔다.

얼마 지나 교무부장이 "교감선생님이 칼날이시래요" 해서 웃으면서 "나무칼인가? 두부 칼인가?" 하고 웃었다.

교장선생님이 교육 철학이 뚜렷하시어 학교 분위기는 깔끔하고 학생들이 반듯하게 학교생활을 하고 학구열도 높아 학생 선호도가 높은 학교이다. 선생님들은 대신 힘들어 하셨다.

기계체조 선수들을 길렀다. 다음 해 김지영은 아시안게임에 출전을 했다.

가을 소풍을 36학급 전교생이 에버랜드로 갔다. 전날 복장 용의와 질서를 당부했다. 학년별로 인원점검을 하고 입장시켰다.

선생님들과 다니다 보니 3학년 남학생 몇 명이 사복한 것이 보였다.

"너희들은 우리 학교 학생이 아닌가 보구나!"

그리고 돌려보냈더니 선생님들은 시력이 안 좋으시면서 어찌 알아 보셨느냐고 했다. 귀가 시간이 되어 정문에서 기다렸다. 학생들이 해산되어 학년부장을 불러 화를 냈다.

"인원 점검했어요? 다시 집합시켜 점검 후 내게 알려주세요."

1학년 중 어떤 애는 집에 가 있고, 2학년 한 애는 종례도 없이 버스 정거장에서 줄을 서 있고, 3학년 몇 명은 아직 안 나왔다.

모두 확인하고 귀가시키고 학년부장과 학생부장에게 "인솔 책임을 인원 점검 후 종례를 애들 앞에서 해야지요. 애들이 증인입니다" 했더니 모두들 기분 나빠 그냥 갔다.

학생부장인 조 선생님이 기다렸다. 나를 데리고 왔다. 교장선생님께 보고하고 다음 날 직원회의 시간에 "선생님들의 협조로 복장 위반자 없이 끝까지 인원점검 잘 하시고 조회 종례 잘 하셔서 무난한 소풍이었고, 저도 기뻤습니다" 했더니 엄하신 교장선생님께서 "선생님이 잘들 해 주셨다니 고맙습니다. 오늘은 저녁에 갈비를 사겠습니다" 한다.

선생님들은 교감선생님은 소풍날과 다르시다고 놀라워했다.

나는 아버지 앞에서 칭찬하고 엄하게 자식 키우듯 선생님들을 맘 편하게 해 드리고 싶었다.

다음 해 교장선생님이 정년을 하시고 존경받는 선생님으로 소문나신 김 교장선생님이 오셨다. 부장들과 입학 전 업무 상의와 인사차 방문했다. 초임 시절에 옆에 앉아있던 황 선생님이 사모님이셨다.

쓴 녹내장 약을 먹고 혈압약도 먹기 시작하니 자주 양호실을 찾았다. 양호선생님은 신경을 써서 잘 해 주었다. 학년 초 4월이 되면 학교운영위원과 학부모회 조직이 있다. 학부모회 총회는 인원이 많아 학년별로 소집시킨다.

총회 때 나는 인사를 하면서 학부모회의 필요성과 할 일 등을 이야기하고 학부모회 임원이 되면 더욱 겸허하게 활동하시고 학교방문 시에는 담임교사부터 먼저 찾고 교감을 거쳐 교장실에 들르라고 했다. 그리고 학부모님들은 건의 요망사항이 있을 때는 반대표에게 의사를 밝히고 학년회장, 총회장을 통해 학교에 좋은 의견 많이 주시고 불미스러운 전화는 없도록 해달라고 당부했다. 담임선생님 기분 나쁘게 하여 도움이 되는 일도 없기 때문이다. 학부모님들의 협조로 생활지도도 수월해졌다.

수학여행 인솔차 제주도에 갔다. 그해 식중독 사례가 있어 일정이 연기되어 7월 장마 때 갔다. 날씨는 찌고 비가 무섭게 왔다. 그런데 운 좋게도 차를 타면 비가 오고 목적지에 도착하면 날이 개어 2박3일 빗속의 여행을 비를 피해 다녔다.

교장선생님이 오신 지 얼마 안 된 어느 날, 직원회의 시간에 교원노조의 한 여선생님이 일어나더니 불만어린 어투로 건의한다.

"없던 일 안 만들었으면 좋겠어요."

나에게 하는 말이다. 나는 마이크를 잡고 진지하게 답했다.

"우리는 애들을 위해 여기 있습니다. 선생님들이 바쁘게 일하지 않고 어찌 애들을 잘 키우겠습니까? 나는 이 자리에 그냥 온 것이 아닙니다. 남들이 차 마시고 놀러 다닐 때 나는 한 자리에 앉아 무언가 생각하고 부시럭거리며 일을 했습니다. 제자와 자기 자신을 위해 노력하는 선생님이 되어 보세요."

이어 교장선생님이 마이크를 잡으시고 한 말씀 더하셨다.

"교직이 힘들다고 생각하시면 직업을 바꾸는 것도 생각해 볼 만합니다."

직원회의가 끝나고 일어나 말했던 선생님이 내게 와서 사과한다.

"죄송합니다."

"걱정 마세요. 여론을 대신해서 한 마디 하신 것 나도 알아요. 괜찮아요."

선생님들은 열심히 잘 해 주셨다.

출장을 다녀오는데 잘 아는 중등과장에게서 전화가 왔다

"웬일이세요?"

"아이, 그 학교 왜 그리 시끄러워!"

내용은 교직원 운영위원을 무기명 투표로 뽑지 않았다고 투서가 들어간 것이다.

"그래서? 다시 뽑으면 되지, 그게 뭐 큰일인가요."

다음 날 교원노조 9명을 교장실로 불렀다.

"우리 학교 교직원 운영위원 선출시 거수로 뽑았다고 교원노조에서 도에 투서를 했다는데 그런 말한 사람이 누구인가요?"

모두 펄쩍 뛰고 아니라고 했다. 한 사람씩 확인하고 직원회의를 가졌다.

전화 받은 사실을 이야기했다.

"교원노조 선생님들한테 물었더니 모두 아니라고 했습니다. 누구 같아요?"

그리고 바른 소리 잘 하는 여 선생님에게 마이크를 줬더니 얼굴이 빨개진다.

"제가 어떻게 알아요?"

남자 학생부장에게 물어도 펄쩍 뛰고 다음 해 장학사로 나갈 남자 이 선생님을 불러 물었더니 역시 화를 낸다.

"제가 바른 소리는 해도 그런 짓은 안 해요."

그러자 모두들 그만 하라고 소리친다.

나는 웃으면서 마이크를 고쳐 잡았다.

"그럴 것 같다면 묻지도 않았습니다. 우리 학교에서는 그런 사람은 아무도 없습니다. 단지 어느 모임에서 화제가 되어 뜻 없이 한 말 한 마디가 화근이 된 것입니다. 앞으로 우리는 어떤 이야기도 집안일이나 직장에서의 사소한 이야기도 밖에 나가서 말을 하지 않도록 합시다. 공무원은 직장 비밀을 지킬 의무가 있습니다. 그럼…, 교직원 운영위원을 규정대로 다시 뽑으세요. 그리고 그 안에 교감이 꼭 들어갈 이유는 없습니다."

노조 여 선생님이 말한다.

"이 교장선생님이 새로 오셔서 교감선생님이 들어가셔야 할 것 같아요."

다시 선출했더니 명단은 변화가 없다.

전입생들이 많이 들어온다. 3학년의 경우 문제 학생들이 위장전입으로 오는 사례가 많다. 전입생이 오면 위장전입 여부를 확인하고 면담을 하고 두발부터 규정대로 자른 후 반 배정을 했다. 전입생이 나타나면 3학년 담임선생님은 달려와 받지 말라고 한다. 위장전입이 아닌 경우 언약을 하고 담임선생님 속 썩이면 되돌아간다고 하고 수시 점검하여 졸업시킨다.

하루는 중3 남학생을 어머니가 데리고 배정서를 갖고 오셨다. 옆 방송실로 데리고 갔다. 앞이 뾰족한 구두를 신고 와서 한눈에 문제아 표시가 있다.

"무릎 꿇어!"

학생이 무릎을 꿇었다. 어머니에게 물었다.

"사실대로 이야기하세요!"

위장전입을 하고 권고전학을 시킨 것이다.

"어머니는 이 애가 어느 학교에서 졸업을 했으면 하세요?"

"수원에서 다녔으면 좋겠습니다."

학생에게 물어봤다.

"너는 어디서 다니고 싶으니?"

"수원이요."

"여기서 다니면 친구들 다시 사귀고 어머니는 애 찾기가 더 힘들어집니다. 네가 수원으로 다시 가면 잘 할 수 있겠니?"

"잘 하겠습니다."

"노력하지 않으면 쉽지 않다. 처음 보는 내 앞에서 무릎을 꿇는 것을 보고 네가 착하다는 생각이 들어 너를 도와주려 하니 그 학교에 가서 담임선생님, 학년부장, 학생주임, 교감선생님께 무릎 꿇고 사죄하여 용서받고 여기 온 것처럼 다녀라. 가서 학교에서 용서 안 한다고 받아주지 않는다면 다시 내게 와라."

모녀에게 단단히 이야기해 보냈다. 그 학교 교감선생님에게 전화를 걸었다.

"그 학교에서 우리 학교로 전입된 학생을 다시 되돌려 보내니 그 학교에서 졸업시키세요!"

장학사 출신인 그 학교 교감선생님은 내게 항의한다.

"교감선생님은 법을 어기십니까?"

"교감선생님! 교사의 양심을 잊으셨군요! 아무것도 모르는 순진한 학생과 학부모를 지도하다 힘들다고 위장전입으로 권고전학을 시키시다니 내 자식 못 키우면 남 주나요? 애가 배구공인가요? 이 학교 저 학교로 권고전학 시키니 그 학교 입학한 학생 그 학교에서 졸업시키세요. 만일 그 애를 받아 졸업시키지 않으시면 나는 도교육청에 전화하여 교감선생님을 신고하겠습니다."

그 후 그 학생은 다시 오지 않았다.

다음 해 수업 중 교내 순시를 하는데 3학년 교실이 시끄러웠다.

"무슨 시간이니?"

"영어 시간이에요!"

"선생님을 모셔 와야지?"

"출장이시래요."

애들은 보강을 모르는 모양이다.

3학년 교무실 문을 열고 보강선생님을 불렀다.

"심 선생님 어디 가셨어요?"

"농협에요."

"수업인데…!"

핸드폰을 받고 심 선생님은 달려 왔다. 3학년 부장에게 경위를 물었다.

"박 부장님, 심 선생님 무단 외출하셨는데요?"

"제가 허락했어요."

"그래요? 그럼 수업 끝나고 두 분 내려오세요."

교육기강 차원에서 때로는 가슴이 시키지 않는 말도 냉정하게 해야 한다.

"수업을 깜박한 심 선생님과 수업 있는 선생님을 무단외출 허락한 박 부장님, 모두 반성문 써 오세요!"

젊은 심 선생님은 놀란 표정으로 반문한다.

"반성문이요?"

"네! 쓰기 싫으면 교장선생님께 말씀드리세요. 교장선생님이 쓰지 말라 하시면 안 써도 될 테니까요."

다음 날 모두 반성문을 써왔다.

다음 해 5월이다.

5월이 되면 학교에 학생문제들이 생긴다. 신입생이 생기고 반들이 바뀌니 교우문제서부터 생활지도 문제가 생긴다. 아침에 출근하는데 교무실 앞에 서너 명의 어머니들이 웅성대어 웬일인가 했더니 2학년 담임이신 임 선생님이 말한다.

"아무것도 아니에요. 우리가 해결할게요."

다음 날 아침 출근하는데 다시 10여 명의 어머니들이 모여 웅성거렸다.

"뭐냐고?"

임 선생님은 내게 이야기가 길어 상담실에 가서 기다리라고 했다.

교장실에서 회의를 하는데 2학년 담임선생님이 들어와 신문기자가 왔다고 했다.

복도에서 기자와 만나 이야기를 들었다.

"오늘 학교를 뒤엎어 놓을 테니 취재하러 오라고 해서 왔는데… 아, 글쎄 3학년 애들이 2학년 애들과 언니 동생 삼고 금품을 갈취했다네요."

나는 웃음이 나왔다.

"이 문제는 내가 알아서 해결할 테니 돌아가세요. 옛날 서울 명문 경기 고등학교에서도 불량배가 있었고, 학교 안에서는 자라는 애들에게 병가 상사처럼 허다하게 일어나는 문제입니다. 내가 알았으니 돌아가세요."

"그럼 교감선생님께서 잘 처리하리라 믿고 갑니다."

상담실로 갔다.

"3학년은 물론 2학년도 벌을 줄 테니 벌 받기 싫으면 전학들 시키세요."

그러자 여기저기서 야단이다.

"누구 빽으로 기자를 보냈습니까?"

"2학년은 피해자인데 왜 벌을 받나요?"

나는 잘라 말했다.

"파리가 아무데나 꼬입니까? 2학년들 끼가 있으니 언니 동생을 맺지 않겠어요? 내 자식 단속부터들 하세요?"

3학년 담임선생님들은 눈치만 보고 있고 2학년 담임선생님들에게 2학년도 벌을 받아야 한다고 했더니 2학년들은 피해자라고 펄쩍 뛰었다. 나는 다시 한 번 단호하게 말했다.

"한 학교에서 가해자, 피해자가 어디 있나요! 형제가 싸우면 함께 혼내야지!"

그런 어느 날 2학년 여학생 두 명이 교무실 내 자리로 오더니 침통한 표정으로 말한다.

"교감선생님, 전학 안 가면 안 돼요?"

무슨 사정이 있음을 알아차린 나는 슬쩍 방송실로 데리고 갔다.

"2학년 중에 1학년 교실에 가서 언니 동생 삼은 애들 이름 대 봐!"

서너 명의 이름을 적어 줬다.

1학년 부장에게 조사해 보라고 했다. 펄쩍 뛰며 없다고 한다.

반과 함께 명단을 주며 '더 있나 조사하라'고 했더니 '담임도 모르는 일을 어떻게 교감선생님이 아시느냐'고 한다.

선후배 불량배 조직은 5월부터 시작된다.

선도위원회를 열면서 3학년은 사회봉사로 수녀원에서 운영하는 정박아요양소에서 학부모 동참 봉사활동을 시키고, 2학년은 교내 봉사, 1학년은 훈방 조치시켰다.

애들은 엄한 자의 자세로 길을 들여야 한다.

그 해 교장강습을 한국교원대에서 받았다. 귀보다 더 불편한 것은 눈이었다. 한 방에 2명씩 작은 방에서 잠을 잤다. 같이 자는 부산에서 오신 교감선생님은 공부를 열심히 하였다. 내가 저녁마다 일찍 자니 걱정스러워했다. 나는 아는 대로 줄도 삐뚤거리게 답안지를 썼다. 점수가 아니라 자격 연수라 생각하여 아는 것을 최선을 다해 썼지만 시험공부는 할 수가 없었다.

부산에서 오신 선생님은 종강식장에서 3등의 상장을 받으셨다. 연수 중에 조성윤 교육감님이 오셔서 한 사람씩 악수를 나누며 격려의 저녁까지 사 주셨다. 나는 악수할 때 손을 억세게 잡았다.

25년 전에 이천 경남중학교에 장학지도 나오시고 나는 존경스러워 카드 연하장을 보내드렸는데 알아보시고 200여 명 경기도 연수생 앞에서 이석국 교감이 나보고 총각 같다고 했다는 이야기했던 일을 기억하시고 말씀하셔서 한바탕 웃었다.

몇 몇 선생님들은 승진에 관심을 갖고 대학원을 두 번씩 다니고 연구를 하기 시작하여 여선생님 한 분은 수석 교사가 되고 남자 두 분은 교장선생님이 되었다.

아침밥을 서서 먹고 허둥대고 시내버스를 타고 영통입구에서 용인 시내버스를 타고 가면 한 시간 반이 걸린다. 퇴근 시간에 자리가 없어 종점 가까운 영통입구에서 동네 오는 시내버스는 30개의 정거장을 거치고 소요시간이 한 시간 걸린다.

얼마 지나니 여선생님 몇 분이 영통까지 태워다 주셨다. 선생님들의 협조로 무난히 교감 2년 반을 했다. 나이 드신 교무부장 조 선생님은 동생처럼 따뜻하게 잘 해 주셨고 교무실 분위기가 좋았다. 어떤 때는 몇몇 남자 부장선생님들은 수원에 볼 일이 있다고 하면서 우리 집까지 데려다 주셨다.

내가 교감 강습을 받고 난 다음해부터 교감강습 후보대상자 수가 배로 늘었다. 당시 경기도 전 지역에 여기 저기 신도시가 생기면서 고층 아파트가 무수히 세워지자 경기도에 전입인구가 급증하고 아파트 단지 안에는 의무적으로 초, 중, 고교가 설립되었다.

지체하던 승진이 물꼬가 터진 듯하자 우리 후배들은 교장 8년 경력을 채우고 앞질러 준비한 사람은 8년 후 원로교사로도 갔다.

내가 강습을 받던 1998년도에 명퇴제도가 생기자 명퇴자가 많아 임시교사가 생겼다. 교육계의 혼란이었다. 같이 강습을 받던 사람들도 명퇴자가 나왔다. 우리 강습동기들은 1,2년 경력을 갖고 정년퇴임한 사람들도 많았다.

교장강습을 받던 가을 신설학교 교명에 대한 의견조사 공문이 왔다. 신갈에도 신설학교가 생겼다. 살아서 진천 죽어서 용인이라더니 용인은 급격한 변화와 발전이 시작되었다. 기흥중학교 옆에 길을 사이에 두고 신갈중학교, 신갈초등학교 그 옆에 신설중학교가 생기면서 교명에 대한 공문이 왔다. 구신중학교라고 했다.

나는 귀신이라는 학교의 별칭이 붙을 것 같다는 이유로 신갈리에 오래된 신갈중학교가 있다. 신설교는 구갈리에 있기 때문에 찾기 좋고 기억하기 좋게 구갈중학교로 하는 것이 좋겠다고 응신을 했더니 구갈중학교로 교명이 정해졌다.

다음 해 2월 14일자로 신설학교 교장 기동 발령장을 받았다. 연수원에서 조성윤 교육감님이 임명장을 주셨다. 반갑게 웃으며 임명장을 받고 왔더니 그 날로 교육감님은 사표를 쓰신 것이다. 마음이 좀 아팠다. 임명장을 받고 보니 구갈중학교였다. 구갈중학교 업무교사로 발령받은 전태순 선생님과 함께 다녀왔다. 이름을 내가 짓고 간 셈이 되었다.

행정실장과 교무주임이 인사를 와서 따라갔더니 36학급 규모의 4층 건물에는 강당도 있고 옛날 교사 건축설계와는 다르고 최신시설로 장애학생 편의시설도 되어 있었다. 전년도에 개교하려던 학교이어서 모든 공사는 끝났지만 하나하나 점검을 하고 보완해야 했다.

출입문 유리창 없는 곳, 공사 쓰레기, 화장실 변기, 하나하나 점검을 하고 기사들은 바쁘게 뛰었다. 실장은 교무실, 교실, 책걸상, 설비 등 새 살림을 꾸미는 것이 정신없이 바빴다. 박태수 부장선생님은 한 학급씩 동원하여 청소용품을 들고 와서 3일간 1,2층 교실 복도 대청소를 해 주었다. 겨울이라 마른걸레질도 했다.

일주일 지나 교감, 교사들이 발령을 받고 왔다. 신입생 소집을 하고 교과서도 나눠주고 입학준비를 했다. 나는 신설학교 역사의 장을 여는 초대교장으로서 막중한 책임감을 느끼며 간단하나마 고사를 지냈다. 행정실장은 경험이 많아 준비를 하고 중앙 현관에서 돼지머리, 시루떡, 막걸리, 통북어 등을 준비했더니 돼지 귀와 입에 돈들을 끼워 놓았다.

나는 축문을 써서 읽었다. 잔에 술을 따르고 절을 두 번 하고 교감선생님과 행정실장도 절을 했다. 내가 써 놓은 축문을 읽기 시작했다. "축원문!" 하고 나니 가슴이 갑자기 꽉 막히고 순간 심장이 멈추는 듯했다. 놀래서 심호흡을 잠시 한 후 읽었다.

"축원문! 구갈중학교를 지켜주시는 지킴이이시여! 삼가 아뢰옵니다. 역사의 장을 열고 2002년 3월 2일 구갈중학교 개교 첫 입학을 맞이하는 입학식이옵니다. 청운의 꿈을 품고 배움의 보금자리를 찾아온 어린 새싹들이 평화로운 터전에서 능력을 길러 건강하고 지혜롭고 창의적인 사람이 되어 국가와 민족을 키워갈 미래의 거목이 되도록 키워 주시고 지켜 주시옵소서. 그리고 우리 구갈중학교를 스쳐 가시는 선생님들과 구갈 가족 모두에게 건강과 가내 행운이 있도록 보살펴 주시어 유구한 역사 속에 무궁한 발전으로 대 명문학교가 되도록 지켜주시길 기원합니다. 2002년 2월 초대교장 이석국."

이어서 절을 두 번 하였다. 몇 명 안 되는 선생님과 가족들이 지켜보는 데서 신앙이 다른 선생님들은 웃고 안 쳐다봐도 나는 뜨겁게 경건한 마음으로 발원했다. 전교생과 교사들, 그리고 구갈가족 누구에게도 어느 구석에서도 놀라운 일이 생긴다면 모두 내 탓이라는 책임감 때문에 모두를 위해 간절한 마음으로 고사를 지냈다.

입학식을 무난히 마치고 다음 날 출근했더니 행정실에서 어젯밤 일을 알려줬다. 밤새도록 방송시설 전원을 안 끄고 갔기 때문에 타종소리가 나서 주민들이 잠을 못 이루었다. 무인경비 시스템이어서 학교 경찰 교육청 연락을 해도 해결을 못하고 밤새 고생들을 한 것이다. 그 이야기를 듣는 순간 가슴이 뛰고 등에 진땀이 났다.

얼마 지나자 전화가 왔다. 관리실에서 전화한 것 같았다. 누구든 상관 없이 반가웠다. 반갑게 전화를 받았다.

"아침에 그 이야기를 듣고 너무 죄송해서 어디에 대고 사과를 해야 할지 걱정하던 차에 전화를 주셔서 감사합니다. 신설학교이어서 방송기기도 사람도 모두 새로워서 주민들께 폐를 끼쳐 죄송합니다. 다음부터는 두 번 다시 그런 일 없도록 최선의 노력을 기울이겠으니 이해해 주시기 바랍니다."

이렇게 통화를 하니 상대방에서 부드러운 목소리가 들려온다.

"제 마음이 편안해졌습니다."

그 후 그런 일은 없었다.

학년 초라서 매우 분주했다. 모두가 바쁜 나날이지만 나도 교훈 교가 교화 교복 학교교칙 교가 만들기 등 틈만 있으면 머리를 쓰고 몸도 뛰어야 했다.

업무들을 분담시키고 나는 교가 가사를 지었다. 음악선생님이 성악 전공이어서 작곡을 의뢰해 주었다. 제자 수영이가 작곡과 출신이어서 전화를 했더니 아들을 낳았다고 작곡을 하여 보냈지만 가사와 연결이 안 되고 오고 갈 수가 없어 못 쓰고 음악선생님이 가사에 맞춰 오시고 학생들을 가르쳤다.

교표는 내가 상징의 뜻을 밝혀 미술선생님이 완성하였다. 수업과 학생 생활지도는 교감선생님이 하셨지만 신설교이어서 기반 잡는 데 힘이 들었다. 3학년은 6명이 2학년은 22명 1학년은 정식배정 8학급을 받아 개교하였다. 3학년 6명은 문제아들이 대부분이고 담임 최 선생님이 잘 이끌어 졸업식 날은 12명이 졸업을 했다.

초등학교를 갓 나온 1학년들은 텅 빈 3,4층 교실 복도를 뛰어다니며 교실 복도는 놀이터 같았다. 바쁜 선생님들은 돌아다 볼 겨를이 없었다. 내 입장에서는 수업보다 더 중요한 것은 안전이다. 기본 생활습관 길들이기이다. 교무부장을 불러 실내 정숙지도를 부탁했다. 교감선생님께 안전을 위한 실내정숙과 생활지도를 해달라고 했다. 기다려도 변화가 없어 교무부장에게 전화로 화를 냈다.

"몇 번 이야기해야 실내 정숙이 되나요?"

의도적으로 전화를 탁! 놓았다. 그랬더니 실내가 조용해졌다. 2층으로 올라갔더니 두 라인 앞 뒤 복도에 정숙지도 교사가 배치되었다. 교장, 교감, 부장, 모두가 신규이어서 경험들이 없어 서투름이 많았다. 나는 중요한 교무, 연구학생, 학년부장을 지내 그나마 선배이다. 착하신 교감선생님은 힘들어 하였다. 부장은 교무부장 하나다.

발송공문은 교무부장이 전담해야 했다. 결재를 받으러 오면 지적사항이 하나둘이 아니다. 밖으로 나가는 공문에 구갈중학교가 아닌 신갈중학교 전임학교 공문의 기안문을 복사해서 그대로 갖고 왔다. 지적을 하면 "죄송합니다" 하며 허리를 굽혀 인사를 했다.

처음에는 나이도 있고 '예의가 바르구나!' 생각했다. 급하면 있는 실수라 여기고 지냈다. 그런데 '죄송합니다' 소리가 빈번해지자 화가 났다. 업무처리에 불신이 생기니 발송공문마다 살펴야 하는 나는 부담이 생겼다. 나중에는 '죄송합니다' 소리가 징그럽게 들리고 재차 결재를 받을 때 교감선생님의 마음은 얼마나 불안해질까 신경이 쓰였다.

교무부장이 교감선생님과 나, 셋이서 점심을 먹자고 하여 먹고 밥값을 내려는 것을 안 된다고 내가 카드를 주었다. 얼마 안 되는 돈이지만 혼자 벌어 처자식 챙기는 부장이 돈 쓰는 것이 부담스러웠다.

운영위원회와 학부모회를 조직했다. 4월 5일 식목행사를 하려고 행정실에서 나무를 구입하는데 정남중학교에서 3학년 담임 때 반장이던 정숙이는 내가 이천에 있을 때 수소문하여 찾고 5월이면 택배를 보내며 연락을 했다.

교장이 되어 기뻐하며 말한다.

"선생님! 초대교장 기념식수를 하여야지요!"

생각지도 못한 이야기를 하면서 행정실이 나무 구입대 30만원을 주고 주목 한 그루를 기증하고 서울 미아리에서 돌에 기념식수라는 묘석을 새겨 갖고 왔다. 동기생 10여 명이 와서 기념식수 사진도 찍고 어느새 신문기자가 와서 면담을 하더니 지방신문에 "천년의 사제의 정 나무에 심었어요!" 하고 기사가 났다.

어느 날 점잖은 남자분이 방문하셨다. 운동장을 조기 축구장으로 쓰고 싶다고 했다. 나는 반갑게 대화를 하며 운동장 관리를 해달라고 했더니 그러겠노라고 했다. 건설사업을 하는 사장님으로 지역인이었다. 돌산을 깎아 학교를 세웠는지 좁은 운동장에는 돌들이 많고 물 빠짐이 안 좋아 질척거리고 얼음이 깔려 있어 나의 숙제로 고민하던 차 좋은 인연을 만났다.

다음 날부터 트럭이 드나들고 바닥 정지작업과 모래를 깔아 훌륭한 체력장을 만들고 일요일이면 조기축구회는 학교 지킴이가 되었다.

어느 날 주례를 섰던 명현이가 7년 만에 낳은 아들이 5살이 되어 엄마와 함께 방문을 했고 얼마 있으니 명현이 동창 덕수가 오래간만에 찾아왔다. 이천에서의 제자 7명들은 우애롭게 지내고 있었다. 명현이가 결혼하고 얼마 있으니 동섭이가 사법고시에 합격을 하고 석준이는 행정고시에 합격하여 고향에서는 면 잔치를 두 번이나 했다.

석준이는 결혼 후 사무관이 되어 국비유학을 떠나고 동섭이는 결혼하면서 변호사 사무실을 차리고 연락 없던 덕수는 쌍용건설에 취업하여 소장으로 근무하면서 고속철도 건설 등 어려운 일들을 하고 있었다.

여자 혁찬이는 이민을 가고 찬숙이는 사업을, 순자는 어린이집 원장을 하고 있어 5월이면 한 차례씩 모임들을 갖고 나를 불렀다. 동섭이는 고시원에서도 명절 때면 문자를 보냈고, 명현이는 동섭이 공부하는 데 심적으로 의지를 하게 했다.

그해 겨울 친정어머니께서 97세에 감기로 별세하셨다. 준비 없이 월요일 점심시간에 아들과 함께 어머니를 뵙고 왔다. 수요일 삼성병원에 가는 도중 운명하시어 바로 앰뷸런스를 타고 사시던 집으로 모시고 손님을 맞았다.

구갈중학교, 기흥중학교 선생님들이 전원 조의를 표해 주시고, 수원북중 선생님들이 전원 조의를 표해 주셨다. 하나뿐인 사위가 근무하는 학교였다. 경기도 여교장단과 모임동료들 학교 선생님들과 친지들 덕분에 장례를 잘 모시고 교감선생님과 이 기사는 삼우제까지 참여해 주어 그 고마움을 늘 마음 깊이 간직하고 있다.

내가 교장이 되던 해 강습동기 11명이 용인에 발령을 받았다. 그 때는 용인에 여교장이 나 하나뿐이었는데 다음 해 2명, 다음 다음해는 여교장이 8명이나 되었다. 그 전에 같은 학교에서 근무했던 선생님 셋을 만나 우리 넷은 서로 반갑게 지냈다.

11명이 모여 점심을 하던 어느 날 착하고 장난기 있는 허 교장선생님이 나를 보고 "뻐꾹!" 하는 것이다. 다른 남자교장선생님들이 놀라 쳐다봤다. 나는 아무렇지도 않은 듯 태연하게 말했다.

"내가 어느 날 동료 자녀 결혼식장에서 식당으로 들어서는데 이천에서 교무주임 때문에 시비를 걸던 선생님이 나를 보고 '뻐꾹!' 하니 밥을 먹던 축하객들이 나를 쳐다봤다. 그 중에는 직급이 높은 사람도 있는데 알게 모르게 나를 아는 사람들도 있었다. '이렇게 무례한 선생님을!' 하는 생각에 그 선생님을 보고 웃으면서 '뉘 집 수캐가 짖나' 했다. 난색이 된 김 선생님은 말을 바꿔 '이 과장님 안녕하셨어요?' 나도 '네 덕분에 잘 지냈습니다' 하고 동료들을 찾아 갔었지!"

그러자 남자 교장선생님들은 "수캐? 수캐?" 하였고 허 선생님은 머쓱

해져 있었다. 허 교장선생님은 어느 자리에서 나한테 혼났다고 했다 한다. 운영위원장에 문제가 생겨 운영위원으로 건설업 사장이신 김광연 씨를 지역위원으로 초빙하고 운영위원장으로 추대하여 신설학교 가꾸기에 많은 도움을 받았다.

교칙을 강화하여 학교 풍토 만들기에 여념이 없는 내게 어느 어머니의 전화가 왔다. 애들 머리가 짧다고 하며 아직까지 드라이를 해야 한다고 했다.

"그대로 두세요. 어머니도 그냥 다니셨잖아요. 중학생이 되면 홀로 서기 공부를 시켜야지요. 다들 그렇게 다녀요."

어느 날 "나이도 얼마 안 되는 여교장이!" 하면서 애들 생활지도 문제로 전화를 했다.

"얼굴 감추고 애들 등에 없고 학교에 잔소리하고 싶은가 본데 할 말 있으면 학교에 와서 얼굴 내놓고 말하시오!" 하고 통화를 했더니 퇴근 후에 방문하겠다고 하였다. 퇴근소리라는 것을 보니 공무원인가 보다 하고 그러라고 했다.

"오세요. 오밤중이라도 기다리겠습니다."

7시 가까이가 되자 아버지가 왔다. 문제 학생의 학부모이다. 서울의 전수학교 부장교사라고 했다.

"교직에 종사하면 학생지도를 아시겠군요. 자식을 기르는 부모가 학교 교장에게 무례한 전화를 하면서 애 교육 잘 하기를 바라세요? 나는 애들을 백 번 천 번 용서하지만 부모는 용서할 수 없군요."

그러자 죄송하다고 했다. 미군부대에 근무하는 엄마는 미제 냄새를 맡아 국산은 우습게 보신 모양이다.

얼마 후 그 애를 전학시켜 갔다. 애는 울면서 담임선생님께 전학가기 싫다고 했다. 부모가 그랬다고 내가 애한테 어떤 불이익을 줄까 염려하는 어리석은 학부모가 안쓰러웠다.

　여선생님 두 분이 교감선생님 말에 순종하지 않았다. 한 사람은 다단계 판매한다는 소문이 있어 교감선생님이 주의를 주고 내가 불러 이야기도 했다. 다른 여선생님은 아래층 실장에게 무례하게 말을 하고 전화기를 탁! 놓았다고 행정실장이 기분 나빠 했다. 행정실 식구들은 위계질서가 대단하여 선후배간의 경애사상이 본받을 만하다. 박 선생님을 불러 사실을 확인하고 사과하라고 했다. 내 옆에서도 태도가 무례했다. 연말이 되어 두 사람을 따로 불렀다.

　"내신을 하세요!"

　그랬더니 깜짝 놀란다.

　"내신을요?"

　"네! 선생님 눈에 내가 교장으로 안 보이니 존경스런 교장선생님을 찾아 그 학교로 내신을 해 가세요!"

　"교장선생님! 잘못 했어요. 용서해 주세요!"

　"용서 받고 싶으면 반성문을 써 오세요!"

　"반성문을요?"

　"싫으시면 다른 학교 내신서를 쓰세요."

　다음 날 반성문을 써왔는데 무슨 말인지 몰라 일부러 교감선생님께 드리고 읽어보라 했다. 그러고 전하라고 했다.

　"다시 써오라고 전하세요."

　여선생님이 교장실로 들어오더니 항의한다.

　"잘못 했으면 저를 불러 이야기하시지 왜 교감선생님을 드리세요, 창피하게…."

　"나는 그 반성문을 읽어보고 선생님 초등학교 졸업장 있나 하고 대학 졸업장이 의문스러웠어요. 다시 집에 가서 의논해서 써 오세요."

부군이 교감이시다. 다음 날 구색을 맞추어 반성문을 써 왔다.

2년차 되던 해 교무부장을 바꾸었다. 교무부장이 교감강습을 받고 그 해부터 담임점수가 생겨 부장도 담임을 겸했다. 의욕이 많고 똑똑한 최미자 부장은 어디 가서 배워서라도 두 번 결재 받는 일이 없었다. 생각이 다르면 내게 와서 따지고 모르는 것은 열심히 배웠다.

도서실이 생기고 컴퓨터실이 4층에 따로 있고 상담실, 음악실에 선생님들이 계시면서 빈 교실을 관리하도록 했다. 애들은 복도나 화장실, 빈 교실, 복도 등을 찾아다니며 돈 따기 금품수수 등을 했다.

겨울 어느 날 당직자가 4층을 순회하다 컴퓨터 난로에 불이 빨간 것을 발견하고 행정실장이 내게 알려 주었다. 나는 컴퓨터 선생님을 불러 시말서를 써오라고 했다. 시말서를 받으면서 "평생 잊지 말고 매사 확인 또 확인하는 습관을 들이세요." 꼼꼼하고 성실한 김 선생님은 가끔 칭찬했던 선생님이다.

운영위원장도 도서실 꾸미기, 보건실 꾸미기 등 시청의 보조가 필요할 때는 앞장서서 학교 가꾸기에 노력하시고 학교 진입로 아스팔트까지 깔아 주셨다.

휴직했다가 복직을 한 여선생님이 있었다. 복직을 하면서 기분이 새로웠는지 밝게 보였다. 일 년이 지나니 주무교사와 교감선생님은 수시로 엎드려 있고 생기가 있으면 떠들고 먹는 것만 갖고 와 나눠먹고 누가 뭘 좀 하려 하면 "잘 해 봐!" 하고 내게 접근하는 선생님은 간첩이라 하고 교무실 분위기를 살리지 못 한다고 주임교사를 주면 안 된다고 했다.

내가 교무실에 어쩌다 가면 엎드려 있었다. 건강에 문제가 있나 했지만 아는 체할까 싫어하는 듯하여 모르는 체했다.

다음 해 주임 명단에 없었다. 주임 희망서를 안 낸 것이다. 교감선생님을 불러 이야기 해 보라고 했다. 불러서 왜 주임 희망서를 안 냈느냐고 했더니 반문한다.

"주임자리 있어요?"

"그것은 선생님이 교무실 내의 상황파악과 차례를 들여다보고 신청서를 내야지요."

그해 관내 내신을 하니 다음 해도 주임 서열에서 제외되었다.

왜 주임 안 주었냐고 따지러 왔다.

"선생님, 주임도 내신을 하면 주임자리에서 제외시키는데 선생님 내신하셨으니 주임 자리 없고 중간 발령이라도 나면 학교에서 다시 업무 배정을 해야 하기 때문에 제외하는 것이 학교에서의 상례입니다."

그 후 나만 보면 원수처럼 대했다. 교내 인사를 교장 임의로 하는 줄 알고 있는 선생님이 안쓰러웠다. 경력, 능력, 건강, 인성 등을 사전 여론 조사하여 주무 교사와 교감이 짜오면 교장의 재가를 받는 것인데 교장 임의로 하던 옛날의 잘못된 인식을 갖고 나를 원망했다.

그 다음해는 희망서도 내지 않고 조용한 상담실에서 근무하는 김 선생님을 순회하다 보면 그 때마다 자는지 정신없이 퍼져 있었다. 어느 날 남학생이 교장실로 찾아와 수원의 어느 여학생이 우리학교 3학년 여학생을 뒷산에서 이웃학교 여학생들 앞에서 무릎을 꿇리고 따귀를 때리고 발로 차고 했다는 것이다. 초등학교 때부터 놀면서 기싸움을 하다 다른 중학교로 가면서 교내 불량배들을 조직하고 우리 학교 애를 꺾으려고 불러내니까 맞을까 봐 안 나갔더니 친구를 시켜 불러내어 때린 것이다.

나는 그 이야기를 들으면서 애들 앞에서 눈물이 나왔다. 알려 줘서 고맙다. 다음에는 무슨 일 있으면 바로 알려 줘라 하고 수원 여학생과 부모 동반 호출을 했다. 할머니가 오셨다. 부모에 대한 이야기는 묻지 않았다.

"너 학교 다니고 싶으니? 그만 두고 싶으니?"

"학교 다니고 싶어요."

"그럼 이 번 일은 학교에 알리지 않겠다. 네가 애들 앞에서 혜영이를 때렸듯이 너는 우리 전교생 앞에서 혜영이 보고 때리라고 해도 참겠느냐?"

"네!"

"내가 한 발 양보해서 여기 혜영이를 불러 올 텐데, 혜영이 앞에서 무릎 꿇고 두 손 모아 빌면서 사과하고 용서해 달라고 할 수 있느냐?"

"네!"

"차후에 우리 학교 애들을 만나거나 손을 대지 않겠다고 약속할 수 있니?"

"네!"

각서를 받고 할머니 손도장을 받은 후 혜영이를 불러 사과시켰다.

다음 날 옆의 두 학교 학생과에 연락하여 지도교사 인솔하여 내교 조치시키고 각서를 받고 보냈다.

그 후 관내 생활지도가 강화되고 연 교외 생활지도를 하고 관내 방범대원 경찰들도 우범지역 순회를 강화했다. 운영위원장은 신갈지구 방범대장으로 청소년 지도를 더 강화했다.

다음 해 교감선생님이 가시고 3사관학교 출신이신 교감선생님이 오셨다. 하루는 학생부장과 내게 와서 선도위원회 때는 학부모도 참여해야 한다고 했다. 그것은 학생 사고 시 학부모에게 알려 학생 선도를 함께 하자는 말이다.

"선도위원회 때 동참시켜야 된다고 생각하면 도교육청 생활지도 담당 장학관에게 알아오세요. 출장 조치시켜 줄 테니."

그 해 3월 아들이 결혼을 했다.

부부교사인 도선생님에게 "처녀 선생님 소개 좀 하세요! 나는 건강하고 양부모님 건강하시고 여러 형제들 틈에서 자란 사람이면 좋겠어요"

했더니 핸드폰 번호를 적어왔다. 쪽지와 돈 오 만원을 주고 일요일 늦잠 자는 아들을 깨워 "이 번호로 연락하고 이 돈으로 만나서 먹고 와!" 했더니 나도 모르게 주말마다 만났다.

며느리에게 물어봤다.

"우리 아들이 바보처럼 너를 좋아 따라 다녔나 봐."

"아니에요. 제가 더 좋아했어요!"

착한 며느리감에게 나와 같이 근무했던 두 명의 선생님들은 나를 혹평하면서 시집살이 어떻게 하려느냐고 겁을 주었다. 그 말을 들은 며느리는 겁을 먹고 아들은 시집살이 시킬까 봐 걱정이 태산 같았다고 한다.

둘이 의논하여 실속 있게 결혼 준비를 했다. 연가인데 힘든지 연가의 결손수업으로 교환수업을 한다는 것은 너무 곤욕스럽고 축하의 의미가 없다고 생각을 하여 행정실에 물어보고 며느리에게 특가 강사신청을 하라고 했다. 강습동기인 교장선생님께 전화를 하고 강사 신청이야기를 했더니 교장선생님은 "특권의식을 가지시면 안 됩니다" 했다.

대화할 가치가 없어 교감선생님에게 공무원법 조항을 알려 주고 "그것에 준해 강사요청을 하도록 해 주세요" 했다.

며느리에게 결재를 받으라고 했더니 있을 수 없는 일이기 때문에 결재를 못 받고 교환 수업을 하고 있었다.

"얘! 결재를 못 받으면 내 며느리 될 생각은 하지 말아라."

그랬더니 무서워서 결재를 받으러 갔나 보다. 교감선생님은 지금까지 몰랐던 일을 배워서 감사하다고 하며 허락을 하시고 결재를 받았다고 바로 전화가 왔다. 그리하여 수업의 부담 없이 신혼여행을 다녀왔다.

내 자식은 내가 사랑할 수밖에 없고 내가 사랑하는 아들을 사랑하는 며느리가 고맙기만 한데 왜 내가 마음 아프게 하랴 싶어 나도 상처받지 않게 하지 않으려 조심하느라 한다.

15년 가까운 시간이 지났어도 착하고 예쁘게 애들 잘 키우며 오순도순 사는 것이 정말 고맙고 잘 키워주신 사돈어른들께 항상 감사하고 지낸다.

어느 날 퇴근하는데 여학생 서너 명이 실내화 바람으로 귀가하고 있었다.

"얘들아 왜 실내화 바람으로 가니?"

"오늘은 어쩔 수가 없어요!"

"그게 무슨 말이니?"

"누가 우리 신발들을 감췄어요!"

"그래?"

다음 날 2학년 교실에 들어가서 조사를 했다. 의심나는 애들을 쓰라고 했더니 몇 명이 쪽지를 안 냈다.

"교장선생님 말 안 듣는 애들이 다른 선생님들 말은 듣겠니? 안 낸 사람은 교장실로 와!"

돌아오니 착한 애들은 울면서 따라와 쪽지를 내놓으면서 울었다. 돌려보내고 신발 잃어버린 애들과 감춘 애들을 불러 조사했더니 2학년에는 두 패의 불량배들이 싹트고 있었다. 하나는 3학년들과 언니 동생을 맺은 패거리와 졸업생들과 언니 동생을 맺은 애들이 반대편 애들 신발을 화장실 걸레 빠는 통에 넣고 물에 적셔 놓은 것이다.

두 패의 애들을 불러 졸업생 명단과 3학년 명단을 조사하고 빼앗긴 돈을 조사했다. 졸업생들은 학생부장 인솔하에 우리 학교로 불러 진술서를 받으니 금품 갈취 금액이 30만원이라고 했다.

학부형들을 호출했다.

"이렇게 돈을 쉽게 벌고 쉽게 쓰며 돈 무섭고 귀한 줄을 모르는 아이들은 혼이 나야 해요. 그러니 6명이 백만 원을 만들어 학교발전기금으로 기부금을 내고 영수증을 받아가세요. 그 영수증은 세금감면혜택에 쓰세요. 이 귀한 돈은 내가 우리 학교 불우학생들을 위하여 소중하게 쓰겠습니다."

그렇게 말하고 학부형들을 돌려보냈다.

내가 중고등학교 다닐 때 공납금을 못 내어 집으로 쫓겨 가는 애들을 보았고, 나는 공부 열심히 안 한 죄로 돈 달라는 말이 어려워 목구멍까지 올라갔다 내려갔다 하며 몇 번이고 눈치를 보며 돈 이야기했고, 담임선생님 시절 공납금 미납자에게 독촉장을 줄 때 마음 아팠던 일을 생각하면 불우한 학생들과 담임선생님들의 마음에 부담을 주고 싶지 않았다.

중학교가 의무교육화 되면서 공납금은 국고에서 지원하고 학부모들은 학교운영지원비와 급식비를 내게 되었다. 얼마 안 되는 돈이라고들 하지만 없는 사람들에게는 그것도 큰돈이다. 극빈자들은 국가에서 혜택을 주지만 극빈자 속에 들어가지 못하면서 극빈자들보다 더 어렵게 사는 가정들이 많다는 것을 알았다.

학교지원비와 급식비 미납자들의 마음과 담임선생님들의 마음을 불편하게 하지 않으려고 행정실에 미납자 상황을 알아보니 일 년에 네 번 내는 돈을 한 번 내고 미납된 학생들이 몇 명 있었다. 수업이 끝나고 미납자 1명을 불러 전태순 부장의 차를 타고, 라면 몇 박스와 빵 우유를 사들고 가정방문을 갔다.

막노동을 하는 아버지가 아들 둘을 키우고 있는 집안 살림은 말이 아니었다. 아버지를 만나고 가져간 라면, 빵, 우유를 내려놓고 "힘드시더라도 애들 건강하게 학교생활 재밌게 해 주세요" 하고 돌아왔다.

다음날 미납자반의 담임선생님들을 불러 가정방문 조치시키고 학부형들을 만나고 담임 소견서를 써내라고 했다. 그것을 훑어보고 그 학생들은 학교운영지원비와 급식비를 1년간 면제시켜 주는 것으로 발전기금을 썼다.

어떤 학부모님은 교장실로 찾아와 어느 선생님이 애들을 무섭게 때린다고 신고를 했다. 교원노조인 이 선생님은 결재를 받으러 들어오면 꼬치꼬치 왜 그러느냐고 물었다. 처음 있는 일이다.

"선생님, 그게 궁금하면 학생부장이나 교감선생님께 물어서 배우세요. 선생님들의 그런 문제를 갖고 시간 보낼 여유가 없어요."

그래도 웃으면서 안 나간다.

"나가세요. 그런 소리하면 내가 선생님의 인격을 보는 수준이 내려갑니다."

그리고 내 볼 일을 보았더니 그냥 나간 적이 있는 선생님이다.

다음 날 이 선생님과 교감선생님을 불러 내렸더니 무슨 일이라도 생길까 걱정이 되었는지 학생부장이 내려왔다. 두 분을 마주보게 앉으라고 하자 학생부장이 마음이 놓였는지 나갔다.

"교감선생님! 교내 폭력교사가 있다는 사실을 아세요?"

3사관학교 출신인 교감은 군대용어로 답한다.

"보고 받은 바가 없습니다."

"여기는 군대가 아니고 학교에요. 보고 받는 것이 아니고 순회를 수시로 하서서 어떤 비리가 있는지 학생, 교사 모두를 교감은 살펴야 해요."

"선생님, 애들에게 폭력을 행사하셨지요?"

"네!"

"그러면 반성문 써 오세요!"

"반성문을요?"

"네. 싫으시면 안 써도 좋아요. 선생님들은 교장이 목에 힘만 주고 앉아 있는 것으로 만 보이는가 본데 교장은 학교 안의 학생과 교사를 보호하고 교사의 실수도 대신하여 십자가를 지는 학교의 방패자라는 것을 모르시는데 나는 빠질 테니 학부형들과 직접 맞붙으세요."

그러자 다소 겸손하고 다소곳해졌다.

다음 날 나는 언제나처럼 아침을 굶어도 제일 먼저 교무부장이랑 함께 출근을 했다. 나보다 먼저 교장실에 들어와 서 있더니 반성문을 써 놓았다.

얼마 지나 퇴근하려 하는데 신발장을 열었더니 운동화와 구두 한 짝이 없어지고 편지 쪽지가 들어 있었다. 섬칫했다. 쪽지를 읽어봤다.

"신발이 없어졌네? 동산 공원에 가 봐. 의자 밑에 있을 거야."

최 교무부장과 신 학생부장을 불러 쪽지를 보였다. 둘이 가더니 운동화 한 짝을 갖고 오고 구두는 없다고 했다.

"모르는 체들 하세요."

구두는 갖고 싶은 구두이고 몇 번 출퇴근 출장 때 신은 새 구두이고 운동화는 학교 순회시 운동장과 교문 밖에서 신는 신발이다. 아깝기는 했지만 이미 내게서 떠난 인연이다. 편지 쪽지가 있어서 필적 감정을 하면 찾을 수 있겠지만 찾아 범인이 나오면 무슨 속이 후련할까 싶었다.

학생과 이 선생님은 고마운지 잘 해 준다.

"학생들에게 찾아볼까요?"

"아니요!"

부정하는 이유가 있었다. 범인을 찾으면 그 사람의 얼굴을 내가 쳐다볼 수가 없다. 고양이와 쥐의 입장같이 얼굴을 들지 못할 그 사람으로 만들기 싫었고 범인이 누구인지를 몰라도 본인 자신과 하늘과 땅은 알고 있어 언젠가 자기 잘못이라는 것을 느낄 때가 있을 것이고 괴로워 할 것이라 생각하니 안쓰러웠다.

또 하나 학생들에게 소문이 난다면 미워하는 선생님과 친구들의 신발 분실 혼란은 무슨 수로 수습하고 착한 애들에게 나쁜 길을 알려 주는 것 같아 조용히 넘어가고 신발은 교장실 사물함에 갖다놓고 썼다.

오뉴월이 되면 학생교우 문제도 생기지만 식중독 사례가 빈번하게 발생한다. 학년별로 학부모 총회를 열고 인사를 하면서 학부모 활동의견들을 내고 불미스러운 전화는 하지 말라고 했다.

그런 어느 날 식중독으로 보건실 출입이 늘고 결석생과 병원입원 학생도 생겼다. 상황조사를 했더니 중경상에 상관없이 숫자가 100명 가깝게 조사되었다. 나도 모르는 숫자를 학부모가 먼저 알고 있었다. 2교시가 끝나자 전화가 왔다. 보건실에서 전화를 안 받고 행정실에서도 안 받았다고 하면서 교장실로 전화를 했다. 교육청까지 전화를 했더니 교장실로 알아보라고 했다는 것이다. 직감적으로 1학년이라는 것을 감지했다.

"네! 전화 주셔서 고맙습니다. 내가 급식에 위생관리를 소홀히 하여 장염 사태가 일어났으니 이후 급식을 중단할 테니 옛날처럼 보리차를 끓여 냉동실에 두었다 주고 정갈하게 도시락을 싸서 보내세요."

다음 날 학년 학부모 간부 9명을 집합시켰다.

"전화하지 말고 회장단이 의견 수렴해 와서 의논하라 했더니 전화들을 했어요. 전화한 사람을 찾아오세요. 그리고 찾아올 때까지 급식을 중단하겠습니다."

그러자 찾아오겠다고 1학년 회장단이 이야기했다.

학부모들은 비상이 걸렸다. 아침밥도 안 먹이고 점심 급식에 의존한 학부모들은 도시락을 싸오자니 큰 걱정이 되었다. 1학년 회장단은 못 찾았다고 다음에는 절대로 전화가 없을 테니 한 번만 용서해 달라고 했다.

그 동안 2주가 지났다. 급식 중지한다고 한 다음 날부터 보건실 출입자가 거의 없고 결석생이 없어졌다. 갑자기 날이 따뜻해지자 애들이 빙과류들을 많이 먹고 가정에서의 위생관리 소홀로 발생했던 장염이 차츰 줄어들어 장염 증세들이 보이지 않았다.

"학부모님들의 관심과 위생관리로 환자가 없어졌으니 급식을 정상으로 운행하겠습니다."

그랬더니 감사하다고 돌아가고 그 후 전화는 다시 없었다. 첫 해 업자들이 수없이 드나들고 나를 만나려고 애를 썼다. 나는 행정실장을 불렀다. 교사들은 돈에 대한 관심들이 적다. 특히 나는 지금도 봉급이 얼마였는지조차 기억을 못한다. 수업과 생활지도에만 빠져 있었기 때문이다.

"나는 돈 문제는 어두운 사람이요. 그 일만 해 온 실장은 내가 믿고 맡기고 있으니 공무원의 양심을 지켜 한 푼도 국고의 낭비 없이 학생과 교사들을 위해 양질의 물품을 구비하여 지원하세요. 그러나 하자가 보이면 용서하지 않습니다."

나는 실장에게 단단히 말했다.

"잘못이 있으면요?"

"죽여 버리지!"

"그런 적 있으세요?"

"내 얼굴과 눈을 봐. 내 앞에서 누가 죽으려고?"

업자를 만나 실랑이하고 싶지 않고 나는 그보다 학생지도가 더 급했다. 귀찮게 앨범사진사가 찾아왔다. 안 오게 하는 방법이 무엇일까 하다 또 왔길래 "그렇게 하면 내게 무엇을 해 주겠습니까?" 했더니 다음부터 안 왔다.

업자를 쫓는 방법은 감당 못할 요구를 해 보는 것이다. 2년차 되던 해 학부모 총회에서 한 아버지가 자진하여 자기가 학부모 회장이 되면 학교의 비리를 파헤치겠다고 했다. 어느 회사의 노조위원장이라고 했다. 학부모들은 만장일치로 그 학부모를 회장으로 뽑았다. 무엇인가 해야 한다는 생각으로 행정실에 와서 이것저것 묻기 시작했다. 학부모회장과 행정실장을 교장실로 불렀다. 먼저 행정실장에게 부탁했다.

"학부모회장은 학부모를 대표해서 학부모들이 궁금해 하는 것을 알아서 알려 줘야 할 의무가 있고 알 권리가 있으니 궁금해 하는 것을 잘 설명해 드리세요. 그래야 학부모님들한테도 학교 입장에 서서 이야기를 할 수 있지요."

학부모 회장에게는 지원비에 대해 소상히 밝혔다.

"우리 중학교는 의무교육이고 공립학교는 국고지원으로 학교는 돈을 만지는 것이 아니고 심부름만하고 있구요. 단지 학부모님들이 내는 학교 운영지원비만 쓰는데 그것도 규정대로 지불하고 교육청의 허가를 받아 지불합니다. 그리고 감사도 받고 있으니 학교 운영지원비에 대한 것만 물어보세요."

그 후 행정실에 두 번 다시 찾아오지 않았다.

4년 차 되던 해 종합감사 결과 우수학교로 선발되어 커다란 괘종시계를 상품으로 상을 받았다.

2003년 가을 길원남 선생님은 내게 연락하고 있는 제자들 전화번호를 알려 달라고 했다. 정남중학교 1학년 때 담임한 창순이와 3학년 때 반장 정숙이, 그리고 이천 제자 명현이 전화번호를 알려 주었다.

화성중학교 3학년, 2학년들은 원남이가 연락하여 갑자기 내 회갑 모임을 마련했다. 생각할 겨를 없이 나는 수건을 맞추었다. 수원 삼풍가든에서 5기의 제자들 40여 명이 모여 회갑잔치를 열어주고 갈비를 먹었다. 17년이 지났지만 아직 젊은 나를 예쁘게 하고 가자고 집에 와서 드라이에 화장도 시켜 창순이와 명순이가 데리고 갔다.

오랜만에 만난 제자들은 너무 반갑고 기뻐들 했다. 생일을 모르고 지나온 나는 회갑도 생각하지 않는데 풍성한 대접과 선물까지 받았다. 학교에서도 부장들이 교감선생님과 함께 회식자리를 마련하고 케이크도 잘랐다.

아들과 큰딸이 회갑기념 여행으로 뉴질랜드를 보내주었다. 호주와 뉴질랜드의 남섬과 북섬을 구경했다. 10박 11일의 일정으로 호주 시드니공항에 도착했다. '녹색 아지랑이'로 유명한 블루마운틴 부호가들이 모여 산다는 더블 베이는 높은 산 지대에 있어 시내가 한눈에 내려다보이는 호주의 명당으로 업 타워들을 선호했다.

우리들에게 어린이들은 인사를 했다.

"안녕하세요?"

그러면서 한인들을 알아보았다. 세계 3대 미항인 시드니 항구에서 시드니 쇼우 보트를 타고 배안의 식당에서 점심을 먹으며 항구를 돌면서 허브 브리지를 지나 오페라 하우스 관람을 하였다. 항구 한 쪽의 커다란 돌 소파에 앉아 건너편 오페라 하우스와 건물들을 바라보니 부산 해운대의 아름다운 경치가 생각났다.

돌 소파는 옛날 기사 부인이 배를 타고 나가 남편을 기다리고 앉아 돌아오지 않는 남편을 날마다 뜨개질을 하며 기다리던 그 여인을 위해 만들어 놓은 것이라 했다. 잔디는 우리나라 것보다 잎이 넓고 습해서 날파리들이 많이 모였다.

비행기로 뉴질랜드 북섬에 갔다. 뉴질랜드의 높은 산에는 만년설이 하얗고 호수가 많으며 곳곳에 화산 흔적과 지금도 화산이 일 듯 용암이 이글거리며 김이 무럭무럭 나는 곳도 있었다.

비가 반갑고 호숫가의 고사리가 무성하여 나라 식물이 고사리라 했다. 방목으로 키운 사슴의 녹용은 세계적으로 유명하여 녹용 구경을 하고 11월에 우리가 갔을 때는 뉴질랜드의 봄이어서 수 없이 많은 폭포와 아름다운 숲 공원에는 예쁜 꽃들과 크고 작은 나무들이 잘 가꾸어져 있고 자연 동물원에는 여러 종류의 동물과 나무에 앉아 잠자고 있는 코알라들도 보았다.

가로수도 우리나라에서 볼 수 없는 나무들이 아름답게 서 있었고 정원이 넓은 집들이 평화롭게 보였다. 정원의 잔디를 관리를 안 하면 벌금을 낸다고 했다. 끝이 멀어 차로 달려야 할 귤 농장에는 예쁜 잔디 위에 그림처럼 가리어진 아담한 집이 있었다.

한국인이 경영하는 식당이었다. 우리 관광객이 들르며 영국 엘리자베스 여왕이 뉴질랜드를 방문하면 꼭 들러 한식을 즐기신다는 식당이다. 여주인이 직접 만드는 음식은 한국 어디서도 먹어보기 힘든 솜씨이다. 이민계획을 하며 한식 전통음식을 찾아다니며 배웠고 농장에서 가꾼 채소들을 쓰고 있었다.

어느 농가를 찾았더니 채소와 과수를 가꾸어 파는데 한국인들이 많아지고 공급이 늘어나 형제 친척 사돈까지 불러서 함께 파는데 일손이 바쁘다고 했다. 우리나라 사람들은 부지런하고 성실하여 건강하기만 하다면 성공한다고 주인은 설명했다.

아름다운 자연 속에서 평화롭게 바쁘게 일하며 사는 순박하고 착한 삶이 부럽게 보였다. 공해가 적은 나라에서 나는 농산물들도 농약도 거의 안 쳐서 과일도 물에 씻어 껍질째 먹는다.

남섬에는 사람들이 거의 없어 차로 몇 시간을 달려도 농작물도 기계로 재배하는데 멀리 보이는 벌판에 물주는 기계가 거대하게 돌아가고 있었다. 원주민들인 마오리족들이 사는 마을을 들렀다. 마오리족들이 춤을 추었다. 얼굴 모습은 동양인을 닮았는데 가이드는 조상이 동양인이라며 증거로 신생아 엉덩이에 파란 점이 있다고 했다. 삼신할머니가 아기를 다 만들고 나가라고 딱! 때려서 든 멍이라는 몽고반점은 동양인에게만 있는가 보다.

온천도 곳곳에 많았다. 마오리족들은 고기를 뜨거운 온천물에 담가 익혀서 먹었다. 우리는 기름이 빠진 그 맛있는 고기들을 먹었다. 뉴질랜드를 정복하고 개혁 당시 수많은 인력동원으로 중국 사람들이 쓰였는데 젊어 동원된 남자들은 평생 노예처럼 살았다는 이야기를 들을 때 마음이 무척이나 아팠다.

내가 중고등학교 때 세계에서 가장 큰 나라가 중국이고 인구가 2억이라고 배웠다. 그 많고 무지했던 중국인이 지금은 그 인구가 얼마나 많을까? 사람들이 모여 사는 뉴질랜드 북섬의 수도 오클랜드에는 크지도 않은 조용한 도시로 각종 문화시설이 다 있었다. 우리나라 사람들이 이 마을에 많고 관광객들이 많아 친근감을 주었다. 작은 시내에서 알뜰시장도 작은 교회도 시내를 관광하고 며칠을 숙박했다.

뉴질랜드의 명물인 사슴들과 양들을 구경하고 어느 농장을 견학하면서 털을 깎는 것을 보여주는데 사람머리 깎는 것처럼 빨리 깎았다. 겨울에는 열 뺏길까 봐 떨어져 지내고 여름에는 열 가져가라고 가까이 지낸다고 했다.

아들 딸 덕분에 좋은 구경 좋은 시간 보내고 왔다.

대학원 동문들이 우리 교육청 과장들로 왔다 가면서 교육장들이 되었다. 새로운 장학사들은 새로운 입학에 익숙지 않아 두 번 공문을 지적한 적이 있다. 한 번은 과장이 바뀐 것을 그대로 정정하지 않아 실무자에게 전화하여 주고 한 번은 두 개의 계에서 보낸 행사가 중복되어 실무자에게 정정하여 다시 보내라고 했다.

후배이고 애기들이라고 생각하면 허둥대는 모습이 안쓰러워 따뜻한 선배가 되고 싶었다. 나이 먹고 할 일을 믿고 맡기기보다는 살피고 고쳐주고 하는 것이 내 일이라고 생각하면 화를 낼 수가 없었다. 문항지 결재를 내면서 오자 탈자를 알려 주고 졸업식 날 시장, 교육청장의 수상대상자 명단이 중복되어 결재를 올려오면 중복된 것 같으니 확인하라고 한다. 부장을 믿고 교감은 결재를 낸다. 나는 다시 확인한다.

교내의 실수는 정정하기 쉬워도 대외 공문은 학교의 얼굴이다. 실수를 거듭하면 신용이 떨어지고 최종 결재자의 인격을 좌우하는 것이기 때문이다. 선호하여 입학한 학생들이어서 학생과 학부모들의 열의가 대단하다.

초등학교 때부터 능력이 뛰어난 김근영이는 최초로 민족사관학교에 진학했고 외고에도 많이 갔다. 하루는 실업계 진학을 하겠다고 학원을 갈 수 있게 4교시 후 오후 수업시간 가는 것을 허락해 달라고 했다. 성적이 우수하여 안 된다고 했다. 인문계를 가라고 했더니 디자인 공부를 하는데 실업계를 가서 일본 유학이라도 가겠다는 학생의 의사표시가 뚜렷했고 똑똑했다. 학원은 안 다녀도 그 학교에 합격할 학생이다.

"나는 네가 아까워 떨어졌으면 좋겠다."

그랬더니 웃는데 마음의 여유가 있고 자신감이 보였다. 자랑스러워 그럼 더 많이 배워 남보다 뛰어난 사람이 되라고 허락한 적이 있다. 내가 중학교 때 배운 것처럼 웅변대회나 합창대회도 해 보고 2년마다 전시회와 체육대회를 겸하여 했다.

퇴임 전 해에는 구갈축제를 가지며 전시회에 교사 작품도 내라 하고 나도 '어머니' 라는 주제의 짧은 시를 써서 액자 속에 넣고 작품을 냈다. 기회만 주면 애들은 열정을 다했다. 웅변대회하면 고덕기가 항상 일등을 했다 아버지가 원고를 써 주시고 연습을 시켜 웅변의 멋진 모습을 애들에게 실감시켰다.

장애 특수아 애들도 정규학교에 들어온다. 신체장애자 유미는 공부도 잘하고 착하여 급우들이 휠체어를 밀고 강당이나 특별교실도 데리고 다녔다. 장애가 심해지자 담임선생님이신 오 선생님은 휠체어를 사주셨다고 한참 후에 이야기해서 챙기지 못한 내가 부끄럽게 느껴졌다.

한글 미해득자들을 불러서 가르치다 보니 특수아라는 것을 깜박했다. 수원여중에는 특수학급이 있어도 그 애들을 별도 대우한 생각이 났다. 동네 애들이 학교에 세발자전거를 끌고 놀러온 아이의 자전거를 키가 큰 특수반애가 끌고 교문을 나가 학교를 못 찾아와 선생님들이 동네 골목에서 울고 오줌을 싼 애를 데리고 온 적이 있었다.

특수아 지도 교육을 받지 못한 나는 깜박할 적이 많았다. 2학년 남학생이 가출을 한 것이다. 담임보다 맘 아픈 것은 나였다. 몇 차례 가정방문을 가서 학부모를 만났다. 한 달이 넘어 집으로 돌아왔다. 서울 롯데월드를 갔다가 집을 못 찾아와 지하철 지하에서 노숙자들과 같이 지내다가 어떤 아저씨가 주머니 속에 들은 삼촌 전화번호로 연락하여 찾아왔다. 자녀 기르기도 힘들지만 정상아만 가르치던 나는 가끔 놀랄 일들을 몇 차례 겪었다. 개교하던 해 2월 발령들을 받고 입학식 준비차 전 직원 첫 모임에서 나는 인사를 하였다.

"우리는 애들을 위해 여기 온 사람들입니다. 힘들더라도 애들 키우는 기쁨과 새 학교 가꾸는 보람으로 모두 협조해 주시기 바랍니다. 그래서 나는 학생을 먼저 생각하고 다음으로 학부모 선생님을 생각하며 끝으로 나를 생각하고 살아 왔고 앞으로도 그렇게 살아갈 것입니다. 공과 사는 구별하며 어려운 일은 함께 의논해 주시기 바랍니다."

그래서 누가 뭐라 해도 당당했고 학부형들의 전화가 오면 친절하게 또는 무섭게 호령을 했다.

송원여중에서 어느 겨울 어머니 학부모의 전화를 받았다.

"왜 추운데 난로를 안 피우시죠?"

"네? 영하 3도가 되어야 난로를 피웁니다."

"추운 날 여자애들 감기 들게요?"

"춥다니요? 추우면 바지 속에 내복을 입히세요! 짧은 치마에 날 다리로 다니면서 무슨 말입니까?"

그러자 일본 구경을 하고 왔는지 일본 이야기를 했다.

"일본이 부러우면 일본에 데려다 키우세요! 전화하시는 어머니 학교 다닐 때 생각나세요? 지금은 살기 좋은 나라가 되어 호강한다는 것을 알면 나라에 감사하고 애들을 위해 최선을 다하며 바쁘게 사는 선생님들께 감사하다는 말은 못하고 할 일 없어 시비에요?"

"아이쿠! 죄송합니다."

일을 한다는 것은 기쁨이다. 1학년 때 길을 잘 들이면 학교 분위기는 쉽게 잡힌다. 결강이 생기면 선생님들은 싫어한다. 바쁜 업무에 또 쉴 사이 없어 우리도 힘들게 지낸다. 잘 안다. 그래서 나는 1학년 결강을 내가 들어갔다. 들어가서 인성교육을 시키다 보면 결강시간도 부족했다.

중학생이 되어서 분실사고 예방을 위한 양심 키우기, 좋은 친구가 되려면 공부하는 방법 사람은 끊임없이 변한다. 나는 내가 만들어 간다는 등의 인성교육을 시키면 보강 들어갔던 반 애들은 눈에 띄게 달라진다.

어느 날 '누구나 가는 길' 이란 시를 써서 읽어주고 이게 무슨 내용인가? 했더니 남학생이 손을 들더니 '인생길' 이라고 했다. 또 놀랬다. 중학교 1학년 입에서 인생이란 말이 나오다니? 이름은 모르지만 지금 30세가 될 그 애는 남보다 앞선 삶을 살 것이라고 생각된다.

나이를 먹을수록 애들이 사랑스러워져서 주머니 속에 사탕이나 초콜릿을 넣고 다녔다. 내가 먹으려는 것이 아니고 순간순간 나를 놀라게 하고 칭찬할 만한 애들을 찾아 하나씩 준다. 그 애에게 커다란 초콜릿을 주며 "넌 생각이 어른스럽구나! 친구들이랑 나누어 먹어" 했다.

나는 시험문제를 낼 때마다 서너 개는 돌려서 어렵게 낸다. 100점은 극히 드물고, 90점이 많으면 한 반에 서너 명 나오게 낸다. 그래도 애들은 과학 공부들을 열심히 했다. 그 전에는 한 달에 한 번씩 월말고사를 보고 전기고사가 네 번 또 있다. 수첩에 일일이 점수를 적고 교실에 들어가 90점 이상을 불러 세워본다. 어느 여학생이 번번이 60점이었는데 두 차례 90점대에 올랐다. 그 여학생을 과학실로 불렀다.

"너 커닝했지?"

"아니요!"

"그럼 어떻게 60점대에서 90점대로 올라갔니?"

"학원에 가서 시키는 대로 했더니 90점대가 되었어요."

"지금도 학원에 다니니?"

"아니요! 지금은 학원에서 하는 것처럼 해요."

"다른 과목도 그러니?"

"네!"

나는 그 여학생 머리를 쓰다듬고 꼭 껴안아 주었다.

"정말 예쁘구나! 오래 스스로 공부하는 방법을 터득하고 노력하는 사람은 고등학교 대학 가면 더 잘 하고 자신감이 생긴단다."

길원남 선생님은 부부가 고교 교사이고 아들이 초등학교 5학년 때 담임을 아빠가 한 제자이다. 책을 많이 읽은 아들은 궁금한 게 많아 수업시간에 질문을 많이 했더니 선생님이 조그만 게 말이 많다고 맨 앞자리에 앉아있던 용원이를 맨 뒤에 혼자 책걸상을 떼어 앉혔다. 속이 상한 용원이는 학교 가기가 싫어졌다. 엄마인 길 선생님이 내게 이야기를 하여 찾아갔다.

"용원아, 속이 많이 상했구나? 그런데 수시로 질문을 하면 선생님 수업 방해가 되어 미워해. 다음에는 질문하지 말고 생각나는 것을 연습장에 써 놓고 쉬는 시간이나 방과 후에 선생님한테 갖고 가서 물으면 잘 가르쳐 주시고 좋아하셔. 그리고 간단한 것은 집에서 책과 사전을 찾아봐. 궁금한 것이 많은 사람은 공부 잘 하는 사람이야."

중학교 1학년이 되어 어머이 날 편지쓰기를 시켰더니 용원이 편지 속에 나의 정신적 지주 이 선생님이란 말이 있어 담임선생님이 엄마를 만나 말했다고 한다. 공부를 잘 하여 과학고등학교에 가려다 수학이 딸린다고 인문계 고등학교를 갔다. 2학년이 되려니 공부에 등한시하고 거울을 수시로 보고 모양을 내며 생활이 달라진다고 길 선생님이 찾아와서 가정방문을 하였다.

"용원아! 이제 사춘기가 왔나 봐. 고등학교 2학년 3학년 공부가 네 인생에 가장 중요한 공부이고 대학 진학을 좌우하는 거야. 그런데 지금까지 공부를 잘 해 온 네가 딴 생각을 하면 어떻게 해? 네가 지금 사귀고 싶은 여학생은 초, 중학교 때 친구이지? 조금 참고 열심히 공부하여 명문대학을 가면 그 때는 전국에서 몰려온 명문대 아가씨들이 줄을 선단다. 그때까지는 지금처럼 공부해!"

내 말이 귀에 들어갔는지 문과에서 3등 이내를 오가다 서울대학교에 진학했다.

우리 학교는 신입생들이 선호하는 이유 중에 교복이 예쁘고 급식이 맛있다고들 했다. 애들이 좋아하는 식단을 짜서 해 주니 점심을 두 그릇이나 먹는 애들도 있었다. 먹고 운동을 안 하니 살들이 쪘다. 3학년이 된 상훈이는 아저씨처럼 살이 쪘다. 복도에서 만나 "상훈아! 점심 먹고 운동장 세 바퀴 돌고 내게 와!" 그랬더니 비지땀을 닦으며 왔다.

"잘 먹는 것은 좋은데 살찌는 것은 안 된다. 아침, 저녁, 점심시간마다 운동장을 돌아 살을 빼 봐!"

운동장 조회시간이나 체육시간이면 어슬렁거리며 나오고 동작들이 민

첩하지 않아 운동장 조회시간에는 내가 일찍 나가 애들 집합하고 정렬하는 모습을 지켜보고서 3학년을 지적하고 오리걸음을 운동장에서 시킨다. 3학년이 잘 하면 1,2학년은 저절로 따라온다. 다음 날 몇몇 남학생에게 위로 겸 말한다.

"오리걸음을 걸으니 다리 아프지?"

"아니요. 견딜 만해요"

내가 고등학교 때 걸은 오리걸음에 비하면 운동장이 짧고 남자애들이라 견딜 만한가 보다. 머리 단속으로 한 달에 한 번씩 검사했다. 길면 그 반은 강당에서 토끼뜀을 뛰게 했다. 전학생들은 머리검사 후 학부모 상담 후에 반 배정을 하였다. 타교와 머리가 구별되니 교외에서 교복을 안 입어도 알아볼 수 있기 때문에 불량한 짓들을 못 했다. 머리가 길어지면서 방학 때는 파마 염색을 하고 어른 흉내들을 내어 화장까지 하고 다녔다.

내가 퇴임을 하고 선생님 결혼식장에서 만난 정은이는 나를 보고 달려와 끌어안았다.

"아니? 정은이 아니니?"

"네!"

"그런데 네 머리가 뭐니? 가위 갖고 와 잘라 줄께!"

그랬더니 웃으며 매달린다.

후임교장은 두발 자율화를 시켰다. 정은이의 머리는 허리까지 내려왔고 파마에 염색까지 했다.

"너 학교에 가면 안 걸려?"

"개학 때는 파마 염색 풀고 가요."

많이들 변했다. 정은이는 1학년 때 교칙을 어겨 어머니와 교장실에 불려 와서 내가 기억하고 있었다. 출장을 가거나 병원에 갈 일 아니면 근무에 충실해야 하고 그 경우에는 내가 즐겁게 보강했다.

어느 날 김 선생님이 시댁의 제사이어서 전라도에 가야 한다고 연가를 내달라고 했다. 나는 허락하지 않았다. 수많은 교사들이 너도 나도 제사로 연가를 내면 그 결강과 학급관리는 누가 하느냐, 제사를 모셔오든지 남편만 보내라고 했다. 여선생님들은 감히 입 밖에 못 내고 며칠 동안 준비하고 아무도 모르게 지냈다. 옛날에는 애도 방학 때 낳고 일요일에 아프라고 하던 교장도 있었다. 선생님처럼 직장일 허술히 하는 선생님은 담임을 주지 않겠다고 하고 보냈다.

또 얼마 후 장 선생님이 와서 제사 연가를 내달라고 하여 야단을 치고 남편을 데리고 오라고 했다. 어떻게 생겼나 보고 아내의 직장 근무 태도 교육시키라고 한다고 했더니 내 팔에 매달린다.

"알았어요. 다음에 잘 할게요."

그 해의 연말 무렵 직원회의 시간이다.

"올해 힘들었던 선생님 손들어 보세요?"

그러자 교무부장 혼자 살그머니 손을 들었다. 나는 속으로 능력이 힘에 부쳤구나 싶었다. 첫해 1수의 근평을 받고 이듬해 교감강습을 받았다.

그때 전임학교에서 1수를 받고 온 여선생님이 업무추진을 잘 했다. 연말에 교무부장을 불러 교감강습을 받았으니 어디든지 발령은 나고 교감강습 받기가 힘들어 다음 선생님들께 기회를 주겠다고 했다. 후에 생각해도 안 되면 속상할까 해서 이야기했더니 발령이 멀리 나고 나서 나에게 따지며 선생님 뒤에서 뒷말을 하고 다녔다.

전임학교에서 근평을 잘 받으려고 늦은 회식을 기다리며 오밤중에 신갈에서 평택까지 교장을 모셔다 드렸다는 소문이 있다. 열성으로 업무수행을 하면 되는 것을 이리저리 인사 청탁을 한 모양이다.

어느 교장이 오라는 데도 안 갔다느니 전 교육장님을 찾아다니고 내려

따졌다는 것은 인격 문제이고 뒷소리하는 것은 능력부족을 공개하는 것이다. 나는 못 들은 체했다. 언젠가 나이 먹고 오늘을 생각한다면 자신의 부끄러움을 알 것이라고 생각했다.

기흥중학교에서 같이 간 전 선생님이 대학원을 다니니 여선생님 몇 분도 대학원을 두 군데 다녔다. 여선생님들은 남자들보다 생활력이 약해서 남편이 교장으로 승진을 하니 승진 포기하는 사람들이 많았다. 나와 함께 강습을 받은 정 선생님도 명퇴를 하고 교감발령을 받고 근무하던 이 선생님도 명퇴를 하였다.

착하기만 하신 이 선생님이 교감 발령을 받아 축하하려고 학교를 방문하여 교장실에 들렀더니 교육장시절에 우리 교장승진 대상자 면담을 하던 교장이셨다. 인사를 했더니 "서방 잘 있어요?" 하는 것이다.

나는 면접 당일 밖에 본 일이 없고 우리 집사람을 안다고 말을 막 했다.

"예! 남방도 잘 있어요."

"남방요?"

서있는 나를 보고 실수했나 싶었나 하는 표정이었다. 교장 밑에서 적응을 못하고 명퇴를 했다. 나는 얼마나 힘들게 올라간 자리를 그리 쉽게 버리느냐고 했었다.

2년 만에 교감선생님이 내신하여 가시고 새 교감선생님이 오셨다. 문제가 전임학교에서 있었는지 6개월 만에 다른 학교로 가시고 젊고 능력 있는 여교감선생님이 오셨다. 어느 날 영어선생님이 내게 와서 학교를 못 다닐 것 같다고 했다. 이유를 들어보니 회사에 다니는 남편이 승진하고자 툭 하면 술잔치를 하고 오밤중에 오면 잠자는 사람을 깨워 놓고 술주정을 하여 피했더니 방문까지 부셨다고 한다. 잠도 설치며 3남매를 뒷바라지 하다 보니 근무를 제대로 할 수 없다고 했다.

내가 연년생을 쌍둥이처럼 키울 때 밤새 먹이고 기저귀 갈며 허약해 독사까지 먹던 일을 생각하면 이해가 갔다.

"일주일 병 진단서 뗄 수 있어요?"

"네!"

"그러면 진단서를 떼고 병원에 다니면서 남편에게 사표 냈다고 하세요. 그리고 이번 일요일에 둘이 학교로 오세요."

"왜 내가 너의 교장을 만나야 하느냐?"

투덜댔다는 남편과 교장실에서 인사를 하였다.

"지금 교사채용 경쟁률이 얼마나 높고 가장 선호하는 직업이 교사라는 것을 아세요? 지금 교육경력도 있어 수업하는 데 막힘도 없는 선생님 사표를 제출해서 보자고 했습니다. 혼자 사는 것보다 둘이 사는 것이 서로 버팀목이 되어 의지하고 살아보려 결혼하고 3남매를 지금까지 키우는 데 얼마나 힘이 들었는지도 모르고 나 하나만 출세하려고 처자식 아랑곳없이 살고 있으니 3남매를 두고 아내가 어찌 되면 행복할 것 같아요? 우선 가정 먼저 지키세요. 일찍 들어와 3남매 함께 키우세요. 취업했으면 했지 그까짓 승진하고 애들 교육 잘못시켜 후회하면 돌이킬 수 없어요. 함께 동고동락하고 일주일에 한 번씩 가족 외식하며 따뜻한 아빠와 남편 되세요. 그렇게 하겠다면 사표 취소하고 못 하겠다 하면 사표 처리하겠습니다."

"알겠습니다. 잘 하겠습니다."

"더 지켜보겠습니다."

그 다음 주부터 술을 잘 안 하고 일찍 귀가하고 가족 외식도 다니고 내게 준다고 양말도 사주었다.

운영위원회와 학부모 활동이 원만하고 학교가 아직도 이것저것 구비할 것들이 많았다. 나는 몇 차례 행정실 식구들과 야유회를 다녀왔다. 어렵게 수고하는 기사들과 일용직 직원들과 시간을 보냈다. 첫째 전교생과 직원 모두가 안산에 있는 작은 수련장을 다녀오고 다음 해 2학년은 교감과 학생부장 인솔로 설악산으로 가고 1학년은 제천 수련원에 갔다.

용인 야영장 가는 생각으로 갔더니 실내외의 수련시설이 잘 되고 짜임새 있고 훈련들을 잘 시켰다. 운영위원장과 학부모 회장단과 동행하여 순회하고 돌아왔고 4년차에는 마지막 수학여행이라 인솔하여 따라갔다. 그해 교직원 연수회도 설악산을 들러 하루를 즐겼다.

시청의 직원보조를 받아 보건실을 만들게 되었다. 보건교사가 발령을 받고 보건실 자리를 정하는 데 나와 생각이 달랐다. 나는 현관 가까이 교실에서 가까운 곳을 생각하는데 보건교사는 운동장 가까이 한적한 곳을 말했다. 잘못하면 보건실에 문제아가 모이고 수업기피자들이 모이기 때문이다. 자기 뜻대로 안 해 준다고 운영위원장 앞에서 교원노조위원장을 데려오겠다고 했다. 초등학교나 나왔나가 의심스러웠다.

"네? 노조위원장요? 노조위원장 할아버지가 와도 나는 눈 하나 깜짝 안 할 테니 데려 오세요!"

교원, 교직원이었다는 것이 지역위원 시설 운영위원장께 부끄러운 생각이 들었다. 기흥중학교에서 처음으로 교원노조 문제가 있은 후 교무부장이 내게 왔다

"선생님! 출입문에 교원노조 홍보물이 붙어 있는데 뗄까요?"

"아니요!"

교무부장님이 떼면 잘못하다가는 교원연합회와 교원노조가 싸움이 붙을 수도 있어 내가 했다. 일어나서 홍보물을 떼어 학교 대표인 정 선생님 책상 위에 접어놓았더니 전화로 노조로 경고 받은 사람들 중에 한 남자선생님이 전출해 오셨다.

"교감선생님, 그걸 왜 떼세요?"

나는 대답을 않고 정 선생님을 불렀다.

"선생님! 그것 선생님이 붙이셨어요?"

"네!"

"교무실 안에는 상급관청에서 내려온 홍보 전달문이나 학생들에게 홍보할 것들 외에는 제시해서는 안 됩니다. 그것 교육청에서 내려온 홍보물인가요?"

"아니요!"

"그럼 집어 쓰레기통에 넣으세요?"

두 선생님이 돋보이고 다른 노조 선생님들은 별 문제가 없었다. 둘이 2학년 담임이었다. 학급일지를 검사하면 어느 반보다 잘 깨끗이 빠짐없이 기록되어 있고 방과 후 교실 순회를 하면 어느 반보다 학급 정리 정돈이 잘 되어 있었다. 한 사람씩 불러 칭찬을 하고 어떤 때는 선생님들께 두 반 교실을 가 보라고 하며 칭찬을 했다. 성실하게 업무 수행들을 하여 친절하게 대했다. 환경에 따라 사람은 변하는 것이다.

정 선생님은 교무부장까지 했다. 어느 날 체육선생님이 씩씩대고 들어왔다.

"왜요?"

의자에 앉혀 얘기를 들었더니 어떤 담임반 아버지가 전화로 쌍소리, 쌍욕을 했다며 내가 듣기가 민망하게 말했다. 바로 그 아버지를 호출하라고 했다.

두 남자를 마주앉게 하고 "선생님 이야기해 보세요" 했더니 들은 대로 말을 했다.

"아버님! 지금 선생님 이야기가 사실인가요?"

"네!"

"선생님이 그런 욕을 먹을 정도로 무엇을 잘못했나요? 애들 앞에 존경받아야 할 선생님이 학부형에게 욕을 먹다니…, 그렇게 존경받을 수 없는 선생님께 어떻게 자녀를 맡기세요. 애들 찾아 데리고 가세요. 그토록 기본이 안 된 학부모 밑에서 자라는 애를 선생님이 어떻게 가르쳐요. 최 선생님은 어느 선생님보다 애들을 아끼며 가르치는 선생님으로 내가 아끼는 선생님 중의 한 분입니다. 이런 선생님을 내가 버릴 수 없으니 학부형님께서 애를 데리고 가세요!"

그랬더니 잘못했다고 한 번만 용서해 달라고 했다.

"그럼 담임선생님께서 나서서 사죄하고 마음 풀어드리고 가세요."

"아버지가 잘못 했다고 애를 어쩌나 하는 생각은 절대로 하지 마세요. 아버지는 용서 안 해도 우리는 애들을 때려가면서도 열 번 백 번 용서하며 가르치는 사람들이니까요."

정년퇴임하던 해 2월 도교육청 강당에서 정년퇴임 교사들에게 공로훈장을 주었다. 단상에서 훈장을 받고 내려오는데 반성문 썼던 이 선생님과 최 선생님이 꽃다발을 한 개씩 들고 계셨다. 생각 외로 두 선생님을 만나니 반갑고 고마웠다.

3학년 남학생이 전학을 왔다. 위장전입 여부를 확인하고 반 배정을 하였다. 우수했다. 어느 날 담임선생님이신 여선생님이 난색이 되어 왔다. 그 전입생이 아침 조회시간에 들어갔더니 담임교사에게 "선생님 보여드릴게 있어요" 해서 열어 보이는 가방을 들여다보니 부엌식칼이 들어 있었다고 했다.

시간을 지체할 수 없어 교실로 달려갔다. 애들은 웅성거리고 분위기가 안 좋았다. 애들도 불안하지만 소문이 나면 학부형들도 불안한 일이다.

"그 놈 나와!"

키도 크고 생김도 괜찮다.

"야! 이 바보 같은 놈아! 생각을 하고 살아야지. 덩치 값을 해라! 네가 잘못한 것 알아?"

"네!"

"무엇을 잘못했는지 말하고 애들 앞에 용서해 달라고 말해 봐!"

그 말이 끝나고 다른 애들에게도 의견을 물었다.

"이 미련한 놈 한 번 용서해 줄까 말까?"

"용서해 주세요."

"봤지, 이 착한 애들이 널 용서해 주자고 하니 감사하다, 인사하고 앞으로는 두 번 다시 미련한 짓 않겠다고 약속해라."

"박수치자!"

그리고 내려와 부모를 호출했다.

과거에도 그런 일이 있었느냐고 했더니 없었다고 했지만 전입하여 몇 달도 안 되어 일어난 일이니 애도 알 수 없거니와 애들이 걱정되어 졸업장을 줄 테니 집에서 공부하도록 하라고 했다. 결석을 시켜도 수업일수는 넘치기 때문이다. 학부모는 처분만 보고 있었고 나는 너무 가혹한 것 같아 일주일만 집에서 잘 지도하고 등교시키라고 했다. 조심스레 애들과 선생님들이 살펴보는 가운데 무난히 졸업을 했다.

내용인 즉 체육시간에 축구를 하다 어떤 애가 발에 걸려 넘어지고 그 애를 때린 것이다. 싸움을 모르는 그 애는 애들에게 겁을 주려고 칼을 갖고 온 것 같다.

다음해 3월 수원에서 2학년 남자 전입생이 들어왔다. 집 주소가 우리 학군이어서 면담 후 반 배정을 했다. 학교생활 잘 할 것을 손가락까지 걸었다. 한 달은 잘 다녔다. 우리 학군에서 초등학교를 다니는데 주먹이 세고 키가 커 애들을 괴롭히고 돈을 빼앗았다. 중학교에 가면 그 애들을 데리고 말썽을 부렸다 해서 애들을 떼어 놓느라고 6학년 담임선생님이 권하여 수원시내로 입학시켜 1학년을 다니는 동안 말썽을 부리고 우리 학교에 전입배정을 받았다. 애들을 괴롭히니 애들은 그 애만 보면 두려워했다.

엄마 없이 아버지가 기르는 애가 같은 반이다. 아버지가 오밤중에 들어오는 것을 알자 방과 후 그 아이네 집에 가서 라면을 끓여먹고 점차 옥상에 올라가 술과 담배를 하고 심부름도 시키며 밤을 새웠다. 내가 불러 몇 차례 이야기를 하고 가정 방문을 갔더니 아버지는 아들을 군대식으로 때렸다. 직업군인인 아버지는 주말에 오면 무섭게 대하니 아버지 앞에서는 고양이 앞에 쥐처럼 고분고분했고 선생님들의 회초리는 장난감처럼 우습게 보인 것이다.

며칠 등교 정지를 시켰다. 다시 나오면 집에 있는 동안은 밖에 나가지도 않고 친구들도 안 만났다고 한다. 학교에 오면 애들은 물론 선생님들도 내게 뛰어온다. 교실에 가서 없길래 가방을 열어 보니 새 담배와 몇 개 남은 담뱃갑과 책상 속에 라이터와 성냥이 있었다.

1학년 때 길들이지 못하고는 그 애를 누구도 감당할 수 없고 나도 수업을 들어가면서 길들이기에는 너무 벅찼다. 가정 방문을 가서 다른 지역으로 이사시키고 담임선생님께 잘 이야기하여 길들이도록 하라고 했다.

다른 도로 전학을 시켰다. 여름방학이 되자 길을 알고 찾아와 말썽을 부렸다. 그 학교 담임교사에게 여기서 말썽을 부려 경찰에서 찾으니 여기 얼씬하지 말라고 알려 주라고 했더니 그 후 나타나지 않아 학교가 조용했다.

애들을 가르치고 잘 키운다는 것은 그리 쉬운 일이 아니다. 운영위원장님은 방범대 대장으로 학생 생활지도 우범지역 순회들을 시켜 범죄자 색출에 공이 커 도지사, 경찰서장, 청장 표창을 수차례 받고 10년간 구갈중학교의 운영위원장을 역임하시고 지역 학교 발전에 공헌하시어 마음 속에 크게 감사한 마음으로 간직되어 있다.

신설학교의 초대 교장으로 정년퇴임을 앞둔 나에게는 4년이라는 시간 밖에 주어지지 않았다. 선생님과 친구들의 사랑 속에 학창시절을 보내고 피어나는 꽃봉오리의 향기 속에서 지칠 줄 모르고 기쁨으로 지냈던 나의 교직생활의 마지막 학교를 졸업하는 나의 모교는 구갈중학교이다. 나도 동창회 통장에 회비를 입금시켰다. 4년 동안 황무지를 개척하듯 밤낮을 모르고 생각하며 내 나름대로 바쁘게 뛰었다.

선생님들은 학력신장에 몰두하시고 나는 생활지도에 노력하여 선생님들의 힘을 덜어 주고 학생 길들여 학교의 기강을 세우려고 기본생활 습관과 인성지도를 하며 학생사고나 문제학생지도는 속전속결의 일념으로 마무리 짓고 학부모님들의 자질향상을 위하여 외부강사를 초빙하고 학유회의 자체활동으로 강사들을 초빙하여 꽃꽂이, 수공예, 종이접기 등을 통한 학부모 친목과 더불어 축제날은 교직원 학부모작품도 전시하였다.

학부모님들과 학생동아리에서는 먹거리 장터까지 개설했었다. 부지런하고 능력 있는 강좌 선생님들의 뜨거운 협조로 구갈중학교는 깨끗한 신설교에 애들이 반듯하고 선호도가 높아지자 교육청에서는 해외 각 지역에서 오는 교육기관 학사사찰단들을 우리 학교에서 영접하도록 하였다.

윤 교감선생님의 영어 교사에게 추천받은 열댓 명들에게 접대를 받은 생활영어 회화를 가르치도록 하여 교직원 모두가 한 마음 한 뜻으로 행사를 무난히 치루기도 했다. 2년차부터 일 년에 두 번 봄가을 학교신문이 발간되었다.

가을 어느 날 명현이가 방석 다섯 개를 갖고 왔다. 그 방석을 교감, 행정실장, 여자부장들에게 나누어 주었다. 명현이는 가면서 부탁의 말을 한다.

"선생님! 정년퇴임 기념으로 책 하나 쓰세요!"

"내가 무슨 능력으로 책을 쓰니 너희들이 써라!"

"선생님이 쓰셔야지요."

그 날부터 짧은 글들을 써 모으면서 제자 애들한테 한 장씩 써 오라고 부탁해서 조그만 책 500권을 만들었다.

제5부

정년퇴임을 하고

05

정년퇴임을 하고

학부회 회원과 퇴임식 축하객과 학부모, 교직원 그리고 근무한 학교별로 애제자들에게 돌렸다. 선생님들의 열정과 학교운영위원 학부모님들의 뜨거운 성원으로 퇴임식을 따뜻하게 끝냈다.

능숙하신 교감선생님의 지휘 아래 김정희 음악선생님은 합주반을 만들어 합주해 주시고, 최미자 선생님의 독창 '오솔레미오'는 나를 놀라게 한 처음 들은 성악전공 선생님의 성악곡이었다.

강당에 자리를 만들었다. 단상이 너무 높아 나는 교실에 있는 교단을 몇 개 놓고 커튼을 씌워 단상을 만들었다. 학생이 아닌 내빈들 앞에 나는 높이 앉기가 불편해서 한 옆에 자리를 마련했다.

부모님 같으신 큰오빠 내외분과 작은오빠들과 동서와 둘째시누가 가족석에 참석하고 우리 애들 3남매와 며느리가 참석했다. 관내 교장단과 여교장단 선후배 동창들과 제자들이 30여 명 참석했다. 30여 년 만에 만난 제자들과 인사할 겨를 없이 헤어졌다.

길원남 선생님 내외분이 와서 기념품 전달 등을 해 주고 길 선생님은 축사까지 해 주었다.

모두 감사한 분들에게 인사 하나 제대로 못 하고 선생님들께 감사의 표시 한 번 제대로 못 하고 지나와 지금도 마음 속에 빚으로 남아있다. 끝까지 곁에서 지켜주신 윤일경 교감선생님과 전태순 선생님, 최미자 선생님, 오숙자 선생님, 양현숙 선생님, 강형구 선생님은 맘속에 깊이 간직하고 있다.

하루가 아쉬워 2월 25일까지 결근을 모르고 출근했다. 짧은 봄방학을 이용하여 정년퇴임 기념으로 중국 해남섬을 다녀왔다. 며느리가 교직에 있어 신학기를 피해 다녀왔다. 바닷가 휴양지여서 깨끗하고 조용했다.

정통 중국요리가 너무 기름이 많아 제대로 먹지 못했고 호텔에서 보이는 작은 마을에서는 호텔에서 나간 쓰레기장을 뒤지러 오는 사람들이 보였다. 빈부격차로 중국이라 하지만 작은 공항은 협소하고 북한 상품들도 많이 눈에 띄었다.

25일 학교를 떠나던 날 교감선생님과 행정실장이 배웅을 나왔다. 50여 년간의 학교를 떠난다니 졸업식 때도 안 나오던 눈물이 쏟아졌다. 나는 나의 모교 구갈중학교의 무궁한 발전을 기원하며 교문을 나섰다.

나는 서서 아침을 먹고 뛰던 쫓김이 없는 일정 속에 지금까지 잘못한 살림을 하면서 음식도 만들고 아침 식사 후에는 가까운 서호를 세 바퀴 돌기 시작했다. 세 바퀴를 돌면 만보가 되는 것이다. 비가 오면 우산을 쓰고 신발이 흠뻑 젖어도 걸었다.

여름에는 목에 수건을 걸고 땀을 뻘뻘 흘리며 걸었다. 더울 때는 사람들도 별로 없다. 온몸에 땀을 흠뻑 흘리면서 나는 우리를 키울 때 부모님이 온몸에 땀을 흘리고 들어오셔서 차가운 펌프 물에 등목을 흑흑 느껴가며 하시던 모습을 생각하며 우리들 고생으로 키우신 부모님의 노고에 비하면 나는 신선놀음이지, 이 더위 쯤 못 참겠나? 하고 언제나 아무도 없는 서호를 세 바퀴씩 돌았다.

돌다 보니 반대 방향으로 도는 또래의 사람들을 보게 되었다. 이심전심으로 만나 친구가 되었다. 내 걸음걸이가 유난히 빨라 앞질러 가는 사람은 거의 없다. 유심히 지켜보던 비슷한 나이 아래 아줌마가 나를 따라오다 정말 힘들었다고 인사하기 시작하고 손자를 데리고 나와 세발자전거를 끄는 손자를 보는 아줌마와 인사를 하고 우리 넷은 서호 공원에서 모이는 운동 친구가 되었다.

미끄러운 눈길만 아니면 우비를 사서 입고 장화도 신고 매일 걸었다. 그 친구 둘은 수시로 칼국수 점심을 먹고 헤어지고 생일 때는 점심들을 돌려가며 냈다. 벌써 10년째 어울리고 있지만 나이들은 못 속여 걸음들이 느려졌다. 서로 건강들은 챙기고 걱정하며 지내는 친구들이다.

5월이 되자 며느리가 손자를 낳았다. 손자가 보고 싶어 매일 갔다. 차로 30분 걸리는 거리인데 며느리 휴가 기간에는 몸조리에 방해가 될까 해서 어쩌다 다녀왔다.

그 다음으로 나는 막내딸과 둘이서 정년퇴임 기념으로 캐나다를 다녀왔다. 여행사에서 10박 11일의 일정으로 가서 다시 민박 4박 5일을 더하여 보름 걸려 다녀왔다. 바람을 등지고 갈 때는 9시간 바람을 안고 올 때는 10시간이 걸렸다. 우리나라보다 위도가 높아 13시간의 시차가 있다. 벤쿠버 공항에 내려 시내 관광을 했다. 캐나다에서는 국민건강을 위하여 운동을 장려하며 몸무게가 기준치 이상 높아지면 벌금을 낸다고 했다.

독일 사람들이 부지런하기로 소문난 나라이다. 그 이유 중 하나가 눈 오는 날 집 앞에서 길 가던 행인이 다치면 집주인이 치료를 해 주고 벌금을 내야 한다고 했다. 정원의 잔디를 안 깎아도 벌금을 내고 체벌이 아니라 벌금으로 생활습관들을 길들이고 있다. 묘는 겹쳐서 쓰는데 남녀 구별 없이 먼저 죽는 사람이 아래로 가고 나중에 죽으면 관을 위에 써서 여자들은 오래 살아야 위로 간다고 오래 살자 한다고 가이드는 웃으면서 이야기하고 관광객들은 즐겁게 하려고 한국인들은 캐나다 오면 이름이 두 개라고 했다.

서양인 성을 따서 자기 친구는 죠지짱이고 자기는 죠지커라고 소개를 했다. 나는 그런 것도 있구나 하고 듣고 있었고 누구도 웃는 사람이 없었다. 그 말을 되새겨 기억하고 보니 우리들 잠을 깨우고 웃기려던 은어라는 것을 생각하고 혼자 빙그레 웃었다.

바닷가에는 아침 일찍부터 걷고 달리는 캐나다 사람들이 많이 있었다. 유람선을 타고 바닷가를 돌면서 가까운 빅토리아 섬으로 갔다. 선내에서 푸짐한 식사를 하며 끝없는 수평선 위를 달리니 창공의 빛난 별 하는 '산타루치아'가 생각났다. 북태평양의 원양어업으로 연어가 유명하여 싱싱한 연어가 선을 보이고 상어에서 추출한 스쿠알렌도 많이 유통되었다.

다양한 생선요리와 신선한 과일은 입맛을 돋우었다. 빅토리아 섬의 정원 속에서 많은 꽃들을 구경하고 섬을 돌면서 하루 숙박을 하고 다음 날 경치가 아름답고 살기 좋은 도시로 유명하여 관광객들이 찾는 곳으로 유럽풍의 건물과 성당광장 풍경이 이색적으로 보였다. 벤쿠버로 다시 와 1박을 하고 버스로 세계의 3대 지붕의 하나인 로키산맥으로 달렸다.

거대한 로키산맥에서 사람이 올라갈 수 있는 가장 높은 만년설의 빙하가 덮인 봉우리를 올라갔다. 무성한 큰키나무 고목 숲을 지나 산으로 올라가는 길목에는 신기한 상록수의 가로수가 수림처럼 깎아 세워 만든 조각품처럼 양 옆에 줄을 서서 관광객을 환영하는 독일 병정처럼 씩씩해 보여 인상적이었다. 뒤로 한참 올라가니 작은 나무 관목 숲이 나타났고 또 얼마를 달리니 녹색의 초원이 나타났다. 넓은 초원에 빨간색 지붕 위 집은 한 폭의 그림 같았다.

그 초원 위에서 야외용 불판에다 구워주는 소갈비 등심의 맛은 유난히 맛있어 입맛을 다시곤 했다. 자리를 옮겨 다른 초원에 가니 황금마차 몇 대가 기다렸다. 초원 위의 마차가 하나 황야의 무법자 태운 빛이여, 카우보이의 역마차 노래가 생각났고 눈앞에 있는 황금마차를 줄서서 기다리다 정민이와 둘이 올라타니 영국 귀족들의 모습이 생각나서 가슴이 벅찼다.

품위 있게 달리는 황금마차 위에서 고개를 들어보니 바다 빛보다 더 진한 쪽빛 하늘은 마차에서 일어나 고개를 쳐들면 하늘이 손에 잡힐 듯했다. 이 높은 하늘 아래에 와 있다고 생각하니 하늘나라 선녀들이 초원에 내려와 황금마차를 타고 휴식을 취하는 듯하여 순간 선녀가 된 황홀경에 빠져 보았다.

두 번 다시 실감할 수 없는 절경을 가슴에 안고 다시 버스로 올라가니 볼모지대 툰드라가 나오고 거기에는 빙하를 오르는 설상차가 와 있었다. 설상차 안에서 눈 아래 깔려있는 높고 낮은 봉우리들이 보였다. 수없이 많은 봉우리들은 마치 흰 모자들을 쓴 것처럼 보이고 그 신기한 풍경에 눈을 뗄 수가 없었다. 오르니 얼음장 밑으로 작은 물줄기가 흐르고 있어 우리는 물통으로 그 육각수를 받아 오면서 마셨다.

빙하 위에 서 있는 나는 사방을 둘러보고 심호흡을 했다. 얼마나 높을까? 하얀 얼음이 구름처럼 생각되고 수없이 보이는 봉우리 빙하들을 육지에서 보던 구름덩이 같은 착각에 구름을 탄 듯했다.

내려올 때의 경치는 올라갈 때와 느낌이 다르다. 가이드는 꾸벅거리고 조는 관광객들을 깨우며 "후회하지 말고 밖의 경치들을 놓치지 말고 보세요!" 했다. 나는 눈 하나 깜짝거리지 않고 아쉬운 마음으로 만끽했다.

학창시절에 배운 고산지대 식물들을 실감했다.

숙박하고 다음 날 빙하가 없는 높은 봉우리에서 거대한 아름다운 숲을 구경했다. 리프트를 타고 올라갔다. 멀리 빙하들을 쳐다보고 눈 아래 깔린 웅장한 숲과 대자연의 웅장함과 이 끝없는 우주 속에 나를 생각해 보았다. 까마득한 아래 사람이 안 보이듯 태평양 바닷가의 부서진 모래흙처럼 미비한 내가 보잘것없는 자존심과 욕심으로 마음의 갈등 속에 살아온 것이 부끄럽게 여겨졌다. 그래서 사람들은 산을 찾고 마음을 열고 더불어 살아가는 길을 깨닫고 성인이 되려고 노력하는가 보다 싶었다.

내려올 때는 숲이 더 가까이 느껴지고 시야도 넓고 깊다. 가끔 검은 곰들도 볼 수 있었다. 산 아래 숲 구경을 하고 1박을 했다.

다음 날 작은 도시와 작은 섬들을 둘러보고 벤쿠버에서 숙박을 했다. 아침저녁 우리는 바닷가 공원에서 산책을 했다. 벤쿠버에서 비행기를 타고 토론토로 갔다. 벤쿠버와는 달리 고층건물이 밀집된 은행 도시를 지나 프랑스 사람들이 모여 사는 프랑스마을 몬트리올과 퀘벡으로 갔다. 유럽풍의 뾰족 건물과 그곳에 있는 성당은 몬트리올보다 퀘벡은 더 건물이 고풍스러웠고 성처럼 생긴 커다란 모형은 이색적이었다.

예술가들이 좋아하는 불란서 사람들은 길가의 정원화단이 예쁘게 가꾸어져 예쁜 꽃들이 많이 있었다. 유럽에 있는 프랑스에 갔을 때는 점심식사 후에는 공원이나 공터에 노인들이 남녀 사이사이에서 손들을 잡고 둥글게 원을 만들고 서서 손들을 잡고 춤을 췄는데 점심시간이 아니어서 그 정경은 볼 수 없었다. 식사 시간이 지나면 음식점도 문을 닫아 때 아닌 시간에는 식사도 못해 점심시간에는 길에 차 구경하기 힘들고 술도 아무 데서나 팔지 않는다고 한다.

토론토로 다시 와서 버스로 네다섯 시간 달려 나이야가라 폭포로 갔다. 가이드는 나이야가라 폭포에 다녀오면 젊어진다고 했다. 나이를 버리고 오기 때문이다.

"나이야! 가라."

나이야가라 폭포는 미국과 캐나다 사이에 있어 폭포 물에 들어가 수영을 하고 저 쪽에 나가면 여권 없이 미국 땅을 밟고 오는 국경에 있어 이것은 미국 국적은 캐나다 것이라고 알려 줬다. 넓고 큰 폭포는 만년설에서 내려오는 물들인가 보다.

가까이 있는 큰 건물에 올라가 창가에 자리 잡고 점심식사를 했다. 그 큰 건물은 360도를 회전하는 타워이다. 한 자리에 앉아서 동서남북의 경치를 한눈에 내려다볼 수 있는 높은 타워이다. 발아래 있는 커다란 포도밭에는 세계에서 가장 작은 교회로 두 사람이 앉을 수 있는 크기의 교회라고 했다.

점심을 먹고 배를 탔다. 우비를 입고 폭포 아래를 지나오니 약한 폭포 물들을 맞으며 물 위를 한 바퀴 돌아왔다. 나이야가라 폭포물에 나이를 버리고 1박을 하고 다시 토론토로 왔다.

비행기를 타고 캐나다의 수도 오타와 상공을 한 시간 걸려 돌면서 멀리 보이는 크고 작은 섬들 위로 돌아 벤쿠버로 돌아왔다. 여행 단속에서 나와 민박을 했다. 민박집에서 마중을 나왔다. 한국인들이 모여 사는 벤쿠버는 우리나라 문화마을처럼 도시계획이 되어 있고 그 중 양옥 건물 같은 건물이 나란히 줄지어 있고 문에는 무인경비 표시 같은 것이 되어 있고 울타리가 없었다. 가까이에는 커다란 슈퍼가 있어 장보기에 좋았고 편리했다.

농경지는 해거리를 하여 경작하며 농토의 영양공급을 위해 농경지를 쉬도록 하여 짓는 농지가 눈에 보인다. 민박집에서는 쌀을 무조건 먹으라고 했다.

다음 날 관광을 하려고 버스를 타러 가는데 횡단보도의 신호등이 우리

나라의 네 배만큼 컸다. 우리나라는 사람이 그려져 있고 중국은 우리보다 네 배가 큰 손바닥이 그려져 있는데 캐나다는 단풍잎이 그려져 있다. 캐나다의 나라꽃 식물은 단풍이라 한다. 버스는 장애인을 위한 편의시설로 계단이 없었다.

신호등하니 생각이 났다. 1969년부터 신호등을 만든 것 같다. 아무데서나 건너가던 종로, 을지로 거리에 신호등을 세우고 횡단보도로 신호 지켜 가지 않는 사람은 교통경찰이 잡아 사거리 가운데에 줄을 띄우고 가둬놓던 일이 생각난다. 50년 전에 세워진 신호등은 2차선 시대의 크기나 8차선 크기의 신도시에서도 크기는 변화가 없다.

벤쿠버에서 버스를 타고 몇 분 걸어 떨어진 시가지는 조금 부촌인가 싶고 지대가 좀 높아 전경이 좋았다. 화성중학교 때 담임한 박용재를 거기서 만났다. 우리 손자와 비슷한 나이 같은 달에 태어난 외손주 산바라지를 하러 왔다. 연락이 되어 애기를 보고 가까이 있는 큰 공원에 구경을 갔다. 입장료를 내고 몇 시간 돌다 점심을 먹고 저녁때 우리 딸과 용재네 딸 식구가 저녁을 먹고 날이 환할 때 빨리 집으로 가라고 하여 데려다 주었다. 우리나라처럼 서서히 밤이 오지 않고 갑자기 어두워진다고 했다. 우리나라보다 고위도 지역에 있어서였다.

다음 날 버스를 타고 큰 공원을 구경했다. 자연 그대로 속에 동물들이 곳곳에 모여 있다. 야생 동물들이 여기저기 숲 나뭇가지 위 호수 등에서 자유롭게 지내고 있고 길가 한쪽에 너구리가 웅크리고 우리를 쳐다보고 앉아 있었다. 나는 처음 보는 너구리를 한참 지켜보다 무서운 생각이 나서 도망 왔다.

꽃, 호수, 큰 나무그늘, 작은 호수와 냇가의 다리를 건너며 몇 시간 호기심으로 많이 구경을 했다. 숙소에서 조금 떨어진 곳에는 공원이 있었고 그 옆에는 바로 바닷가였다. 바다를 배경으로 사진을 찍으려 하니 어떤 아저씨 캐나다 사람이 사진을 찍어 주었다. 그 아저씨는 물 위에 떠있는 보트를 타고 바다 위로 갔다.

가까이에는 커다란 페리호가 정박하고 있었다. 거기는 알래스카로 가는 큰 배들의 선착장이었다. 길고 큰 선착장을 쳐다보면서 확 트인 마음으로 맑은 공기를 맘껏 마셨다. 깨끗한 바다의 모래사장에서 맨발로 걷고 둑에 앉아 여유로운 마음으로 하루를 보냈다.

다음 날 전철을 타고 좀 떨어진 가구의 거리라는 곳을 찾아갔다. 조립식가구와 생활용품으로 유명한 곳이다. 편리하고 좋은 생활용품들이 많았다. 지금은 우리나라 광명에도 캐나다 물건 매장이 크게 상설되어 있다.

다음 날 벤쿠버 시내에 있는 백화점 구경을 갔다. 마침 세일을 하여 몇 가지 옷을 하나씩 골랐다. 영양제를 슈퍼에서 판다. 건강식품 영양제를 사왔다. 시장 슈퍼에 가니 갖가지 과일이 싱싱하고 쌌다. 체리라는 것을 처음 보고 맛이 있어 사들고 숙소로 왔다. 농산물은 기내 검사로 식구들에게 보여줄 수 없어 먹고만 왔다. 그 후 우리나라에서도 체리를 살 수 있게 되었다.

이야기 속에 나오고 어학연수를 하는 집들과 넓은 정원과 호수가 있는 집들은 크고 길어서 떨어져 있었다. 우리나라는 백화점에 비싸고 고급진 물건이 있는데 유럽이나 캐나다는 백화점의 물건이 많고 값이 싸다고 했다. 막내 딸 정민이 덕택에 별세계를 구경 잘 하고 벤쿠버에서 저녁 비행기로 돌아왔다.

할 일이 없어 논다는 것은 쉬운 일이 아니다. 바쁘게 지내다 내가 할 일이 없다고 생각하니 허전했다. 나는 중학교 교사로 재직한 것은 정말 행복한 일이다. 초등학교와는 달리 나를 되돌려 보고 잘잘못을 빨리 인지하며 교육을 통해 또는 타인을 통해 자신들의 행동을 쉽게 수정하며 반듯하게 커가는 이성이 싹터 이성적인 인간으로 커가는 훌륭한 사람이 되려고 노력하는 순진한 중학교 학생들과 함께 생각하고 뛰놀던 시간, 작은 사랑을 큰 사랑으로 보답하려 하는 사랑 먹고 큰 애들을 생각하면 나는 언제나 그때 그 시절의 그 마음 속에서 눈을 감아도 기쁨의 미소가 늘 나를 행복하게 만들어 준다.

나에게 주어진 천국의 시간이었다. 아직도 남은 열정이 누군가를 위해 보탬의 시간이 되고 싶다. 그러나 나를 인정하고 찾아주는 사람은 아무도 없었다. 우스꽝스러운 열정의 지난날이 생각난다. 대학교 때 어느 골목을 지나려니 초등학교 5학년 쯤 되는 남자아이들 너댓 명이 놀고 있었다. 가위 바위 보를 하더니 진 사람이 허리를 굽혀 차례차례로 머리뒤 목뒤를 주먹으로 때리고 놀았다.

"얘들아, 잠깐만! 뒤통수 그 부분을 때리다 잘못하면 눈이 튀어 나온다. 우리 몸에서 가장 중요한 부분이 머리이고 그 다음은 가슴, 배, 또 그 아래 여기를 때리면 위험해 공 갖고 놀아. 운동하면 키도 크고 몸도 튼튼해지니까."

그랬더니 한 아이가 "내가 공 갖고 올게" 하며 집으로 가는 것을 보고 나는 지나갔다.

수업종이 쳐서 교실로 가는데 복도에서 큰애와 작은애가 장난을 한다고 하는데 작은애가 울고 큰애는 웃고 있다. 나를 보고 "장난한 거예요" 했다. 나는 큰애를 불러내어 출석부로 머리를 때리고 얼마 후 다시 또 다시 때리면서 물었다.

"아프니? 기분 나쁘지?"

"네!"

"나는 장난한 거야. 재미있다! 장난은 힘이 비슷한 애들에게나 장난이고, 힘이 센 사람과 약한 사람이 하는 것은 장난이 아니다. 힘이 약한 사람은 괴로움의 피해자이다. 작은 애는 네가 키도 크고 힘도 세어 부럽단다. 그 전에 네가 작은 애들을 도와주고 잘 해 주면 얼마나 좋겠니? 속으로 존경할 거야. 남을 괴롭히면 언젠가 나보다 강자에게 괴로움을 당하게 된단다. 힘은 약자를 위해 써야 해."

우리 아파트 정문에는 왕복 2차선도로를 사이에 두고 학교와 아파트가 있다. 초, 중, 고가 담장을 경계로 중, 고는 차가 왕복할 길을 사이에 두고 있었다. 개교한 지 7년차이어서 아직도 학생들 기강이 안 잡혀 있다. 우리 동네도 초, 중, 고 정년퇴임 교사들이 나 아는 사람만 해도 다섯 명이나 된다.

주차장의 쉼터의자에 시도 때도 없이 애들이 와서 떠들고 담배들을 피우는 것이다. 어떤 선생님이 아파트 창문을 열고 야단을 치려 하자 말렸다. 언제 유리창에 돌이 날아올지도 모르기 때문이다. 한두 번 참다 남자 선생님이 가서 훈계를 하자 한 학생이 "아저씨, 밤길 조심하세요" 하더라는 것이다.

큰 학교에서는 모르는 선생님도 많아 나를 모르는 선생님 말은 듣지도 않는다. 나는 경비실에 전화를 했다. 정복을 입고 단속하는 경비는 알아본다. 수첩과 볼펜을 들고 애들한테 갔다.

"얘들아, 너희들이 밤새 떠들고 담배 피운다고 아파트 주민이 신고하여 학교에서 여기 들어오는 애들 학년 반 이름을 적어 오라고 했는데 네 이름이 뭐니?"

그리고 적는 시늉을 했다.

"갈게요. 갈게요. 적지 마세요."

그 후부터는 애들이 줄어들었다.

쉼터 의자까지 치워버렸다. 지금은 15년이 넘어 학교도 자리가 잡히고 생활지도가 잘 되어 무단외출 학생이 없어졌다.

　길 선생님과 찜질방에 갔다. 얼음방으로 들어가 있는데 아직 말을 잘 못 하는 3살짜리 아이가 먹던 과자를 주워서 깔판 사이로 넣고 있었다. 길 선생님이 나섰다.

　"아가, 그러면 안 돼!"

　그랬더니 옆에 있던 애기 아빠가 나선다.

　"남의 일에 웬 참견이세요!"

　순간 나도 화가 나서 그냥 넘어갈 수가 없다.

　"뭐요? 남의 일! 나이도 먹을 만큼 먹은 사람이 애 교육을 그 따위로 시키고 그 애가 커서 훌륭하게 될 거라고 생각해요? 그 애 그렇게 커서 효도하기를 바래요? 가정교육, 학교교육 제대로 못 받으면 이렇게라도 사회교육을 받아야지?"

　애기아빠는 슬그머니 아기를 데리고 나갔다.

　나와 비슷한 또래의 여선생님과 둘이서 일직을 하던 날이 생각난다. 과학실에서 일하는데 박 선생님이 와서 누가 도교육청에서 왔다면서 테니스장을 열어 달라고 했다. 나는 행정실로 가서 "누구세요?" 했더니 테니스장을 열어달라면서 교장선생님께 말씀드렸다고 했다.

　"우리는 교장선생님의 지시를 받은 일 없습니다."

　그랬더니 전화를 걸으려고 한다.

　"이 전화는 공공용 전화기입니다. 사적인 업무전화는 현관문 안쪽의 공중전화를 사용하세요."

　그러자 그냥 나간다.

　다음 날 교장실에 결재를 받으러 들어갔더니 안 교장선생님은 조금 불편한 심사다.

"어제 이 선생님이 일직하셨어요?"

"네."

"누가 찾아왔었어요?"

"네."

내 대답에 교장선생님은 통쾌하게 웃으셨다.

아침을 먹고 서호를 세 바퀴 돌고 오면 만보를 걷게 된다. 점심 식사 후 놀이터에 나와 있으면 아이들이 하교시간이 되어들 몰려온다. 초등학교 6학년이라는 아이에게 묻는다.

"너는 장래 꿈이 뭐니?"

"아직 꿈이 없는데요?"

"꿈! 희망은 가져야지. 꿈은 커가면서 수없이 변하는 거야. 너무 막연한 꿈, 대통령, 의사, 국회의원, 이런 것은 더 커서 꾸는 꿈이고 남보다 뒤떨어진 것을 어떻게 하면 될까 생각하고 노력하려 하면 가까운 꿈이 된단다. 책읽기, 운동, 착한 마음 먹기, 무슨 과목에 재미 붙이기 등등 작은 꿈을 꾸고 노력하면 훌륭한 사람이 되는 거야."

내가 초임시절에 같은 집에 초등학교 선생님들이 하숙을 하여 함께 어울리고 대화시간을 갖게 되었는데 초등학교 학생들 장래희망을 조사했더니 버스 안내양이라는 것이다. 그 애들이 중학교에 와서 장래희망을 조사했더니 선생님이라고 했다. 그래서 애들에게 꿈 찾기 교육을 시켰다.

지금은 나와 같은 중학교 과학교사, 대학교수, 공무원이 많이 되어 구청 시청 행정부에 근무하면서 연락을 했다. 반장이었던 인태 동생 인철이는 육군대장으로 별을 달았다. 사업을 하여 성공한 애들도 많다. 면장이 된 최홍운에게 전화를 했더니 너무 반가워 얼떨결에 "뻐꾹 선생님!" 했다. 뭐라 할 수 없다.

"점잖으신 면장님이 그런 말을 하시나?"

"선생님 앞에서는 못 불렀던 별칭이 반가워서요."

돈을 벌기 위해 일자리를 찾듯 일하는 기쁨을 찾기 위해 일을 만들어야 했다. 며느리 산가가 끝나고 나는 매일 애기를 보러 다녔다. 도우미가 있어도 학교에 다니듯 출퇴근을 했다. 백일이 지나서부터는 안고 이 방 저 방을 다녔다. 나도 갓난 애기처럼 '엄마, 아빠 까치는 까까까, 돼지는 꿀꿀꿀' 하면서 애기가 눈만 뜨면 떠들었다.

업고 밖에 나가 까치소리 들으며 '까치다' 하고 돌이 지나면서 주차장에 할아버지 차번호를 읽어주었다. 동요, 동화책도 읽어주고 수수께끼 옛날이야기들을 끊임없이 읽고 노래를 불렀다. 말을 하기 시작하면서 까까 까치소리를 먼저내고 동화책 10권을 하나씩 읽어주고 책꽂이에서 찾아오게 했더니 말도 못하는 애기는 제목을 대면 책을 찾았다. 말도 못하지만 뜻이 통했나 보다. 돌이 지나 여동생을 보았다. 동생을 말없이 아꼈다.

나는 애기들의 나날이 달라지는 모습에 눈을 뗄 줄 몰랐다. 손녀가 2살이 되어 유모차에 태우고 손자 정환이는 걸렸다. 정환이는 동생의 유모차에 손을 잡고 동생을 따라다녔다. 집에 돌아오다 유모차가 모퉁이를 돌아서니 동생 예림이 유모차가 안 보이자 안색이 변하면서 동생을 두리번거리며 찾았다. 모퉁이를 돌아서서 동생의 유모차가 보이자 말 못하는 정환이 눈에서 눈물이 주루룩 흘러 내렸다. 나는 가슴이 저렸었다. 혈육이 그토록 무섭구나! 손자가 더 사랑스럽게 느껴졌다.

5살이 되면서 어린이집에 가서 놀다 온다. 다음 해부터는 동생과 함께 어린이집에 다녔다. 유난히 키가 작고 말을 잘 하여 선생님을 놀라게 했다. 어린이집에 다녀도 집에 오는 시간이 되면 도우미와 함께 나가 기다렸다. 초등학교에 들어가면서부터 며느리가 휴직을 하고 애들을 키웠다.

그때부터 나는 애기 보러 다니던 출퇴근도 없어졌다. 이천까지 종종 다니면서 이천 평이 넘는 밭에 땅콩과 흰콩을 심어봤다. 부모님이 하시던 농사 일부를 흉내 내어 지었다. 장비도 없고 품을 사서 하는 농사는 적자였다. 추수도 알뜰하게 거두지 못하고 내 몸이 따르지 못해 안타깝기만 했다.

다음 해부터 파, 도라지 등 도지를 주었다. 2006년 장애 등급을 받고 국가에서 주는 여러 가지 혜택을 누리고 있었고 2010년 요양대상자 혜택이 있다는 것을 알고 수혜 대상자 되기가 어렵다 하여 망설이고 있었다. 공원에서 만난 3명의 친구들은 나의 장애를 도와 함께 잘 어울려 주었다.

어느 날 가까운 슈퍼에 가려다 다니던 길이라 맘 놓고 가다가 초등학교 근처의 놀이터 길목에 세워 놓은 사각 돌기둥을 발로 차고 엎어졌다. 가까이서 놀던 초등학생이 뛰어와 나를 일으켜 주었다. 순간 아찔했지만 정신을 차리고 일어나 고맙다고 하고 돌려보냈다. 안경이 깨어지고 턱과 이마에서 피가 나오고 있었다.

급한 나는 운동친구인 주공 아줌마를 불러내었다. 약국으로 갔다. 가까이 병원이 있는데도 생각이 안 나서 약을 사 집으로 왔다. 그래서 상처가 더 오래 갔다. 놀이터 의자 모서리에 부딪치고 고관절이 빠져 치료를 받고 다녔다. 이 소리를 듣고 찾아온 제자 길원남 선생님 내외의 권유로 의료보험공단을 찾아 갔다. 수혜 대상자가 되든 안 되든 가 보기나 하자고 간 것이다.

다행히 등급을 받고 2011년부터 요양사가 왔다. 처음으로 요양사가 된 한 선생님은 친절하고 가족처럼 나를 보살펴 주면서 요양사가 잘 해 주니 운동 친구들은 마음이 놓인다고 하며 요양사까지 다섯이 어울려 운동을 하고 지냈다.

다음 해 봄 시모님이 병원에서 돌아가셨다. 그 다음 해는 친정 셋째오빠가 돌아가시고 3일 만에 시삼촌이 돌아가시고 49일 만에 친정 큰오빠가 돌아가셔서 정신도 없거니와 너무 마음이 아파 눈물을 많이 흘렸다.

누구보다 큰오빠는 부모님 대신으로 우리들을 뒷바라지하셔서 고맙고 안쓰러운 마음에 49재 당일은 아무도 모르게 제자 길 선생님과 함께 재를 올려 드렸다.

시모님은 경험이 있어 제1제부터 7제까지 우리 가족이 정성으로 제사를 올리고, 49재 때는 시동생이 참석하여 마음 편하고 도리를 다했다는 마음에 떳떳했다. 그러나 친정식구는 그렇게 할 수 없다는 것이 마음 아팠다. 요양사의 건강문제로 다른 요양사가 오게 되었다.

세상에는 좋은 사람들이 많다. 처음 만난 요양사가 건강이 회복되면 다시 만났으면 싶었지만 다시 만난 요양사는 수년 동안 내 집 살림처럼 나를 품고 내가 원하는 것은 무엇이든 해 주려고 노력한다.

시모님이 돌아가시고 3년차 되던 해부터 시모님이 다니시던 경로잔치에 가 보았다. 200여 명이 넘는가 싶게 많고 젊은 아줌마들도 많았다. 경로잔치에 모인 사람들은 전쟁을 겪고 피난길 쓰라림을 겪은 무명용사들이며 이마의 주름은 훈장처럼 느껴졌다. 풍성한 음식과 선물을 손에 쥐어 주고 음악으로 흥을 돋우어 하루 내내 잔치를 베풀면서 지역유지들이 나와 인사를 하며 만수무강을 빌어드렸다. 내 비록 남들처럼 건강하지 못해도 행복하다는 마음에 큰 숨을 돌리고 얼굴을 활짝 펴고 하늘에 감사했다.

옛날 문 밖 출입 못하고 집안에 갇혀 살면서 '칠거지악 삼종지의' 라는 항목으로 대우 받지 못했던 여인들을 생각하면 가슴 아프고 죄스럽게 느껴졌다. 친구들은 초등학교도 못 가는데 나는 대학까지 활개 펴고 다녔고, 아무나 하지 못하는 교사가 되어 단상에서 큰 소리치고 제자들의 웃음과 사랑 속에 파묻혀 날 가는 줄 모르고 살았다.

옛날이면 벌써 고려장한 지 오래일 나이에 나라에서 잔치까지 베풀어 주고 장애인 독거노인 요양사가 가족들이 못하는 어려운 일을 대행하여 삶의 보람을 느끼게 해 준다.

그리고 곳곳에서 못난 스승 찾아주는 제자들이 있으며 원만하게 자라 준 삼남매가 곁에 있어 늘 마음 흐뭇하니 그보다 더 큰 행복이 또 있겠는가! 생각하면 지금은 눈만 뜨면 사방을 둘러보며 부처님께 감사하고 하늘에 계신 부모, 형제, 조상님과 곳곳에 우뚝우뚝 서서 국가 민족 위해 애쓰는 제자들과 자식들에 감사하며 귀한 자식 매를 주고 미운 자식 떡이나 더 주랬지만 사랑과 웃음 속에 잘 해 주지 못한 제자들과 자식들에 미안하기 그지없고 선배 스승께 입은 은혜 한 번도 갚지 못한 것이 후회스러울 뿐이다.

가까이 부모형제 생각하면 없어서 못하고 몰라서 못했던 보답 생각하며 제삿날은 생각 날 적마다 후회 눈물 그치지 않는다. 아직도 내 곁에는 평생 동안 아껴오던 오빠 한 분과 동생 하나 든든한 지팡이로 옛날 생각하면 하나하나 감사하다.

사람들은 추억을 먹고 산다고들 한다. 맘대로 뛰고 놀지 못하며 쓸모없는 나이 된 한가할 땐 추억을 더듬으며 이놈 저놈 생각하며 혼자 웃고 쓸쓸하게 대화하고 미소 지으며 낙서한다. 쓸 수 있어도 읽을 수 없고 말은 할 수 있어도 듣지 못하면서 외로운 건 못 참아 불러주는 모임마다 찾아가며 기쁨을 만끽하고 있다.

옆에서 도와주니 내가 무슨 장애인인가? 없는 일도 만들어 한날이면 일거리가 많을 때는 10가지, 하루에도 두 건씩 하루해가 짧게 바쁘기 이보다 행복한 이 또 있을까? 매달 초하룻날 절에 가서 불법 공부하니 내 마음 비우고 잘못한 일 찾아보니 내 마음이 맑아지고 편안하니 부럽고 욕심낼 것 높은 산이 깎아지고 깊은 바다 메워지는 느낌이다. 몸은 늙어 가면서도 마음만은 즐겁고 행복해 흘러간 동요, 가곡, 명곡, 가요, 민요 생각나는 흘러간 노래 찾다보니 200여 곡과 가사 모음 파일 만들고 제목만

코팅하여 요양사와 서호 돌며 만보걷기 지키면서 즐거우나 힘들 때 함께 부르면서 힘차게 달린다. 요양사와 우리는 만난 지가 벌써 6년 들어간다.

매일 수백 명의 인파 속에 바쁘게 살면서 몇 개의 모임을 갖게 되었다. 초등학교, 대학교 동창모임이 년 1~2회를 갖고 같은 학교에 근무했던 동료모임이 서너 개 되고, 5월이면 찾아주는 제자 모임들이 몇 개 있어 즐거움을 더해 준다. 퇴직 후에도 고독을 모르고 지낸다.

그 모임 가운데에도 다달이 만나는 송원여중 모임이 있다. 연령차가 17년이 되면서도 7자매처럼 챙기고 아끼며 모임을 갖는다. 방학 때면 안면도, 주왕산, 제주도, 부산을 1박 여정을 가고 나이가 들어 일본까지 다녀왔다. 더 멀리 즐겁게 가려 해도 불편한 나 때문에 국내에서 전주, 서울을 관광하고 뮤지컬 구경도 다니며 귀찮은 줄 모르고 양쪽에서 챙기고 부추기며 나를 실망시키지 않는다. 특히 장거리 운전으로 7명이 편안히 다니게 수고한 민병인 선생님은 너무 고맙고 따뜻해 마음 깊이 감사의 빚을 지고 있다.

모임마다 곁에서 챙겨주는 동료들을 생각하면 늘 감사한 마음이다. 이제 나이들이 들면서 모두 할머니가 되니까 몸과 맘은 둔해지고 할 일은 늘어나니 점점 바쁘게들 지내도 마음은 항상 옛날 생각 속에 살고들 있다.

어려서 어머니가 지극정성으로 절에 다니시면서 우리 육남매를 키우셨기 때문에 나는 늘 맘속으로 부처님이 나를 지켜 주시고 보살펴 주신다는 믿음으로 무섭고 두려움 없이 자라 왔다. 시어머니를 따라가 보았지만 아무 것도 모르고 부처님께 절만 하던 생각이 났다.

아이들을 기르면서 마음의 갈등과 번뇌 속에 갈팡질팡하다가 친구 은자를 만나러 관악에 있는 한마음선원을 찾아갔다. 심교회라는 교사모임의 법회에 참가하고 은자가 사 준 법요집과 대행 큰스님의 법문 테이프를 듣기 시작했다. 한마음선원에서 한마음이란 용어와 공용, 공식, 공심의 말을 듣고 불법에 마음이 끌리기 시작했다.

법요집 속의 첫 장에 "일체제불의 마음은 내 한 마음이다. 일체세불의 마음은 일체 중생의 몸이다. 일체지불의 법은 일체중생의 법이며 생활이다. 일체계불의 자비와 사랑은 일체중생의 자비와 사랑이다. 선행하는 것도 악행하는 것도 다 내 한마음에 있다"라고 한 법요집의 첫 장의 글을 읽고 나는 산처럼 파도처럼 요동하던 나의 번뇌가 잔잔해지기 시작하며 불심에 불이 붙기 시작했다.

정착을 못하던 나는 길원남 선생님을 따라 이제는 매월 초하루가 되면 열일을 젖히고 송추에 있는 절을 찾아가 불전에 감사하는 마음으로 예불에 참석하며 어려운 경전을 반복하여 지금은 행사 때마다 스님이 하시는 절차에 따라 독경을 이해할 수 있게 되었다. 틈만 있으면 암송하며 편안하며 편안해지는 마음이 깊어져 어떠한 일이 있어도 마음의 상처를 잘 받지 않는다.

포교는 못하여도 진리를 깨우쳐 지게의 눈을 뒤늦게 뜨게 된 것을 감사하며 건강할 때 일찍 불법공부를 못한 것이 후회스럽다. 지금도 불경책을 들고 요양사에게 읽어 달라 하여 한 구절씩 외워 기쁨을 느낀다.

어느 날 고등학교 동창회에서 전화가 왔었다고 알려줬다. 연락처를 남기지 않아 나는 모교의 행정실을 통해 동창회에 연락이 되었다. 처음으로 총동문회 송년회에 참석을 했다. 마침 그 해가 고교 졸업 50주년으로 우리 동창들 축하 분위기가 준비되었다. 50년 만에 만나는 동창으로 아는 이름은 얼마 안 되었지만 동기회장 주옥련이 친절히 잘 해 주었고 같은 반은 안 했어도 원효로에 살았다는 양명선을 알게 되었다.

고1 때 경제를 잘 가르쳐 주신 보고 싶던 이안희 선생님을 만났다. 수준 문제 가르쳐 주신 덕분에 경제용어와 남들 틈에 끼어 경제를 이야기할 수 있는 능력이 생긴 것은 늘 감사했다. 투자 산출, 수요공급에 따른 물가변동, 호황, 공황 등 은행 본점이 어디 있느냐는 선생님 질문에 나 혼자 손을 들고 소공동 전차길가에 있는 한국은행, 기업은행, 상업은행 등을 대니까 옆에 있던 친구들이 "너는 은행 본점만 조사하러 다녔니?" 했었다.

다음 해 명선이가 독일에 간호사로 67년도에 갔던 박명자 소식을 알려주고 명자를 만났다. 한 번 보면 오래 기억하던 내가 눈이 나빠져 앞에 와서야 명자를 알아보았다. 나는 명자를 끌어안았다. 눈물이 줄줄 나왔다. 살아생전 못 만날 줄 알았던 명자! 타국 가서 고생했다 생각하니 너무 반갑고 거짓말처럼 기뻤다.

그 후 귀국할 때면 꼭 만나서 한 끼 밥은 먹어야 했다. 고진감래라고 수십 년 고생으로 지금은 국가 연금을 타고 남매를 뛰어나게 잘 키워 여유롭게 지내니 자랑스러웠다. 1년에 한두 번씩 고국을 찾는다는 명자를 동창회와 명선이 아니면 못 만나는 건데 모두 고마웠다. 명자와 명선이를 만나 지난 이야기를 하다 보니 우리 동기 모임에서 지나온 이야기를 하라고 동기 동창회에서 마이크를 주었다.

친구들은 성공사례라고 하지만 나는 부끄럽고 친구들이 부러웠다.

"안녕하세요? 시간을 마련해 주셔서 감사합니다. 여러분 헤어진 지 벌써 50년이 되었습니다. 그동안 땅꾼이처럼 앞만 보고 남들 틈에 끼어 대학을 졸업하고 교단에 서서 날 가는 줄 모르고 30년이 훌쩍 넘었습니다. 지나고 보니 자녀나 제자나 앞에서 끌고 이래라 저래라 하는 것보다는 곁에서 지켜보고 어려서는 안전을 위해 손을 잡고 중학생부터는 곁에서 지켜보고 그 즈음엔 손을 놓고 칭찬 격려로 길들이고 성인이 된 자녀나 제자들은 따라야 하는 것이 부모나 스승의 공통점이라 보며 앞에서 큰 소리 쳤지만 후회 할 일도 많았습니다. 이제 정년을 마치고 뒤늦게 동창들 품에 인생의 패잔병이 되어 왔습니다. 이렇게 건강하고 밝은 마음으로 동창회에 참석하는 여러분은 인생 성공자들이며 행운아들입니다. 더욱 좋은 분위기 속에서 건강관리 잘들 하시고 오래오래 만나기를 빕니다. 감사합니다."

까마득하게 잊고 살던 꿈 많은 소녀시절을 되새기며 일 년에 한두 번 동창들을 보는 기쁨 또한 나를 덜 늙게 하는 듯싶었다. 텅 빈 집을 지키다 아파트 창문을 열면 아파트 주변에 깔려 있는 단독주택에서 닭소리 개소리가 들려오면 어릴 때 뛰놀던 고향 생각에 마음이 두근거리고 눈을 감고 귀를 기울이면 송아지 찾는 엄마소의 음메 소리와 지붕 위에 빨간 고추와 마루 위에 하얀 솜, 목화 타래가 눈에 보이고, 달밤에 지붕 위에 주렁주렁 달린 커다란 박과 하얀 박꽃이 눈에 아른거린다.

눈물 흘리며 부엌에서 밥을 지으면 굴뚝에서 모락모락 흰 연기 나고 희미한 등불 아래 온 식구 모여 앉아 저녁 먹던 엄마 목소리 귀에 쟁쟁 들려오고, 골목을 누비면서 뛰어놀던 친구들이 내 앞에 달려와 눈을 뜰 수 없이 꼬리를 물고 내 마음 추억을 새기다 문득 고향생각 잊을 수 없어 60여 년 만에 부축임 받고 고향집을 찾아갔다.

수구초심이라는 말이 있다. 여우가 죽을 때 자기가 살던 굴 쪽에 머리를 두고 죽는다는 말이 고향을 그리는 마음을 나타낸 말이다. 하물며 사람이 고향을 잊을 수는 없다. 인생 고락에 쫓기다 80나이 가까워지니 갈 때가 되었는지 굴뚝 같은 고향생각을 참지 못해 초등학교 동창회가 끝나고 동창 순창이를 붙잡고 고향집을 찾았다.

그토록 넓고 크던 동네는 작고, 집들도 모두 작아 구옥이 되어 곳곳에 집들이 철거되어 있었다. 전쟁터로 피해를 보아 폐허가 되어서인지 집은 철거되고 옆집 개 누구냐고 낯모른다 짖어대고, 새댁이던 아줌마 허리 굽고 백발 되셨다. 허전하고 아픈 마음 끌어안고 유학하던 서울 작은 집 대문을 찾으니 골목길은 여전한데 2층집이 되어 낯 모르는 사람들만 오고 가며 소 닭 보듯 무심하다. 부잣집 골목 동네 골목 찾아 내가 살던 돌계단 큰 철문 집은 우중충하고 가내공업 마을 되었다. 산과 바다 뒤바뀌고 빈부가 엇갈리며 10년이면 강산이 변한다더니 넓은 길이 좁아지고 몇 번은 바뀔 세월 옛날 세월 착각하고 혹시 하고 찾았다가 내 나이는 생각 않고 허탈감에 돌아왔다. 나를 잊고 살다 보니 일가친척 멀어졌다. 어릴 때 같이 크던 육촌 동생들 보자 하니 달려와서 얼싸안고 옛날얘기 하다 보니 시간이 너무 짧았다. 이리저리 둘러보며 학교 다닐 때 이불 뒤 집어 쓰고 과자 먹던 의순이를 50년 만에 수소문하여 만났다.

　의외의 기쁨으로 이리저리 훑어보며 "언니야? 언니?" 나는 눈물이 주루룩 흘렸다. 동고동락하면서 나를 챙겨주던 고향동생이다. 얼싸안고 집으로 가서 긴 이야기 나누니 반듯하게 삼남매 잘 키워 내 마음이 흐뭇했다. 1년이면 한 번씩 찾아 서로의 정을 나누고 있고 고종사촌 언니와 이종사촌 동생들을 50여 년 만에 찾아 만났더니 혈육의 뜨거운 정 그리움을 풀고 보니 할 도리를 하는 듯 마음이 편해진다. 살아오며 신세지고 사랑해 준 사람들 하나하나 헤아리며 한 순간의 기쁨이라도 주려 생각하니 한가할 시간 없고 마음이 분주하며 기쁨 속에 나날은 만들어 보고 있다.

　운동친구 탑동 아줌마와 아줌마가 살던 아파트 동네에 볼 일이 있어 함께 갔다가 상가에 있는 부동산에 들렀다. 소파에 앉아있는 나를 보고 "선생님!" 했다. "누구인데?" "저 민숙이에요!" 30년 만에 만난 민숙이는 내가 1학년 때 담임을 하고 20여 년 만에 민숙이의 딸의 학부형이 되어 나를 만났다. 너무 반가워 끌어안았다. 민숙이가 흐느껴 울었다.

　나는 당황하여 명함을 달라 하고 잠시 후 나왔다. 동료 직원들 앞에서 같이 간 운동 친구 앞에서 나의 사랑하는 제자가 눈물을 보이는 것이 싫었다. 집으로 오자마자 전화를 했다.

　"왜 울었니?"

"선생님이 늙어서 너무 마음이 아팠어요!"

"에이… 너도 늙어가면서 함께 늙는 거야."

몇 년 후 외식을 하려고 나갔다가 우연히 동료교사 홍 교장을 만났다. 인사를 나누니 두 딸을 인사시켰다. 큰딸은 중학교 2학년 때 과학을 내게 배우고 공부 잘 해 내가 기억하는 장하나이다. 애기들이 그림처럼 예쁘게 두 돌을 지냈다. 반갑게 인사를 나누었다. 내 품에 안기더니 눈물을 우는 하나의 모습은 안 보여서 잘 몰랐지만 엄마 홍 교장은 "하나가 선생님을 끌어안고 울었어요" 한다.

'반색한 것은 알지만 울음까지?'

"왜 울었대요?"

선생님이 자기를 기억하시면서 몰라보시니 너무 마음이 아파서 눈물이 막 나왔다는 것이다.

나는 그 소리를 듣고 행복의 눈물이 나왔다. 행복한 대화 한 번 나누지 못하고 민숙이는 무서운 담임으로 하나는 수업밖에 못했는데 수 없이 멀리서 가까이서 따르고 사랑해 주던 제자들을 생각하면 고마움 속에 나의 제자들은 하나같이 나보다 더 행복한 삶을 누리기를 기도하고 있다.

2015년 8월 내가 첫 교단에 서면서 만난 제자가 정년퇴임을 하게 되었다. 중학교 3학년 때 만난 길원남 선생님은 유난히 나를 따르고 어려운 가정을 극복하고 고등학교를 진학했다. 본인이 수소문하여 시골의 농업고등학교 신설교 학교장님과 면담을 하고 입학하여 궂은일을 찾아 스스로 앞장서서 하는 것을 보고 학비면제를 받고 핸드볼 선수의 주장을 맡으며 맹렬히 선수들을 길들여 시군대회에서 우승을 하고 학교의 명예를 알렸다.

농고가 일반고를 거쳐 종합고로 변모하면서 상과 수업에 충실하여 졸업 후 실기 교사가 되어 취업하고 있는 길원남 선생님은 모교의 부름을 받았다. 한 학년에 한 반씩 있던 학교는 규모가 커지면서 지금은 30여 학급의 큰 규모가 되었다. 그러기까지 몇몇 선생님들의 숨은 공이 컸다.

그 중에서도 길원남 선생님은 모교를 키우기 위해 주변의 학교를 방문하며 신입생 모집에 소문난 선생님이 되고 밤에도 가정방문을 다녔다. 규모가 커지자 지역 학생을 고안하여 영재학급을 운영하고 특혜를 주어 인재 모집과 양성에 주력했다. 해마다 30여 명의 영재반에서 명문대에 반 이상 진학을 하니 이제 우수아들이 학교를 찾게 되었다.

고교 진학의 기쁨을 내게 보여주려 나를 데리고 학교를 수차례 방문시켰다. 오막살이집이 빌딩이 되기까지 피나는 노력을 다 하니 교장이신 이사장님은 길 선생님을 사랑했다. 동료 교사들의 시기와 은사님의 모함으로 가슴 뜯는 아픔도 호소했다. 나는 인내와 지혜로 견디도록 용기를 주고 의지하며 47년의 인생길을 동고동락했다. 같이 늙어 나보다 더 백발이 되었다. 언제나 지금은 내가 빚을 지고 사는 입장이 되었다.

사립학교이면서 학교 분위기가 왔다 갔다 했다. 정년퇴임을 하면서 인사계대로 떠난 선배들이 많다는 소리에 나는 학교 심복을 반평생 봉직하고 허탈감으로 떠난 생각을 하니 내 마음이 너무 아팠다.

5월 어느 날 양주와 호두과자를 사들고 이사장과 교장선생님을 찾아 인사를 갔다. 오랜 세월 잘 키워주시고 길러 주심에 감사하고 정년퇴임한 서운함을 인사드렸다. 소강당에서 교직원과 가족들을 모시고 퇴임식을 조촐히 했다.

이사장님과 교장 축사에 이어 내빈 축사 속에 나는 격려사를 하게 되었다. 나는 장미 47송이를 주문했다. 꽃다발 속에 빨간 장미 40송이와 노란 장미 7송이를 넣었다. 행운의 숫자 7송이는 열정을 태웠던 세월 속에 인생을 여물게 해 준 시련의 세월을 상징했다. 꽃다발은 우리 막내딸이 안겨 주고 나는 조화 장미 47송이로 화환을 주문하여 목에 걸어주고 축하와 격려로 포옹을 하니 눈시울이 뜨거웠다. 우리 둘은 하늘이 맺어준 이복 자매와 같다.

격려사를 되새겨 보고 싶다.

격려사

칠전팔기의 정신으로 황소걸음을 걸으면서 47년의 세월 반평생을 비봉 고등학교에 몸을 담고 봉직하면서 오늘 영예로운 정년퇴임을 하게 된 것을 뜨거운 마음으로 축하합니다.

이 자리에 선 본인은 48년 전에 길 선생님과 사제지간의 인연을 맺고 자 매처럼 동고동락하면서 지내온 사람입니다. 고교 진학이 어려운 길 선생님 은 본인의 노력으로 비봉고등학교 문을 두드리고 교장이신 이사장님과 면 담을 했습니다. 시 변두리 면소재지인 비봉고등학교는 2년차 입학식을 한 농고에서 출발하여 상고, 종고로 변모하며 성장해 있습니다.

단발머리로 입학한 기쁨에 본인을 찾아서 기쁨을 나누고 모교를 방문시 켰습니다. 두 개의 교실에는 40명씩 될 듯한 책걸상과 신발장이 보였고 교 실과 복도는 흙투성이인 농고는 실습장을 오가며 힘들고 지저분한 일을 해 야 했습니다. 길 선생님은 앞장서서 황소처럼 일하였고 이를 지켜보신 교 장선생님은 핸드볼 운동선수를 키우시면서 길 선생님을 주장으로 선수 양 성에 책임을 주시고 학비 면제를 해 주시는 선처를 베풀어 주셨습니다. 은 혜에 보답하고자 무섭게 선수 활동들을 하며 시군대회에서 우승을 하여 작 은 신설교 비봉고등학교 이름이 알려지고 신입생 수가 늘어났습니다.

농고가 상고로 되면서 상과 공부를 굶주린 사람처럼 하여 졸업 수 실기 교사 자격을 취득하고 취업을 하여 이사장님은 길 선생님을 모교의 일꾼으로 모교에 봉직토록 하셨고 남달리 아끼셨습니다. 천을귀인을 만난 기쁨으로 밤낮없이 학교 가꾸기와 신입생 모집에 힘쓰고 학교 규모가 커지자 질적 향상을 위해 정예반을 운영하여 근교 우수아를 찾아 밤에는 가정방문을 다니고 선생님들 합심한 노력으로 정예반 30명 중 3분의 1이 인류 대학에 진학하고 전원 대학 진학을 하여 비봉고등학교의 명예는 나날이 부상하여 인재가 몰려들기 시작했습니다.

그동안 남다른 지혜와 노력을 아껴주심에 동료 스승까지 시기와 음해까지 겪으며 심신의 허탈감마저 느낄 때 우리는 대화와 격려로 인내를 길러 오늘에 이르렀습니다. 오막살이집이 고층건물이 될 때까지 앞만 보고 뛰다 보니 어언 정년이 되었습니다. 긴 세월 사랑과 열정으로 키운 모교를 두고 떠나는 마음 그 얼마나 허전하고 아프겠습니까.

그러나 나의 모교가 자랑스럽다 생각하고 젊은 후배들에게 물려준다 생각하니 또 얼마나 흐뭇하겠습니까. 오늘 떠나도 마음은 꿈에도 잊지 못할 것이며 항상 모교의 기쁜 소식만 기다릴 것입니다. 이 자랑스러운 길 선생님은 제2의 삶은 지혜롭게 개척하여 후배양성에서 이웃사람과 함께하는 봉사분야에 마음을 두고 마음공부에 발길을 돌렸습니다.

졸업은 끝이 아니고 시작이라 했습니다. 길 선생님의 하시는 일 만사형통하시고 만수무강을 빌면서 모교인 비봉고등학교의 무궁한 발전을 기원하면서 격려사에 갈음합니다.

이듬해 2016년 4월 13일, 20대 국회의원 선거가 있었다. 해마다 5월이면 찾아주던 고향제자 7명이 있었다. 어느 날 국회 이야기를 해서 나는 모험이 무서워 귀 담아 듣지 않았다. 그런데 석준이가 국회의원에 출마한다고 개소식에 초대를 했다. 놀랍고 기쁘면서 걱정으로 개소식에 참여하여 꿈도 꾸지 못한 영광의 축사를 간절한 마음으로 했다. 지금까지 거침없이 살아온 석준이는 인격과 능력을 인정받아 시민들의 큰 성원으로 국회의원에 당선되었다.

이제는 국가와 민족을 위해 초심으로 일해 보겠다고 불철주야 뛰는 석준이를 대견하고 자랑스런 마음으로 지켜보면서 흉내 낼 수 없는 석준이의 금자탑이 국민에게 기쁨을 주고 역사에 길이 남기를 기원하고 있다. 나도 모르게 잘 커준 그릇과 거목들이 곳곳에서 땀 흘리며 나라를 지키고 있다고 생각하면 내 가슴 흐뭇하고 하늘에 감사한다.

나는 행운아다. 부모님의 애정 속에 금이야 옥이야 키워 주셨고 훌륭하신 은사님들의 가르침 받고 뜨거운 사랑으로 따르고 커준 제자들이 누구보다 많다. 늘 생각하며 끊임없이 찾아주는 수많은 친구가 있고 나라에서 베풀어 주는 장애복지 노인복지를 나만이 받는 혜택이라고 생각한다면 위로 하늘을 우러르고 아래로 땅을 굽어보고 사방팔방 둘러봐도 고맙지 않은 곳이 없다. 맹자의 군자삼락보다 나는 오락을 누리니 항상 싱글벙글 감사할 수밖에.

'내일 지구의 종말이 온다고 하더라도 나는 오늘 한 그루의 사과나무를 심겠다'고 한 스피노자의 명언이 떠오른다.

오전에 요양사와 함께하고 퇴근한다. 오후에는 독행하지 못하는 나는 할 일이 없어 공상망상에 빠진다. 하루 이틀도 아니고 짜증만 나고 건강이 더 안 좋아진다.

초등학교 3학년이 된 손자에게 옛날이야기, 동화, 수수께끼 등 재미있는 이야깃거리를 다 들려주고 웃길 것이 없었다. 내가 초등학교 때 동요, 시를 외우는 것이 힘들어서 동요를 외우고 익히는 방법을 가르치며 몇 개의 노래 글을 썼다.

쓰다 말고 행복은 마음에 달려 있다는 생각으로 가자!

마음은 풍선을 타고 높이 날고 힘껏 뛰고 맘껏 웃고 깊이 생각하니 시간가는 줄 모른다.

남자가 되어 나라에 충성하는 번개사또로 출세도 하고, 전쟁고아 서봉희가 되어 사회복지로 봉사도 해 보고, 누구나 겪는 시집살이라는 진숙이와 민숙이가 되어 보고, 처가살이하는 준규도 되어보고, 다시 어린 시절 초등학생, 중학생, 청소년기를 되돌려 보며 나이 먹은 오늘을 그려보는 마음의 노래 글을 쓰고 짓고, 쓰고 찢으며 몇 권의 노트를 채웠다.

누군가가 읽어 주기를 바라는 부질없는 욕심에 기쁘고 기쁨의 시간을 보내고 있다.

내게 실망을 주지 않으려고 읽기 어려운 악필을 다시 써준 요양사 설 선생님과 바쁜 중에도 워드작업을 해준 제자 명현이의 처 기옥이는 내게 용기를 주었다.

이제 사춘기에 들어선 손자, 손녀는 한쪽 한쪽 읽어준다.

자라는 손자 손녀에게 정신적 성장을 주고 삶의 지혜와 극기를 배우는 기회가 되었으면 더 이상 바랄 바가 없을 듯싶다.

함께 웃고 생각하는 순간만이라도 공감한다면 이 부질없는 마음은 둘도 없는 기쁨과 영광이 되리라 생각하며 오늘을 살고 있다.

뻐꾹샘의 자서전

•

지은이 / 이석국
발행인 / 김영란
발행처 / **한누리미디어**
디자인 / 지선숙

08303, 서울시 구로구 구로중앙로18길 40, 2층(구로동)
전화 / (02)379-4514, 379-4519
Fax / (02)379-4516
E-mail/hannury2003@hanmail.net

신고번호 / 제 25100-2016-000025호
신고연월일 / 2016. 4. 11
등록일 / 1993. 11. 4

•

초판발행일 / 2019년 7월 15일

•

ⓒ 2019 이석국 Printed in KOREA

•

값 15,000원

ISBN 978-89-7969-805-3 03810